U0140413

穿越月色宁谧
叶芝诗歌新译与精注

周丽华 译注

中信出版集团

Per Amica Silentia Lunae

A Study of the Poems of

《穿越月色宁谧》是叶芝在 1916 年到 1917 年间写下的一篇很长的书信体散文，曾以单行本出版。收信人是茅德·岗（Maud Gonne）的女儿伊索尔德·岗（Iseult Gonne）。其时已入知天命之年的叶芝曾两度向这位美丽的少女求婚，没有得到肯定的回应，尽管伊索尔德在更早的时候也曾对诗人表达过爱意。在茅德·岗母女处接连受挫的叶芝转而向另一位年轻女孩乔治（Georgie Hyde-Lees）求婚，被欣然允诺，同年秋天他结束了单身状态。

《欧文·阿赫恩与他的舞者》一诗描绘了他在这一时期情感纠葛中的进退犹疑：

> 心在胸肋后大笑。"你说我疯了，"它言语，
> "因为我让你转头从那个小孩身边逃离；
> 她怎能与浸淫狂野思想的五十年成鸳侣？
> 让笼中鸟与笼中鸟双栖，野鸟在荒野中比翼。"

"狂野（wild）"在叶芝这里固定与一种灵魂的觉知态与思想的自

由态相关联，所以他将自己的哲学称为"狂野思想"[i]，叶芝也认同孔子的"四十不惑"，认为人过了四十之后就不再为感官欲障遮蔽心目，因此，"笼中鸟"意味着叶芝眼里的伊索尔德既太年轻，也受着皈依天主教的母亲的影响，未见得能理解和接纳自己的思想。但叶芝对伊索尔德显然十分迷恋，尽管种种顾虑和压力，他还是在退缩之后又上前了一步。在这篇尝试向伊索尔德讲述他的"狂野思想"的长文中，叶芝贡献了其哲学观最优美和简明的版本，可视为《幻象》一书的预演，而《幻象》则是后来在十分懂得他的妻子乔治的协助下进行的神秘主义哲学体系建构尝试。或许，诗中的野鸟指的是与他有着同样的神秘主义信仰，同为金色黎明隐修会[ii]成员的乔治。

"穿越月色宁谧"的标题为拉丁文，"Per Amica Silentia Lunae"（在1917年给格里高利夫人的信中，叶芝将其翻译为"Through the friendly silences of the moon"），典出维吉尔的《埃涅阿斯纪》，在书的第二部分被用以描绘特洛伊战争的最后，潜藏在忒涅多斯岛的希腊士兵在夜色掩护下偷偷返回并攻占特洛伊城的场景。

叶芝选取这古代诗行中包含月和关联特洛伊之战的短语作为讲述

---

i 在早期的散文《在长蛇之口中》里，叶芝写道："神果若是一个圆心无处不在的圆，那么圣人会去到圆心，而诗人和艺术家则在于一切周而复始的环路。"这句话是在辨析诗人信仰的终极和基督教的上帝之不同。若将永恒之境（神界）视为内心深处无限小又无限大的圆，圣徒以理性的直线抵达圆心，诗人和艺术家则行在圆周，在一个个顿悟的瞬间感受永恒。换一种比喻，环路可以视为外在的"荒野（wilderness）"，象征自然与繁育之美，圣徒的直路相对而言则类似于鸟笼，象征拘于理智之态。作为诗人，叶芝也将他所归属和继承的诗歌想象传统，称为"荒野的宗教（the religion of wilderness）"。

ii 金色黎明隐修会（Hermetic Order of the Golden Dawn），或许译为"金色黎明赫尔墨斯修会"更为准确，但此处选择了更简单顺口的译法。金色黎明隐修会是1888年在伦敦成立的一个神秘主义组织，赫尔墨斯卡巴拉（Hermetic Qabalah）是其主要思想来源。该组织将赫尔墨斯卡巴拉秘术、玫瑰炼金术、占星术和塔罗牌的思想与符号体系进行了整理与融合，一度发展至声势浩大，是近代西方最具影响力的魔法结社。叶芝是其中的高阶会员，与其创始人过从甚密，并将这些朋友的事迹作为写作素材。

一生之笃信的文章的标题，与我选取这标题作为本书书名，大约是出于同样的原因：月亮是笼罩象征主义者叶芝诗歌生涯的最重要的象征，而特洛伊之战也指示着叶芝哲学观与历史观的核心关窍。

叶芝的传记作者理查德·埃尔曼（Richard Ellmann）曾评价叶芝"将一辈子活出了几辈子，将个体的人生历程活成了某种意义上的现代诗歌，甚至是现代人的发展历程[iii]"。的确，作为象征主义大诗人和西方现代主义文学的奠基人，作为爱尔兰文艺复兴运动的主要推手，叶芝在出世和入世两个方向，在艺术、哲学和政治多个领域都取得了可观的成就。将人生活出如此强度和巨大辐射面的人，我还能想到的是中国的王阳明；之所以想到他，也是因为，与叶芝东方色彩浓厚的哲学观最能相互印证的中国哲学大约便是儒家心学。跨越国度和几个世纪，叶芝汇集心之冀求熔炼理智之美的诗行每每与王阳明"此心纯乎天理之极"之警句互为回响。两人能够到达常人难以企及的人生境界，用王阳明的话说，是因为他们行在知行合一的路上；用叶芝的话说，是他们早年便从哲学或诗歌传统中悟得了先辈的智慧，心目开启，明了前定的使命，行在圣人与愚人之间的剑客之路上。

叶芝与王阳明哲学观的比较是太大的话题，这里暂且不做展开，只是一带而过地说明了解叶芝的哲学观对于理解叶芝诗歌的必要性。叶芝早年便在散文《肉身之秋》中发出诸如"观照一切以哲学，逃避厌倦以哲学""诗人将以从牧师肩头滑落的担子为己任"的创作宣言，对于这样一位不仅在诗歌生涯中，也在人生的各个向度全面地实践着他的哲学信仰的诗人而言，不了解他的思想却想要读懂他的诗行是几乎不可能的事。譬如现在，要说明月亮和特洛伊之战背后的象征性含义，我们必须先来简略地介绍一下他的哲学理论。

---

iii Richard Ellmann, "Introduction", *Yeats: The Man and the Masks.*

叶芝的哲学首先是一种"魔法"。在早期的《魔法》一文中，叶芝大而化之地将自己的信仰归于一个大的"魔法"传统，这个魔法传统几乎囊括了东西方所有唯心主义哲学和宗教。它们的共同点是相信在我们身处的客观的物质的宇宙时空之上存在一个恒在的无形的原点，一切从其生发，一切归于其中。宗教将这个原点称为神或上帝，而哲学家们则发明了各种称谓和界定区分的理论。叶芝将这些宗教和哲学的理论基础归结为以下三条：

> （1）我们的心灵的边界变动不居，许多心灵似乎可以汇融一处，产生或者揭示出一个大心灵，一种大能量。（2）我们记忆的边界也变动不居，我们的记忆属于一个大记忆，自然本身之记忆的一部分。（3）这个大心灵和大记忆可以被象征物召唤。

叶芝的这段归纳中其实已经包含了居于各种哲学与宗教理论之核心的三位一体结构：大心灵／大记忆／象征可以大致对应于新柏拉图主义的理智／灵魂／太一，基督教的圣父／圣灵／圣子，印度教的湿婆／毗湿奴／梵天，佛教三宝佛／法／僧，道教的道／经／师和古埃及的欧西里斯／伊希斯／荷鲁斯。不同的哲学和宗教对于这个三位一体结构的理解和阐述存在很大的不同。

如果说在"下界是上界的摹本，物质世界由一个精神性原点逐级衍射（或流溢）而来"这个底层逻辑上，叶芝归属于一种唯心主义的"魔法"大传统的话，在对原点之三位一体结构及其与客观世界的关系进行更进一步的划分和阐述时，叶芝则背离了他作为几代基督教牧师之后人的家庭信仰传统，趋同于古希腊的新柏拉图主义、古代东方哲学，尤其是印度教和儒家心学。

叶芝所信仰的宇宙原点是一种两极对立之上的超越性存在。在他看来，宇宙的时与空是最直观的两极对立，时空就是冲毁人类早期乐土的大洪水。意识诞生于两极对立，宇宙时空中的一切存在，包括人类个体和集体的思想意识，始终处在时间之线和空间之面的两极作用下进行着双旋锥循环运动。运动在时间中的是我们的主观性和精神存在，时间线上的意识运动是一种内观的运动，其极点为对应极；运动在空间之面上的是客观性和物质存在，空间面上的意识运动是一种向外观看的运动，其极点为原始极。何谓客观性？叶芝在《幻象》中如此定义："所有呈现于意识中，又与自我之意识相对立的，觉知与思想的客体，非我之存在。"[iv] 而主观性即是客观性的对立面。对应极和原始极分别意味着完全的主观性和完全的客观性，是超越两极对立，超越时空之外的一点一瞬，这两极其实是迭合态，是为宇宙原点。叶芝认为这个宇宙原点在于每个人内心最深处，当自我与反自我（anti-self）相遇相融的瞬间。这个原点也是全人类内心深处的共通之界，是大心灵和大记忆的融合态，其中凝聚着过去现在和未来全人类的智慧与激情，包含世间一切的本质与法则（或秩序）。如果将叶芝的双旋锥循环运动、原始极和对应极两个原点二维平面化，我们应该不难联想到的是中国的太极阴阳图。不同于基督信仰将上帝视为人类必须顺服和跪拜的至高存在，天堂在于涤净了原罪的纯粹理性一极，叶芝的哲学将"天堂"安放在了但丁在《神曲》中描绘的地狱的第一层，天堂与地狱相合之际，理性与感性交融的极点，这与古代东方哲学中"道法自然"的理念是一致的，道不是脱离自然的绝对存在，而是源于自然，每个人都可以通过内心抵达的释脱和救赎的彼岸。

---

iv   W.B.Yeats, *A Vision*, T. Werner Laurie, Ltd.,1925, 18.

在这样的宇宙观底层构架上，叶芝以双旋锥历史循环论和月相理论进一步阐释我们的世界和存在。由于物质由精神流溢而来，所以我们的思想意识在于客观世界的核心，而个体和集体的思想意识（也可以说是个体灵魂和人类文明）始终在两极作用下以螺旋方式运动，带动世间一切也做着双旋锥运动。当原始极的影响处于主导地位时，螺旋向外扩展，是为原始极螺旋；当对应极的影响处于主导地位时，螺旋向内收缩，是为对应极螺旋。当原始极螺旋扩张到极致，天启降临，旋环崩溃，世界重组，开始新的对应极螺旋，如此循环往复。叶芝选取春分点在黄道带上移动一周的时长（约 26,000 年）为一个大年，也就是白羊座整个星座运动一周回到原点的时长，这属于在哲学传统中被频繁讨论的一种肉眼可见的最大尺度宇宙螺旋。如同一个太阳年由十二个月构成一样，大年也可以分为长度大约为 2000 年的十二个世代（era），每个世代又可以分为两个千年（millenium）。每个世代可以被视为一个完整的次级螺旋，而每个千年也可以被视为一个更小的完整螺旋。而每个螺旋内部又可以像一个太阴月一样划分为二十八个阶段，对应于月亮的二十八种不同盈亏月相。双旋锥理论和月相理论都不仅描述了人类文明（集体思想意识）的发展进程，也对应于个体灵魂在生死之间的循环流转，对应于人群中不同的人格类型。

在系统阐述其哲学理念的《幻象》一书中，叶芝将大而化之的大记忆／大心灵／象征之融合态三原则正式命名为"幽魂／幽灵／天体"之三位一体。以天体来命名永恒之存在的同时，他也选用了日月星辰这样恒在的天体作为其象征物。

象征是什么，"是某种看不见的精髓唯一可能的表达，是包裹一簇精神焰苗的透明灯盏"。"凡是人们将热情汇聚其中的事物，都在大记忆中成了象征。在知晓其秘密的人手中，它就是奇迹发生器，可以召唤天使和魔鬼。"而想象，"是神界的第一次流溢，是神之躯"。"象征性想象，就是幻象。""我们的想象是宇宙想象的碎片，是神的宇宙之躯的一部分，当我们以相通的想象来扩展我们的想象，将世界的忧与喜转换为艺术的美与谐，我们就越来越脱离那个被局限的凡人，而接近那个不受限的'仙人'。"（《威廉·布莱克与他的〈神曲〉插图》）

天体是幽灵完全理解和把握了幽魂，二者相融的一瞬，是表达着灵魂完满态的形体，而象征是想象对象征物背后精髓的理解和表达，是想象与象征物在幻象中的合一。"世界由精神性原点逐级流溢而来"的另一种表达法是"神凭借想象创造了世界"，那么灵魂要重返原点，也只能凭借象征性想象，去把握和表达事物背后的精髓。可以说，每一首象征主义诗歌，都是对展现于心目之前的一段幻象进行描绘的尝试，是一种回溯性的动作。艺术家创造的汇融激情（幽魂）与智慧（幽灵），展现了完备之美的艺术品就是一种永恒，一种象征，是艺术家召唤和表达的完美幻象，一种天体。

在了解了想象与象征之于叶芝的意义之后，我们可以更形象地来说明天体之三位一体的结构之不同的面向。天体或可以视为一点，一个无限小的圆，为万有之原点，为一，为美之发光体，为离或离之上卦；幽灵为理智之火种，为离之外阳或坎之中阳，为二；它的运动可视为一条直线，时间之线，直线本质上是一点裂变为两点，它拥有两端。幽灵的流溢意味着对下端的选择，选择导致变易和运动。在逐级的流溢中，点裂变又裂变，直线分叉又分叉交织为网为面。幽魂即为面，为三，为世界之幽玄，为繁衍之美，为融合态的自然，为所有尘世螺旋迭合的存在之迷宫，为一切"可燃物"，为众神之母，为离之下卦或坎卦。希腊神话中的宙斯，基督教的上帝，在叶芝的理解中都在于幽灵一极，所以宙斯的父亲为克罗诺斯（Chronos/Chronus，拉丁语，意为时间），宙斯拥有双头斧（拉丁语 labrys），开辟了存在之迷宫（labyrinth），宙斯也曾化身长有双角的公牛，皆因双角或双头斧的拥有者指向三位一体的第二位。

米开朗琪罗的摩西塑像头上双角之象征含义在叶芝看来也来源于此；而分叉更多交织为网的鹿角则每每与女神关联，指向幽魂之美。繁体汉字"麗"即为一头长着繁复叉角的鹿的象形，其义为美。希腊神话中，普罗米修斯也是通过茴香茎（神智之直线的象征）将思想的火种带到了人间。有时三位一体也以一个长着卷曲双角的羊头来象征，天体和幽魂可以被视为幽灵（羊头）的两只角，一只是丰饶之角（Cornucopia，或 the horn of plenty），哺育宙斯长大的仙羊（Amalthea）流出蜜与琼浆的角，一只是饥馑之角（the horn of famine），是宙斯折断的那只羊角。饥馑之角里会繁衍出各种物质，因此反而被世人误作"丰饶之角"，但叶芝的丰饶之角是天体，是理智之月。到这里，叶芝的天体三位一体与道家"道生一，一生二，三生万物"的对应想来也已不言自明。在世界各地的古文明遗址与祭祀相关的艺术品上，圆珠（点）、双角（直线之两端）和螺旋（面，直线之分叉衍射）作为基本的造型元素可谓无处不在。ᵛ

在叶芝的象征体系中，日是感官激情和自然之美的象征，指向幽魂；月是理智之美的象征，指向天体。星星是得道者不朽灵魂的象征，是理智之寒光，指向幽灵。日月星辰指向天体之三位一体的不同面向，指向和谐存在（unity of being）和完备之美（the complete beauty），共

---

v 角位于动物身体至高处，不朽且貌似多余，因而被视为属神的部分，成为祭典必备。世界各地的古文明中都存在角崇拜，中医理论亦有"角为督脉之余"的说法，将角视为多余阳气的化形。鹿角呈现为网的拟态，且通常于冬至或夏至准时脱落，仿佛感应着天时；"麋角解""鹿角解"均为节气征候；因此鹿角的象征含义通常关联幽魂。羊角呈现为螺旋的拟态，双角羊头是三位一体之整体的象征；其中被宙斯折断送与仙女的羊角也关联幽魂，折断态也与脱落态相应；在叶芝的象征体系里，这只断角被称为饥馑号角，角锥向下折堕的过程指示由原点生发万物的过程，而上擎的丰饶号角则指示万物溯归的原点。当然在永恒一瞬，丰饶号角与饥馑号角本为一体。狄俄尼索斯、阿提斯、俄尔甫斯都头戴一种被称为"弗里吉亚帽（phyrigian cap）"的羊角帽，这种帽子以底部一个大圆（帽口），顶端一个小卷或小球模拟着螺旋羊角，其象征含义或许也指向丰饶号角，表达着古代人对于自然的崇拜和宇宙的理解。古代器物上频繁出现的 ◎ 图形，亦应是丰饶之角的抽象造型，而象征无限循环的符号 ∞ 或许也来自对这一造型的再简化。所有这些由螺旋、网、直线、点珠环构成的介于抽象和拟态之间的神秘造型，或许都是古人对于他们认知中的宇宙大秩序的表达，我们的离卦卦形和太极阴阳图也是其中的变体。

同构成天堂的面纱或锦绣，正如他在《他想往天上的锦绣》一诗中所写：若我能拥有天上的锦绣，/ 以金色和银色光芒织就，/ 那墨灰昏黄湛蓝的锦绣 / 分属黑夜，胧明与白昼。

他在《幻象》一书中写道："在日光下，我们如其所是地看见事物，为白天的工作而忙碌，在月光下，我们看见的事物是朦胧的，神秘的，一切都是睡与梦。"（*A Vision*, 1925, 14）日色金光照耀着我们在客观面上的运动，朝向世界尽头探索和扩张的运动，追求肉身和感官满足的运动，而月色则是笼罩着我们向内心深处，向时间尽头的行程，笼罩着我们于冥思静定中追溯万念俱寂之境的内观运动，也笼罩着我们于狂舞酣醉中抵达的恍然忘我之境。

叶芝的哲学观是一个汇融驳杂，繁复深奥的系统，其诗学原则也无法以三言两语概括之，这里只是进行一番最为简略的介绍，更为详细的考察见诸之后具体的诗篇分析中，但现在我们可以来回头大略一窥月亮与特洛伊之战作为象征所包含的精髓。

（二）　月亮与特洛伊之战之为象征

特洛伊之战是大约三千多年前发生在小亚细亚半岛西端特洛伊城（伊利昂是其拉丁语名称）对阵希腊联军的战争。在神话和人类文明史研究者叶芝看来，特洛伊文明是以西亚两河流域为中心发展起来的古巴比伦文明的余波尾韵。根据他的双旋锥历史循环论，古巴比伦文明螺旋是一个原始极能量主导的螺旋，是人类以科学和理性向外部世界探索和扩张的时代。古巴比伦文明在数学和天文历法方面取得了很高的成就，被他以"古巴伦数学星光"来指称。而随后的古希腊文明螺旋是一个对应极能量主导的向内收缩的螺旋，是人类凭借内观和想象在灵魂向度上追寻真智（理智之美）的时代，是受激情宰制崇尚美的英雄时代，而月亮，正是这终极意义上的理智之美的象征。古希腊文明螺旋涌现了很多伟大的哲学家和艺术家，也留下了无数关于英雄美人的传奇和神话。在象征层面上，特洛伊之战是古希腊文明螺旋的一次天启之战，原始极主导的西亚文明力量与对应极主导的古希腊文明力量展开了对决。希腊联军从海上来，是为了夺回海伦让美归位，是对应极的美生成或牵动的力量。"穿越月色宁谧"指向一段人类灵魂溯归原点的旅程。他们在月色下潜行，仿佛感官之海上生成的精神气旋，将席卷和摧毁特洛伊城象征着的上一个文明的高塔。海伦是对应极能量的化身。根据叶芝的月相理论，她半人半神的美对应于十四月相，是臻于完满的美，看似冷淡纯洁，对于人类灵魂而言却有着钻石划过玻璃般的力量。仿如月之清辉投向大地，一轮象征之月也向人类灵魂射出启示之箭，燃烧的欲望将驱动新的人世螺旋。对于一种向美进发的文明力量而言，月色自然是静默而友好的；根据《奥德赛》中的描述，潜入特洛伊城的奥德修斯被海伦撞见，但海伦并未向特洛伊人告发他，只是劝他回去，保持了友好的沉默。特洛伊之战既是具体的，也是象征的；既是个体的，也是人类的；既是历史的，也是神话的。特洛伊城的陷落成就了海伦的传奇，千艘战舰和覆灭于剑端的城邦让人类的心目看见了美；九途长夜（在各种宗教和古代玄学传统里，灵魂溯归之途通常被分作九段或九重境界，例如卡巴拉生命之树基点以上的九个质点，神话的九重天），一息百年，焚城的大火在历史的长河中也恍如永恒之美在那位牧羊少年眼中点燃的刹那惊奇。帕里斯成为王子之前曾是牧羊人，作为人间裁判，他将金苹果判给了美神阿芙洛狄忒。在象征层面上，金苹果指向天体，美神在于幽魂一极，雅典娜作为智慧女神在于幽灵一极，赫拉作为宙斯的另一半指示着融合之原点；人与神，自我与反自我互为裁判，人间的选择导致了天体下堕，新的尘世螺旋开启。英语中的"wonder"一词很特别，它既指奇迹，也指奇迹引发的惊奇，是观者与被观者的合一，这是叶芝频繁使用的一个词，很适于描述那个居于其信仰核心的瞬间。

月亮作为人类在主观和灵魂向度上的终极追求，理智之美（intellectual beauty）的象征，属于一个古老的想象传统。象征主义者只是继承并再度凸显和强化了这一符号。深受柏拉图思想影响的维吉尔自然也归属这一想象传统。早于柏拉图的盲吟者荷马也是。月亮也是叶芝哲学观的重要构件，以月之盈亏变化来对应和分析人格类型和人类文明发展阶段的月相理论是其神秘主义哲学理论体系最为精细繁复的部分。月下即心乡，月亮以其朦胧、神秘而多变的美天然适于象征笼罩在灵魂的梦态（冥思态）与睡态（融合与觉知态）之上的光源，而满月则指向那个意味着和谐存在与完备之美的宇宙原点。月亮对这位象征主义诗人是如此重要，以至于博尔赫斯也曾在他的《月亮》一诗中写道："那个爱尔兰人，给出他悲剧性的晦涩之月。"晦涩，因其是指向终极的象征之月；悲剧，因为永恒之美的示现以愚人肉身的燃耗或陨灭为代价，正如特洛伊之战中英雄归于尘土，城池化为废墟，而艺术家必须经过艰苦卓绝的努力才能进入物我两忘之境获得灵感创造出不朽之作。

在《穿越月色宁谧》一文的序诗《我是你的主人》中，叶芝进而将自己描述为"月下漫游者"，早已过了人生华年，却还在月色中穿行，寻找一些魔魅形影，那是来自反自我的启示性幻象。特洛伊之战在某种意义上也是人类文明的自我与反自我相遇的瞬间。希腊文明可视为特洛伊所属的西亚文明的反自我，而欧洲某种意义上或可视为亚洲的反自我。在《幻象》一书中，叶芝写道："黑格尔将亚洲视为自然；他将整个文明的进程视为对自然的逃离；希腊人做到了部分的逃离，基督教则做到了完全的逃离。俄狄浦斯，希腊人的象征，解开了斯芬克斯—自然之谜，迫使她坠崖，虽然人类自身仍然无知且会犯错。我同意他的界定。"[vi] 细究这段话的深层含义，我们还可以看出，虽然希腊文明螺旋和基督文明螺旋各自为两个反向的完整螺旋，但在更大尺度上，它们也可被视作一个大螺旋的两部分。

在叶芝看来，我们的时代处在一个由基督信仰主导的原始极螺旋的尾声，在这个文明螺旋里，人类凭借理性与科学探索外部世界，取得了很大的成就，物质也极大地丰富，这个向外的螺旋已经扩展到了极致，或许会在大约一百五十年后（从叶芝时代算起）为另一个新的对应极螺旋取代，也就是说，我们的时代也在趋近一个文明交替大节点[vii]。在原始极螺旋里，征服者和科学家是历史的主要推动者，在对应极螺旋里，哲学家和艺术家们在灵魂向度上的引领作用将被更多地看见。作为一个诗人，一个灵视者，叶芝不无憧憬地预见新时代的到来，并追随他的文学和哲学先辈们走在向内而行的路上，一次次悬想和仰望那个汇融智慧与激情的永恒瞬间，那一口火焰的呼吸，等待美与惊奇的降临，并以一首首诗篇为无形之物赋形。

根据双旋锥历史循环论，爱尔兰前基督教时代的凯尔特文明是平

vi　W. B. Yeats, *A Vison*, Macmillan,1962, 202.

vii　关于特洛伊战争的具体年代众说纷纭，尚无定论。古希腊历史学家希罗多德（Herodotus）认为战争发生在公元前 1250 年前后，而另一位历史学家埃福罗斯（Ephoros）给出的年代是公元前 1135 年前后。叶芝在《月相》一诗中提及阿喀琉斯对阵赫克托耳事件发生在第十二月相，英雄时代的相位。根据叶芝的双旋锥历史循环论和月相理论，公元前 12 世纪后半叶大致对应于古希腊文明两千年螺旋的第十二相位；其后的第十三到十五相位被认为是对应超越态（顿悟瞬间）的相位，也对应着古希腊文明的黑暗时代；叶芝在《幻象》一书中认为希腊人正在接受特洛伊战争的启示后才逐渐形成完整的信仰体系。特洛伊之战与我国历史上的牧野之战发生的年代大致相当，叶芝诗作中对于周公的频繁致意提示我们他对这一相关性或有关注和考察，开创了礼治时代的周朝在他看来可能也是平行于古希腊文明第二个千年螺旋的存在。这一千年螺旋中包含了雅斯贝尔斯称之为"轴心时代"的历史时段，即公元前 8- 前 2 世纪，是为人类文明探索灵魂向度的突破期。根据《幻象》的图示，叶芝将 1927 年后的一百多年对应于基督文明第二个千年螺旋的第 23-25 相。照此前推，第一次世界大战及爱尔兰内战对应于第 22 相，是为暴力的相位；照此后推，当今之世则即将或已经进入千年螺旋最后三相位区间。

行于古希腊文明的存在，属于对应极文明螺旋，其中的古老神话和民间传说中蕴含了叶芝所信仰的想象传统。所以叶芝从早年起，便热衷于搜集整理民间故事，曾辑成《凯尔特的微光》一书，又以众多的诗篇和剧作将神话和传说素材重新熔炼，焕新其中古老的象征体系，推动爱尔兰民族文化的复兴，是为"以我们的古老传统之砧，为那场伟大战斗磨砺一把新剑，那战斗终将重建一个古老、自信、欢乐的世界"[viii]。他深信柏克所说，民族国家是一种有机体，是一棵在思想文化的土壤中历经千百年缓慢长成的大树，而非组装而成的国家机器。他知道对于爱尔兰的民族独立事业，重铸想象传统凝聚民族之魂是有效的方式，因为灵魂深处的转变是外部世界一切转变的先机。他知道，"那位只等他的时辰到来便施放的伟大射手／仍把一只云做的箭囊／挂在犊园的上空"。（《七重林中》）

　　于此叶芝再次表现出与基督教圣徒，或追求"炼尽阴魄以返纯乾"的道教修仙者，或追求涅槃的佛教徒之不同。他虽然认可内观之路通达的终极，有着内观者的觉知，却选择了一条不同的道路。他以高塔中冥思苦修的盲眼隐士指向圣徒、仙道和佛陀，在他看来，他们在于幽灵一极，摒弃了感官和俗世欲求（幽魂），以纯粹理智超脱轮回；但对立的两极相互依存，无法被割裂，理智之美只能生发于心之冀求；他选择的是出于高塔行在月下，投入俗世之战斗的剑客之路；换一个

---

viii　本条引自叶芝散文《诗歌与传统》（*Poetry and Tradition*），该文与《肉身之秋》（*The Autumn of the Body*）《魔法》（*Magic*）《在长蛇之口中》（*In the Serpent's Mouth*）《威廉·布莱克与他的〈神曲〉插图》（*William Blake and his Illustrations to The Divine Comedy*）等文均收录于 *Early Essays. The Collected Works of W. B. Yeats, vol.4.*

视点，剑客于圣人与愚人之间的摇摆之途亦是一条如剑之直的路^{ix}，是始终遵循前定使命之路，于诗人而言便是荷马的道路。荷马吟唱阿喀琉斯的狂野之怒，是为英雄与剑客之死，吟唱奥德修斯的海上奔波，是为智者之生，恒我（Permanent Self，或反自我）之再入轮回；生与死的原罪是诗人永恒的主题。他追求功业，追求作品的完满，追求从尘世的哀伤与负累中提炼美之精髓，因为他所向往的终极，在于天体，是轮回尽头完美的形体，它"出自灵魂的过往，出自那人的全部事件与作品，这些事件和作品中表达了某种在于灵魂罗盘中的智慧、美和力量的特质，是比任何寄于特定躯体内的一生都更人性具足，更真实的形态，是幽灵、天体与幽魂一瞬的融合"。（*A Vision*,1925,235）灵魂

---

ix 叶芝曾在散文中引用威廉·布莱克的话："熊熊烈火与无坚不摧的利剑是永恒的一部分，强烈到人眼无法直视的事物。"剑作为象征，与月同色，与直线同形，是冷月之光射入人心的箭镞化为的热血，是恒我（permanent self）之囊牙（而恒我即众我中的我，反自我），是前定的使命，是天命。剑是理智之美的构成，它以火锻造，又以泉水淬火，是象征水火融合态的事物。基督教创世故事中，上帝派炽天使手执火焰剑守卫伊甸园；人类穿越理智之火才能重返极乐；卡巴拉生命之树上，灵魂向上溯归原点的直线路径被称为"火剑之路（the path of flaming sword）"，意指行在自然之环路上的灵魂突破了天使的屏障，成为一把向上飞升的火剑，达成进阶。剑客之路在于叶芝，指的是怀有圣人的觉知，明了天命，行在天命所指的路上。而天命在人生之初是一把愚人的佩剑，像热血被心与胸腔包裹一样，为感官欲障之鞘所包裹；利剑出鞘之日便意味着愚人成为剑客之时。剑客之路是一条摇摆于愚人与圣人之间的道路，如同卡巴拉生命之树上的路径，是环路与直路的交互，又如同塔楼中的旋梯。卡巴拉生命之树第8圆通向第7圆的路径对应塔罗牌中塔楼牌。叶芝曾以《静女》一诗达境，解析了这一抽象路径的含义。

在叶芝的神秘主义哲学观照下，炽天使的焰翼与手中剑即是凡人头脑中的觉悟和心中的热血，炽天使就是飞翔态的凡人之灵魂。我国道教典籍中也有"纯想即飞"之语。鸟类在宗教和神话中通常被用来象征神之灵，鸟类与天使都禀风，而塔罗牌里的宝剑是风元素的象征。或许正是由于这个原因，我们去世界各地的古文明遗址中，都会看到礼器上鸟类的翅膀与匕首同形，又仿佛不同朝向的焰簇，而火焰的形状与激浪或流云的形状又很近似，其中或许也表达着两极相融万炁归一的理念。

叶芝曾说，"我一生都在以不同的方式诉说同一件事"。或许，如同叶芝以一些相互映射勾连的古老象征符号搭构不同的诗篇，不同的幻象之"云冢"，去表达（或包裹）他信仰的终极，许多古代文明艺术品中的鸟兽虫鱼物的造型也都呈现出一种流动和互融的态势，使得这些形象也仿佛神秘而朦胧的云团，其中或许也蕴含着共同的精髓。

无尽流转，永恒只在于一瞬。"穿越月色宁谧"指示着月下仗剑的尘世漫游者一种精神姿态，一段向美而行的灵魂历程。

（三）　关于本书

本书的缘起纯属偶然。此前我并非一个热切的诗歌读者；作为外国语学院的毕业生，我的研究方向是英国小说，只是在课堂上囫囵地读过一些广为人知的英语诗作。2020年春天我遇见一位朋友，他的文体在我看来有一种令人惊奇的美。他喜欢写诗，读诗译诗时会进行逐字逐句的辨析，思路也十分新鲜有趣。受他的影响和引导，我开始了精读和重译叶芝诗歌的过程；一年后我写下了《叶芝和他的拜占庭诗篇》一文，在6月13日叶芝诞辰发表于《新京报书评周刊》，随后又被推荐到豆瓣首页，阅读量巨大，也接收到一些诗人和学者朋友的好评。受到鼓励的我便有了继续写下去将译诗和阅读感悟集结成册的信心。

本书辑录叶芝代表性诗作一百首，这些诗作平均分布于他创作生涯的各个时期。每首诗以前中文后英文对照的形式排列，其中64首附有详细的注文。另外36首尚未加注，一是时间所限，在北京生活数年后再回到南京，我一直无法适应这里潮湿的气候，精力和体力状态严重影响了我的写作速度，如今我感觉不能滥用出版方的宽容一再拖稿；二是我想这36首诗注的留白或许可以给读者提供一个练习自己解读的机会，以免学而不思则罔；三是仅以目前的篇幅来看书的厚度已经相当可观，再多就太厚了，因此便决定先告一段落，若此辑的读者反馈足以促成下一辑的写作，我或许可以从容补上这些诗的注文。

书中篇目按照叶芝诗作的写成或出版时间排序，与我写作注文时的篇目顺序略有不同，因此我想有必要给出本书建议的阅读顺序。《叶芝和他的拜占庭诗篇》《时间十字架上的玫瑰》《世间的玫瑰》《茵尼斯弗里湖岛》《月相》《迈克尔·罗巴尔茨的双重幻象》《二度降临》《摇摆》《丽达与天鹅》《本布尔宾山下》等重点篇目中包含了对叶芝哲学和诗学一些重要理论和概念的阐述和辨析，若能先从这些篇目开始阅读，想来更有助于从整体上理解叶芝诗歌背后的精髓，获得更为清晰顺畅的阅读体验。

叶芝所处的时代距离我们虽然已有百来年，但象征主义文学是现代主义文学的前奏，又承接着浪漫主义的文学传统，叶芝是其中承前启后的代表人物，他所继承与开创的，迄今仍深刻地影响着后辈诗人。对于想要精读和系统把握现代诗歌的读者而言，叶芝无疑是一个适宜的起点。

还是十几岁的少年时，他就凭借天赋悟得了保存于但丁、雪莱、布莱克等文学先辈们诗歌中亘古常新的想象传统和象征体系，从那时起，他便以虔信和勤勉投入整理和接续这一传统的行动中。在诗歌艺术上，他追求形式与神髓全方位的完美，诸多不朽之作为一门人类共通的想象语言贡献着熠熠生辉的词汇，而他严谨而有序的诗歌生涯也自成完整的象征体系，自是一片梦幻云天，飘浮着奥义深蕴的层云。作为一个生活在基督信仰崩塌，人群陷于迷惘的时代的个体，他在思考和追寻终极意义的过程中也将自己变成了一个博学多闻的人，关注和涉猎的领域天文地理无所不包，甚至整理和建构了整套的神秘主义哲学体系，呈现于《幻象》一书中。

阅读叶芝于我而言在美感之外还有更多有趣的收获。作为象征主义者的叶芝无疑也是一个解读人类文明符号的专家，甚至让我在逛三星堆博物馆和金沙遗址博物馆时生出很多联想和感悟。深度了解了他的哲学理论之后，你会发现他骨子里是一个"东方思维"秉持者，这是很多西方诗歌批评者在解读他的作品时遇到阻碍并刻意回避之处，但对于中国读者来说，贯穿其创作生涯的东方思维表达实乃"他山之石，可以攻玉"的存在；阅读这位周公和孔子的西方拥趸的作品，那些时时闪现的共鸣与回响或许可以促进我们对于中国古代哲学思想，尤其是儒家思想的领悟。举个例子，熟悉叶芝的理论后，我看到王阳明的心学四句"无善无恶心之体；有善有恶意之动；知善知恶是良知；为善去恶是格物"时，瞬间就把它默译成了叶芝的语言，并感觉已经了然每个词背后的深义，不像以前因无甚体悟而感觉它平平无奇。又例如，在观看《长安三万里》时，当李白吟出"生者为过客，死者为归人，天地一逆旅，同悲万古尘"，我仿佛也感到了相隔千年的两位大诗人的心声之共振，看到了他们诗笔同指的无极与浩瀚。

从那天翻出蒙尘多年的诗集向朋友请教《印度人致其所爱》一诗起，沉浸叶芝诗中世界的时间已经过去四年。初入其间感觉如行雾中，而现在，我已能从字里行间瞥见更多，感觉如行月下，细读宛若拨云见月的过程。叶芝的心乡幻境幽影纷纷，气象万千，我能瞥见的依然有限，也深感自己笔力不逮，未能尽述心意，但仍不辞浅陋做此笺注，勉力进行一番解诠，唯盼抛砖引玉，读者诸君凭借自己的学识颖悟触类旁通，或能开启一段穿越月色宁谧的行程。

本书在写作过程中得到了诸多友人的帮助和鼓励，在此一并致谢；特别感谢多年好友锡兵教授提供各种技术支持；感谢诗人瓦当、王璞、了小朱和微博豆瓣上许多陌生友邻的转发、鼓励和点赞，让寂寞之途平添"吾道不孤"感；感谢施梓云、刘立杆、苗炜、乔纳森、Eric Abrahamsen、楚尘、杨全强、陈蕾、范晔、朱岳等师长和老友回应我的询问，提供择字、风格辨析和资料确证等方面的意见；感谢赵松、王蕾、蔡欣等友人的信任与支持，让此书进入出版流程；感谢 A.L. 君在四年旅程之始的引导与陪伴，没有他的出现就没有这本书，所以本书献给他；感谢多年好友与合作者丁威静，我知道她会完成这精神旅程道成肉身的最后一道抽象工艺，纸书之美犹如錾花或丝囊之于剑鞘。感谢西坝河初夏的夜月风雷，感谢桃园的春花秋叶，鹁鸪声声；《黄帝内经》上说"神在天为风，在地为木"，我也以字面意义理解这句话，我知道叶芝也是，有他的象征，他的诗篇为证。

2024 年 2 月 2 日

叶芝和他的拜占庭诗篇

 去年四月，赋闲在家的我偶然地和一位朋友译起了叶芝的诗。此前我对这位二十世纪的大诗人和现代主义文学奠基人所知甚少，这样直接上手翻译，一开始自然如行雾中，但不带先入之见地进入文本，逐字逐句精研细读，又被疑问驱动着做延展阅读，逐个消除问号，并以顿悟和联想释开成片疑云的过程，可能也是走近这位以玄奥晦涩诗风著称的诗人的适宜方式。

 在早期一篇名为《肉身之秋》（The Autumn of Body）的散文中，叶芝这样描述象征主义文学："以一种突然的能量将充满灵性和热情的词语汇集一处，那些词语像一种东方灯具，火苗在红的蓝的暗玻璃之中闪烁……取光于相互折射，如宝石之上真切的火彩，并成为一个完整的词汇。"若仿效叶芝，将他自己的诗作比作既古雅又现代的灯火魔法装置，那么对这些诗的翻译和注解工作在我看来，就是逐一擦拭并重燃那些红的蓝的暗玻璃灯盏，让那蕴含着完整灵性表达的神秘光焰之舞终于浮现眼前的饶有趣味的过程。这些魔法装置中的大部分灯盏由那位朋友负责搞定，他读诗颇多，自己也写，是此中行家。

一年过去后的现在，我们已阅读或翻译了他的很多诗作和散文，对于他杂糅了玄学秘术、哲学、心理学，又自成体系的神秘主义思想也有了一定程度的把握和了解，从他的诗作中选取被公认为最杰出同时也最晦涩的拜占庭诗篇，来尝试解析这位伟大的诗歌炼金术士以灵魂熔炼而出的诗行，呈现那统摄纷纭意象的神秘火焰之舞。

（一）　诗歌与哲学的炼金术士

在从 1880 年代到 1930 年代长达半个世纪的时段里，叶芝一直是英语文坛上能量充沛且影响巨大的存在，罕见地将创作激情和艺术水准保持终生甚至愈晚愈高；写诗以外，他和友人一起发起了爱尔兰文艺复兴运动，创办了阿比剧院，以自己的方式有效地为爱尔兰民族独立运动推波助澜，并因其贡献和声望一度担任独立后的爱尔兰自由邦参议员。在这样经历复杂又成就卓著的一生中，叶芝展现了异样繁多的身份：诗人，剧作家，哲学研究者，沉迷玄学的神秘主义者，神话和民间传说收集者，灵媒招魂活动的热心参与者，威廉·莫里斯的学徒和威廉·布莱克的解经者，与女演员兼激进爱国者的受挫恋情里的痴恋者，诺贝尔文学奖得主。在这多重身份里，叶芝最看重的是诗人和哲理探寻者。诗歌自然是他最主要的激情，然而这激情与对解释世界之哲理的追求密不可分，关于诗歌的艺术美学与神秘主义思想汇融一体。

叶芝出生和成长在一个现代世界的滥觞期。十九世纪晚期，自然科学和技术的发展颠覆了主宰人类精神世界两千年的基督信仰，那些冰冷数字和原理定律虽然一定程度上解释了外部物质世界，并不能填补上帝死后的空白，因此，转头向远古，向古希腊文明起源追溯灵魂维度的真知便成为那个时代几乎波及所有领域，汇聚了众多哲学家、艺术家、玄学派人士甚至科学家的潮流。尼采便是其中一位。他的处女作《悲剧的诞生》通过讨论古希腊悲剧艺术，论述了日神和酒神精神的对峙统一是古希腊文化得以发展繁荣的动力，并在对酒神精神的阐释和提倡的基础上又发展出超人的概念。叶芝曾在 1903 年给友人的信中这样表达他阅读尼采著作的感受："从来没有读到过这样令人兴奋的书。"很难说清叶芝在多大程度上受到了尼采的影响，是借鉴和套用了他的思想体系，还是他们的思考本来就合辙同源。毕竟叶芝更早的时候便开始接触并深研的玄学秘术也大都体现出了向远古溯源的趋势。

叶芝在中学时代因为阅读一本阐述达尔文理论的生物学辞典被褫夺了基督信仰，从此便开始探寻和整理一套新的解释世界的哲学作为替代，这是一个持续一生的过程；而融汇了赫尔墨斯主义、炼金术、玫瑰十字会、犹太秘教卡巴拉、佛教密宗、古希腊泛神崇拜、新柏拉图主义等多种东西方神秘主义元素的通灵学也在叶芝的时代开始风行。他早年便出没于通神学会，沉迷于阅读玄学书籍，学习冥思修行的秘术，先后加入过通神学会、金色黎明隐修会等神秘主义团体，并且是后者当中的灵魂人物。中年以后还和妻子一起实践一种叫做自动书写的通灵操作。除此以外，弗洛伊德，荣格等人在心理学领域的探索和理论也可以在叶芝的作品中找到语汇不同的表达。叶芝也将以绘画和诗歌艺术来表达神秘主义思想的威廉·布莱克视为文学先辈中的精神导师，对他的作品进行过深研和解读。

叶芝对以上分属哲学、玄学、神学和科学的知识体系来者不拒，兼收并蓄地吸纳了非常丰富的理论素材，在思考和实践中将之加以整合熔炼，形成了一套自己的哲学或玄学体系，先后写下过《炼金玫瑰》（*Rosa Alchemica*）、《穿越月色宁谧》等文章，到了 1925 年，《幻象》（*A Vision*）一书的出版表明他多年探寻和思考的解释世界的理论体系已经清晰成型。在他生命最后阶段的 1937 年，这本书又经过了大幅修改再次出版。

相较于他的神秘主义哲学著作，诗歌堪称是这位诗歌与哲学的炼金术士的终极坩埚。一则在诗歌中，他汇融博杂的神秘主义世界观中又添加了诗学维度；二则象征色彩深浓，兼具音乐性的诗歌天然适于灵性思想的传递和表达。

在《肉身之秋》一文中，叶芝回顾了诗歌传统从芬兰史诗《卡勒瓦拉》经由维吉尔、但丁、莎士比亚直到浪漫主义诗人，朝着物质主义的方向逐步发展的轨迹，得出结论说人们已经下到了旋梯底部，而从颓废主义（象征主义的前奏）开始，诗人将返身向上，朝着相反的方向探索灵魂的维度，将以从牧师肩头滑落的担子为己任；此后的诗歌是哲理的诗歌，关于事物精髓而非事物的诗歌。叶芝本人的诗歌创作无疑成功地实践了他在早期文章中表述的这一观点。

（二） 拜占庭诗篇

叶芝以拜占庭为题的诗共有两首：《驶向拜占庭》和《拜占庭》。

后一首是对前一首的进一步阐发。两首均被公认为杰作，尤其是后一首，文德勒给出的评价是："叶芝最伟大的诗篇，没有之一。"[i]

两首诗分别发表于 1927 年和 1932 年，叶芝其时已年过六十。此前的 1922 年，他当选爱尔兰自由邦参议员，1923 年，获得诺贝尔文学奖。写下前一首的那年，他罹患了一次肺充血；1930 年，在一次几乎致命的马耳他热病之后，他开始了后一首的写作。"通过《拜占庭》和《维诺妮卡的面巾》我让自己回暖又活过来了，"[ii]他说。诗艺和声名都已臻巅峰，可人也到了衰朽残年，用什么来抵御死亡的寒意？作为诗歌与哲学的炼金术士晚年最成功的两次熔炼，拜占庭诗篇给出的解答是：惟不朽灵魂可以对抗速朽肉身。

灵魂如何达成不朽？在叶芝看来，两极对立的事物之间的矛盾是世界发展的根本动因，而艺术创造的要旨是融合对立的两极。他写诗的动力便源自灵魂和肉身之间的对立。灵魂渴望不朽，肉身却沉迷于个体欲念。艺术家应当不懈努力，在创作中追求一种强烈而纯粹如火的精神境界，让灵魂超越个体意识局限，掌控肉身，创造出完美艺术品，而灵魂便寄寓其中获得永生。

1. 火态魔法和双旋锥历史循环论

在写于 1907 年的名为《魔法》（*Magic*）的文章中，叶芝将其玄学思想的核心，也是从古及今朝向灵魂维度探索的所有哲学和玄学流派的理论基础，归纳为以下三条："（1）我们的心灵的边界变动不居，许

---

i   H. H. Vendler, *Yeats's Vision and the Later Plays*, Harvard University Press, 1963, 114.

ii   A. Norman Jeffares, *A Commentary on the Collected Poems of W. B. Yeats*, 352.

多心灵似乎可以汇融一处，产生或者揭示出一个大心灵，一种大能量。（2）我们记忆的边界也变动不居，我们的记忆属于一个大记忆，自然本身之记忆的一部分。（3）这个大心灵和大记忆可以被象征物召唤。"不同哲学和玄学流派对大心灵和大记忆做了各自的论述和界定，赋予了不同的称谓和结构区分；比如以理念论为中心的柏拉图主义将之称为理念和灵魂；新柏拉图主义则在柏拉图的理念论的基础上发展出太一／理智／灵魂三位一体论；布莱克则将其称为"想象界"。无论是理念世界、太一，还是想象界，都被认为是绝对的超越性的实在，相对于我们物质的感官的世界而言是更高级的世界；物质世界不过是那个永恒世界变幻易逝的流溢和投影。

在《穿越月色宁谧》[iii]一文中，叶芝初步阐释了他的理论。古希腊哲学里构成世界的四种基本元素土水风火被他用来描述世界的分层：土象征的是世界的物质层面，日常现实；水是我们的意识世界；风，是死者之魂魄的气态世界，而火态世界最为恒定，是不朽灵魂和永恒之美的所在地。他提到：有两种现实，一种是地面现实（terrestrial reality），即日常现实和物质世界；一种是火态现实（fire condition）。地面的现实中充满了对立的事物和矛盾，只有两极选择；而火态现实中只有音乐和休憩，是一切的融合。"在这一切之上，我相信，必定存在某些目的和统御性的爱，是让一切变得简单的火。"

他的世界分层理论后来在《幻象》（A Vision）一书中得到全面

---

iii 《穿越月色宁谧》分为三部分，其一为序诗"Ego Dominus Tuus(我是你的主人)"，其二为长文"Anima Hominis（人的灵魂，对应英文为 The Soul of Man）"，其三为长文"Anima Mundi（世界灵魂，对应英文为 The Soul of the World）"。文中引述的部分出自"Anima Mundi"。这篇文章载于 Later Essays.The Collected Works of W. B. Yeats, vol. 5.

和精细的阐发。针对火态他推出了一个天体／幽灵／幽魂之三位一体的结构，并"不无迟疑地"自比于新柏拉图主义的三位一体：天体（Celestial Body）对应于太一，幽灵（Spirit）对应于理智，幽魂（Ghostly Self）对应于灵魂。新柏拉图主义的三位一体中，太一被认为是一切的根源，宇宙是太一的流溢物。流溢的过程分为三个阶段：第一个阶段是理智（幽灵），第二个阶段是灵魂（幽魂），而灵魂既可以经由理智回溯太一，也可以向下流溢进入物质世界。比照新柏拉图主义的理论和他自己归纳的魔法三原则，火态三位一体中的幽灵指向大心灵，幽魂（即世界灵魂）指向大记忆，天体则是一切的根源，三者构成火态实在，即叶芝的火态魔法世界；换言之，幽灵为火种，幽魂是可燃物，天体是烈火燃尽时在人们心目中留下的一瞬的完美幻象；而幽魂经由幽灵汇入天体的瞬间，被称为至福（Beatitude），或唯一的瞬间，在于时间之外。时间只与物质世界伴生。

在叶芝的理论里，要从我们身处的地面现实进入永恒的火态，有两种途径。一种是死亡回归，人的魂魄脱离肉身后经历净化的过程，进入一个融合了一生所有记忆和冲动的瞬间，唯一的瞬间（One Single Moment）；若是幽灵足够强大，可以完全把握幽魂，便能栖宿在永恒的天体，不再投生于自然生命之中，成为火态的不朽灵魂。一种是活着的人在沉醉，冥想，或竭尽所能的强烈而纯粹的精神状态里，灵魂摆脱了个体意识，接收到来自火态的幻影启示，一瞥永恒瞬间，获得融合与超越性体验，或产生顿悟，甚至达成不朽成就。

在这里我们或许需要一张图来辅助理清叶芝的火态理论里诸多概念和称谓之间的关系。

这是1937年版《幻象》里叶芝版火态三位一体的示意图。这张图上没有出现幽魂，但叶芝在文中说明了幽魂是包括热情的躯体（Passionate Body）和魄壳（Husk）在内的第三位，图的右下角部分。其中，魄壳（Husk）是身体的感官（Sense），而热情的躯体是魄壳的目的，是感官凝汇而成的激情和情绪；而幽灵其实就是思想（Mind），

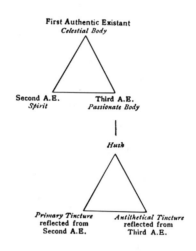

其中包含着关于热情的躯体的知识，它将那些激情和情绪编织和转化为融合态中神圣的理念；而天体是幽灵的目的，是激情和情绪的理念结晶，是升华和超越了时间的热情的躯体，是完美的艺术品，是代代流传的神话，其中凝结了永恒的激情和智慧，使一切变得简单的"某些目的和统御性的爱"，神（Daimon）的圣火。而这神的圣火也在于每一个体的内心最隐秘之处，每一个体拥有自己的 Daimon，是他们的终极自我（Ultimate Self），每个时代或群体也拥有相应的 Daimon。

从叶芝关于火态现实和永恒瞬间的论述中，除去古希腊哲学尤其是新柏拉图主义的影响外，我们也可以看到尼采的日神酒神精神对峙

理论和弗洛伊德、荣格的现代心理学理论的影子。火态现实大致是与柏拉图的理念世界，新柏拉图主义三位一体的超越性存在，尼采的酒神精神和荣格的集体无意识互相涵盖或交迭的一种概念。

在以四大元素和两极对立论解释了我们身处的空间，这个复杂现实世界，以及火态的彼岸世界后，叶芝还有另一套双旋锥历史循环论来解释时间和人类历史。对立的两极推动世间万物和世间以一种螺旋的方式向前发展，当一极主导的螺旋运动到达极点之后，旋环崩溃，世界重组，由相反一极主导展开新的螺旋运动，如此周而复始。叶芝将这两极命名为原始极（Primary）和对应极（Antithetical）。一个旋锥代表一极主导的历史发展阶段，时间跨度是大约两千年，称为一个世代，十二个世代构成一个大年（柏拉图大年也是大年概念中的一种）。比如对应极主导的两千年古希腊文明螺旋结束后，是原始极主导的基督文明两千年。而古希腊文明螺旋之前又是原始极主导的古巴比伦文明螺旋。每个世代变化又以月相周期来划分。每个世代又可以分为两个千年，每千年也以月相划分阶段。

简略介绍完叶芝解释世界和历史的宇宙时空全套理论之后，现在我们可以来回答为什么是拜占庭。

2. 为什么是拜占庭？

关于古希腊城市拜占庭的起源有一则包含对立的神话。希腊王子，海神之子拜占斯领受了一则德尔斐神谕踏上航海之旅，神谕说他将在一群盲者的对面找到他想要的。拜占斯来到金角湾时，发现岸边那片土地是绝佳的筑城之地，又将目光投向对岸，发现那里已有人建立了城市时，便领会了神谕之意：若非盲者，怎么可能放弃如此优越的位

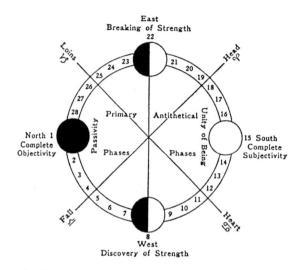

·《幻象》中的月相图

置而选择对岸呢？

　　拜占斯建立的城市拜占庭后来成为千年帝国拜占庭的都城，这里是地理、文化和信仰等各种意义上的东西方交汇点，又因一度极为辉煌的宗教艺术和文化被称为人间天国，是多种宗教的圣城，人间和天堂的交汇点。

　　在《幻象》一书中，叶芝曾表示："若有机会去古代生活一月，我会选择拜占庭，在查士丁尼为圣索菲亚大教堂揭幕并关闭柏拉图学院之前一点的时间。"他认为，"在早期拜占庭，空前绝后地，宗教、审美和世俗生活融为一体……画家，马赛克拼花工人，金银器匠人，《圣经》绘图者几乎都是非个人化地，不带个体设计意识地，沉浸于创作中，感应着一个集体的幻象……许多人参与的作品，看上去像一个人的作品，建筑、图画、花纹、栏杆和灯的铁艺似乎都在构成一种

统一的意象". (*A Vison*, 1962，279)

叶芝将查士丁尼时代视作以基督诞生为标志的两千年历史循环的第八月相，代表在一个原始极主导的世代中对应极力量最强的阶段，同时也是千年历史循环的第十五月相时期，代表满月光辉下的文明状态。在这一历史时期，原始极的基督文明和对应极的希腊罗马古典文明力量达成了平衡和统一，这种状态通过艺术得到了表达。建成于那时的索菲亚大教堂耸立逾千年，很长时间里被视为人间天国的象征。而盛极一时的马赛克拼花艺术更是直观地体现了许多艺术家在一个集体幻象的感召下，超越自我意识局限创造出的完整的美。此外，这一时期的金银器手工艺也达到了出神入化的境界。

因此，叶芝写下驶向拜占庭的诗题时，并非想要去到那个如今叫作伊斯坦布尔的城市，而是表达对一种将多种对立汇融一处的理想存在状态及其艺术表达的追寻，即，艺术家克服了灵魂和自我的对立，心手合一，念及意遂，融入"和谐存在（unity of being）"的同时，也创造出了具备"完整的美（the complete beauty）"的艺术品。

下面我们就进入诗里做逐节分析。

3. 驶向拜占庭（*Sailing to Byzantium*）

I

那不是年迈之人的国度。年轻的人
在彼此的怀抱中，鸟儿在树上
——那些将死的世代——在歌吟，

鲑鱼稠密的瀑布，青花鱼麇集的海洋，

游鱼，走兽与飞禽，在长夏一季里赞美

孕育，出生又消亡的万类。

沉陷于感官的音乐，它们却

一起将那无龄智识的丰碑忽略。

That is no country for old men. The young

In one another's arms, birds in the trees

—Those dying generations —at their song,

The salmon-falls, the mackerel-crowded seas,

Fish, flesh, or fowl, commend all summer long

Whatever is begotten, born, and dies.

Caught in that sensual music all neglect

Monuments of unageing intellect.

　　"那不是年迈之人的国度。"一句简洁的开篇既是直告又是叹息，点明其时占据诗人意识中心的矛盾：衰老的人在一个万类生生不息的盛夏国度。接下来的几行叶芝借鉴了两个经典意象来描述老人眼前这个盛大的对立面：生命之树和感官之海。仿若伊甸园的生命之树，这里的树下有在彼此怀抱中的男女，树上有鸟儿，都在歌唱。可年轻人和鸟儿纵然青春，生命却不过是从一开始便走向死亡的速朽过程，所以他们也都是将死的世代；4–7 行属于感官之海："鲑鱼稠密的瀑布，青花鱼麇集的海洋"，在那些水域，那海洋里拥塞着生命，回响着感官的音乐。最后一句呈现了此诗核心的一组对立：感官音乐和无龄智识。

无论是新柏拉图主义的太一／理智／灵魂三位一体，还是叶芝自己的天体／幽灵／幽魂三位一体中，处在图之右下角第三位的灵魂（幽魂）既可以向下沉堕于物质世界，迷醉于感官音乐，也可以向上经由理智（幽灵）的升华汇入天体成为不朽存在。感官之海中汇融了所有生命的感官意识，感官音乐是所有生命共享的本能和自然直觉；而无龄智识则是人类智识成就的世代累积，永栖于天体中的不朽灵魂是自远古以来沉积的人类智慧的载体，是一种超越生死之界的存在，会以气态的影像直接映现在特定接收者（比如先知或者艺术家）的心灵之眼前，传授他们以灵魂的歌吟。

II

年迈之人不过是无用物事，

悬挂于杆子上的破旧罩衣，

除非灵魂拍手作歌，歌声愈高昂，

为那每丝每缕的必朽皮囊，

并没有教授歌吟的学堂，只有勘研

的碑林，耸立着自身的庄严；

因此我远渡重洋，抵临于

拜占庭这圣城之域。

An aged man is but a paltry thing,

A tattered coat upon a stick, unless

Soul clap its hands and sing, and louder sing

For every tatter in its mortal dress,

Nor is there singing school but studying

Monuments of its own magnificence;

And therefore I have sailed the seas and come

To the holy city of Byzantium.

　　第二节以欲扬先抑的方式继续强化和衍射第一节中的对立。年迈之人不过是像稻草人般的废旧品，除非——灵魂拍手作歌。老年人和青春盛夏生命的对立在这里个体化为灵魂和衰朽肉身（破旧罩衣）的对立。两手相合的意象指向对立面的融合，即灵魂在超越并完全驾驭肉身的状态中，可以唱出超凡智识之乐；进入火态意味着灵魂对肉身的燃耗，所以肉身愈凋零，灵魂的歌声愈高昂。

　　5–6 行大概是全诗最幽微难解的地方。全诗出现过两次"碑"，第一节最后一行"无龄智识的丰碑"，是人类集体智慧之载体，而此处"自身的"指示着个体性，与集体性构成对立；"勘研"得来的知识和冥想顿悟中得来的集体智慧之灵知也构成对立。联系他本人的思想倾向，叶芝在这里想要表达的可能是：那些仅仅把精力投放在勘研和描摹外部世界的学者和艺术家们，他们的成就只是展示了他们个人头脑的发达，跳不出个体感官意识的局限。他现在身处的环境既不是老年人的国度，也没有教授人们直悟真知，深探灵魂维度的学堂，所以他向往着，渡过这感官之海，去到满月清辉下的文明范本——拜占庭。

Ⅲ

哦先贤们于神的圣火中伫立，

彷若位在镶花成像的黄金之壁，

从圣火中出来吧，依螺旋游移，

做我灵魂的歌吟之师。

燃尽我心；它因念欲成疾，

又绑缚于奄奄待死之兽身，

它不知它所是；请将我收进

那永恒之巧制。

O sages standing in God's holy fire

As in the gold mosaic of a wall,

Come from the holy fire, perne in a gyre,

And be the singing-masters of my soul.

Consume my heart away; sick with desire

And fastened to a dying animal

It knows not what it is; and gather me

Into the artifice of eternity.

　　第三节，稻草人叶芝来到了想象中的拜占庭。先贤们，也就是死后灵魂汇入火态现实（神的圣火）中的那些先知或艺术家们。大教堂金壁上栩栩如生的拼花人像，由许多工匠制作的无数碎片聚显而成，就像无数先知智识汇融的人类集体智慧，幻化为影像显示在后辈冥想或顿悟或睡眠时刻的心灵之眼前。第三行，诗人如同招魂会上的灵媒一般，对无龄智识的幻影发出召唤，请他们从火态现实中出来，投影到他的心灵，做他的老师，启迪他，让他的灵魂也能学会歌吟，在顿悟／神来／恍惚／忘我的瞬间一瞥永恒。第五行，衰朽肉身和灵魂的对立进一步内化为心和灵魂的对立。心，感官汇聚和欲念生发之所，却因念欲成疾，属于速朽凡胎肉身的一部分，无法认清自己。最后一句：永恒之巧制，即不朽艺术品，与速朽肉身构成又一组衍射的对立。

IV

一旦超脱于自然，我将永不
取身形于任何自然之物，
而要取形于，那古希腊金匠以
锤金和鎏金之艺打制，
用来保持那渴睡国王之清醒的品器；
或者栖落于金枝之上歌吟，
向着拜占庭的王公仕女们，
那已逝，将逝和将来之事。

Once out of nature I shall never take

My bodily form from any natural thing,

But such a form as Grecian goldsmiths make

Of hammered gold and gold enamelling

To keep a drowsy Emperor awake;

Or set upon a golden bough to sing

To lords and ladies of Byzantium

Of what is past, or passing, or to come.

第四节，灵魂在先知幻影的教导 / 感召下跳起了旋转之舞，并最后进入了火态现实，超脱了肉身束缚（等同于艺术家超越了自我意识 / 心，开始接受无意识中漂移的幻象，想象力和创造力直达真知 / 化境）。

叶芝在此表达了自己想要凭借不懈的努力在艺术创造中达成超越，成为圣火中的先贤那样的不朽灵魂的愿望。金鸟的意象被他进行了多重合并：既是古希腊金匠打造的不可思议的艺术品，也是火态现实里承载着不朽激情和智慧的天体，也是永远存在于人类集体无意识中一次次涌现 / 度化 / 启悟凡人心灵，生成新的意象的原型。

"保持渴睡国王之清醒"一句中也包含了一组颇费解释的对立：自然之沉睡（the sleep of nature）和灵感到来时的清醒（the inspiration of art）。在早期《隐秘的玫瑰》一诗中，叶芝曾描写自然之美的化身，玫瑰，在于睡思昏沉的眼帘中深掩。相对于窥见永恒，艺术灵感迸发的一刻，日常沉陷于自然之念欲（感官音乐）中的人们呈现出的是一种昏睡态，因此渴睡的国王可以被代表永恒艺术之美的金鸟的歌声唤醒。

金枝意象来自《埃涅阿斯纪》，埃涅阿斯手持金枝进入冥府又返回世间，金枝是让人可以超越生死之界的魔法物件。金鸟栖于金枝之上，说明金鸟栖于永恒之境。此处与第一节中属于将死世代的鸟儿在树上歌唱的意象形成对比。叶芝在笔记中曾这样提及："曾有人造的鸟在金子的树上歌唱的记录。树位于拜占庭皇宫的某处。我以此作为指代永恒的理智欢乐（intellectual joy）的符号，与人类生命中的本能欢乐（instinctive joy）形成对照。"[iv] 金鸟对着拜占庭的王公仕女们，在满月清辉下，理智之枝上，歌唱过去现在和将来之事。过去现在将来融于一瞬，即唯一的瞬间，至福之永恒：这就是叶芝的终极向往。他以诗歌与哲学的炼金术熔炼而出的不朽诗篇中的意象。对于后世读者，他的

---

iv "APPENDIX C: The Setting of 'My Own Poetry'", *Later Articles and Reviews. The Collected Works of W. B. Yeats, vol. 10.*

灵魂永远寄寓其中，歌吟不停。

4. 拜占庭（Byzantium）

叶芝在 1930 年四月底的一则日记里记录了此诗的萌芽："描述拜占庭，根据系统，时间设定在第一个基督信仰千年周期的末尾。一具行走的木乃伊。街角鬼魂净化的火焰，在金树上歌唱的锤金制成的金鸟，在港口，用它们的背载那些恸哭的死者去往天堂。这些主题在我脑海中存在一段时间了，尤其是最后一个。"[v] 同年十月，叶芝将此诗誊抄稿送了一份给 T. 斯特奇·摩尔，解释说这首诗是由摩尔对于《驶向拜占庭》一诗的批评引发："你曾反对说那首诗结尾处由工匠制作的金鸟和别的东西一样也是自然之物。这让我感到这个想法需要进一步的解释。拜占庭的教堂里使用钟。"[vi] 可见，相对于前一首诗中满月月相下的拜占庭，后一首诗中的拜占庭时间背景推后了五百年，来到了基督信仰两千年循环之第十五相，对应极的古典文化已经衰微，而原始极的宗教信仰力量达到了鼎盛期，星光下大教堂的钟声响彻海面。

> 白日未净化的影像消退；
>
> 皇帝醉酒的卫队在沉睡；
>
> 夜晚的共响消退，夜行人的歌声
>
> 随那大教堂的钟鸣；
>
> 星光抑或月光照射的穹顶睥睨

v W. B. Yeats, *Explorations*, Macmillan,1962, 290.

vi *W.B. Yeats and T. Sturge Moore: Their Correspondence 1901–1937*, Oxford University Press, 1953, 164.

人之所是，

那些个混掺的凡躯，

人类血管内外的愤怒和泥涂。

The unpurged images of day recede;

The Emperor's drunken soldiery are abed;

Night resonance recedes, night walkers' song

After great cathedral gong;

A starlit or a moonlit dome disdains

All that man is,

All mere complexities,

The fury and the mire of human veins.

此节中诗人用三组对立的事物从世俗、宗教和艺术三个层面对上一个千年之际的拜占庭做了概貌式陈述。"白日未净化的影像消退；皇帝醉酒的卫队在沉睡"；卫队本来是护卫并辖治城市的力量，却醉酒并沉睡了，白日的乱象未被处理，醉酒的士兵也构成乱象的一部分，说明军队纲纪松弛，城市秩序混乱。卫队和城市秩序构成世俗和政治层面的一组对立；而将光天化日之图景称为"影像"，也传递了叶芝关于现实世界相对于更高更恒定的灵魂世界不过是幻影般存在的理念。夜晚的共响指的是夜行人的歌声和大教堂的钟鸣，大教堂的钟鸣代表着统治人们精神层面的宗教力量，而根据初稿判断，夜行人或指妓女，禁欲的宗教和指示着纵欲的妓女构成了宗教层面的对立；星光抑或月光照射的穹顶，指的是圣索菲亚大教堂的穹顶，作为不朽艺术杰作睥睨着凡人那充满矛盾的混掺体。不朽的艺术品和速朽的凡人肉身这自然之物构成艺术层面的对立。总之此时的拜占庭并非人间天国，而是充满了矛盾且陷于自然之沉睡态的城市，是相对于火态现实的地面现实的一个范例。

> 我的前方飘浮着一个幻影，人或是鬼魂，
>
> 更似鬼魂而非人，又更似幻影而非鬼魂；
>
> 因为冥王的线轴缠绕着干尸布，
>
> 可以展开弯曲的路途；
>
> 一张既无水汽也无呼吸的嘴，
>
> 那些屏息的嘴可以将之唤回；
>
> 我呼喊那超人的幻影；
>
> 我叫它死中生魂或生中幽灵。

> Before me floats an image, man or shade,
>
> Shade more than man, more image than a shade;
>
> For Hades' bobbin bound in mummy-cloth
>
> May unwind the winding path;
>
> A mouth that has no moisture and no breath
>
> Breathless mouths may summon;
>
> I hail the superhuman;
>
> I call it death-in-life and life-in-death.

幻影和鬼魂自然是玄学秘术专家叶芝的重点研究对象。在《穿越月色宁谧》一文和《幻象》一书中，叶芝对生者和死者，物质和精神之间的世界分层和转化关系进行了详尽的阐述。鬼魂，是人死之后的

魂魄，气态的存在。而幻影，是火态无龄智识之载体在先知或艺术家的心灵之眼前的气态投影，既非鬼魂也非人形，是一种集体性智慧和抽象观念的幻化及示现。

叶芝深受尼采的思想影响，在此诗中可以看见明显的证据，比如将栖宿于火态的灵魂之幻影称呼为超人，而死中生魂或生中幽灵这个说法也曾在《埃涅阿斯纪》中被用以描述手持金枝超越生死的埃涅阿斯。冥王的线轴可以展开弯曲的路途，所以超人可以直接映现在先知或艺术家的心灵之眼前，也是超越生死之界的存在。缠绕着干尸布的冥王线轴这一意象，也指的是死者回归的集体无意识之境，一生的记忆和冲动都像布一样缠绕合并于一个轴心，是类似于唯一的瞬间的概念，至福的又一称谓。[vii]

屏息的嘴在这里指代的并不是死者无呼吸的嘴，而是用来描述冥想或恍惚状态中人的灵魂脱出肉身后没有呼吸的状态，是活人屏息的嘴，指代进入忘情无我状态的艺术家和先知们。因此5-6行是在说，超人那没有水汽和呼吸的嘴，可以被处在强烈而纯粹的精神状态里的艺术家和先知们那忘记呼吸的嘴召唤。

> 奇迹，鸟儿或手作金艺，
> 比鸟儿和手作金艺更神奇，

---

vii 冥王的线轴、埃涅阿斯的金枝和普罗米修斯的茴香茎这些直线状物体都指向幽灵的运动，生命之树上顶层大三角的直线路径，在永恒一瞬它们本为一物，但又分指不同的境态。金枝是向上回溯的直线；线轴是永恒一瞬的运动，其速度为零和无穷大，此时幽灵既静止又无处不在；而茴香茎是向下堕落的直线。叶芝在散文中将肉身存在称为植物般的存在。内置火种的植物茎秆象征内怀恒我之翼求的肉身存在。在希腊神话中，将思想火种带到人间的普罗米修斯亦是人类肉身的创造者。

嵌植于星光照射的金枝，

可像冥王的雄鸡般晨啼

或是，在黯然的月边，大声讥嘲，

以恒定无改的金属光耀，

尘俗的鸟儿或花瓣，

以及所有泥或血的凡躯混掺。

Miracle, bird or golden handiwork,

More miracle than bird or handiwork,

Planted on the star-lit golden bough,

Can like the cocks of Hades crow,

Or, by the moon embittered, scorn aloud

In glory of changeless metal

Common bird or petal

And all complexities of mire or blood.

    稍加观察，便可发现第二节和第三节存在句式和表达法的平行。叶芝在对于自己在冥想状态下看见幻象并获取艺术灵感的过程的描述中，将超人的幻影加以陈列之后，开始描述和陈列与之相对应的艺术品，完整的美的化身。就像超人的幻影既不是人也不是鬼魂一样，奇迹般的艺术品金鸟，既不是鸟也不是手工艺品，它是比鸟儿和手工艺品更神奇的存在。

    和尼采一样，叶芝也将艺术视作生存的最高形式，唯有审美观照下的生存才有意义，美是凡尘俗世唯一的出口。传说中古希腊工匠以锤金和鎏金技艺制作出的金制机械鸟，会自动歌唱。这样的艺术品并非像摩尔所质疑的那样仅仅是自然之物，而是栖于金枝之上的不朽存在，具有像冥王的雄鸡一样将死者唤醒的魔力，也就是说，完美的艺术品在后世欣赏者那里也会一次次唤醒激情和灵感。

星光照射的金枝，也点明了时间背景；若以日月星三光来对应天体三位一体，日指向幽魂，月指向天体，星指向幽灵。星光是得道者灵魂的象征，是理智的寒光。幽灵主导着原始极螺旋，因此星光也总与原始极螺旋关联，例如古巴比伦数学星光、基督信仰的伯利恒之星、《快乐牧羊人之歌》里的"寒星祸镞"；唯余星光的暗夜是唯余火种的精神宇宙，指向千年之际对应极力量的衰微态和原始极力量的盛极态，所以此时月是黯然之月。金鸟具备唤醒之力，也具备嘲讽之力，嘲讽着凡尘俗世速生速朽的自然之物。不朽灵魂汇融其中的金鸟是智慧和激情的造物，是黑暗时代里明明如月的，天体般的超越性存在。

在午夜里皇帝的石铺地面，

火焰飞掠，没有烧去木柴，也非钢镰引燃，

风暴于其无扰，火焰生出火焰，

热血生出的幽灵到来此间，

解脱所有愤怒的混掺，

于一种舞动中将之衍散，

一种痛苦的恍然，

一种痛苦的火焰，烤不焦衣袖一片。

骑跨于海豚那泥与血的凡躯混掺，

幽灵挨着幽灵！金器坊分开了洪泛。

皇帝的金器坊！

舞步之下的大理石板

分开苦涩的怒涛混掺，

那些幻影仍将

生成新鲜的影像，

那海豚破浪，那钟声播扰的海洋。

At midnight on the Emperor's pavement flit

Flames that no faggot feeds, nor steel has lit,

Nor storm disturbs, flames begotten of flame,

Where blood-begotten spirits come

And all complexities of fury leave,

Dying into a dance,

An agony of trance,

An agony of flame that cannot singe a sleeve.

Astraddle on the dolphin's mire and blood,

Spirit after Spirit! The smithies break the flood.

The golden smithies of the Emperor!

Marbles of the dancing floor

Break bitter furies of complexity,

Those images that yet

Fresh images beget,

That dolphin-torn, that gong-tormented sea.

第四节和第五节关联紧密，因此放在一起解读。第四节表面上描写的是鬼魂在拜占庭夜晚的铺石地面上跳起了旋转之舞，燃起了涤罪之火，脱去所有复杂的尘世牵念得到净化之后，便可以骑上海豚渡去彼岸天堂。这是古希腊和罗马的神话故事，叶芝在给友人的信件中提及他在观摩拉斐尔的一件相关题材的大理石雕塑作品时获得灵感。在诗中他将这一意象和金匠打制金鸟的意象进行了并置和糅合，同时也将鬼魂在涤罪之火中跳舞的意象与金匠在艺术创作过程中达成灵魂超越的意象进行了糅合。

拜占庭时期城市建筑广泛采用大理石，皇帝的铺石地面，既可以是街角的地面，也可以是金器坊的石铺地面。而"热血生出的幽灵"一词更是耐人寻味，若是死者的魂魄，其实无须加一个形容词，所以这里也很可能是在描述如下场景：金匠们在创造过程中，灵魂在与肉身的对立中跳起了旋转之舞，脱离了肉身，摆脱了自我意识的束缚，化为幽灵看见了超人的幻影，即受到集体无意识中某种智识存在的感召，被点燃了灵感的火焰，创造出非凡的艺术品。旋转之舞，痛苦的恍惚之境，痛苦的火焰是灵魂之净化与超越的三个步骤。这与尼采在《悲剧的诞生》中对于古希腊悲剧艺术对于灵魂的净化作用的分析也形成暗合。古希腊悲剧中的悲剧英雄在不可改变的命运里竭尽所能做着抗争，在失败中窥见人生真相，陷入痛苦的恍惚，最终放弃自我，却因放弃反而达成超越，也令观众的情绪得到宣泄和净化。

第五节由拉斐尔雕塑之意象开启（据国外学者考证，并无海豚驮鬼魂渡海的拉斐尔雕塑存世，叶芝提及的也可能是另一尊包含海豚的雕塑或则另一幅相关题材的壁画，当然，也可能是融合了诸多记忆的印象），净化后的鬼魂获得了海豚的承载，或者说可以驾驭海豚这生命原始冲动的化身，渡过汇融一切生命意识的感官之海，去往彼岸。这一意象在第二行随即转化为金匠借着手中创造的艺术品而进入永恒的意象。所以第二行"幽灵挨着幽灵"之后紧接着是"金器坊分开了洪泛",形成两个意象在视觉上的并置和衔接。肉身凡胎的海豚于感官之海中破浪,肉身凡胎的金匠也在金器坊的大理石地板上跳起了灵魂超越之舞,分开了感官意识和欲念的洪涛。曾有中世纪的神职人员称上帝在大理石中封印了开满鲜花的原野,林木苍翠的群山,鱼和融化的白雪。因其细腻平滑融合态的纹理,大理石在叶芝的诗里也常被用来指向灵魂进入的融合与超越态,指向不朽和神界。

诗的最后几行,被公认属于英语文学史上最伟大的诗行,以一个壮丽的意象呈现了一切生命意识的海面上,艺术家克服自我局限创造出完美艺术品并借此达成不朽的过程,呈现艺术之美对于凡俗的超越和对于人生的救赎。海豚破浪,钟声播扰的海洋,意指这生命意识的海洋会被代表生命本能和原始冲动的海豚以及代表宗教力量的钟声这两种对立的力量所扰动,处在永远的动荡之中。而审美化生存和对于不朽艺术创造的追求是超越娑婆世间的途径,一代代人的创造性努力在这海面上生成着影像。古希腊金匠的金鸟,包含海豚形象的大理石雕塑激发了叶芝的拜占庭诗篇,而叶芝的拜占庭诗篇又将激发哪些后世之人产生新的灵感,创造出人类集体智慧中永恒浮现的新鲜影像?

2021/5/28

目录
Contents

十字路
Crossways (1889)
/ 001

- 快乐牧羊人之歌   The Song of the Happy Shepherd   / 002
- 悲伤的牧羊人   The Sad Shepherd   / 013
- 斗篷、船与鞋   The Cloak, the Boat and the Shoes   / 020
- 印度人谈造物主   The Indian upon God   / 028
- 印度人致其所爱   The Indian to his Love   / 035
- 蜉蝣   Ephemera   / 041
- 戈尔王的疯狂   The Madness of King Goll   / 047
- 被偷走的孩子   The Stolen Child   / 062
- 柳园深处   Down by the Salley Gardens   / 072
- 渔父的幽思   The Meditation of the old Fisherman   / 076

玫瑰集
The Rose (1893)
/ 078

- 时间十字架上的玫瑰   To the Rose upon the Rood of Time   / 079
- 菲古斯与德鲁伊   Fergus and the Druid   / 090
- 世间的玫瑰   The Rose of the World   / 099
- 和平的玫瑰   The Rose of Peace   / 106
- 战斗的玫瑰   The Rose of Battle   / 110
- 茵尼斯弗里湖岛   The Lake Isle of Innisfree   / 118

· 爱的怜悯   The Pity of Love   / 129

· 爱的哀伤   The Sorrow of Love   / 131

· 当你老了   When You are Old   / 136

· 白鸟   The White Birds   / 138

· 梦见死亡   A Dream of Death   / 140

· 谁与菲古斯同行?   Who Goes with Fergus?   / 143

· 双树   The Two Trees   / 147

· 致与我拥火夜谈的   To Some I have Talked with by the Fire   / 155

· 致未来时光中的爱尔兰   To Ireland in the Coming Times   / 159

《苇间风》
The Wind Among the Reeds (1899)

/ 167

· 仙军过境   The Hosting of the Sidhe   / 168

· 情绪   The Moods   / 173

· 爱者言及心中的玫瑰   The Lover Tells of the Rose in his Heart   / 175

· 风中仙军   The Host of the Air   / 179

· 鱼   Fish   / 188

· 无法静息的仙军   The Unappeasable Host   / 190

· 进入微光   Into the Twilight   / 195

· 游荡的恩古斯之歌   The Song of Wandering Aengus   / 202

· 他为降临于他和他所爱的改变伤怀, 盼望世界末日的到来   He Mourns for the Change that has Come upon him and his Beloved, and Longs for the End of the World   / 209

· 他请求所爱平静   He Bids his Beloved be at Peace   / 214

· 诗人致其所爱   A Poet to his Beloved   / 218

· 他记起被遗忘的美   He Remembers Forgotten Beauty   / 223

· 他写给所爱某些韵诗   He Gives his Beloved Certain Rhymes   / 229

· 帽子与铃铛   The Cap and Bells   / 233

· 爱者为他多变的情绪请求原谅   The Lover Asks Forgiveness Because of his Many Moods   / 244

· 他言及一个满是情侣的山谷　　　He Tells of a Valley full of Lovers　/ 248

· 隐秘的玫瑰　　　The Secret Rose　/ 250

· 静女　　　Maid Quiet　/ 259

· 激情的磨难　　　The Travail of Passion　/ 263

· 诗人恳求元素之力　　　The Poet Pleads with the Elemental Powers　/ 267

· 他想往天上的锦绣　　　He Wishes for the Cloths of Heaven　/ 274

· 都尼的小提琴手　　　The Fiddler of Dooney　/ 278

· 玫瑰十字之歌　　　A Song of the Rosy Cross　/ 282

《七重林中》
In the Seven Woods (1904)
/ 285

· 七重林中　　　In the Seven Woods　/ 286

· 箭　　　The Arrow　/ 293

· 获得安慰的荒谬　　　The Folly of Being Comforted　/ 297

· 切莫给出全部的心　　　Never Give all the Heart　/ 301

· 亚当的诅咒　　　Adam's Curse　/ 305

· 红发汉拉罕的爱尔兰之歌　　　Red Hanrahan's Song About Ireland　/ 314

《绿盔集》
The Green Helmet and Other Poems (1910)
/ 318

· 没有第二座特洛伊　　　No Second Troy　/ 319

· 饮酒歌　　　A Drinking Song　/ 324

· 随时间而来的智慧　　　The Coming of Wisdom with Time　/ 327

· 面具　　　The Mask　/ 331

《责任》
Responsibilities (1914)

/ 333

· 三博士 The Magi / 334
· 当海伦之世 When Helen Lived / 336

《库尔的野天鹅》
The Wild Swans at Coole (1919)

/ 339

· 库尔的野天鹅 The Wild Swans at Coole / 340
· 我是你的主人 Ego Dominus Tuus / 348
· 野兔的锁骨 The Collar-Bone of a Hare / 359
· 一个爱尔兰飞行员预见自己的死亡 An Irish Airman Foresees his Death / 361
· 月相 The Phases of the Moon / 365
· 猫与月 The Cat and the Moon / 393
· 圣人与驼子 The Saint and the Hunchback / 397
· 迈克尔·罗巴尔茨的双重幻象 The Double Vision of Michael Robartes / 401

《迈克尔·罗巴尔茨与舞者》
Michael Robartes and the Dancer (1921)

/ 417

· 复活节，1916 Easter 1916 / 418
· 二度降临 The Second Coming / 434
· 为女儿的一次祈愿 A Prayer for my Daughter / 442
· 战时的一次冥思 A Meditation in Time of War / 457

《塔楼集》
The Tower (1928) / 459

· 驶向拜占庭　　　　　　　　　　　　　Sailing to Byzantium / 460
· 一九一九　　　　　　　　Nineteen Hundred and Nineteen / 466
· 轮子　　　　　　　　　　　　　　　　　　The Wheel / 482
· 丽达与天鹅　　　　　　　　　　　Leda and the Swan / 484
· 在学童中间　　　　　　　　　　Among School Children / 491
· 一个既老又年轻的男人　　　　　A Man Young and Old / 504

《旋梯集》
The Winding Stairs and Other Poems (1933) / 527

· 纪念伊娃·戈尔-布斯与康·马尔凯维奇　In Memory of Eva Gore-Booth and Con Markiewicz / 528
· 自我与灵魂的一次对话　　　　　A Dialogue of Self and Soul / 535
· 血与月　　　　　　　　　　　Blood and the Moon / 549
· 象征　　　　　　　　　　　　　　　　Symbols / 563
· 洒泼的牛奶　　　　　　　　　　　　Spilt Milk / 567
· 十九世纪及其后　　　　The Nineteenth Century and After / 569
· 斯威夫特的墓志铭　　　　　　　　Swift's Epitaph / 571
· 拜占庭　　　　　　　　　　　　　　Byzantium / 573
· 选择　　　　　　　　　　　　　　The Choice / 579
· 上帝的母亲　　　　　　　　　The Mother of God / 581
· 摇摆　　　　　　　　　　　　　　Vacillation / 583

《或为歌词》
Words for Music Perhaps (1932) / 605

· 简疯子与主教的交谈　　　Crazy Jane Talks with the Bishop / 606
· 关于普罗提诺的德尔斐神谕　　The Delphic Oracle upon Plotinus / 610

最后的诗
Last Poems (1937-1939) / 612

· 仿日本诗　　　　　　　　　Imitated from the Japanese / 613
· 一英亩草地　　　　　　　　An Acre of Grass / 615
· 德尔斐神谕之后文　　　　News for the Delphic Oracle / 619
· 长足虻　　　　　　　　　　Long-legged Fly / 625
· 马戏团动物的逃散　　　The Circus Animals' Desertion / 627
· 获得安慰的库乎林　　　　Chuhulain Comforted / 635
· 本布尔宾山下　　　　　　　Under Ben Bulben / 643

《幽暗的水域》
The Shadowy Waters (1906) / 666

· 开场诗　　　　　　　　　　Introductory Lines / 667

《月下：未出版早期诗》
Under the Moon: The Unpublished Early Poems / 673

· 一朵花开了　　　　　　　　A Flower has Blossomed / 674

主要参考书目　　　　　　　　Bibliography / 681

十字路
Crossways (1889)

·叶芝在1890年

快乐牧羊人之歌

阿卡迪亚的森林湮灭不复，

他们古老的欢乐也已结束；

世界咀嚼着旧梦以求餍足；

灰色真理如今是她的涂绘玩具；

但她仍然转动着不安的头颅：

可是哦，世界的病童，

那世界之中许多事物都不休变动，

经过我们，跳着单调的旋转之舞，

应和着克罗诺斯唱出的嘲哳之曲，

其中唯有文字有着确定的好处。

那些征伐的国王们如今在何方？

那些嘲弄文字的人？——在十字架旁。

那些征伐的国王们如今在何方？

一个闲散的语词现在替换了他们的荣光，

学童将某个纷乱错综的故事诵读，

口齿结巴地把它念出：

旧时代的国王们已然作古；

那悠远大地本身或许也只是
一个灵辉倏闪的语词，
一个瞬间，于锵当作响的时空中被听闻，
搅扰起遐思幻梦不止纷纷。

那么决不要崇拜尘封的功绩，
也不要尝试，因为这也是真实，
猛烈地渴求真理，
以免你所有的劳苦只是生滋
新的梦，新的梦；除却你自己心里
别处无真实。那么尝试
不要从天文学家那里学习，
他们用那光学玻璃
追踪经过我们的星星旋转的轨迹——
要尝试，因为这也是真实，
不去了解他们的言辞——那寒星祸镞
已将他们的心劈开并撕作两处，
他们所有关于人类的真理都没有生机。
去水波沉吟的海边捡拾
某个长成螺旋、蕴含回声的贝壳，
对它的口唇说出你的故事，

它们便会成为你的安慰者，
你恼噪的话语
稍待就会被以悦耳的幻音回复，
直到它们的和鸣在同情中淡出，
相随相失，寂灭于贝彩如珠；
唯有文字有着确定的好处：
那么，唱吧，因为这也是真实。

我必须走了：有一座坟墓，
那里黄水仙和百合随风而舞，
我会以阵阵欢歌先于拂晓之晨，
取悦不幸的农牧神，
他深埋于昏眠之地的土坟。
他的吟啸时光曾以快乐加冕；
而我仍在梦见他踏上草甸，
悄隐而行于露水之间，
被我欢快的歌声穿透，
我那关于古老大地梦幻青春的歌奏：
但是啊，她现在没有梦；但是你梦吧！
因为崖顶的罂粟那样美丽：
梦吧，梦吧，因为这也是真实。

The Song of the Happy Shepherd (1885)

The woods of Arcady are dead,

And over is their antique joy;

Of old the world on dreaming fed;

Grey Truth is now her painted toy;

Yet still she turns her restless head:

But O, sick children of the world,

Of all the many changing things

In dreary dancing past us whirled,

To the cracked tune that Chronos sings,

Words alone are certain good.

Where are now the warring kings,

Word be-mockers? —By the Rood,

Where are now the warring kings?

An idle word is now their glory,

By the stammering schoolboy said,

Reading some entangled story:

The kings of the old time are dead;

The wandering earth herself may be

Only a sudden flaming word,

In clanging space a moment heard,

Troubling the endless reverie.

Then nowise worship dusty deeds,

Nor seek, for this is also sooth,

To hunger fiercely after truth,

Lest all thy toiling only breeds

New dreams, new dreams; there is no truth

Saving in thine own heart. Seek, then,

No learning from the starry men,

Who follow with the optic glass

The whirling ways of stars that pass—

Seek, then, for this is also sooth,

No word of theirs —the cold star-bane

Has cloven and rent their hearts in twain,

And dead is all their human truth.

Go gather by the humming sea

Some twisted, echo-harbouring shell,

And to its lips thy story tell,

And they thy comforters will be,

Rewording in melodious guile

Thy fretful words a little while,

Till they shall singing fade in ruth

And die a pearly brotherhood;

For words alone are certain good:

Sing, then, for this is also sooth.

I must be gone: there is a grave

Where daffodil and lily wave,

And I would please the hapless faun,

Buried under the sleepy ground,

With mirthful songs before the dawn.

His shouting days with mirth were crowned;

And still I dream he treads the lawn,

Walking ghostly in the dew,

Pierced by my glad singing through,

My songs of old earth's dreamy youth:

But ah! she dreams not now; dream thou!

For fair are poppies on the brow:

Dream, dream, for this is also sooth.

【注】

《快乐牧羊人之歌》在叶芝的诗合集和选集里，通常作为开篇诗而存在。比如，在合集中它是其中第一个子集《十字路》的第一首。虽然这并不是他最早的诗作，但这首诗中所包含的哲学和诗学宣言色彩，令其很适合被用来代表一个年轻诗人昂扬而热切的初登场。有意思的是，这首开篇诗原本的标题却是"一首尾声诗：为《雕像岛》和《追寻者》而作，由一名手持螺贝的萨提尔吟诵"，并且这首诗其实并未在被提及的两部剧作中出现过。

萨提尔是古希腊神话中半人半兽的森林之神，酒神狄俄尼索斯的随从，后来其形象演变得越来越接近潘，被视为潘的一种复数形式，而潘又是自然之神和牧羊人的守护神。萨提尔和潘一样，象征着自然、欲望、本能和直觉，也象征着隐秘的智慧。柏拉图提及潘时认为他是兼具理智与爱欲的神（上半身文雅，下半身鲁莽），也同时精于音乐（感官之乐）和修辞（思想之果），而潘又是萨提尔的集合体，英语 Pan 对应古希腊语 Πάν，意思是"整全，全部"；尼采认为古希腊人扮成萨提尔的样子组成酒神歌队进行的合唱表演是古希腊悲剧的起源，萨提尔歌队是古希腊悲剧中不可或缺的部分；因此萨提尔的形象自古便是一个吟唱集体之声的歌者。到了现代，象征主义者们重新发掘了这一形象。法国诗人马拉美的长诗《牧神的午后》便是以萨提尔为描摹对象。而在这里，叶芝更是进了一步，将手持螺贝吟诵诗篇的萨提尔选为了自己的代言人。

在《雪莱诗歌中的哲学》中，有一段这样的话："无论哲学是由什么构成，诗歌是其中恒在的部分……如果是一个强大而仁慈的灵

塑造了世界的命运，那我们从汇集了这世界的心之冀求的文字中，比从历史档案或推论猜测中，更能探见这命运的轨迹。"[i]

对于叶芝来说，哲学信仰和诗学信仰是一体而不可分割的。叶芝出生在一个有着信仰基督教传统的家族里，曾祖和祖父都是牧师，但到了他父亲这一辈，现代科学的发展中断了这种信仰的传承。叶芝的父亲[ii]是个怀疑论者，但他将叶芝带入了诗歌的大门。叶芝在都柏林上中学时，父亲利用一起吃中饭的时间给儿子上起了诗歌课。显然，叶芝的天赋让他在对诗歌的理解上迅速超越了父亲。像雪莱、布莱克这样的诗人成为他另一种意义上的父辈，他从他们那里继承了形而上学的世界观和艺术信仰，并在未来岁月里不断地实践和寻求确证，促其明晰和完备。他最初的哲学信仰便是来自对诗歌的领悟和热爱，而明确而坚定的哲学信仰又成为他诗歌写作的主题和内在驱动。

在诗人们看来，相对于那个超越时空的永恒实在而言，尘世的一切速生速朽如同幻影。而时空，在某种意义上，就像史前那次冲毁了乐土、让人类从此堕入不完美世界的大洪水。"绘画、诗歌和音乐，是三种在时空的大洪水中没有被冲走的力量，人类可以借之与天堂交流。"[iii]与布莱克的这一见解相对应的，是这首诗中的，"唯有

---

i "The Philosophy of Shelley's Poetry", *Early Essays. The Collected Works of W. B. Yeats, vol.4.*

ii 约翰·巴特勒·叶芝 (John Butler Yeats, 1839-1922)，爱尔兰画家，他在叶芝出生后放弃律师职业迁居伦敦追求艺术生涯，此举造成了家庭的贫困，但或许也为包括叶芝在内的几个子女的艺术成就做出了铺垫。

iii "William Blake and his Illustrations to *The Divine Comedy*", *Early Essays. The Collected Works of W. B. Yeats, vol.4.*

文字有着确定的好处"。是的，因为文字可以表达理念，唤醒激情，为无形之物赋形，可以超越时空，接通永恒。

回到诗的文本，阿卡迪亚的森林，在希腊神话中是潘神出生和出没的地方，指向的是自然混沌未开、万物和谐相融的人类早期乐土，如同基督信仰中的伊甸园，象征着世界的混沌原点，完美的实在。但它早已湮灭，古老的欢乐不再，其后世间一切都处在纷杂矛盾之中，并在两极对立的作用下不停地跳着单调的旋转之舞。克洛诺斯（Chronos）在希腊神话里是宙斯的父亲，也是英语里表示时间的词根。如果说时空之外永恒之境流淌的是宁谧的音乐，那时间主宰的世界里的音乐曲调便是破裂嘶哑的。灰色真理指的就是秘藏于灵魂深处幽暗中的古老智慧，如今人们并不信仰它，只是将之作为涂彩的玩具。在叶芝的象征体系中，白色指示着融合态的美，理智之美，黑色指示着无明念欲的混融态，而理智将无明念欲提炼为美，因此真理为黑白的介质色灰色。卡巴拉生命之树上构成神圣大三角的三个圆分别为白灰黑三色，其中第二圆为灰色。

那些征伐的国王们如今在哪里呢？埋葬在十字架旁，化成书里一个散漫的语词。世间的一切，连同悠远大地本身，都来自永恒实在的流溢，那燃烧态的理念，那个时间之外汇集过去现在和将来的瞬间，是尘世一切纷扰幻梦的缘起。在时空中锵当作响的，是有节奏的神的钟声。神是什么，是不灭的灵，在于每个人内心最深处。因此，既不要像国王们一样，不停地向大地尽头扩张，也不要像天文学家们那样，用光学镜片向天空的深处探求，而应该向内寻求，灵魂深处的永恒智慧，因为"这也是真实。"

水波沉吟的海边，海是感官之海，一切生命感官意识的总和，是大记忆的象征，沉吟意味着宁谧的乐声。因此，海边的沙滩，在叶芝是神灵出没的地方，指向实在界和融合态。在《幻象》中，叶芝提到，时空之外的那个点，永恒实在的球体，从我们的角度看去像是又一个螺旋，因此相对于物质世界的十二个终极大螺旋而言，实在界的球体便是第十三螺旋。海边的螺贝，感官之海边的螺旋体，象征的便是第十三螺旋，其中蕴含着不朽智慧，可以将故事讲述者的话语转为悦耳的幻音，提供安慰。话语与幻音相随相失，寂灭于贝彩如珠，指的就是讲述者的声音与永恒之声共鸣，进入了时空之外的那个瞬间，那个球体，融入了永恒。因此唱吧，歌吟吧，文字可以让人忘情无我，出神入化，可以不朽。

叶芝的信仰体系中存在着一种二元对立结构，其表达包含无数的变体和子集，比如，神界和繁衍界，超越态和堕落态，融合态与两极对立态，神的圣火与感官之海，精神宇宙和自然宇宙，心和头脑，灵魂与自我，灵性与理性，等等。羊群是凡尘众生的象征，在于自然宇宙 / 心 / 自我一极。诗题里的牧羊人，在象征层面上指的是牧心人，也就是萨提尔象征着的生命本能和自然奥秘的守护神（Daimon）。Daimon 在希腊语中为神的灵（Divine Spirit）之意。叶芝认为每个人，每个群体都拥有自己的守护神，于永恒瞬间汇融为至高神。堕落到繁衍界的人类之心是悲伤的，"世界充满哭泣"（《被偷走的孩子》），但每一颗悲伤之心在神界有着相应的守护神。守护神的概念在叶芝，就是他要去灵魂深处追寻的反自我（anti-self），或终极自我（ultimate self），恒我（permanent self）。反自我与自我既同一又恰恰相反，互相补全，互相守护。它们融合的瞬间便是完整的永恒的存在。萨提尔作为诗人的反自我，是火态自我，融合态众我中的我。它守护和驱动着尘世众多悲伤之心朝向世界的快乐原点运动。

诗的第二节，手持螺贝的萨提尔说他要走了，要去到农牧神沉睡之地，要用不停的歌吟去穿透之，让大地做起关于青春、关于自然之神主宰的古老欢乐、关于阿卡迪亚那世界原点的幻梦。在叶芝的象征体系里，坟墓是进入永恒之地的通道，或永恒本身，指向世界之原初和天体之幽魂。手携螺号的萨提尔是携带天体的幽灵，其朝向幽魂的运动对应着对应极主导的文明螺旋，亦即自然之神主导的螺旋。罂粟是自然之沉睡的象征，brow 在英文中既有山脊，也有眉额之意，或许，山脊也可以理解为大地的眉额，因此崖顶的罂粟象征着大地的青春幻梦之美。

光锥之内，即是命运。如果说尘世的一切不过是一场场升起又崩塌的螺旋状幻梦，诗人想做的，就是以自我之诗笔表反自我之心声，以自己的歌吟汇集这世界的心之冀求，扰动一场新的幻梦，不是向着大地尽头和天空深处的外部世界，而是向着灵魂根源的真实，世界永恒的原点。

悲伤的牧羊人

有一人，被哀伤唤作朋友，

而他，也怀想着哀伤，他的统领，

去那沙地慢步行走，沿着微光荧荧

又水声喟喟的沙地，是处风动浪涛缓缓来投：

他大声呼喊天上的星，请它们俯凑，

从苍白王座上将他安慰，但星星

只于星群中欢笑晏晏，歌吟不停：

被哀伤唤作朋友的那人而后

呼喊：暗淡的洋，请听我最可悲的故事！

海水只是，波波漫来，呼喊着古老的呼喊，

在梦中流转过一座座丘山。

面对她壮观的追迫，他逃逸

并停步，在一个远远的、柔缓的山窝，

把他全部的故事向着晶莹的露滴呼喊。

它们什么也没听见，因为它们永远，

露滴，永远在聆听它们自己的滴落。

被哀伤唤作朋友的那人而后

再度搜寻，发现一枚贝壳于沙地，

心想，我将讲述我沉甸甸的故事，

直至我自己的言语，重复回响，将它们的悲愁

送入一个中空的心，宛如珍珠；

我自己的故事将为我歌吟，再度，

我自己的低语将带来慰抚，

瞧啊，我将卸去古老的重负。

于是他凑近珠贝的边缘轻声唱着；

但海途旁那孤独而哀愁的住客

将他的吟唱都变幻成含糊的呜咽，

呜咽于她那令人迷失的回旋，渐渐把他忘却。

The Sad Shepherd (1886)

There was a man whom Sorrow named his friend,

And he, of his high comrade Sorrow dreaming,

Went walking with slow steps along the gleaming

And humming Sands, where windy surges wend:

And he called loudly to the stars to bend

From their pale thrones and comfort him, but they

Among themselves laugh on and sing alway:

And then the man whom Sorrow named his friend

Cried out, *Dim sea, hear my most piteous story!*

The sea swept on and cried her old cry still,

Rolling along in dreams from hill to hill.

He fled the persecution of her glory

And, in a far-off, gentle valley stopping,

Cried all his story to the dewdrops glistening.

But naught they heard, for they are always listening,

The dewdrops, for the sound of their own dropping.

And then the man whom Sorrow named his friend

Sought once again the shore, and found a shell,

And thought, *I will my heavy story tell*

Till my own words, re-echoing, shall send

Their sadness through a hollow, pearly heart;

And my own tale again for me shall sing,

And my own whispering words be comforting,

And lo! my ancient burden may depart.

Then he sang softly nigh the pearly rim;

But the sad dweller by the sea-ways lone

Changed all he sang to inarticulate moan

Among her wildering whirls, forgetting him.

【注】

作为《快乐牧羊人之歌》的对诗，此诗中的牧羊人是守护着萨提尔狂野之心的诗人之自我。这里的哀伤（Sorrow）采用了首字母大写的形式，指向位于天体三位一体中的哀伤，是悲伤之悲伤，一切悲伤的总和，也就是幽魂（世界灵魂）。在诗集《十字路》的另一首诗《阿娜殊娅和维迦亚》中，叶芝曾用 Sorrow of all sorrows 来称呼印度教至高神。幽魂别名"万忧之忧"，是尘世所有悲伤之心的统领。她既是超越性，又与众生同在，一起受难，是所有承受着"激情的磨难"的灵魂的汇集。

诗中的自我也并非普通状态下的自我，而是受到神性激情裹挟，将要进入觉知态／融合态的自我。所以，这位萨提尔之心的守护神漫步之处是微光荧荧、水声喁喁的海边沙地，叶芝的诗作中神族出没的地界，而他试图与之交流的对象，也都是神族，比如星星，是天界灵魂的象征；大海是感官之海，大记忆的象征；而露滴，"是哲学家之石的符号或象征，一度被视为拂晓之光的分泌物"，[i] 拂晓之光的英文是 dawning light，其引申义为顿悟时的灵光，也就是说，露滴是真智的伴生物；露滴晶莹的凸面镜映着朝霞，而朝霞是不朽激情（天理）的象征，露珠是显化天理的真智之水；神火化为光，天一便生水，因此，露滴是"天一生水"的水，是道家的"精水"。

心目开启的自我洞见永恒之爱中包裹着无尽悲伤记忆。在《幻

---

i "Notes (w. 1914) to *Visions and Beliefs in the West of Ireland*, by Lady Gregory (1920)", Note 38, *Later Essays. The Collected Works of W. B. Yeats, vol.5*.

象》中，叶芝曾提及守护神中蕴含了共存于永恒瞬间的我们人生中的全部事件，我们所知的别人人生的全部事件。这便是智慧的重负。但在诗的开头，怀抱悲伤之心的自我尚未完成顿悟与狂喜态，所以星星、大海和露滴都没有承接他的故事。在叶芝的诗里，丘仙们总是驾临风中。风动浪涛，象征萨提尔队伍的到来。大海波浪的追迫，象征诗人的心底承受着不朽激情的浪涌，而向山谷的逃逸，象征他努力通过冥思和内观来整理和把握这激情。这也是诗人的自我以理智疏导（放牧）仙族之心的过程。密林在叶芝是冥思的密林，山谷则是内观的螺旋（或狂舞）。接下来，山窝柔缓，露珠凝结象征此时内观的螺旋来到极点，内心趋于静定，激情冷却。理智与激情的充分融合已为他在海边发现第十三螺旋做好了铺垫。海边的沙滩象征着觉知态与融合态，是永恒之岸；洁白的螺号与天空中的皓月一样是天体，象征理智之美。

在诗所描绘的永恒瞬间中，悲伤之心对应着灵魂的狂舞态／战斗态（幽魂），觉知之心对应着灵魂的顿悟态（天体），而忘忧的反自我萨提尔则指向灵魂的狂喜态（幽灵）。在《快乐牧羊人之歌》中，诗人的反自我萨提尔咏唱完毕，便宣告自己要去到一座坟墓，去唤醒沉睡的农牧神，这对应着幽灵从天体向幽魂的随心漫游之途，亦即天体向幽魂的沉堕；而在这首诗里，诗人的悲伤之心在经过冥思（一种精神狂舞）之后化为觉知之心，朝着第十三螺旋吟唱，这个过程对应着幽魂经由幽灵向天体的回溯。宛如贝珠的中空之心，指向永恒实在的球体，至福瞬间。灵魂穿越这个瞬间，悲伤之心卸下记忆，便如喝下忘川之水，变成了快乐的萨提尔。留在永恒实在之球体中的灵魂记忆是融合态，非个体的，所以螺贝把他的讲述变成了含糊的呜咽，并且忘了他。这两首对诗，合成了灵魂在永恒瞬间的一个完整流转过程。在无尽的生死循环里，只有那个自我与反自我的歌吟同声和鸣的瞬间是永恒，其中的存在如同珍珠一般完满。

叶芝在后来的诗里，又为自己登临真境的觉知之心和反自我这两重人格发明了许多不同的称谓，例如：迈克尔·罗巴尔茨和欧文·阿赫恩，自我与灵魂，兀鹰与骑者，等等。而在晚年的《马戏团动物的逃散》一诗中，永恒瞬间的灵魂三态又化为三座海上仙山，分别象征着"虚空的欢悦，虚空的战斗，虚空的宁静"。

此诗共二十八行，由七个抱韵四行组成，译诗完全遵循原诗尾韵。叶芝写的大多是格律诗，诗中的声调、音步和用韵设置在翻译过程中不可能被一一转呈。本书的译文惟求字词紧扣原文，在不影响诗意传达、自然语感的前提下尽量复刻原诗押韵方式；译文中的大多数篇目遵循原诗尾韵，少数篇目做了灵活处理，前一首《快乐牧羊人之歌》便没有完全遵循原诗尾韵。

叶芝固定以首字母大写的 Sorrow 来指称天体三位一体之幽魂，本书中也固定以"哀伤"来对应。观哀字之形，为衣字中加一圆环，与天体之披覆且中虚之象暗合；汉字丰甲骨文字形为一棵丰茂之树，本义为和谐完满之美。若将三横视为简化的双旋锥之面，丰字亦可视为时间之线串起的双旋锥符号，指向完满与永恒一瞬；《易经》中雷火丰卦亦取象于日地月位于一线时的日全食天象；而观汉字悲之形，上面的非字为丰字劈成两半状，与凡尘两极对立态相合，非也与是相对，如同自然与实在相对，谬误与真理相对，因此本书中也将悲或忧固定与凡尘之心关联。

斗篷、船与鞋

"你在制做什么，如此美而闪熠？"

"我做了哀伤的斗篷：
哦在所有人眼里都美丽，
当是那哀伤的斗篷，
在所有人眼里。"

"你在建造什么，用驭风的帆叶？"

"我造了船，为那哀伤：
迅疾于海上，日日夜夜，
航行着那漫游者哀伤，
日日夜夜。"

"你在编织什么，用如此洁白的毛料？"

"我织了哀伤的鞋履：
寂然无声当是那脚步轻悄，
在所有人的哀伤之耳里，
突如又轻悄。"

The Cloak, the Boat and the Shoes (1885)

'What do you make so fair and bright?'

I make the cloak of Sorrow:
O lovely to see in all men's sight
Shall be the cloak of Sorrow,
In all men's sight.'

'What do you build with sails for flight?'

'I build a boat for Sorrow:
O swift on the seas all day and night
Saileth the rover Sorrow,
All day and night.'

What do you weave with wool so white?'

'I weave the shoes of Sorrow:

Soundless shall be the footfall light

In all men's ears of Sorrow,

Sudden and light.'

【注】

《斗篷、船与鞋》是叶芝早年一首简短而晦涩的小诗，人们或许只有在阅读了他后期的哲学理论著作之后，才能回过头来读懂它，并感慨：原来神秘主义思想从一开始就笼罩着他的诗歌生涯并显示出清晰的架构。

如果读过《幻象》一书，我们便会了解，斗篷作为一种覆盖物，一种包纳性的容器，象征天体，在其中幽灵与幽魂合而为一：即幽灵（思想）完全理解和把握了幽魂（激情与感官意识），将之提炼升华为完美幻象，而自己也隐藏其中。赫尔墨斯的隐身斗篷就是希腊神话对于天体的一种赋形；而完美的艺术品对于艺术家而言，就是一件隐身衣，其中寄寓着他／她在于永恒瞬间的完整灵魂。具体而言，天体可以是艺术品呈现的完美幻象；也可以是古老诗篇与歌谣中千载流传的神话形象，众神和英雄们皆为某种不朽激情或理念的象征。

此诗中的"我"，指向天体三位一体之第二位幽灵。不断分叉的直线是一个编织者，为幽魂编织出斗篷，风帆与鞋履。天体之三位一体中的第三位幽魂对应于卡巴拉生命之树上的黑色第三圆（Binah），其别名为"万忧之忧（Sorrow of all sorrows）"，诗中的 Sorrow 为大写，有点儿类似于佛教中的"大悲"（相应地，幽灵位于生命之树仁慈之柱（pillar of mercy）的顶端，对应"大慈"）。幽魂始终行在交织如网的蜿蜒之路上，所以哀伤之幽魂也是被称作漫游者。

第一节里，幽灵为幽魂编织斗篷，象征思想对客体进行整理提炼，将之升华为完美幻象，是幽魂经由幽灵上溯天体原点的过程。第二节里，风为心之冀求／激情（热情的躯体）的象征，驭风的帆叶是思想之帆；海是汇融一切生命感官意识的感官之海，在天体三位一体图中指向魄壳（husk），与其上的热情的躯体（passionate bodies）一起构成了幽魂。幽魂既是感官之海本身，又是出于其上的超越性存在。

半人半羊的潘神是自然之神。茸茸的羊毛象征自然本能／感官意识的融合态。阿耳戈号英雄们追寻的金羊毛也是希腊神话对于天体的一次赋形，是类似于象征着自然之美的太阳的天体。第三节中洁白的羊毛鞋与金羊毛略有不同，它是羊毛的编织物，是经过思想（神火）整理（净化）的感官意识。哀伤者幽魂穿上羊毛鞋，她的步履便是一切自然生灵所共有的感官本能的交汇与律动，突如又轻悄，是所有人心耳中无声的感官之乐。

此诗以象征的语言对天体三位一体之结构关系进行了细致的阐释，也可以看作画匠之子叶芝为天体三位一体而作的最早的一次造像尝试。

三位一体概念的形成在叶芝应该是多源的，其中一个重要来源当是赫尔墨斯卡巴拉秘术（Hermetic Qabalah）。叶芝 1885 年与同学一起成立都柏林隐修会（Dublin Hermetic Society），并在 1890 年加入金色黎明隐修会（Hermetic Order of the Golden Dawn），后来又晋级为高阶会员。在写作此诗时，叶芝应该对赫尔墨斯卡巴拉思想已经颇有参悟。卡巴拉（Qabalah）是一种古老的犹太教神秘主义思想和修行秘术，在中世纪和文艺复兴时期的欧洲几经演变，与发源于古埃及的赫尔墨斯主义（Hermeticism）融合形成了赫尔墨斯卡巴拉流派，是金色黎明隐修会所信奉的哲学思想。文末图为居于其思想体系核心的卡巴拉生命之树，由 10 个圆和 22 条直线组成，10 个圆自上而下象征着灵魂从无形的原点向物质逐级显化（manifest）的过程，从下往上则象征着灵魂由物质世界归溯原点的路途。卡巴拉生命之树顶端的大三角指向的便是天体三位一体。天体对应着白色第一圆 kether，意为"王冠"，幽灵对应着灰色第二圆 Chhokmah，意为"智慧"，幽魂对应着黑色的第三圆 Binah，意为"理解"。

金色黎明隐修会将赫尔墨斯卡巴拉秘术与塔罗牌的符号体系进行了融合，因为他们日常修行的内容之一便是对各种宗教、神话和炼金术中的符号体系进行参悟，把握其背后共通的精髓。现代最常见的韦特塔罗牌（Rider tarot）便是由金色黎明隐修会成员韦特（Arthur Edward Waite）所创，并由另外一位成员史密斯（Pamela Coleman Smith）绘图。卡巴拉生命树上的 22 条路径对应着 22 张大阿尔卡那牌，也对应着 22 个希伯来字母，而小阿尔卡那数字牌则对应着生命之树的 10 个圆。小阿尔卡那数字牌又分为权杖、宝剑、圣杯与星币四种花色，分别对应着生命之树由上而下以火风水土四大元素划分的四个分层，对应着灵魂和世界的四态，这无疑也显示了其中的古希腊哲学思想源流。叶芝也曾在早期的《魔法》一文中将我们在灵魂向度的存在以四大元素的形式进行了分层，将天体三位一体称为火态，将象征恒我之冀求（或激情）的天使和仙灵比喻为风，而生命之意识总和则被称为感官之海，因为意识对应水，土则象征着我们身处的物质世界。从卡巴拉生命之树中柱的王冠（第一圆）—国王（第六圆）—王国（第十圆）中，我们也可以清晰地看到一个完美幻象经由思想朝向实体的显化（流溢／裂变／繁衍）过程；而灵魂溯归原点（天体／太一）的历程也被炼金术士以炼金之意象来指示；因为火可以点燃一切，将一切同化为火，燃烧的过程也意味着编织、整理或提炼的过程，是将螺旋体集合为面，将面收束为线（权杖），使一切归一的过程。黄金是唯一经过火之煅烧而不会发生改变的物质，因此熔金或精金被用来象征神火不能烧毁的终极存在。生命之树上的路径被称为火剑之路。

金色黎明隐修会对于人类想象传统中的符号体系的探究与整理是一个深入、庞杂而有趣的知识体系，篇幅所限，这里只做一些简略的介绍以便诗作的解读。

译诗完全按照原诗韵脚走韵。关于叶芝的天体三位一体的更为详细的介绍请见《叶芝和他的拜占庭诗篇》一文。

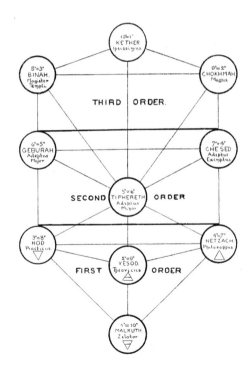

· 卡巴拉生命之树图，亦可参见 243 页图

印度人谈造物主

我走过潮湿的树林，沿着林下水泽之湄，
魂灵在夜晚的光线中飘摇，双膝被灯芯草拥围，
魂灵在睡眠和叹息中飘摇；我看见红松鸡踱步，
水淋淋沿那茵茵草坡，又见它们停止了互相打圈追逐，
只听见最老的那只发言：
那一位，将世界衔于喙，决定我们的衰颓或强健，
是一只不死的红松鸡，他住在天空的外面。
雨水源自他湿漉漉的翅膀，月光源自他的眼。
又往前走了一点，我听见一朵莲花开言：
那一位，创造并统治着世界，他悬挂于一支茎秆，
因为我，就是按他的模样造出，这整片冷冷的潮汐
不过是他寥廓花瓣间滑落的一颗雨滴。
不远处暗影里一只雄狍把眼抬起，
眼里漾满星光，他说：压模天空的那人，
他是一头温柔的狍子；要不然，我请问，
他怎能孕育出如此悲伤如此温柔，和善的事物如我？

又往前走了一点，我听见一只孔雀说：

那一位，创造了草创造了虫子赋予我羽毛的艳色，

他是一只巨大的孔雀，在我们上方整夜摇曳

他慵懒的尾羽，亮起数不尽的点点翎泽。

The Indian upon God

I passed along the water's edge below the humid trees,

My spirit rocked in evening light, the rushes round my knees,

My spirit rocked in sleep and sighs; and saw the moor-fowl pace

All dripping on a grassy slope, and saw them cease to chase

Each other round in circles, and heard the eldest speak:

Who holds the world between His bill and made us strong or weak

Is an undying moorfowl, and He lives beyond the sky.

The rains are from His dripping wing, the moonbeams from His eye.

I passed a little further on and heard a lotus talk:

Who made the world and ruleth it, He hangeth on a stalk,

For I am in His image made, and all this tinkling tide

Is but a sliding drop of rain between His petals wide.

A little way within the gloom a roebuck raised his eyes

Brimful of starlight, and he said: *The Stamper of the Skies,*

He is a gentle roebuck; for how else, I pray, could He

Conceive a thing so sad and soft, a gentle thing like me?

I passed a little further on and heard a peacock say:

Who made the grass and made the worms and made my feathers gay,

He is a monstrous peacock, and He waveth all the night

His languid tail above us, lit with myriad spots of light.

【注】

古印度哲学对叶芝的影响贯穿了一生，是其信仰体系的重要组成部分。中学时代他便阅读了辛耐特（A. P. Sinnett）的《佛教密宗》（*Esoteric Budhism*），在去世前不久的 1937 年，他还和印度学者合译了《奥义十书》。在晚年的一篇自述文章中他写道："我的基督，我想是圣帕特里克信条的合法衍生体，是但丁比拟为比例完美的人体的'和谐存在'，是布莱克的'想象界'，是《奥义书》所称的'梵我'。"[i]在给《奥义十书》的序言里，他又提到："转向东方，约略等于转向古代的西方和北方……我很乐于想象，类似于这些书中的思想体系，一度曾传遍世界。当我们膜拜东方哲学时，却也在我们自己的文化传统中发现了一些古老的思想……"

在他最早的诗歌子集《十字路》里，一共收录了三首印度主题的诗，《印度人致其所爱》《阿娜殊娅和维迦亚》和这一首，显示出叶芝对古印度哲学思想的浸淫和接受程度。在写给《瑜伽经》的序言中，叶芝提到两位古印度圣哲："耶若婆佉用一个永恒的我取代了所有的神"，而"帕坦伽利不以逻辑和道德准则去追求真理，而是通过静坐冥思来净化灵魂……真理不是自辩论中来，真理就在于灵魂本身，是耶若婆佉称颂的梵我（Self），那个包含了所有自我（all selves）的我"。

---

i　该文章名太长，原文为：Introduction For the never-published Charles Scribner's Sons 'Dublin Edition' of W. B. Yeats; published in *Essays and Introductions* (1961) as 'A General Introduction or my Work'.

在给《曼都卡奥义书》的序言（Introduction to *Mandukya Upanishad*）中他提到一个印度现代朝圣者的故事：他在旅程的结尾，在一片海滩上听到一个灵的声音唱出《曼都卡奥义书》中对于咒语"唵（Aum）"的阐释。"Aum"是印度教一个指向三位一体至高神的神圣的词，其中每个字母对应灵魂的一种状态。"Aum"也是佛教的一个咒语词：

> 那听上去像是个女人的声音，唱着《曼都卡奥义书》中对灵魂的四种状态的描述：醒态对应着字母 A，是物质存在的形态；梦态对应着字母 U，是精神存在的形态；无梦的睡态对应着字母 M，对灵魂而言此中一团漆黑，因为一切都融入了梵，物质和精神客体的创造者。最后一种状态对应着完整的神圣的单词"Aum"，是没有客体的意识，没有目的的福祉，是纯粹的人格。

在另一篇写给这位印度朝圣者的神秘主义著作《圣山》的序言（Introduction to *The Holy Mountain*）中，他再次提及这个故事，并重复了对这个咒词的解释：

> "Aum"是不灭的灵。宇宙是其示现。过去、现在和未来，一切都是"Aum"，而时间之外的一切，也是"Aum"。"A"是物质存在或醒态，"U"是梦态，是精神存在；"M"是深睡态，人在其中无欲无梦，但这种睡态却被称为"觉"，因为现在他与无眠的梵合为一体，梵是一切的创造者，一切的源头，不可知，不可思，不可把握。而完整的单词"Aum"指向梵我如一，是第四态。

《印度人谈造物主》仿佛是对一次类似于这位印度朝圣者的幻听

体验的记录，不过诗里出现的不是一个声音，而是多声部的，所有的声音加起来反复唱诵同一个主题，又仿佛一出小小的喜剧，演绎着叶芝理解中古印度人的宇宙观。

潮湿的树林之外，水泽之湄，也像海边的沙滩一样，水陆交接之地是永恒之界的象征。树林以其茂密交织的绿叶浓荫象征着冥想与思考的过程，对应 Aum 中的梦态，而灯芯草丛，以其密集而平滑的形态，指向的是灵魂深处集体性的融合态。魂灵在沉睡和叹息之中飘摇，指向的是无梦之眠的睡态或觉态。因此，诗的首句写的便是诗人经过冥思，来到灵魂深处的共有之境，听到万物之灵的声音：红松鸡、莲、狍子和孔雀都在纷纷诉说，以自身的形象去悬想造物主。而梵便是这所有的灵，所有的灵都融入梵，梵是宇宙的源泉，是造物主。众灵反复吟唱，正如《布列哈德奥义书》中耶若婆佉反复发声："雷声是一切存在的蜜糖，一切存在也是雷声的蜜糖。光明而不朽的我在于雷声中，光明而不朽的我存在于那语声中；那就是神，那就是梵我，那就是一切。"[ii]

译诗中将 Spirit 译为魂灵，其义偏重于灵，以区别于 Soul（灵魂），其义偏重于魂。在融合态，灵与魂合为天体，三位一体不可分，因此此处便以字序不同的词汇来对应三位一体中不同的面向。

---

ii 此段引文也出自叶芝的文章《〈瑜伽经〉序》，"Introduction to *Aphorisms of Yôga*"，*Aphorisms of Yôga* by Bhagwān Shree Patanjali, tr. Shree Purohit Swāmi (1938)。本篇中引文皆引自 *Later Essays. The Collected Works of W. B. Yeats. vol.5.*

印度人致其所爱

曙色下海岛犹在梦中，

巨木之枝垂落着安谧；

雌孔雀络绎而舞，于一爿青草如茸，

一只鹦鹉枝头转侧，兀自

朝那海面釉光水镜里，顾影怒啼。

在这里我们将孤舟泊停，

从此漫游，手与手织缠，

唇与唇相接，喁喁低声，

沿那草地，沿那沙滩，

喁喁：那尘嚣多么遥远，

多么孤单，凡灵中的我们

在这静默之枝下远避偕停，

当我们的爱，生成一颗印度星辰，

一颗燃烧的心之流星，

流星之汐闪耀，流星之翼闪耀且滑行，

枝柯离披，白鸽耀亮，
一百个日子里呜咽又叹息：
当我们死时，我们的魂魄将怎样游荡，
当黄昏使覆羽之途归于静寂，
我们路过惺忪波光旁，足底似烟霭迷离。

The Indian to his Love (1886)

The island dreams under the dawn
And great boughs drop tranquillity;
The peahens dance on a smooth lawn,
A parrot sways upon a tree,
Raging at his own image in the enamelled sea.

Here we will moor our lonely ship
And wander ever with woven hands,
Murmuring softly lip to lip,
Along the grass, along the sands,
Murmuring how far away are the unquiet lands:

How we alone of mortals are
Hid under quiet boughs apart,
While our love grows an Indian star,
A meteor of the burning heart,

One with the tide that gleams, the wings that gleam and dart,

The heavy boughs, the burnished dove

That moans and sighs a hundred days:

How when we die our shades will rove,

When eve has hushed the feathered ways,

With vapoury footsole by the water's drowsy blaze.

【注】

在叶芝的象征体系里，耸出水面的海岛，是离尘之境；黑夜与白昼交迭的黎明时分，是超越尘网之时。青草如茸指向集体无意识的融合态，鸟类是神之灵，是万物融入永恒之境的那部分自我。诗的第一节，叶芝再次用这些元素为自己所信仰的圣地和神界造像。海依然是感官之海，万物生命意识之海。当我们的意识来到静极之态，便可像釉光水镜一样，映照出永恒，照见那个与我们既同一又相反的自我在向我们怒啼。

第二节，情人在浓情时分，因其情感的强烈和纯粹，灵魂从感官之海上抵达了彼岸，在此靠泊，在平坦的草地和沙滩漫游。漫游指向遵从自然本心的行动，指向自由态；织缠的手是激情经过理智编织的升华态，含混的语声，无数微小个体聚集而成的草地与沙滩都指向融合态，自由与融合都是永恒之境的属性。

第三节，离尘的我们是孤单的，躲藏在生命之树的巨大枝干下，享受着安谧。爱意升华纯粹如火，在心底的天空生成流星，睹见那流星滑行的瞬间，便是永恒。

第四节，永恒之境的生命之树繁茂葱郁，魂灵栖停其中如同白鸽闪耀。呜咽和叹息都是神界的声音，呜咽是混融态，灵的呜咽如同白鸽轻咕，叹息指向亦喜亦悲非笑非哭的觉知态，神族的叹息如风吹叶颤。覆羽之途，是心之冀求所行的路，覆羽指向灵魂突破炽天使围阵之战，自我与反自我之战，羽毛为天使（鸟）焰翼，象征以想象编织的意识。树叶亦是编织态，因此覆羽之途在诗中亦指覆盖着树叶的枝条，爱与恨的枝桠。黄昏指向灵魂的松弛态，停战态，象征着情人们在缠绵忘我之时进入的永恒瞬间，也是我们死后回归之地。爱如小死，此刻情人们仿佛预知了死时魂归虚空的情状：感官之海的沙滩上，水光既闪烁又困倦，如同惺忪睡眼，显示着梦与醒的交迭态，而魂魄如一缕云烟飘荡。

蜉蝣

"曾经不会厌倦我的眼的你的眼，
忧伤地低垂，落下眼帘，
因为我们的爱在消减。"
　　　　　　　于是她说：
"我们的爱在消减，但让我们
再次去那孤独的湖岸，一道
站住，当这温和的时分，
当激情，那疲乏的可怜孩子，睡着了觉。
星星们看上去那么杳渺，一样杳渺的
还有我们的初吻，啊，我的心多么苍老！"

忧思满怀，他们漫步于枯叶间，
手牵着她的手，他缓慢地答道：
"激情总是将我们游荡的心消耗。"

林子将他们环绕，黄叶纷纷

像流星微茫坠落于蒙昏，有一度
路面跛行而去一只老瘸的野兔；
秋天在他头顶，现在他们站住，
在这孤独的湖岸，再次；
转过来，他看见她已把败枯的叶片，
积于静默，含露如她的双眼，
插进胸口和发间。

    "啊"，他说，"别伤怀，
为我们的倦怠，因为别的爱情在等待；
恨着，爱着，度过那些无怨尤的时辰。
永恒在我们前头横亘；而我们的灵魂
是爱，和不断的告别。"

Ephemera (1884)

'Your eyes that once were never weary of mine

Are bowed in sorrow under pendulous lids,

Because our love is waning.'

                              And then She:

'Although our love is waning, let us stand

By the lone border of the lake once more,

Together in that hour of gentleness

When the poor tired child, passion, falls asleep.

How far away the stars seem, and how far

Is our first kiss, and ah, how old my heart!'

Pensive they paced along the faded leaves,

While slowly he whose hand held hers replied:

'Passion has often worn our wandering hearts.'

The woods were round them, and the yellow leaves

Fell like faint meteors in the gloom, and once

A rabbit old and lame limped down the path;

Autumn was over him: and now they stood

On the lone border of the lake once more;

Turning, he saw that she had thrust dead leaves

Gathered in silence, dewy as her eyes,

In bosom and hair.

        'Ah, do not mourn,' he said,

'That we are tired, for other loves await us;

Hate on and love through unrepining hours.

Before us lies eternity; our souls

Are love, and a continual farewell.'

【注】

《蜉蝣》一般被认为作于 1884 年，是叶芝最早的诗作之一，早到我们已知的他生命中的那些情感对象，例如凯瑟琳·泰南、劳拉·斯特朗、茅德·岗都尚未出现在他的生活里，所以这首哀悼恋情的诗很大可能是一首纯粹的想象之作。但也有国外学者考证，叶芝的另一首诗《落叶》发表于 1887 年，而在叶芝的笔记本上，该诗的原名曾写作"蜉蝣"，因此得出结论此诗写成年代不早于 1887 年。

题名蜉蝣，意指人类的激情易生易灭，相较于那永恒的"统御性的爱"，如同蜉蝣一般脆弱短暂，然而那永恒之境的激情之所以不朽，正因为它在我们的肉身凡躯内一次次生灭，绵延无尽。

诗以两人对话的形式展开。细察这平白的话语，仍可以看出叶芝在字词上的精心选择与布构让象征之光掩映闪烁成一重或可名之为"情缘的葬礼"的幻景。在第一节第二行里，眼帘被冠以"pendulous"这个形容词，意为，像钟摆（pendulum）一样来回摆动的。眼帘抬起象征心目炯炯爱意燃烧的时刻，而如今眼帘低垂，爱意已亏蚀。缘起缘灭，如同钟摆的运动循环往复。又比如游荡的心一词（wandering heart），在叶芝的象征体系里，心是肉身欲念，感官意识生发之所，是自然体系的一部分，与头脑和精神体系相对立，而自然有其节律，行的是一条周而复始的圆形路，即弯曲或蜿蜒之路。游荡的心意指心行的是弯路，心会有消长，会变得倦怠。

在《时间十字架上的玫瑰》一诗里，叶芝将爱恨这样强烈的人类情感比喻成生命之树的枝干，而在《柳园深处》一诗里又如此表达："她请我自在地爱，如同叶子生发于树木。"在此诗中枯叶可谓诗眼，核心意象。叶子是生命之树上爱之枝条的生发（升华）之物，如同《印度人致其所爱》里那颗爱意生成的心之流星，所以，枯叶象征着爱意耗尽的情缘，如同流星坠落于蒙昏。其实在《易经》这样的东方玄学经典中，花叶这样附丽于枝干的事物也是离卦卦象之一，而离为火。树叶和流星之火被叶芝用来象征同一种抽象事物，倒也暗合了东方哲学，只是我们并不能确定这是他有意为之，还是古老象征的内在牵连导向的无心巧合。

野兔是生命原始冲动的象征，但它如今也老瘸跛行，象征爱意耗尽时，本能的力量也衰颓了。此刻女孩的眼中不再有凝望爱人时的如火爱意，而是含着如露之泪。叶落归根，沾带智慧之露，而情缘逝去，恋人们才能完整地觉知到它在自己生命中的意义。女孩将缀露的枯叶插进胸口和发间，仿若某种葬礼上的伤逝之仪，将之作为装饰物的动作，也是承认其为美，将之圣化的动作。

末节男孩的话是点题之语。如火焰般纯粹而猛烈的爱意终将逝去，游荡的心会被燃尽，这是肉身的局限，自然的节律，有了这样的觉知也不要伤怀，因为爱意还会再度生发，只要曾经浓纯炽烈地燃烧过，就不必有悔恨，我们的灵魂，我们经历的所有的爱都将汇入永恒。

爱和不断的告别指向灵魂的两种状态，在不朽态里一切相融一切都是爱的流淌，但那只是灵魂流转于生死之间的匆匆一瞬。两极对立态里的灵魂处在矛盾纷扰中，完满的爱恍如流星刹那。

从未走进过恋情的十几岁少年，却写出这样仿佛洞彻沧桑的诗篇，不是强要说愁，而是天才的灵魂从一开始便悟得先辈累积于传统中的智慧，成了无龄的老灵魂。

戈尔王的疯狂

我坐在水獭皮垫上：

从伊提到埃曼，我的言语即是法令，

在阿弥尔金河口，它曾让

那些闹腾世界的水手心惊，

又将骚乱与战争驱除，

远离了小伙与姑娘、人口与野牲；

田野日渐成膏腴，

空中野禽也见增；

每一位年迈的奥莱夫

垂下自己衰弱的头颅时，都会说出：

"他赶走了北方的寒冷。"

我四周那些瑟瑟之叶，老去的山毛榉之叶，它们不会噤声。

我坐着，沉思冥想又把甜酒斟饮；

从内陆山谷来了一位牧主，

他哭诉，海盗们赶走了他的猪群

去填充他们黑喙尖尖桨帆船的空腹。

我召唤来善战的勇者

与那响声隆隆的黄铜战车

从绵延的溪谷和大河深辙；

头顶着星光明灭，

在深渊旁扑向海盗团，

把他们掷入沉睡之海湾：

这些手赢获无数扭金环颈。

我四周那些瑟瑟之叶，老去的山毛榉之叶，它们不会噤声。

慢慢地，当我一边搏杀呼喊

一边在冒泡的泥沼踏践，

在我最隐秘的魂灵里却衍绽

一股回旋的，徘徊的火焰：

我站定：热切的星辰在我头顶闪烁，

而我四周也闪烁着人类热切的眼：

我大声笑着匆匆走过，

过了灯芯草沼泽和礁岩海岸；

我大笑因为鸟儿振翅翱翔，

星光闪烁，高天云飞扬，

灯芯草起伏如波，海水翻腾。

我四周那些瑟瑟之叶，老去的山毛榉之叶，它们不会噤声。

如今我游荡在山林里，

当夏天令金色蜜蜂饱魇，

或当秋之孤寂，

色如豹斑的树木显现；

或当冬天的水岸边

鹭鸶们在礁岩上打着寒战；

我挥动双手，漫步向前，

唱着歌儿，晃悠着浓密的发卷。

那灰狼认识我；一只耳朵在我手里拧，

那林地鹿被我领着前行；

而野兔从我身边蹿经，胆量渐增。

我四周那些瑟瑟之叶，老去的山毛榉之叶，它们不会噤声。

我来到一个小镇，

获月之下它香梦沉酣，

我踮起脚尖来回逡巡，

和着断续的调子低喃

我怎样跟随，无论夜与日，

那无与伦比的步履，

却看见这旧鼓横陈此地，

遗落于门廊的座椅，

我将它背回林间；

那些非人的苦难

被我们结合的音声唱转，如痴如疯。

我四周那些瑟瑟之叶，老去的山毛榉之叶，它们不会噤声。

我歌唱，当白日的苦工完结，

奥齐尔如何抖散那发丝深暗悠长，

遮没了奄奄日色，

并向空气中流淌淡淡芬芳：

当我的手划过那一根根丝弦，

它熄灭了，伴着响声如堕露，

那回旋的，徘徊的火焰；

只擢升出一声悲呼，

因为温柔的弦已断，归于寂然，

我必须去漫游树林和山峦，

穿越夏之酷热和冬之寒冷。

我四周那些瑟瑟之叶，老去的山毛榉之叶，它们不会噤声。

The Madness of King Goll (1887)

I sat on cushioned otter-skin:

My word was law from Ith to Emain,

And shook at Inver Amergin

The hearts of the world-troubling seamen,

And drove tumult and war away

From girl and boy and man and beast;

The fields grew fatter day by day,

The wild fowl of the air increased;

And every ancient Ollave said,

While he bent down his fading head,

'He drives away the Northern cold.'

They will not hush, the leaves a-flutter round me, the beech leaves old.

I sat and mused and drank sweet wine;

A herdsman came from inland valleys,

Crying, the pirates drove his swine

To fill their dark-beaked hollow galleys.

I called my battle-breaking men

And my loud brazen battle-cars

From rolling vale and rivery glen;

And under the blinking of the stars

Fell on the pirates by the deep,

And hurled them in the gulph of sleep:

These hands won many a torque of gold.

They will not hush, the leaves a-flutter round me, the beech leaves old.

But slowly, as I shouting slew

And trampled in the bubbling mire,

In my most secret spirit grew

A whirling and a wandering fire:

I stood: keen stars above me shone,

Around me shone keen eyes of men:

I laughed aloud and hurried on

By rocky shore and rushy fen;

I laughed because birds fluttered by,

And starlight gleamed, and clouds flew high,

And rushes waved and waters rolled.

They will not hush, the leaves a-flutter round me, the beech leaves old.

And now I wander in the woods

When summer gluts the golden bees,

Or in autumnal solitudes

Arise the leopard-coloured trees;

Or when along the wintry strands

The cormorants shiver on their rocks;

I wander on, and wave my hands,

And sing, and shake my heavy locks.

The grey wolf knows me; by one ear

I lead along the woodland deer;

The hares run by me growing bold.

They will not hush, the leaves a-flutter round me, the beech leaves old.

I came upon a little town

That slumbered in the harvest moon,

And passed a-tiptoe up and down,

Murmuring, to a fitful tune,

How I have followed, night and day,

A tramping of tremendous feet,

And saw where this old tympan lay

Deserted on a doorway seat,

And bore it to the woods with me;

Of some inhuman misery

Our married voices wildly trolled.

They will not hush, the leaves a-flutter round me, the beech leaves old.

I sang how, when day's toil is done,

Orchil shakes out her long dark hair

That hides away the dying sun

And sheds faint odours through the air:

When my hand passed from wire to wire

It quenched, with sound like falling dew

The whirling and the wandering fire;

But lift a mournful ulalu,

For the kind wires are torn and still,

And I must wander wood and hill

Through summer's heat and winter's cold.

They will not hush, the leaves a-flutter round me, the beech leaves old.

【注】

此诗作于 1884 年，1887 年初次发表于《暇时》(*The Leisure Hour*) 杂志的标题为"戈尔王：一则爱尔兰传奇 (King Goll, An Irish Legend)"。

戈尔王 (Goll mac Morna) 是凯尔特神话中费奥纳勇士团 (Fianna) 的成员，他曾杀死芬恩·麦库尔 (Fionn mac Cumhaill)[i] 的父亲，接替他对费奥纳勇士团的领导，但当芬恩长大表现出杰出的能力后，又取代戈尔王成为领袖。戈尔王的原名为 Aedh mac Morna，Goll 为"独眼 (one-eyed)"之意。他曾在战斗中失去一只眼，并由此得名。传说他在一次激战中表现十分英勇，却突然陷入疯狂，并奔离了战场，一头扎进远方的山谷密林中。叶芝在笔记中如此写道：

> 传说中戈尔王隐迹于柯尔克 (Cork) 的一个山谷中，据说全爱尔兰只要是自由态的疯子都会去那里聚集，可见他在山谷之上施加了一个多么强大的魔咒。

戈尔王在勇士／骑者身份之外，还是一个善弹的歌者，叶芝的父亲约翰·巴特勒·叶芝曾以叶芝为模特创作了两幅戈尔王弹奏小竖琴的画作。在此诗发表时，其中一幅画作被用作叶芝的肖像出现在杂志上。后来，叶芝也频繁地在诗作标题中采用戈尔王的原名伊德

---

i 芬恩·麦库尔是凯尔特神话中费奥纳勇士团的领导者，也是一个灵视者和行吟者，传说他有一个魔法大拇指赋予他智慧。费奥纳勇士团在伽比埃奈战役中几乎全军覆没，他们的故事由幸存的勇士团成员莪相和奎尔特讲述并得以流传。莪相是芬恩的儿子，奎尔特是其外甥。

（Aedh），假托诗为其所作。Aedh 在盖尔语中含义为"火"，叶芝以之指代一种在于狂喜态的人格。在《爱者言及心中的玫瑰》注文中我们还会更细致地谈及这个名字。

Emain 是红枝王族的都城。Inver 是盖尔语中的河口、海湾，阿弥尔金是米利都人（Milesian）中的一位诗人。米利都人是在亚历山大大帝征服时期来自伊比利亚半岛的入侵者，是盖尔人（Gael）；传说阿弥尔金在米利都人与达婑神族的对阵中，曾以吟唱诗谣的方式平息了达婑神族制造的魔法风暴，让米利都人得以成功登岸，并打败了达婑神族。后来，米利都人与达婑神族达成协议，分居地上与地下，达婑神族成为丘仙族，而米利都人则生活在地面，成为爱尔兰人的祖先。Ollave 也是古代爱尔兰对诗人的一种称呼。在古代爱尔兰，被称作奥莱夫的吟游诗人在部族中占据很高的地位，是类似部族长老的角色。他们在作战时身着白袍，手持小竖琴，以歌吟鼓舞勇士们的斗志，所有人都害怕被其嘲讽，又都渴望被其赞美。叶芝的一条笔记写道：

> Tuatha Dé Danann 意思是达婑众神的族人，达婑（Dana）是古代爱尔兰众神之母。他们是光明、生命和温暖的力量，与佛莫尔人（the Formoroh）交战，佛莫尔人是夜、死亡与寒冷的力量。被掠夺了贡品与荣誉，他们逐渐没落为大众想象中仙灵类的存在。

而关于佛莫尔人，我们来看他的另外一条笔记：

> Formoroh 的字义是"出自海面之下"，佛莫尔人是夜、死亡与寒冷之神。佛莫尔人形体奇特，长着羊或牛的头颅，只有一条腿或一条胳膊，从胸膛中部长出来。他们是邪仙的祖先，根

据一个盖尔语作者的记述，也是所有畸形人的祖先。巨人和小
矮妖通常被归为佛莫尔族。[ii]

达娥神族在被米利都人驱赶至山丘或地下之前，曾击败海中神族佛莫
尔人，而诗末出现的 Orchil 是佛莫尔人的女巫师。

写作这首诗时叶芝只有十九岁，还是都柏林大都会艺术学校（The
Metropolitan School of Art）的一名学生，但从这首诠释和重述爱尔兰
神话的叙事诗中，我们可以看到，主导他一生创作的哲学观和象征体
系此时已然确立。诗分六节，每节十二行，每节尾句为迭句。整首诗
其实都是在描写蕴含于神话中为传奇人物所象征着的那个瞬间，那种
在于融合与超越之境的醉狂态。此诗原文韵脚为 ABABCDCDEEFF，
且六节末尾两句同韵。译诗依照原诗韵脚走韵。以整体结构而言此诗
令我想起了古代一种交缠回环的夔龙纹，工整却繁复缠绕，抽象而又
具象。

很显然，作为光明、生命和温暖力量化身的达娥神族在于幽魂 /
自然宇宙一极，是心之冀求和激情的象征，与太阳和白昼相关；而海
中神族佛莫尔人在于幽灵 / 精神宇宙一极，是头脑与理智的象征，与
星星和夜晚相关，其形象也多与长有双角的羊或牛关联，而独腿独臂
或畸形隐喻肉身与力量的欠缺（不禁令人想到哀公问孔子的"夔一
足"）。相应地，戈尔王的独眼或许也隐喻理智的欠缺，因为戈尔王与
他的勇士战队属于幽魂一极，而与他交战的水手和海盗这些海上族群
属于幽灵一极。达娥神族与佛莫尔族、水手与牧人也都构成自我与反

---

ii 以上三段引文出自 A. Norman Jeffares, *A Commentary on the Collected Poems of W. B. Yeats*,
10-12.

自我的组合。

或许无法断言叶芝在此诗中是否有意将戈尔王塑造成一个类似于凯尔特版狄俄尼索斯的角色，但戈尔王显然可以说是勇士与吟游诗人的混合体，是一种进入醉狂态的智者形象。正如菲古斯是红枝王族中的行吟者，而戈尔王与莪相、奎尔特一样，是费奥纳勇士团中的行吟者。

诗的第一节讲述戈尔王治下一派乐土景象，其中通行的是爱与和平的法则，戈尔王能够驱赶"闹腾世界的水手"与"北方的寒冷"，亦即佛莫尔人象征的力量。显然戈尔王主导的是一段对应极的文明螺旋。

第二节开头，内陆山谷亦是一种指示向内收缩的对应极螺旋的意象，而冥思时啜饮甜酒意味着一种同时耽于智识与感官之乐的状态，是一种融合态；这说明对应极螺旋发展到了极点。猪是自然之混沌，世界之本体的象征；牧人哭诉猪被海盗抢走，意味着世界如今由幽灵主导，原始极文明螺旋开启。牧人的哭诉让戈尔王出离了融合态。戈尔王率领众勇士向世界尽头追击海盗的过程，可视为新的原始极螺旋的展开。戈尔王的队伍在深渊旁扑向海盗，也是自我与反自我相遇并融合的永恒一瞬，旧螺旋湮灭，新螺旋开启。戈尔王将海盗投入沉睡之渊的情节，不免令人想到希腊神话中酒神将海盗扔入海中，海盗化为海豚的故事。二者确实也存在象征层面上的对应。海盗是幽灵的象征，戈尔王将海盗投入海中的动作，如同奥德修斯的返航，也指示着幽灵从天体向幽魂下堕的过程；幽灵化为海豚，也与金枝化为茴香茎的原理相似：前世的理性执着化为了今世的生理本能。扭金环颈是一种双螺旋的项圈，无数的扭金环颈象征着无尽的双旋锥运动。第一第二节的叙述中蕴含了一个终极意义上的对应极和原始极螺旋的完整循环，其中包含了宇宙间无尽循环的本质和法则。

第三节描写戈尔王在酣战中的顿悟时刻。内心深处衍绽的回旋的晃动的火焰是精神宇宙第十三螺旋的象征。闪烁的星光和人类热切的眼波都意味着顿悟时刻心目的开启，星辰的寒光/理智之光与人类眼中的激情之光交相辉映。戈尔王此时的状态正对应着叶芝散文《诗歌与传统》中的这段话：

> 那样我们就能解脱其余一切：沉郁的怒气、踌躇的美德、焦灼的计算、阴沉的怀疑和闪烁其词的希冀，我们将重生于欢乐。因为纯粹的悲伤含有一种顺服，我们只应在比我们自身强大的存在面前感到悲伤，我们不能太快承认它的强大，而要等弱于我们的一切足够推动我们进入欢乐态，因为纯粹的欢乐能够掌控和孕育，因此在世界的尽头，力量将欢笑，而智慧将哀伤。

"我站定"意味着对对立之舞停止的顿悟一刻，而"大笑"意味着重生于欢乐，自我与反自我交换了悲喜。接下来灯芯草海，礁岩海岸都是融合态和永恒之境的象征，翱翔的鸟、飞扬的云，起伏翻腾的草海与大海都是超越性的象征。戈尔王退出了肉身的战斗，进入了精神宇宙。

第四节，顿悟瞬间之后，戈尔王的魂灵脱出了肉身，卸去了记忆，漫游在精神宇宙的密林中，与万灵为伍。浓密的发卷亦是一种螺旋体，象征净灵在精神宇宙漫游的轨迹。净灵以醉狂的浪游态堕向幽魂，其主导的螺旋为尘世的对应极螺旋。

第五节，获月下沉睡的小镇，就是天体照射下的幽魂，是一种类似于伊甸园的象征，亦是《和平的玫瑰》中"上帝的伟大城镇"。获月象征完满的理智之美，沉睡是完满的自然之美，因此这里描写的既是沉睡态，又是觉态，对应印度教的无梦之眠态。来到小镇意味着对应极螺旋再次到达极点。戈尔王从中获得一面旧鼓，并带回密林（梦态），演奏和讲述起包含所有非人苦难的故事。演奏和讲述是一种理性的整理过程，象征世界由理性的幽灵主导，而非人的苦难是狂野之怒的另一种表达法，因此，这一描述对应于原始极螺旋的再度展开。

最后一节，白日的苦工指上节的原始极螺旋，是在日光照射下向客观世界探索和扩张的螺旋，是理性主导的醒态求索。奥齐尔黑发的散开意味着夜色的弥漫，原始极螺旋结束，对应极螺旋再度开启。佛莫尔人的女巫师亦指向理智之美，是与金发白女相对的天体之另面；散发为面指向幽灵从天体向幽魂的下堕过程。鼓是一种将对立的两面联结起来发出共响之声的乐器，金属弦象征理智之线，拨弦的手受激情驱动，也象征激情。如痴如狂的弹唱意味着醉狂与融合态，而弦断则意味着激情突破了理智；火焰熄灭和音乐终止也表明醉狂态的结束。悲怆的呼喊如同冥王的雄鸡晨啼和诗开头牧人的呼喊，都意味着醒态的开始，露堕亦意味着魂灵投生尘世。戈尔王将再次漫游，穿越密林和山谷，经历尘梦的炎暑与寒冬。本书82页文末图描绘的正是一个手抚断弦选择再入轮回的戈尔王。

整首诗至此以繁复而精微的象征体系映现了世界在对应极和原始极之间的三次循环。这也与《月相》一诗中的描写相合：十二相位之后，世间你争我夺的一个历史循环来到尽头，英雄死于 / 出于激战，灵魂脱去肉身，进入精神宇宙，在十三到十五相位它还要"两度出生，下葬，生长"，这对应着英雄故事在族群中被回放和传唱，化为集体无意识中的原型的过程。两度意味着循环往复，意味着永恒瞬间中包含着无尽轮回的法则。

从一开始，戈尔王与他的勇士团在山林大地漫游，守护着一方国土的安宁，在六个诗节中戈尔王经历了漫游态—冥思沉醉态—战斗态—狂喜顿悟态—漫游态—无梦之眠态—吟唱态—弦断火熄态—漫游态，其中冥思沉醉态、狂喜顿悟态、无梦之眠态和弦断火熄态都指向静定交迭态，而战斗态/吟唱态和漫游态代表着归一和繁衍两种方向相反的运动。神话中的戈尔王已成为某种国族之恒我的象征，亦即爱尔兰民族魂灵的象征，所以此诗亦是借戈尔王的故事吟唱了民族魂灵的不息流转，诠释着不朽神话中的精髓。戈尔王的疯狂指向顿悟瞬间灵魂进入的狂喜态，融合态。在古代爱尔兰，行吟者能以歌吟带领人们进入那个通神的瞬间，并成为部族的精神领袖。叶芝当然向往那样的时代，所以重塑戈尔王的形象作为诗人的形象代言人。

英文中 leaf 既指树叶，也有书页之意。行吟者流传千古的诗篇吟唱和接通着灵魂的狂喜态，如同此诗中环绕密林漫游者戈尔王的"那树叶一派美妙的和声"（《爱的哀伤》）。秋叶之绚美在叶芝的象征体系中，也如瞬逝之流星，是理智之美的象征。山毛榉树可以长至十分高大繁茂，其虬曲根系常常露出地面，给人非常神秘的感觉，在世界各地的神话传说中都是灵木。希腊神话中伊阿宋的阿耳戈号据说就是用山毛榉树制成；在欧洲神话中山毛榉还被认为是树林中的女王（Beech Queen），通常与女神或众神之母关联，对应于橡树这树林中的国王（Oak King）。山毛榉和橡树、榛树一样，是叶芝诗中频繁出现的象征。在早期的散文中，叶芝曾描写迪尔德丽正是爬上了一棵山毛榉树之后才看见了尼萨并坠入情网，而传说中海伦也曾将爱人名字的首字母刻于山毛榉树上。

被偷走的孩子

斯露施森林多岩的高地

伸入湖泊，

草木葱茏的小岛水中安憩；

在那里苍鹭翩翩惊破

水鼠的昏梦；

在那里我们藏着我们的仙瓮，

盛满了浆果，

那偷来的红红樱桃也多。

来吧，哦，人类的孩童！

走向水边走向野丛，

手牵着手，与仙子偕同，

因为世界充满哭泣，你无法弄懂。

月华如波，铺沙光转，

镀亮一片朦胧的灰色沙滩，

是罗西斯海角的最远一端，

在那里我们彻夜盘桓，

穿梭古老的舞步，

交缠着手交缠着望眼，

直到月亮飞走不见；

我们跳跃，退后又上前，

把浪花的白沫追赶，

而世界充满了烦难，

睡梦中也焦灼不安。

来吧，哦，人类的孩童！

走向水边走向野丛，

手牵着手，与仙子偕同，

因为世界充满哭泣，你无法弄懂。

格伦卡山谷上方

水流在群山之中蜿蜒奔突，

灯芯草间的水塘

几乎难容一颗星辰沐浴，

在那里我们搜寻沉睡的鳟鱼，

悄声私语，在它们耳旁，

送它们进入不宁的梦乡；

又轻轻探身而出，

让蕨丛抛洒泪行

向那年轻的溪流之上。

来吧，哦，人类的孩童！

走向水边走向野丛，

手牵着手，与仙子偕同，

因为世界充满哭泣，你无法弄懂。

他走来了，跟着我们，

眼神庄肃：

他将不再耳闻

温暖山坡上哞叫的牛犊，

或是炉台上水壶的鸣响，

向他的胸中吹入宁穆；

他将不再目睹燕麦箱上

一圈圈探头游走的褐色老鼠；

他来了，人类的孩童！

走向水边走向野丛，

手牵着手，与仙子偕同，

从那个充满哭泣他没法弄懂的世界之中。

The Stolen Child (1886)

Where dips the rocky highland

Of Sleuth Wood in the lake,

There lies a leafy island

Where flapping herons wake

The drowsy water-rats;

There we've hid our faery vats,

Full of berries

And of reddest stolen cherries.

Come away, O human child!

To the waters and the wild

With a faery, hand in hand,

For the world's more full of weeping than you can understand.

Where the wave of moonlight glosses

The dim grey sands with light,

Far off by furthest Rosses

We foot it all the night,

Weaving olden dances,

Mingling hands and mingling glances

Till the moon has taken flight;

To and fro we leap

And chase the frothy bubbles,

While the world is full of troubles

And is anxious in its sleep.

Come away, O human child!

To the waters and the wild

With a faery, hand in hand,

For the world's more full of weeping than you can understand.

Where the wandering water gushes

From the hills above Glen-Car,

In pools among the rushes

That scarce could bathe a star,

We seek for slumbering trout

And whispering in their ears

Give them unquiet dreams;

Leaning softly out

From ferns that drop their tears

Over the young streams.

Come away, O human child!

To to waters and the wild

With a faery, hand in hand,

For the world's more full of weeping than you can understand.

Away with us he's going,

The solemn-eyed:

He'll hear no more the lowing

Of the calves on the warm hillside

Or the kettle on the hob

Sing peace into his breast,

Or see the brown mice bob

Round and round the oatmeal-chest.

For he comes, the human child,

To the waters and the wild

With a faery, hand in hand,

From a world more full of weeping than you can understand.

【注】

在古代欧洲，尤其是爱尔兰，民间流传着关于换生灵（changeling）的传说。换生灵是仙灵偷走人类的婴孩后留在摇篮里的自己的婴孩，因此，换生灵通常的特征是怪模怪样，有着超出年龄的智力和巨大的胃口。人类的孩子则被交换到仙界做起了仙灵。有国外学者认为，这是古代人因为无法对婴孩罹患的怪疾做出解释而想象出来的一种含有心理代偿机制的故事。仙灵有时也会拐走成年人的灵魂，尤其是新婚或者刚生育的女性。叶芝的另一首诗《风中仙军》就取材于一则关于被仙灵拐走的新娘的传说。据说仙灵掳走成年人的灵魂后，会在原地留下一段人形的木头，人类见到就会把木头当作死者埋葬。总之，在爱尔兰的民间传说里，仙灵是时常来到人间偷猎人类灵魂的一群。

《被偷走的孩子》写于 1886 年，是叶芝早期诗作中广为流传的一首。诗里的孩子在仙灵的歌声召唤和劝说下，跟随它们去往了仙乡。相对于民间传说中的"被偷"的被动情形，诗中却展现了一种向往和主动选择的态度。这种"逃往仙乡"的主题主导了叶芝创作生涯初期的诗作，而《被偷走的孩子》似乎是其中最具概括性的一篇。在 1888 年 3 月 14 日给凯瑟琳·泰南（Katharine Tynan）的一封信里，叶芝写道：

> 在修改《莪箱漫游记》的过程里，我发现我的诗有一个此前我没意识到的问题：拿《莪箱漫游记》为例，写的全都是从现实世界逃往仙乡的故事，或者对这种逃逸的召唤。《被偷走的孩子》里的合唱是对这逃逸主题的一次总结。这些诗里没有洞见和学识，有的是渴望和怨诉，是心面对现实的哭泣。我希望有一天可以改

变一下，写出包含洞见和学识的诗篇。

《被偷走的孩子》诗分四节，每节最后四行基本是重复的内容，为叶芝提到的"合唱"，如同音乐作品中的"副歌（refrain）"，仙灵在其中反复唱诵，召唤人类的孩童随它们而去。

在前三节的前半部分，仙灵们循循善诱地列举并描述了它们出没的地点和快乐日常。三处地点都位于叶芝家乡斯莱戈郡一带，叶芝在那里度过了童年的大部分时光，常和家人一起去到那些地方游玩或野餐。其中的斯露施森林（Sleuth Wood）位于吉尔湖（Lough Gill）南岸，湖中草木葱茏的小岛应该指的就是茵尼斯弗里湖岛；Sleuth 一词来源于爱尔兰语 Sliu，为"倾斜"之意。罗西斯海角是斯莱戈西北部的一个村庄，位于斯莱戈郡海港的一处海岬之上；格伦卡是斯莱戈东北部的一处山谷，以瀑布景观闻名。在一条诗注里，叶芝写道："罗西斯海角远端是远近闻名的仙灵出没地，据说，如果有人在那里某处岩石岬角上不小心睡过去，醒来就有变傻的危险，因为他的灵魂被仙灵带走了。"在讲述斯莱戈民间传说的一篇散文中，叶芝又说："那片鸻鸟麇集的岬地是通往那幽暗国度的捷径，没有比它更便利的了。"[i]

三处自古便承载了乡民丰富想象力投射，穿梭着神话魅影的清幽离尘之地，也天然适合被叶芝用来为他自己信仰的圣境造像。湖中的自由之岛、海边的灰色沙地、山坳中的灯芯草丛和洞穴般的河水源头都在别的诗里被分别细致描摹过，在这首诗里却是同时出现。所以，这首诗对"逃往仙乡"主题做出的总结不仅在于每节诗最后的四句

---

i　本文中此条及以上引文引自 A. Norman Jeffares, *A New Commentary on the Poems of W. B. Yeats*, 12-13。

"合唱"，也在于整体的构思和象征的齐集。由无数幼沙铺就的灰色沙地、无数草叶簇拥而成的茸茸灯芯草丛都是永恒之境融合态的象征，而瀑布和河流发源的山坳也如同《茵尼斯弗里湖岛》注文中分析过的伊萨卡岛上的泉洞，指向的都是内心根源联通的永恒实在。装满甜蜜浆果的石瓮也和伊萨卡岛洞穴里装满蜂蜜的石头碗罐一样，指向同样的抽象事物。翩翩苍鹭的意象则呼应着多年以后在《丽达与天鹅》《库尔的野天鹅》中的天鹅振翅。鸟类是神之灵的象征，振翅如同有节律的钟声，唤醒了水鼠这样卑微的凡灵，让它从对感官意识的沉溺中清醒过来。交织难分的舞步是融合态的运动，含糊轻柔的耳语是融合态的声音。鳟鱼也如同《拜占庭》中的海豚，是生命原始冲动的象征，因为在沉睡，所以是蛰伏态，而仙灵的耳语正将其搅入昏昏然蠢蠢欲动之态。嫩蕨的顶端形似未展的螺旋，与裹叠未开的玫瑰花苞、弗里吉亚帽的顶卷一样有着同样的象征内涵，指向那个汇集一切的瞬间。

最后一节，男孩在仙灵的诱惑下，要跟随它们走了。不同于描述仙灵世界的前三节，这一节的前半部分描述的是尘世生活的细节。在仙灵的叙述中，尘世中值得留恋的和谐之声是山坡上牛犊的哞叫和炉台上水壶的鸣响，和谐之舞是燕麦箱上老鼠一圈圈的游走。牛犊的哞叫如呜咽，壶水沸腾化为气体发出的声音也如同风声，老鼠一圈圈的游走也仿佛灵界不休的欢舞。正因此，这样的音声和律动能往男孩胸中吹入宁穆。如同古埃及的翡翠石板上所载：下界的事物是上界的复本。尘世的一切都是对永恒实在的模仿。

在《威廉·布莱克与他的〈神曲〉插图》一文中有这样一段话，或许有助于我们理解叶芝在这一节里选择这些细节的意图：

我们的想象是宇宙想象的碎片，是神的宇宙之躯的一部分，当我们以相通的想象来扩展我们的想象，将世界的忧与喜转换为艺术的美与谐，我们就越来越脱离那个被局限的凡人，而接近那个不受限的"仙人"。"如同种子急切地等待它的花与果，它的小灵魂焦急地向青空中张望，看饥饿的风是否已然铺开它们看不见的阵列，人也一样，他向树、草、鱼、鸟、野兽张望，向一切生长着的自然万类张望，收集其不朽之躯的碎片……他痛苦地叹息，他在他的宇宙中痛苦地劳作，透过深渊上的鸟儿嘶鸣，透过被击杀的狼嚎叫，透过牛群呜咽……"

《被偷走的孩子》中汇集了许多贯穿叶芝诗歌生涯的重要象征，的确是关于"逃往仙乡"主题的一首总结之歌，而叶芝，显然把自己内心的渴望与不舍代入了那个随仙灵而去的孩子。

柳园深处

我与我爱确曾相会，在那柳园深处；
她走过柳园，迈着纤巧雪白的足。
她请我自在地爱，如同叶子生发于树木；
但我，年少愚鲁，听不进她的吩嘱。

我与我爱确曾伫立，在那河边场地，
她曾把雪白的手，在我倾侧的肩上放置。
她请我自在地活，如同青草生长于堰堤；
但我年少愚鲁，如今止不住涕泣。

Down by the Salley Gardens

Down by the salley gardens my love and I did meet;
She passed the salley gardens with little snow-white feet.
She bid me take love easy, as the leaves grow on the tree;
But I, being young and foolish, with her would not agree.

In a field by the river my love and I did stand,
And on my leaning shoulder she laid her snow-white hand.
she bid me take life easy, as the grass grows on the weirs;
But I was young and foolish, and now am full of tears.

【注】

这是叶芝早期诗作中广为流传的又一首，在世界范围内被多次谱曲和翻唱。诗最初的标题为"一首老歌的翻唱"。叶芝后来在给这首诗做的脚注中提到，"此诗是对一首老歌的重构尝试，斯莱戈郡巴里索德尔村的一位有趣的老妇人约略记得老歌里的三句，经常自娱自乐地哼唱"。在 1935 年他写给一位诗人朋友的信中又提到，"爱尔兰自由邦的军队跟着一首曲子行进，却不知道这首进行曲当初发表时配的是我的词，这词如今已在民间口口相传"。

这首老妇人只记得三句的老歌，已有学者考证出是一首名为《游荡的享乐男孩》（*The Rambling Boys of Pleasure*）的爱尔兰老船谣。原来的歌词有四段，老妇人经常哼唱的大概是其中第二段：

> 在那花园深处我与我爱我们初次约会。
> 我将她箍在臂中，献上甜蜜的吻。
> 她请我自在地活，就像叶子从树上飘坠，
> 可我年轻而愚鲁，不曾同意我的心上人。

> Down by yon flowery garden my love and I we first did meet.
> I took her in my arms and to her I gave kisses sweet.
> She bade me take life easy just as the leaves fall from the tree,
> But I being young and foolish, with my darling did not agree. [i]

---

[i] A. Norman Jeffares, *A New Commentary on the Poems of W. B. Yeats*, 15.

相较之下叶芝的诗显然更为简洁隽永，设喻也完全不同，叶子落下的意象变成了叶子生发的意象。Salley 是 sallow（阔叶柳）的另一种拼法。即便是在这样琅琅上口平易如歌词的诗里，我们也可以隐约读出一层象征的意味。第一节水边的密林和第二节水边的茸茸草地都是叶芝诗中典型的场景。恋人们会于柳园深处，在象征层面上指的是他们也曾情到深处，本可以让爱意升华，如同叶子生发于树木；恋人来到河边场地，踏足堤上青青草，意指他们本可以去到那两情相悦浑然忘我之境。Take love easy 和 take life easy 都是在说要顺乎自然地去爱，去生活。雪白的手和雪白的足，给人纯净的美感，也指向情感的纯粹和出尘之态。感叹自己年少愚鲁的人错过了什么？大概是在悔恨自己没有足够的勇气去回应爱人，没有投入地去爱，去享受青春和生命吧。止不住的涕泣是为了被错过的爱情和不再回头的光阴。这是一首忧伤的歌。

渔父的幽思

海浪，虽然你们在我脚边跳跃如嬉戏的孩童，
虽然你们粼粼又灼灼，柔声咕噜又瞬息滑移；
在过去比这更温煦的那些六月里，海浪更欢纵，
那时我还是个男孩，心上未有一丝裂隙。

鲱鱼也不像旧时那样跟随潮水现身；
我的哀伤！因为小车上的鱼篓发出吱吱一片声，
那小车载着待沽渔获要去往斯莱戈镇，
那时我还是个男孩，心上未有一丝裂缝。

啊，骄傲的少女，你也没有她们那样美丽，
当他的桨声闻于水波之上，骄傲又出尘的她们，
徘徊在卵石滩头渔网之旁，于向晚之时，
那时我还是个男孩，心上未有一丝裂纹。

The Meditation of the old Fisherman (1886)

You waves, though you dance by my feet like children at play,
Though you glow and you glance, though you purr and you dart;
In the Junes that were warmer than these are, the waves were more gay,
When I was a boy with never a crack in my heart.

The herring are not in the tides as they were of old;
My sorrow! for many a creak gave the creel in the cart
That carried the take to Sligo town to be sold,
When I was a boy with never a crack in my heart.

And ah, you proud maiden, you are not so fair when his oar
Is heard on the water, as they were, the proud and apart,
Who paced in the eve by the nets on the pebbly shore,
When I was a boy with never a crack in my heart.

玫瑰集
The Rose (1893)

Miss Maud Gonne

时间十字架上的玫瑰

我所有时日里的，红玫瑰，骄傲的玫瑰，哀伤的玫瑰！
靠近我，当我歌吟那些古老的传奇：
库乎林搏击着愤怒的潮水；
而德鲁伊，灰发，息养于林，眼眸静寂，
在菲古斯四周投下幻梦，和无法言说的梦之陨毁；
而你自己的伤悲，被星辰，
银履闪闪舞于海上，并已然于舞动中变得古老的星辰，
以它们高邈而孤独的旋律，歌吟。
靠近来，当我不再被人类的命运遮没视线，
我发现，在爱与恨的枝桠下面，
在所有愚昧可怜、朝生暮死的生灵中间，
永恒的美漫步于路途蜿蜒。

靠近来，靠近来，靠近来——啊，但给我留一点
空间让玫瑰的气息充填！
以免我再也听不见那些渴求着的平凡物种；

那藏身于微小洞穴里的虚弱蠕虫，

那在草丛中蹿经我旁的田鼠，

凡众苦苦挣扎而过的沉重念欲；

请寻求，单只求，听取那些奇谭异事，

神曾将之讲述，向那些故去已久的人的光亮之心，

去学会以人类未知的语言反复歌吟。

靠近来；在告别的时辰到来之前，我都会

将老爱尔兰和那些古老的传奇歌吟：

我所有时日里的，红玫瑰，骄傲的玫瑰，哀伤的玫瑰。

To the Rose upon the Rood of Time (1891)

Red Rose, proud Rose, sad Rose of all my days!

Come near me, while I sing the ancient ways:

Cuchulain battling with the bitter tide;

The Druid, grey, wood-nurtured, quiet-eyed,

Who cast round Fergus dreams, and ruin untold;

And thine own sadness, whereof stars, grown old

In dancing silver-sandalled on the sea,

Sing in their high and lonely melody.

Come near, that no more blinded by man's fate,

I find under the boughs of love and hate,

In all poor foolish things that live a day,

Eternal beauty wandering on her way.

Come near, come near, come near—Ah, leave me still

A little space for the rose-breath to fill!

Lest I no more hear common things that crave;

The weak worm hiding down in its small cave,

The field-mouse running by me in the grass,

And heavy mortal hopes that toil and pass;

But seek alone to hear the strange things said

By God to the bright hearts of those long dead,

And learn to chaunt a tongue men do not know.

Come near; I would, before my time to go,

Sing of old Eire and the ancient ways:

Red Rose, proud Rose, sad Rose of all my days.

·叶芝父亲以叶芝为原型画的戈尔王

【注】

玫瑰在叶芝的写作生涯中是一个特别的存在。若以主导意象而论，玫瑰诗篇大概是叶芝作品最大的一个集合。这些诗篇大多集中在早期，二十世纪之前的十年。在1895年出版的《诗选》第一版里，叶芝将此前收录于《凯瑟琳女伯爵：民谣故事集》（1892）一书中的诗作部分摘出归于"玫瑰"之名下，后来的选集和全集沿用了这一经典编排。《玫瑰集》中包含了《致时间十字架上的玫瑰》《世间的玫瑰》《和平的玫瑰》《战斗的玫瑰》等四首散发着强烈玫瑰气息的诗篇。同年他还发表了《玫瑰十字之歌》。1899年出版的《苇间风》中又收录了《爱者言及心中的玫瑰》（1892）和《隐秘的玫瑰》（1896）这两首以玫瑰为题的诗。除去以玫瑰为题的诗外，这两个集子中的《致未来时光中的爱尔兰》《激情的磨难》《有福者》《诗人恳求元素之力》等众多诗篇中也包含了玫瑰意象。而诗歌以外，玫瑰气息也散布在这一时期出版的《凯尔特的微光》等散文作品中。或许，将整个1890年代称为叶芝诗歌创作的玫瑰期也不为过。放在他一生的长度里来看，玫瑰也是他最为偏爱和使用次数最多的象征之一。

作为骨灰级象征主义者的叶芝，曾在早期的文章《魔法》中如此宣称：

> 我现在想不到还有比象征法力更大的事物，无论是在大魔法师手中被有意地使用，还是被魔法师的继承者们，诗人、音乐家和画家们不那么经意地使用时。我相信，它们起作用，是因为大记忆将它们与某些事件、情绪和人物做了关联。凡是人们将热情汇聚其中的事物，都在大记忆中成了象征。在知晓其秘密的人手

中，它就是奇迹发生器，可以召唤天使和魔鬼。象征多种多样，无论天上人间，重大或微小的事都可以被关联，在大记忆中，你不知道什么被人忘怀的事件将之掷入伟大的激情中，像伞葦，像豚草。

对于半个魔法师叶芝而言，象征就像魔法师的魔杖一样不可或缺，可以召唤虚空中的火苗，搭构一段神奇的幻影戏。每个象征物都像是他在《肉身之秋》一文中提到的："它们就像一种东方灯具，火苗在蓝的红的暗玻璃后面闪烁……取光于相互的折射，像宝石之上真切的焰彩，并以许多的字音创造出一个迄今不为任何语言所包含的一个完整的词汇；一种存在于神圣想象中的情绪之象征，之符号。"而象征主义诗歌，则"将以从牧师肩头滑落的担子为己任，引领我们踏上回程，将我们的思想填注以事物的精髓，而非事物。我们将再次以炼金术的萃取法取代化学分析和其他科学；我们当然在到处寻找完美的蒸馏器，以使金液和银液一滴也不流失"。

作为叶芝早年作品中的笼罩性意象存在的玫瑰，其神秘意涵历来是诗歌评论者们关注和辨析的焦点。哈罗德·布鲁姆认为，除去象征世界灵魂（Soul of the World）中的永恒之美，和平之美，玫瑰也指向茅德·岗（Maud Gonne, 1866-1953）[i]，爱尔兰，金色黎明隐修会十字纹章上的中心标志，太阳，性以及很多事物。玫瑰意象是多义而朦胧的。但这种朦胧却是叶芝用意所在。在写于同期的文章《路边遐思》

---

i 爱尔兰激进民族主义者，政治活动家，演员，出身于一个富有的英裔贵族家庭，父亲为都柏林军官，与叶芝的关系几度十分密切，是叶芝长期恋慕的对象，也是他以许多诗篇致献的对象，但她始终没有接受他的求婚。

中，有一段话描述他听到很喜欢的一首歌谣时的感受："歌声溶入暮色，又混合进枝叶间，当我想起歌词时，它们却也溶化了，仿佛和一代代人融为了一体，时而是一个词汇，时而是一种情绪，一种激情，让我想起一些更为古老的诗篇，那些几乎被遗忘了的神话。"[ii]

诗人启用一个本就牵连十分广博的象征，像过去时代的行吟者一样，以持久的热忱将古老传奇反复歌吟，以众多诗篇逐渐凝汇聚显出一个笼罩性的意象，要的就是传达一种朦胧的情绪集合，既属于他自己，也属于他的民族和时代：对美丽女子的恋慕，对失落于微光世界里灵知的追寻，对"火态魔法"的信仰，对基督教割裂压制人性之教义的批判，对于复兴民族文化焕新想象传统的憧憬，等等。所有这些，都在于那永恒玫瑰广袤花瓣的卷裹之中，玫瑰意象是叶芝找到的析滤和凝汇情感，涓滴不漏的蒸馏器，玫瑰诗篇中的玫瑰也成为"一个不被任何已知人类语言所包含的完整词汇"（《肉身之秋》）。

叶芝对于玫瑰意象的密集使用在转过世纪之交后便基本停止了。在除去上文提到的六首以玫瑰为题的诗篇外，写于1917的《玫瑰树》一诗中，玫瑰所指已有别于本文论述的神秘意涵，所以并不能算作真正意义上的玫瑰诗篇。

《时间十字架上的玫瑰》是叶芝所有玫瑰诗篇的发端。我们先来看标题：时间在叶芝的理论里与物质世界和自然记忆关联，灵魂从火态三位一体中向下衍射堕入物质世界，才有了生命、时间和记忆。十字架既是基督信仰的标志物，也暗示着充满矛盾和对立的，受时与空

---

ii W. B. Yeats, *Mythologies*, Macmillan Company, 1959, 138.

两极限制的地面现实。玫瑰在于时间之上，是永恒的玫瑰，也是世间众生和自然记忆的玫瑰，也是信仰的玫瑰。

当被读者问及玫瑰象征的意涵时，叶芝曾回答来自中世纪神秘主义。在 1901 年的一则手稿中，叶芝暗示玫瑰的含义落在玫瑰十字会（Rosicrucian Society）的象征体系内："我从梦中醒来，记得曾对自己说，罗森克鲁斯是第一个宣称美是神圣，而丑非神圣的人。半梦半醒之间我想，他将玫瑰置于十字之上，便是将宗教与美，精神与自然，精神的宇宙与自然的宇宙融合于魔法。"[iii] 玫瑰十字会是近现代风行的通灵学会等神秘主义流派的源头，叶芝将其创始人称为玫瑰十字之父，而罗森克鲁斯（Rosencrux）的名字就由玫瑰与十字两个单词拼合而成。叶芝还写过一首名为《玫瑰十字之歌》的诗。以象征爱与美的火红玫瑰替换十字架上受难死去的苍白基督，将自然生命和爱欲激情中升华出的永恒之美作为信仰，玫瑰十字会的标志十分形象地体现了中世纪神秘主义思潮对基督教义的反思和改装。

在 1899 年的《苇间风》的笔记中，叶芝写道："玫瑰许多世纪以来是精神之爱和至上的美之象征。在爱尔兰传统中，它是一个信仰标志，是国家的象征，女性美的象征。"[iv] 在《自传》中，他把《时间十字架上的玫瑰》视为向红玫瑰，理智之美的一次祈祷。但在 1925 年的笔记中，叶芝提到玫瑰之象征有别于雪莱的理智之美："因为我想象

iii Richard Ellmann, *The Identity of Yeats*, Faber and Faber, 1983, 66.
iv W. B. Yeats, *The Variorum Edition of the Poems of W. B. Yeats,* 811-812.

她和人类一起受难，而不是某种只能远观和企求的存在。"[v] 在《诗歌与传统》一文中，他写道："艺术的高贵在于对立面的融合，极致的悲哀，极致的欢乐，人格的完美，放弃的完美，激荡漫溢的能量，腻润的寂静；红玫瑰绽开在十字架两臂交汇处，在凡人和神，时间和永恒的幽会地。"[vi] 从这段话里，可以看出的是，既为永恒，又栖宿于众生之中的玫瑰，指向了火态三位一体中的第三位，幽魂，也就是世界灵魂（Soul of the World），因为它既可以向下流溢为魄壳，堕入汇融一切生命意识的感官之海，也可以向上经由幽灵，也就是头脑之思想，将这海中的生命本能和自然直觉转化为永恒的美。因此，玫瑰是世界灵魂的玫瑰，感官之海的玫瑰。

诗的第一句，诗人向玫瑰致意。所有时日里的玫瑰，意指玫瑰存在于一个将所有时间汇集的瞬间，是永恒之境的玫瑰；玫瑰是红的，因为是热血和激情的象征；玫瑰是哀伤的，因为与众生一起在永恒轮回中受难；玫瑰是骄傲的，因为灵魂也可以生成海上的星辰，吟唱出高邈而孤独的旋律。

第二句，诗人模仿古代行吟者呼唤听众靠近，来听他吟唱古老的传奇。玫瑰作为激情和迷梦的象征，在世界灵魂的大记忆中有很多过去的人和事与之关联。库乎林是凯尔特神话中骁勇善战的大英雄，一人敌过千军万马，但也嗜酒纵欲。在写于同期的诗作《库乎林与大海激战》里叶芝讲述了库乎林的妻子伊梅尔派儿子来挑战负心不归的库

v *The Variorum Edition of the Poems of W. B. Yeats*, 842.

vi "Poetry and Tradition", *Early Essays, The Collected Works of W. B. Yeats, vol.4*.

乎林，库乎林在得知死于剑下的是自己儿子之后，与大海激战的故事。德鲁伊则是凯尔特人中的祭司、行吟者和预言家，能够通过梦预知未来。菲古斯是一位放弃王位浪迹山林，向德鲁伊学习梦的智慧的国王。这些发生在过去时代的故事已经成为神话，这些名字也变成不朽激情和抽象情结的象征。

第一节后半段，诗人再次呼唤听众靠近，因为在歌唱过已入神界的人物之后，他要转而歌唱那些卑微弱小的生灵。除却那像生命之树的枝桠一样交缠的人类爱恨，一切生命共有的本能也律动在无论多么渺小且易逝的生命个体中，汇成感官之海中的感官音乐，生成永恒的自然之美。在这里，叶芝也致敬了远古时代人类想象无疆，与自然相融的泛神崇拜。叶芝曾用几何图形来说明他的理论：如果神是一个中心无处不在的圆，那么先知和智者就在于圆心，而诗人和艺术家在于圆周。出自火态的灵知也分为两种，为所有生命共享的自然直觉落在圆周上，行的是弯路，所以自然处在周而复始的永恒循环之中；而理性智慧则落于圆心，行的是直路；所以这里世间众生和自然记忆中永恒的美便漫步于弯曲的路途。

第二节开头诗人再次呼唤听众靠近，但要给他留一点空间给玫瑰的气息，因为玫瑰与一切卑微弱小的生灵和挣扎的念欲同在。艺术家呼吸着玫瑰的气息，感受平凡生命的本能和自然之美，才能从中提炼出不朽的激情和超自然的美。

第二节后半段诗人请求听众只要求听那些奇谭轶事，也就是神话和民间传说中充满想象力的志怪异谭。叶芝认为其中包含着关于灵魂的真知。在《凯尔特的微光》（*The Celtic Twilight*）里，叶芝写道："民间艺术是思想中最古老的贵族，它拒绝短暂易逝、微不足道的东西，也不接纳仅仅是小聪明和俗艳之物，更拒绝粗俗和虚伪；它搜集了一代代人最质朴、最深刻的思想，所以，它堪称所有伟大艺术的发源地。"[vii] 同样是在《魔法》一文中，叶芝写道：

> 我们不能怀疑原始人比我们更显而易见，更便捷和充分地接
> 受魔法的影响，因为我们的城市生活，蒙蔽和抹除了我们被动的
> 冥想生活，我们的教育加强了个体的自主的心灵，削弱了我们灵
> 魂的敏感度。我们曾经赤裸地承受罡风吹袭的灵魂，如今包裹在
> 厚厚的泥壳之中，并且学会了建造房屋，在壁炉中生上一堆火，
> 关上门窗。

逝去已久的人的光亮之心，指向的便是文中提到的灵魂未被泥壳包裹，更多地沉浸于想象生活中的过去时代的人。在这里，玫瑰是古老想象传统的玫瑰，爱尔兰民族精神源头的玫瑰。歌吟所用的人类未知的语言，指的是作为不朽事物之象征的玫瑰，既是玫瑰又非玫瑰，在任何人类语言的辞典里都找不到如此释义的词汇。它是汇聚众多象义的、包裹着神秘灵知的完整词汇。

诗的最后三行，诗人再次呼唤和召集听众，聆听他的玫瑰宣言，也可以说是对玫瑰的誓言：要用尽有生之年，歌吟老爱尔兰和她古老的传奇，通过复活一个富于想象力，包含着灵魂智慧的，承载于神话传说中的古老文化传统，激发民族意识，重铸爱尔兰民族之魂。

---

vii   W. B. Yeats, *Mythologies*, Macmillan Company, 1959, 139.

菲古斯与德鲁伊

菲古斯。我已在岩地跟随你一整天，
而你在变幻，流动于一个个形状间，
先是一只渡鸦，那古老的翅膀上
几无一根羽毛附着，而后你看着又像
岩间游走的黄鼠狼，
现在你终于把人形换上，
一位灰发的瘦男子，凝沉夜色里半隐半现。

德鲁伊。骄傲的红枝王族之王，你有何愿？

菲古斯。所有活着的灵魂里最有智慧的你，我想说：
年轻机敏的康诺尔紧挨我而坐，
当我做出判断，他的话语实属明智，
于我是无尽负担之事，
于他看似轻易，于是我把王冠放置
在他的头顶，把我的悲伤抛掷。

德鲁伊。你有何愿，骄傲的红枝王族之王？

菲古斯。一个国王还骄傲！这是我的绝望。
我飨宴于山丘之上民众之中，
我徘徊于林地，把我的战车之轮驱动，
去那沉吟海洋的白色边缘；
可我仍然感到头顶的王冠。

德鲁伊。菲古斯，你有何愿？

菲古斯。不再做国王一位，
而去学习属于你的，做梦的智慧。

德鲁伊。看看我头发灰薄，双颊凹陷，
这双手可能也举不了剑，
这身躯抖动如风中苇秆。
没有女人爱我，也没男人寻求我的扶搀。

菲古斯。国王不过是一个愚蠢的苦工，
抛洒自己的热血，成为他人的梦。

德鲁伊。拿去，你若已定心意，这一小囊梦；
解开绳索，它们会将你包裹。

菲古斯。我看见我的生命如河川流逝，
变了又变；我曾是许多物事——
浪涛中的碧溅一粒，光线中的一缕
闪耀于剑刃之上，山间的一株野枞，
一位老奴，把沉重石磨推动，
一位国王，于一把金椅端坐——
所有这些都奇妙而广漠；
但现在我变得，一无所是，一切看破。
啊！德鲁伊，德鲁伊，哀伤的罗网多么广漠，
在这板岩灰的小小物事中藏躲！

Fergus and the Druid (1892)

Fergus. This whole day have I followed in the rocks,
And you have changed and flowed from shape to shape,
First as a raven on whose ancient wings
Scarcely a feather lingered, then you seemed
A weasel moving on from stone to stone,
And now at last you wear a human shape,
A thin grey man half lost in gathering night.

Druid. What would you, king of the proud Red Branch kings?

Fergus. This would I say, most wise of living souls:
Young subtle Conchubar sat close by me
When I gave judgment, and his words were wise,
And what to me was burden without end,
To him seemed easy, so I laid the crown
Upon his head to cast away my sorrow.

Druid. What would you, king of the proud Red Branch kings?

Fergus. A king and proud! and that is my despair.

I feast amid my people on the hill,

And pace the woods, and drive my chariot-wheels

In the white border of the murmuring sea;

And still I feel the crown upon my head

Druid. What would you, Fergus?

Fergus. Be no more a king

But learn the dreaming wisdom that is yours.

Druid. Look on my thin grey hair and hollow cheeks

And on these hands that may not lift the sword,

This body trembling like a wind-blown reed.

No woman's loved me, no man sought my help.

Fergus. A king is but a foolish labourer

Who wastes his blood to be another's dream.

Druid. Take, if you must, this little bag of dreams;

Unloose the cord, and they will wrap you round.

Fergus. I see my life go drifting like a river

From change to change; I have been many things—

A green drop in the surge, a gleam of light

Upon a sword, a fir-tree on a hill,

An old slave grinding at a heavy quern,

A king sitting upon a chair of gold—

And all these things were wonderful and great;

But now I have grown nothing, knowing all.

Ah! Druid, Druid, how great webs of sorrow

Lay hidden in the small slate-coloured thing!

【注】

菲古斯是一个在爱尔兰和苏格兰常见的男性名字，其盖尔语含义为"强壮的，男子气的"。这里的菲古斯（Fergus mac Róich）是爱尔兰神话中的一个著名人物，古代爱尔兰北部阿尔斯特王国的国王，他爱上一位名叫奈萨（Nessa）的女子。她向他提出了一个嫁给他的条件：允许她的儿子康诺尔（Conchobar）代替他做一年国王，以使他的儿子也能成为王的儿子。菲古斯答应了，但那一年里康诺尔在奈萨的帮助下表现出杰出的治理才能，便没有归还王位，菲古斯也并不在意，并且做起了康诺尔长子和侄子库乎林的义父。但后来，康诺尔在夺取绝世美女迪尔德丽（Deirdre）的过程中，使用诡计残忍地杀害了迪尔德丽的情人尼萨（Naoise）和他的两个兄弟，以及菲古斯的儿子。菲古斯一怒之下联合康诺尔的长子发动了起义，后来又出走与康诺特（Connacht）的梅芙女王（Medb）联合，在夺牛之战（Táin Bó Cúailnge）中对抗阿尔斯特。菲古斯是梅芙女王的情人。在传说中，菲古斯被描述为性能力超人，而梅芙女王也一样，她如果没有菲古斯，则同时需要三十个男人才能获得满足。后来，梅芙女王的丈夫出于嫉妒杀害了菲古斯。红枝王族（Red Branch）是阿尔斯特王族的又一称谓。在爱尔兰神话中，康诺尔的王朝分为三枝王族，其中两枝为鲜红枝（血色）和赭红枝（发色）。红枝在后来的传说中多指红枝战士（Red Branch Knights）。

叶芝在征用这一神话形象时，代入了自己的理解和内心期待，将其描绘成一位视王位为负担、想向德鲁伊学习做梦的智慧的国王形象。德鲁伊在古代爱尔兰神话中是追随在国王或领主们身边的祭司和宗教领袖阶层，他们拥有智慧、魔法和预知能力。根据诗的第一节里的描述，德鲁伊可以随意变幻形状，这与叶芝在《幻象》一书中对于死后人的魂魄经过至福瞬间后进入的第五个阶段"净灵（purification）"的描述相似。"净灵"是一股纯粹的精神能量，可以随意变换成累世经历过的各种形状，相当于前面介绍过的古印度神秘主义"梦态"中的存在。所以诗中将德鲁伊的智慧称为"做梦的智慧"。梦态中的存在是没有力量（power）的，只有智慧，所以诗里的德鲁伊呈现为一种半蒸发状态的影子，无力，抖动如风中苇秆。其实这也与我国古代关于周公旦的传说有着相通之处。文王姬昌邀请巫师鬻熊担任两个儿子的老师，鬻熊传授姬发以文武艺，却只让姬旦整日睡觉，令其困惑不已。其实，鬻熊教授姬旦的正是做梦的智慧。这梦中得来的智慧让周公旦在辅佐武王姬发伐纣的过程中以占卜和预知的能力发挥了关键性的作用。叶芝自己的玄学体系与这些古代东西方神秘主义的共通之处便是，相信人类在内心最深处是共通的，这共通之界正是宇宙的根源，永恒的神界，包含着古往今来全人类的智慧，因而智慧应该向内求，向灵魂深处去求。做梦的智慧才是无上的智慧。事实上，叶芝在后来的名篇《摇摆》中也提及了周公旦。

这首诗以菲古斯和德鲁伊的对话形式展开。德鲁伊交给菲古斯的"梦囊"，正是"梦的智慧"的象征物。菲古斯打开梦囊，便被累世之梦环绕，从沧海一粟到金椅上的国王，在一瞬间经历了无穷的变幻，获得了包含一切的虚空之智慧，以及智者的忧愁，发出感叹：哀伤的罗网是多么广漠！融入一切的代价就是看破一切并一无所是。而叶芝对于从碧溅到国王的过程的数点，在象征层面上也对应着卡巴拉生命之树上由上而下，由抽象到有形的质点。离于激浪之尖的碧溅指向天体（请参考《世间的玫瑰》一文中对于浪尖碧溅的分析），与王冠是同组象征；剑刃上的一缕光线指向第二圆，剑刃的寒辉如同星辉，象征理智之光，幽灵；野枞，生命之树的符号，为第三圆，整株生命之树可视为第三圆的展开态。推动石磨的老奴象征在尘世经历着永恒轮回的魂灵，金椅上的国王是在于尘世螺旋之极的存在，是对天体之王冠，或"碧溅"之象征性含义的完整显化；金椅也是天体三位一体的一重象征，至此金冠与金椅在国王处成为一体。国王对应于卡巴拉生命之树的中心第六圆，第六圆也代表觉知之心，象征自我与反自我的融合。在永恒一瞬，生命之树归于一点，第六圆与第一圆重叠。从碧溅到国王，是一个完整的，灵魂从精神向物质，又通过物质重归精神的流转过程。

毫无例外，诗里每个词的选择都出自精确的考量。岩地以其恒久性也被用来指向神界；梦囊被称为小小板岩灰的物事，因为灰是融合态的真理之色。岩地和板岩都是带着永恒属性的事物，而无限小又无限广漠的，正是那宇宙的根源。

第一节中净灵变幻出的乌鸦、黄鼠狼和人形雾魄也是一组值得仔细分辨的有趣象征。乌鸦是神之灵，是思想和智慧的象征，是梦态的梦者，而编织态的羽毛是梦的形状，想象之焰翼；几乎没毛的乌鸦指向刚刚出于至福瞬间还没有展开想象的幽灵，净灵；皮毛丰满、生活于洞穴且喜跳摇摆舞的黄鼠狼是包裹于幽魂中的"热情的躯体"的象征，黄鼠狼是经过了充分的想象（灵之漫游）过程，已经堕入幽魂（大记忆）的灵魂。人形雾魄则在于灵魂从热情的躯体下溢的阶段，对应于"魄壳（husk）"。漫游于梦态的幽灵对应于反自我；菲古斯和德鲁伊也是一对自我与反自我组合。与德鲁伊相遇时的国王菲古斯是觉知之心的象征。反自我永远听从觉知之心的号令，所以德鲁伊一直在问菲古斯"你有何愿？"

世间的玫瑰

谁曾梦见美如梦一般消散？
为那红红的唇瓣，绽放着哀怨的尊严，
哀怨再没有新的惊奇降落，
特洛伊消陨于一刹冲天葬火，
尤斯纳的孩子们也死了。

我们和这劳碌的尘世也在逝去：
在人类的灵魂里，那如冬日水流中苍白浪花般
浮荡变灭的灵魂里，
在聚散如沫的满天星斗下，
恒存着这张孤独的脸。

鞠躬吧，大天使，从你们幽暗的居所：
在你们，或任何有心跳的生灵存在之前，
疲惫善良的那位已在他的圣座旁流连；
而他已让世界变成，她游荡的双足之下
一条青草路的延展。

The Rose of the World (1892)

Who dreamed that beauty passes like a dream?
For these red lips, with all their mournful pride,
Mournful that no new wonder may betide,
Troy passed away in one high funeral gleam,
And Usna's children died.

We and the labouring world are passing by:
Amid men's souls, that waver and give place
Like the pale waters in their wintry race,
Under the passing stars, foam of the sky,
Lives on this lonely face.

Bow down, archangels, in your dim abode:
Before you were, or any hearts to beat,
Weary and kind one lingered by His seat;
He made the world to be a grassy road
Before her wandering feet.

【注】

此诗 1892 年 1 月发表于《国家观察者》时题为 "Rosa Mundi"，是拉丁语版的 "世间的玫瑰"。Rosa Mundi 也指英王亨利二世的情人罗莎蒙德·克利福德（Rosamund Clifford），拥有绝世容颜的她人如其名，是当时世人眼中的玫瑰。民间传说中亨利二世为了对王后阿基坦的埃莉诺（Eleanor of Aquitaine）掩藏恋情，建造了一座迷宫让克利福德隐居其中。但埃莉诺最后还是进入迷宫找到了克利福德，并让她在匕首和毒药中选择一样死法，克利福德选择了毒药，一朵玫瑰就这样凋零。叶芝在诗中并未提及克利福德的故事，但题名的选择自然也将其隐含于诗的意象中。亨利二世是第一位率军占领爱尔兰的英国君主，正是他开启了英爱之间长达七个世纪的殖民与反抗的过程，可以说是与爱尔兰有着深厚渊源的一位历史人物。

我们在前面分析过迷宫，它是幽魂，世界灵魂的象征，是尘世螺旋体的迭合，藏于迷宫深处的克利福德便成为世界灵魂中永恒之美的象征。和许多民间传说中一样，匕首与毒药再次出现作为两种结束尘世之旅的选择。肉身面临的选择也隐喻着灵魂在水与火之间的归属。作为象征，匕首与毒药都指向永恒的事物（匕首以火锻造，曾为液态并经受水的淬炼。毒药虽为液态，却是可以烧毁肉身的火，二者都是融合了水火两重属性的事物），但分指天体的不同面向。匕首指向火剑，是向上飞扬的理智之火；毒药是液态火，是哺育宙斯的丰饶号角里的向下滴落物，是对凡人而言不可承受的激情的象征，所以神话中的埃莉诺自然是选择饮毒而归，象征她死于激情的磨难，肉身陨灭之际正是一种爱与美的传奇生成之始。

诗的起句便是令人唏嘘的终极之问。永恒的美栖宿于尘世速朽，她在尘世，在肉身中的示现只在于恍然如梦的一瞬。谁曾经历那样的瞬间，那些睹见美又陷于惊奇的人如今安在？若将天体比喻为一张完美的女性脸庞，红唇便是天体面容中自然之美的象征，而双眼的惊奇是如火之爱的象征。惊奇降落于红唇，二者合一，红唇便绽放为玫瑰之天体，象征着激情让我们瞥见灵魂中永恒之美的面容；天体在于象征我们灵魂存在的生命之树的顶端，有着俯瞰一切的尊严，但她也是哀伤的，因为幽魂（大记忆）中承载着尘世的一切悲伤与负累；玫瑰与众生同在，一起受难。

美在等待爱的觉知，在等待惊奇的降落。但自从特洛伊之战和尤斯纳的孩子们死去后，人类历史上再也没有出现过类似的时刻。在那样的时刻，美貌发动千艘战舰，英雄为激情而死，惊奇之火乍现于人类心目，焚毁整个文明的肉身（城邦）。我们在序中分析过特洛伊之战，海伦的故事也在《丽达与天鹅》中有提及，此处便不赘述。尤斯纳（Usna）的孩子们指的是凯尔特神话中因迪尔德丽（Deirdre）而死的尼萨（Naoise），艾诺（Ainle）与阿登（Ardan）。迪尔德丽是阿尔斯特王国（Ulster）宫廷说书人费迪利米德（Fedlimid）的女儿，先知预言她会长成绝世美人，引发王国之间的战争。国王康诺尔（Conchobar）阻止众人杀死婴儿，宣布其为自己未来的王后。但长大后的迪尔德丽爱上了尼萨，两人便与尼萨的兄弟一起逃至苏格兰生活。康诺尔请菲古斯去劝说他们回来，并做出了不会惩罚他们的承诺。但康诺尔言而无信，残忍地杀害了三兄弟和菲古斯的儿子，夺回了迪尔德丽。愤怒的菲古斯则联合康诺尔的长子和库乎林向康诺尔开战。预言最终以这样的方式兑现，而迪尔德丽不久后在出行途中跳出马车自杀。

正如古老的凯尔特文明是与古希腊文明平行的存在，迪尔德丽的故事也可以视作海伦故事的爱尔兰翻版。根据叶芝的双旋锥理论和月相理论，小一级的文明螺旋的第 15 月相总是对应着大一级螺旋的第 8 月相，第 15 月相指示着完备之美，而第 8 月相是暴力和战争的相位，所以阿芙洛狄忒诞生于风暴肆虐而非风平浪静的海面，永恒之美的示现也总是以世界和个体的物质层面在暴力中的陨毁为背景。

在《斗篷、船与鞋》一诗中，幽魂（世界灵魂）被描绘为乘船航行在感官之海上的漫游者，在《爱的哀伤》一诗中，labouring 被用以形容奥德修斯奔波海上的船队。若将特洛伊之战视为人类文明自我与反自我相遇的永恒瞬间，那么在象征层面上，荷马的两部史诗可视为分别描写了人类灵魂从幽魂向天体的一跃和从天体向幽魂的一堕，二者合为灵魂在于天体三位一体中的完整循环。这个瞬间的循环中包含了宇宙所有螺旋体的法则和本质。《伊利亚特》的故事核心是阿喀琉斯的狂野之怒，它歌吟英雄或愚人为激情而死，以肉身换来不朽，化为激情的象征；阿喀琉斯、赫克托耳和帕里斯这些人代表着我们灵魂中可燃的部分（幽魂），他们在奥德修斯的讲述中已经化为光；卡巴拉生命之树上第二圆（对应幽灵）通向第一圆（对应天体）的直线也对应着塔罗牌中的愚人牌。奥德修斯是人类灵魂中没有被大火熔毁的那部分自我，是经过至福瞬间之后的净灵，他也是放火者，是故事的讲述者（编织者幽灵）。奥德修斯在海上千难万险的奔波历程象征着净灵在精神宇宙前行返回幽魂的过程。在《茵尼斯弗里湖岛》的注文中我们详细分析过奥德修斯着陆的洞穴的象征含义。宁芙的洞穴即为世界灵魂所在处。生命之树上天体通往幽魂的直线对应塔罗牌的魔法师牌，因为这其中包含着三生万物，一切从无形向有形显化的魔法过程。这一过程千难万险，因其中包含着世间一切歧路，自然的一切繁衍法则。《迈克尔·罗巴尔茨的双重幻象》一诗对这个过程有详细描述，而《幻象》一书则对灵魂从死向生的流转过程有详细的分段解析。我在《获得安慰的库乎林》一诗注文中也对此进行了较为详细的介绍。

《论宁芙的洞穴》一文作者是新柏拉图主义创立者普罗提诺的弟子波菲利，新柏拉图主义产生于对柏拉图著作的阐析。波菲利以新柏拉图主义理论分析荷马史诗中的象征含义，可见一个完整的象征体系早在荷马的时代就已存在于人类想象传统中。

回到诗的第二节，"我们"指世界灵魂，融合态的众我；"劳碌的尘世"指世界灵魂的航船，是物质世界本身，劳碌是因为这旅程是一种闪转腾挪，辛苦费力的回旋之舞，歧路蜿蜒。在这样的集体行程中，个体的灵魂如同百川归海中的川之流水，其行程也是一种闪转腾挪的变灭之舞，而永恒的美在于人类灵魂中，与众生同在又超越其上，仿佛一张孤寂的面容。

此节中繁星被称为天空的泡沫。在《亚当的诅咒》一诗中，蓝色天穹被称为时间的水波，因此繁星是浮于时间之海上的浪沫，超越性的存在；冬日水流中的苍白浪花则象征感官之海上激浪的生成物，亦是一种超越性的存在。《谁与菲古斯同行？》一诗中有"黯淡海洋的白浪胸襟"之表述，而胸包裹着心，是天体之形态，白色是天体之色；感官之海的浪沫与时间之海的星辰一样，构成永恒的理智之美示现的境态，并是其一部分。世间的玫瑰作为永恒之美的幻象在于天空之下海面之上，也是指示着"伊甸园在于天堂与地狱相交处，无极在于九天与九幽重合之际"的一种意象。时与空的合一，亦是灵魂的火态与水态的合一。前面序文中我提到过，世界各地文明遗址中的礼器上鸟翼、灵兽之角、匕首的造型都近似火焰，但其实火焰之形又近似于白浪之尖。"浪涛中的碧灭"（《菲古斯与德鲁伊》）与弗里吉亚帽端的小球或许也是近似的拟态，指向天体和永恒瞬间。汉字中以四点水来指代火的拟态，其中或许也表达了类似的"两极合一是为超越"的思想。

作为神使的大天使们的居所是精神宇宙，叶芝以夜来象征，这居所自然是幽暗的；天使们也是包裹于幽魂中永恒激情的象征，幽魂亦是其统领。天体是存在的本原，早于任何有心跳的生灵存在。玫瑰作为理智之美的象征，总是在我们经过紧张痛苦的斗争或追逐过程后，肉身与感官进入倦极和放弃态时才会示现，如同秋叶只在凋零之际呈现斑斓之色；她也象征着灵魂在紧张过后的松弛态，因而总是疲惫的。松弛态亦是和谐态，无对立纷争态，所以玫瑰亦是和平的玫瑰，是善良的从人愿的玫瑰。他的圣座（His seat）中 His 首字母大写，因此圣座指神的圣座，他指幽灵。幽魂行在幽灵编织的多歧之路上，这路是以青草铺就，青草象征凡众的肉身感官存在。玫瑰于圣座旁流连，是"永恒的美行于环路，而理智在于圆心"的另一种表达。

和平的玫瑰

若米迦勒，上帝战队的首领，
当天堂与地狱相合，
向下望见你，从天堂的门槛，
他会将他的功业忘却。

不再沉思上帝的战争，
在他神圣的宅院，
他会用星星织成
一顶戴在你头顶的珠冠。

所有见他向你躬身
而白色星辰将你颂赞的人们，
最终会去到上帝的伟大城镇，
由那温柔路途领引；

上帝会吩咐他的战事歇停，

说着一切都安宁；

并轻柔地布下一片玫瑰色的和平，

天堂与地狱的和平。

The Rose of Peace (1892)

If Michael, leader of God's host
When Heaven and Hell are met,
Looked down on you from Heaven's door-post
He would his deeds forget.

Brooding no more upon God's wars
In his divine homestead,
He would go weave out of the stars
A chaplet for your head.

And all folk seeing him bow down,
And white stars tell your praise,
Would come at last to God's great town,
Led on by gentle ways;

And God would bid His warfare cease,

Saying all things were well;

And softly make a rosy peace,

A peace of Heaven with Hell.

·《新娘》（*The Bride*），爱德华·卡尔佛特（Edward Calver，1799–1883）作。

战斗的玫瑰

一切玫瑰之中的玫瑰，那属于整个世间的玫瑰！

那些高张之帆由思绪织就，猎猎于风吹，

在时间的潮水之上，将空气扰攘，

神之钟声浮荡，是水之牵虑所向；

当因恐惧而噤声，或因希冀而嘹亮，一支队伍

顶着那风刮、浪湿的发，转眼便集聚，

若可能便转身吧，从那战斗永无完结，

我呼喊，当他们逐个走过我身侧，

危险中没有庇护，战争中没有安宁，

对于听得见爱之歌吟的那人，而那歌吟从未歇停，

在她洒扫干净的壁炉旁，在她静谧的阴影里：

但所有那些人在聚集，爱不曾为他们编织

一片静谧，或过来向空中抛掷

一支歌，且歌且行在苍淡黎明上微笑；你们在聚集，

你们的求索已多过雨水和露珠中所包含，

多过日与月与大地中所包含，

或在星光闪烁的悠远欢动中发出叹息，
或从海洋的哀伤之唇里将欢笑催激，
并在颀长的灰色舰阵里发动神的战争。
那哀伤的，孤独的，不知餍足的，
古老的夜晚将向他们吐露她所有的奥秘；
神之钟已经将他们认领，凭那小声呼啼，
发自他们悲伤的心，它也许无谓生也无谓死。

一切玫瑰之中的玫瑰，那属于整个世间的玫瑰！
你，也已来到此间，幽暗潮水向那哀伤码头摔坠，
听见那钟声响起，
召唤着我们的钟声；那甜美悠远之事。
那永恒的美，因其永恒而哀伤
创造了你，以我们，及那苍茫黯淡的洋。
松卸思绪织就的风帆，我们的灰色舰群在等待，
因为神已将他们平等的命运吩嘱下派；
当最后，在他的战争里被击垮，
他们都已沉没于同一片白色星辰之下，
我们将不再听见那小声呼啼
发自我们悲伤的心，它或许无谓生也无谓死。

The Rose of Battle (1892)

Rose of all Roses, Rose of all the World!

The tall thought-woven sails, that flap unfurled

Above the tide of hours, trouble the air,

And God's bell buoyed to be the water's care;

While hushed from fear, or loud with hope, a band

With blown, spray-dabbled hair gather at hand,

Turn if you may from battles never done,

I call, as they go by me one by one,

Danger no refuge holds, and war no peace,

For him who hears love sing and never cease,

Beside her clean-swept hearth, her quiet shade:

But gather all for whom no love hath made

A woven silence, or but came to cast

A song into the air, and singing passed

To smile on the pale dawn; and gather you

Who have sought more than is in rain or dew,

Or in the sun and moon, or on the earth,

Or sighs amid the wandering, starry mirth,

Or comes in laughter from the sea's sad lips,

And wage God's battles in the long grey ships.

The sad, the lonely, the insatiable,

To these Old Night shall all her mystery tell;

God's bell has claimed them by the little cry

Of their sad hearts, that may not live nor die.

Rose of all Roses, Rose of all the World!

You, too, have come where the dim tides are hurled

Upon the wharves of sorrow, and heard ring

The bell that calls us on; the sweet far thing.

Beauty grown sad with its eternity

Made you of us, and of the dim grey sea.

Our long ships loose thought-woven sails and wait,

For God has bid them share an equal fate;

And when at last, defeated in His wars,

They have gone down under the same white stars,

We shall no longer hear the little cry

Of our sad hearts, that may not live nor die.

【注】

《战斗的玫瑰》大概是叶芝的玫瑰诗篇里的难解之最。这首诗描写的是一场发生在感官之海上的战斗,是精神宇宙与自然宇宙的战斗,是幽灵与幽魂的战斗,是人类集体的信仰之战,是永恒瞬间的对峙、相融与转换。

第一行,按照玫瑰诗篇的体例,诗人表达对玫瑰的致意:一切玫瑰的玫瑰,属于整个世界的玫瑰,意指从世界灵魂中升华而出的玫瑰,是属于整个世间的玫瑰,也是包容了一切美的永恒之美,或涵盖了一切不朽激情的爱,万火归一的火。

第2-4行,描写的是火态三位一体中属灵,也就是属头脑之理念的第二位。时间的潮水,也就是受限于时间的、人世的意识之水,感官之海。诗人在这里将人类有系统的,编织态的思想,亦即哲学理念、宗教信仰等,比喻成水上的猎猎风帆,搅扰着空气。在叶芝的诗里,空气之龙,被搅扰的空气,常常被用来象征人类历史的双旋锥循环中的时代精神轨迹,比如在《一九一九》里出现的像舞者的水袖一样旋转的空气之龙,又比如在《库尔的野天鹅》里盘旋飞升的天鹅,其翅膀也像风帆一样猎猎拍动,搅扰起气流的漩涡。在神话和宗教故事中,天鹅是宙斯的化身,而鸽子是上帝的灵;风帆,振翅的天鹅,鸽子都属于同一类意象,指向一段时期里统御人类意识世界,牵引着时代精神划出历史螺旋的思想和宗教信仰,是神意的象征。神之钟声浮荡,是水之牵虑所向,意即宗教信仰那有节奏的声音播送并牵制着人类意识的水面。

第5-7句中的风为天风,是永恒的激情,超越态的心之冀求,是神使，激浪之水珠是超越态的思想意识的象征。所有描写都指向一场发生在超越态的抽象力量的对峙。永无完结的战斗指向尘世无尽的双旋锥循环，它们由这永恒一瞬中幽魂与幽灵的对峙象征着。在幽灵（神）主导的原始极螺旋里，原始极宗教信仰以理性禁锢欲望，以爱为怖，以禁忌系统制造恐惧；而在幽魂（玫瑰）主导的对应极螺旋里人们崇拜自然，心之冀求（欲望）发出嘹亮的声音。在充满两极对立的尘世，时代精神的旋转之舞组成的历史螺旋循环不已，信仰之战不会休歇。那么如何像诗人呼吁的那样跳出这永无休止的循环呢？

爱的歌吟随即上线。歌吟是音乐，而音乐的律动则是火态的属性之一。爱的歌吟是火态里的永恒之爱。包裹着炉火的壁炉是灵魂的象征，听得见爱之歌吟的人，感受到火态的简单与和谐，灵魂如在安谧的阴影中，这阴影也如思绪一样是编织过的，即经过灵的提炼和升华的。黎明在《凯尔特微光》里是世界的微光时分，象征着叶芝向往的老爱尔兰文化传统中神话和传奇的世界，爱在苍淡黎明之上微笑，意指朝霞，而朝霞夕晖都被叶芝用来指向天界诸神象征着的不朽之爱。

但那些没有被爱长久荫庇，也不曾被爱短暂眷顾的人，他们还是被召集到了神的圣战之中。因为他们欲求过多，多过了自然所包含。日月雨露大地是自然，而在群星璀璨的悠远欢动中发出叹息的，让海洋的哀伤之唇转声大笑的，是爱。叶芝后来在两首关于德尔斐神谕的诗篇里描写那些已为不朽的诸神在彼岸的茸茸草地上斜躺发出爱的叹息，而灵魂在渡去彼岸时为尘世之爱发出的甜蜜恸哭也激起海水的欢笑。

第8-18句描写众我的求索多过自然（幽魂）所包含，亦即幽灵的力量大过了幽魂的力量，驱动了神的战争，神的战争中包含了尘世一切原始极螺旋。

那哀伤的，孤独的，永无餍足的，指的是幽魂，永恒的自然之美，是神的战队交战的对象。套用叶芝自己的表达法，这是一场宗教与美，精神与自然，精神宇宙和自然宇宙的对峙。叶芝曾在文章中提到过，古老的夜晚或许是指那些举行酒神（或阿提斯）狂欢祭祀的夜晚，人们在渐至酣热的舞蹈中忘记了自身，发出狂呼，获得一种迷醉、超越和融合的体验，感到灵魂与头顶的圆月融为一体，一瞥永恒之美的奥秘。古老的夜晚当然也指向纯粹的精神宇宙，指向神的理智之网的铺展，古老的夜晚吐露幽魂的全部秘密，意指神以理智整理和提炼自然之美的过程。

第二节，时间的潮水，感官之海上到来了玫瑰。诗人再次向玫瑰致意。玫瑰是永恒的美以怀抱思想的个体的灵（众灵）和感官之海（苍茫黯淡的洋）创造出来的美的永恒象征，是火与水相融，爱与美在其中结合的天体。玫瑰示现后，对峙便结束了，神的舰队卸下思绪的风帆，被瓦解了，就像文明的螺旋扩展到极致便开始崩落，思想失去了控制力，完全放弃的人们在混乱中看到了天启（玫瑰）。新时代的反向螺旋已然生成并将展开，这一次玫瑰主导的螺旋将替代神的螺旋，崇尚自然人性的信仰将取代割裂人性唯理是瞻的信仰。

哀伤码头指幽魂，其别名为"万忧之忧"，亦即一切悲伤靠泊汇集之所。玫瑰来到码头，说明幽魂已升华为天体。在《雪莱诗歌中的哲学》一文中，叶芝也曾引用雪莱的比喻，"灵魂是无力的，'就像一口沉闷的钟悬挂在天堂照亮的塔中，鸣响着召唤我们的思想和欲望汇合于我们撕裂的心之中，来祈祷'"。神之钟声将悲伤之心的呼啼（超越态的欲望）认领，意味着这心的呼啼汇入了神的钟鸣，形成共响。

甜美悠远之事，意指爱意流淌，一切相融，无有对立无有恐怖之境，钟声鸣响的一瞬，灵魂已经将思想与欲望汇融一处，所以玫瑰示现，风帆垂落。幽魂与幽灵，风与帆都是对立统一的象征。风是玫瑰之中吹出的旋风，没有心之冀求之风，神的思想之帆无法驱动世界航船。当驭风之帆牵引着世界的航船绘完一朵绽放的玫瑰之时，便是世界的尽头，文明螺旋的尽头。

在神的圣战中溃败的众生之灵，共享一个平等的命运，沉没于白色星辰之下，意指灵魂从天体向幽魂的沉堕，对应着尘世的对应极螺旋。白色星辰在叶芝的诗里，是与玫瑰象征的永恒之美密切关联的象征，在《和平的玫瑰》中，它们对玫瑰唱着颂歌，在《时间十字架上的玫瑰》里，它们吟唱着玫瑰高邈而孤独的旋律，在德尔斐诗篇里，它们在彼岸接引着渡过感官之海的灵魂。像上帝的天使一样，它们是玫瑰的歌队和星冠。无谓生也无谓死的心，意谓超越态的心之冀求是永恒的，自我与反自我的融合态既是不灭的灵，亦是不死的心。

茵尼斯弗里湖岛 (1888)

现在我要起身离去，去往茵尼斯弗里湖岛，
在那里我要搭一座小屋，用泥与网条；
在那里我要种九行菜豆，引一窝蜜蜂筑巢，
再独居空地听取一林蜂噪。

在那里我将拥有宁谧，而宁谧原似缓慢滴沥，
滴沥，从晨雾薄纱朝向鸣虫唧唧；
在那里夜阑只余微光，正午一片紫色辉熠，
黄昏布满红雀的翅翼。

现在我要起身离去，因为无论夜与日，
我听见湖水低语，轻抚着岸；
走在大街，走在灰色铺石小道，每一次伫立，
我听见心底水声不断。

The Lake Isle of Innisfree

I will arise and go now, and go to Innisfree,

And a small cabin build there, of clay and wattles made;

Nine bean-rows will I have there, a hive for the honey-bee,

And live alone in the bee-loud glade.

And I shall have some peace there, for peace comes dropping slow,

Dropping from the veils of the morning to where the cricket sings;

There midnight's all a glimmer, and noon a purple glow,

And evening full of the linnet's wings.

I will arise and go now, for always night and day

I hear lake water lapping with low sounds by the shore;

While I stand on the roadway, or on the pavements grey,

I hear it in the deep heart's core.

【注】

《茵尼斯弗里湖岛》是令叶芝声誉陡增的少作，也是穷其写作生涯最为英语世界大众熟知的名篇。这首诗写于1888年，叶芝时年23岁，和家人住在伦敦，靠着编书和写评论为生，是一个生活拮据的诗人和英俊而腼腆的妇女之友。在他晚年的回忆录《面纱的颤动》（*The Trembling of the Veil*）中有一段话这样描述那时的他：

> 我有各种可以在下午靠近五点时去拜访的女性朋友，拜访主要是为了讨论我的想法，这些想法若要说给男性听我难免会遭遇抬杠。拜访时她们提供的茶和吐司让我可以省出坐巴士回家的零钱，这也是目的之一。但是和女性朋友一起时，除去亲切的思想交流外，我也很是怯懦和害羞。有次我坐在大英博物馆前的椅子上喂鸽子，两个坐在旁边的女孩开始把鸽子从我这里逗引过去，并且互相嘻嘻哈哈又窃窃私语，我目不斜视，非常义愤，片刻之后便看也不看她们地走进了博物馆。这以后我却经常在心里寻思她们是不是很漂亮，还是仅仅只是很年轻罢了……我仍怀有一个旧日的雄心，十几岁时在斯莱戈就有的，那就是，效仿梭罗，去吉尔湖中一个叫茵尼斯弗里的小岛上生活。后来有一次我走在舰队街上，听到一点儿水声，看见橱窗里一个喷泉装置的水柱上顶着一个小球，瞬间想起了湖水，便非常怀念家乡（其实向上喷射的水柱在叶芝的诗里也是频繁出现的意象）。那突如其来的回忆化作了一首诗《茵尼斯弗里湖岛》，那是我第一首在节奏里拥有了一点自己的乐感的诗。我已经开始追求放缓节奏，以免显得花哨，和因花哨而来的从众感。但我只是模糊而间歇性地明白，为着特

别的目的我必须使用平白的句法。晚些年的话我不会用一句常见的古语作为起句——"起身离去"——也不会在最后一节向内转。

常见的古语起句，典出《钦定英译本圣经》(*King James Bible*)，其中《挥霍之子的寓言》(*The Parable of the Prodigal Son*)(Luke 15:11–32)里有这样一句："我要起身离去，去父之所居"。挥霍之子的寓言讲的是一个幡然悔悟并迷途知返的儿子受到父亲欢迎的故事，正合了诗的都市迷失者想要回归田园，回归清宁心境寻求内在智慧的主题，叶芝说晚些年便不会这么起句和结尾，大约是觉得点题太明显反而略嫌刻意的缘故，当然也可能仅仅是盛誉之下的自谦或逆反心理，因为这首诗被太过频繁地提及和朗诵，叶芝后来变得有点厌倦。他在1901年给同时代的英国桂冠诗人罗伯特·布里吉斯(Robert Bridges,1844–1930)的信中提到，"我承认变得有点嫉妒《湖岛》这首诗，它让我其他的孩子都失宠了"[i]。他不想在大众那里仅仅被一首诗代表。

作为一生都在追求用诗歌表达哲学理念的象征主义者，追求为无形之物赋形，追求把握事物的精髓而非事物本身的诗人，叶芝从写作之初就有了美学的自省，着意追求一种表面简单自然，内在蕴藉深奥的风格。他的每一首诗几乎都可以做表层和深层两个层面的解读。具体到这首诗，表面上是平白而琅琅上口，闻者皆爱之便不胫而走的归田园诗，内里却是需要后来的阐释者用很多篇幅才能解释清楚的玄学诗，意旨宏大，仿佛包容万有，无一物不他指，无一字不用典。

在早年的散文《雪莱诗歌中的哲学》中，叶芝提到雪莱用平白的

i *The Collected Letters of W. B. Yeats, vol. 3*, 90.

散文解析他晦涩的诗篇，而作为雪莱信徒的叶芝也是如此。叶芝的散文中包含了他诗中涉及的所有象征、典故的解释，想要读懂他的诗，就必须通读他的散文。然而叶芝却几乎从未直接就自己具体的诗篇做过深层解析，给后人的考证与阐释留下了巨大的空间。叶芝晚年曾两次受邀在 BBC 广播节目里向全国听众朗诵自己的诗作，都是以这首诗作为开头，并简短介绍了作诗的背景，但他彼时也同样选择了对诗的玄学层面只字不提，而是仅仅说："我想诗里只有一处难懂的地方。我描述正午时用了'一片紫色辉熠'，我当时想指的一定是水中的帚石楠花倒影。"[ii]

或许是他自己的这种做法，让大众读者甚至一部分国外诗歌研究者也仅仅将此诗视作年少时浅显易懂的田园诗习作。但了解叶芝的思想和象征主义艺术家创作法则的人，一定不会如此认为。叶芝曾说："真正的艺术是象征性和富含深意的，令每一种形式、声音、颜色和手势成为某种无可解析的、想象中的精髓的标识。"（《威廉·布莱克与他的〈神曲〉插图》）下面我们就进入诗的文本，对照叶芝的散文，逐行逐字地来分辨表层文本之下的精髓和深意。

首先来看诗题。岛名 Innisfree 的盖尔语原文是 Inis Fraoigh，Inis 是盖尔语中的岛屿之意，Fraoigh 为帚石楠花，叶芝在广播节目的文稿中也曾解释说 Innisfree 就是盖尔语中的帚石楠之岛（The Island of Heather）。在诗里，他将岛名进行了适应英语拼写的改动，这种改动也构成了一种语义上的双关设置，Innisfree 在音形上都无限接近

---

ii "Reading of Poems", *Later Articles and Reviews. The Collected Works of W. B. Yeats, vol. 10.*

inner's free，也就是内心自由之岛。所以，诗的题名便暗示了归田园与归心的双重主题。

诗的第一节，网条与泥的小屋、九行菜豆和蜂巢被用来构设海岛隐居之所的环境。那么在象征层面上它们分别指向什么呢？网条作为编织物，在叶芝的诗里通常被用来象征理性的思想和有逻辑的认知，而 clay，在英文里既可以指泥土，也有肉身、躯壳的引申义，而泥指代的无形之物是肉身的感官意识。思想认知与感官意识的融合如同网条与泥搭建的小屋，构成了一个人的灵魂可以安居的内心世界。

熟悉西方童话的人都知道杰克与豆荚的故事，在其中豆类植物是可以以其螺旋状的攀援形成塔构，耸入云霄的登天工具；内置旋梯的塔楼也是叶芝频繁征用的古老意象，比如巴比塔，象征人类想要超越自身，向上抵达思想和智慧的巅峰，进入神界的企求；叶芝也曾在文章里将一段思绪的萌发和生长比作阿都尼斯花园中植物的生长；数字九象征着九重天（nine hierarchies of heaven）；所以，融合了童话、神话和宗教故事中的多重古老象义的九行菜豆，传达了叶芝希望在内心的自由之境放任思绪生长直抵智慧根源的愿景。

接下来，蜜蜂、面纱、水中的紫色辉熠作为一组象征，我们在《雪莱诗歌中的哲学》中也可以找到恰好对应的解释。在这篇文章中，叶芝通过分析和阐述雪莱诗作中的哲学理念也表达了自己的哲学观，并将《被解放的普罗米修斯》一诗称为"圣书"。他认为雪莱诗中的境界因其蕴含的哲学思想而远远超出了人们通常的认知，并对雪莱使用的象征体系进行了细致的分析。他将雪莱诗中对阿特拉斯女巫的洞穴的描述与古罗马新柏拉图主义学者波菲利ⁱⁱⁱ的《论宁芙的洞穴》一文进行了如下比照：

> 雪莱是如此优秀的柏拉图主义者，所以他在将洞穴作为一个象征时，不可能不联想到柏拉图的洞穴就是世界；而这样优秀的学者很可能在心里记得波菲利的《论宁芙的洞穴》。当我将波菲利对奥德修斯被菲爱昔亚的船只送达的那个洞穴的描述，与雪莱对阿特拉斯女巫身处的洞穴的描述相比较时，众多相似之处，让我不可能再有它想……"荷马在接下来的诗篇里所描述的伊萨卡岛的洞穴隐约地寓示着什么呢？""港湾的顶端长着一棵狭叶橄榄树，紧挨着的是一个幽深怡人的洞穴，那是被叫作奈伊阿得斯的宁芙仙子们的圣地。里面有各色石头碗罐，还有蜂巢；还有巨大的石头织布机，宁芙们用它来编织美得让人惊叹的紫色衣裳；还有永远漫溢的水。洞穴有两个入口，一个向北风而开，人类可以从那里进入，向南开的入口只对神族开放，人类无法进入：那是永生者的通道。"……他接着开始逐一解读荷马所描写的全部细节。他说，"古人将洞穴圣化为世界的象征"，将"流动的水"和"洞穴的昏蒙"视作"世界中所包含内容的恰当象征"……洞穴常常是"所有看不见的力量"的象征；因为洞穴幽暗昏蒙，这些力量的本质是玄秘的，并且引用了一首失传的阿波罗颂诗来证明生活在洞穴中的宁芙们以智慧之泉的水喂养人类；他提出泉水及河流象征着繁衍界，而宁芙一词适用

---

iii 波菲利（Porphyry, c.234-c.305.AD），古罗马哲学家，新柏拉图主义创始人普罗提诺的弟子，他将普罗提诺的著述编撰成《九章集》（The Enneads），并著有《反基督论》《普罗提诺传》和《毕达哥拉斯传》。

于所有堕入繁衍界的灵魂，荷马的洞穴的两个入口是繁衍界的入口和人死后去往神界的飞升通道，是寒冷潮湿之门和灼热火焰之门。他说，寒冷，导致了尘世生命的诞生，而灼热，导致了神界生命的诞生，而巨蟹座在天空中位于巨蟹座附近，因为灵魂从银河下来后是在那里领受那一口销魂的寒冷繁衍之水。"各色的石头碗罐"是奉献给奈伊阿德斯的，似乎也象征着酒神巴克斯，之所以是石头的，因为河床是石头的。"石头织机"是堕入繁衍界的灵魂的象征，因为肉体衍生所围绕的骨架，在动物的身体中类似于石头。因为身体是件罩衣，不仅罩着灵魂，也罩着所有变得可见的精髓，而古人将天堂称为一层薄纱，因此听起来像是神族的罩衣。"各色石头碗罐中的蜂巢，被波菲利理解为通道，因为"蜂蜜被古人用来象征繁衍过程中产生的快感"。他说，古人不仅把灵魂叫做奈伊阿德斯，也叫蜜蜂，"因为是甜蜜的充沛缘由"；但并不是所有进入繁衍过程的灵魂都是蜜蜂，"只有那些正当地生活，所作所为可以被神族接受的，才会再度返回（到他们的星星同类中）。因为这种昆虫喜欢回到它所来之处去，并且显然它们头脑清醒，行止正当"。

在《论宁芙的洞穴》里，波菲利运用新柏拉图主义关于灵魂在宇宙中循环流转的理论，对荷马史诗《奥德赛》中关于伊萨卡岛上一处洞穴的描绘进行了详尽的解析。新柏拉图主义认为太一 / 理智 / 灵魂之三位一体是宇宙的本原，唯一的实在，其中的第三位灵魂既可以经由第二位理智的整理后向上回溯进入太一，亦即这里的神界，也可以在太一搏动的瞬间向下衍射堕入凡尘，亦即这里的繁衍界。伊萨卡岛的洞穴在他看来便象征着三位一体的第三位灵魂的居所，是繁衍界所有生命来自和归去的地方，与每一生命内心最深处连通。

前面我们通过《世间的玫瑰》一诗中的分析，了解了荷马的两部史诗在象征层面上构成了灵魂在永恒瞬间的一次完整流转。不朽的荷马让奥德修斯的归航在波菲利、雪莱和叶芝这里都成为永恒的象征，指向灵魂在太一搏动的瞬间经由理智向下流射返回世间的过程，其中包含了从世界原点向世界实体的繁衍法则，包含了世间一切歧路，因而千难万险，无尽迂回。

新柏拉图主义是叶芝玄学思想的重要来源，在《幻象》一书中他曾将自己的"天体／幽灵／幽魂"火态三位一体自比于新柏拉图主义的三位一体，它们都建构于同样的宇宙观基础之上。叶芝将雪莱的诗套入波菲利的分析，我们也可以将叶芝的诗套入波菲利的分析。《茵尼斯弗里湖岛》一诗中使用一系列象征构筑的隐居之所的意象与荷马史诗中伊萨卡岛上的洞穴意象十分近似，细节上几乎能一一对应。比照之下，我们可以看出，林中空地可以被视为一种类似洞穴的空间，而蜜蜂象征的是明智而清醒，能够溯源（沿着菜豆花的攀援路径）而归，去往智慧根源（神界）的灵魂，这个融合态的智慧根源由蜂巢象征着，蜜蜂还巢象征灵魂归一。水中的紫色辉熠既是帚石楠花的倒影，也是宁芙的紫色织物，象征着与躯壳相关的感官意识，展现着肉身欲望和自然直觉中蕴含的美，受着酒神巴克斯（狄俄尼索斯的罗马名字）的主宰。太阳在叶芝的诗里是感官激情的象征，所以紫色辉熠在正午最是闪耀，而夜晚是理性和思想主导的世界，所以灵性处在"只余微光"的空间。黑夜与白天交界的黄昏时分，在叶芝的象征体系里象征着理智与灵性的交融态，而红雀、鸽子、天鹅等飞鸟作为神之灵的象征便于此刻翱飞。湖水，象征着繁衍界众生的存在，是一切生命感官意识的总和，类似于拜占庭诗篇中感官之海的意象。浮出其上的茵尼斯弗里湖岛，象征的是那个超越时空之外的永恒之境，三位一体的实在界，在那里，只有宁谧，而宁谧像露珠一样，从晨雾薄纱向蟋蟀鸣唱的草地滴落。蟋蟀鸣唱的是感官之乐，草地象征大自然的融合态，是众我的感官存在，指向幽魂；晨雾薄纱产生于夜与昼交迭之际，是上界／神界与下界／繁衍界、梦态与醒态的区隔或交迭域，是神族的罩衣，天体之象征；宁谧指心神抵达的和谐态，归一态；露珠是显化天理的真智之水，精水。宁谧化为露珠从薄纱堕向草地，从象征层面可以被反向翻译为"幽灵从天体堕向幽魂"，这是从无形到有形的过程；蟋蟀是草地上的小生灵，简称草地之灵，草地之灵歌吟的感官之乐化为空气中的宁谧感，这可以反向翻译为"幽魂经由幽灵的整理提炼化为天体"，这是从有形到无形的过程；两个过程合起来便是永恒一瞬（觉知之心／意土）内自我与反自我（神火与精水）的互化。至此，清晨的微光时分、薄纱、露珠、草地这所有的细节都是叶芝指向融合态与觉态的象征；我们可以看出，叶芝是从神话、宗教、哲学和诗歌传统中撷取了这些古老象征，仿照荷马史诗中对伊萨卡岛洞穴的描写，为自己信仰的玄学体系中宇宙的本原，内心深处的自由之岛，永恒实在之境，进行了一次构思精妙的造像，以一首十二行的简短小诗呼应着存在于神话和诗歌中数千年的想象传统。

最后一节，诗人从悬想中抽离回到现实，夜与日的对峙象征着我们所在的充满两极对立的时空，混乱而喧嚣的现世。在这样的生活里，诗人时时在行走中驻足，聆听心底水声的召唤，这水声既是家乡吉尔湖的水声，也是心底自由之岛的水声。在 BBC 广播节目的讲稿中，叶芝这样写道："我父亲曾读给我听《瓦尔登湖》，我打算有一天，克服了身体性的欲望和头脑中对于女人与爱的偏重，我将像梭罗一样生活，去寻求智慧。"[iv] 回溯内心深处，探求灵魂维度的真知，一窥永恒的自由之境，这正是叶芝埋藏在乡愁田园诗表层之下的更深层的愿景。

同样是在《雪莱诗歌中的哲学》中，叶芝这样写道：

> 只有通过古老的象征，拥有数不清含义的象征，（写作者只可能着重表达这数不清的含义中的一两个，或者知晓其中十来个），任何高度主观性的艺术才能避免过于有意识的设置导致的贫瘠和肤浅，而拥有自然的丰沛与深度。象征物之间折射的光仿佛大地尽头闪烁的微光，为纯粹理念和事物精髓而写作的诗人必须在这样的微光中去寻找，那史诗和剧诗诗人在生活的偶然事件中寻找到的，全部的玄秘和幽影。

《茵尼斯弗里湖岛》自然是一首因为使用古老的象征而获得了自然的丰沛与深度的佳作。本文简略的分析也只是揭示了那些象征的丰富含义中的一部分。很难说清这首诗在英语世界的广泛流传和文化符号般的存在感，是因为叶芝在其中终于找到的自己的乐感，还是它包含的深层幻象从集体无意识层面击中了读者。对于这样一首精心构筑却仿若妙手偶得的小诗，只有细读，我们才能一窥字里行间的玄秘和幽影。就像叶芝同时代的人，若是不切近去了解他的内心，也很难从一个需要节省巴士车费、不好意思正眼打量女孩的年轻人身上，预见到一个将自己的一生活成一段现代诗歌发展史兼爱尔兰民族文化发展史的巨人。

---

iv   A. Norman Jeffares. *A Commentary on the Collected Poems of W. B. Yeats*, 34.

爱的怜悯

一种难以言说的怜悯
于爱的心中藏隐：
那些做着买卖的人们，
那覆于他们行旅之上的层云，
那湿冷的风无休长吟，
还有那幽翳迷蒙的榛树林，
鼠灰色的水流动在林间，
于我爱的源头都含着危险。

The Pity of Love (1891)

A pity beyond all telling

Is hid in the heart of love:

The folk who are buying and selling,

The clouds on their journey above,

The cold wet winds ever blowing,

And the shadowy hazel grove

Where mouse-grey waters are flowing,

Threaten the head that I love.

·《溪流》(*The Brook*)，爱德华·卡尔佛特 作。

爱的哀伤

那檐下一只麻雀的啾鸣，
那皓月晶莹，晚空朦胧，
那树叶一派美妙的和声，
掩灭男人的呼喊与形容。

一个女孩出现，她有着忧伤的红唇，
看似世间卓荦于泪水中留存，
注定遭逢厄运，譬如奥德修斯与他奔波的舰群，
又尊严不失，譬如普里阿摩司，同王族被屠戮而命殒；

女孩出现，檐上霎时嚣动，
那一轮月浮冉于寂寥长空，
那树叶一片簌簌哀恸，
其间惟现男人的呼喊与形容。

The Sorrow of Love (1925)

The brawling of a sparrow in the eaves,
The brilliant moon and all the milky sky,
And all that famous harmony of leaves,
Had blotted out man's image and his cry.

A girl arose that had red mournful lips
And seemed the greatness of the world in tears,
Doomed like Odysseus and the labouring ships
And proud as Priam murdered with his peers;

Arose, and on the instant clamorous eaves,
A climbing moon upon an empty sky,
And all that lamentation of the leaves,
Could but compose man's image and his cry.

【注】

这首诗的初版发表于 1892 年，叶芝在随后的几十年里对它进行了不断的修改，收录在 1925 年《早期诗作与故事》中定版的风格与最初已然明显不同。在同年 9 月赠书给岗时附录的信里，他表示这些诗除了题目与从前相同，其余改动都很大，而他尤其满意于对《爱的哀伤》的改动："你也许会认出这番描摹所本的特定原型。写的时候我感觉仿佛确切地记起了那次你的神情，我终于看见它了，年轻时我做不到，灼热的呼吸蒙住了窗玻璃。"[i]

这首写了几十年的诗，要描摹的是诗人年轻时眼中的挚爱，她出现时的样子，那仿如天启，让他的内心世界天翻地覆安宁不再的神情。年轻的时候他无法做到准确，因为沉溺在巨大的激情中，无法看清。现在，他从里面出来了，终于能看清了，定版的诗风极简而清晰。

诗分三节。第一节，麻雀的啾鸣、树叶的和声，一轮皓月和朦胧天穹，营造出一派和谐安宁的月夜景致，这也许既是实景，又映射着女孩出现前诗人平静而茫然的心境。此时，他心中的悲伤和欲求都是朦胧难辨的，仿佛与这溶溶月色混融一处。

第二节，以古希腊海伦的故事极言女孩的出现在他内心搅起的巨大波澜。爱是觉知到的美，美唤醒了激情，那情感深沉，让他仿佛瞬间领悟了那不朽的激情，想起了那些神话和传说，那样的美曾经引发特洛伊战争，曾经让奥德修斯的舰群在海上奔波十载，让特洛伊的国

i Anna MacBride White and A. Norman Jeffares eds., *The Gonne-Yeats Letters 1893–1938*, 431.

王普里阿摩司和他的王族被残酷屠戮。永恒的美负载着这不完美世界的全部企求和泪水，负载着无尽的悲伤故事，栖宿在脆弱易逝的尘世之美中。仿若玫瑰花瓣的红唇是自然和感官之美的象征，而觉知的眼能看出美中包含的哀伤。

第三节，檐上的嚣动，月亮的爬升，寂寥长空和树叶的哀恸之声一起组成出一个被彻底搅翻的、不再平宁的心境造影，悲伤和欲念都变得清晰起来，交织凝汇出一个发出呼喊的男子的影像。

初版也附录在下面，供大家对照阅读。

爱的哀伤

那檐下麻雀的吵闹，
那圆满之月，那星辰点缀的天，
那树叶永远响亮的歌调
掩藏起大地古老而疲惫的呼喊。

然后你来了，红唇哀伤，
跟随你的，还有全世界的眼泪，
还有她迟缓的船队的全部悲怆，
还有她无尽岁月的全部负累。

现在麻雀们在檐下交战，
天空中那乳白的月，那白色星辰，

还有那不宁树叶反复而高声的诵念

跟随大地古老而疲惫的呼喊一起颤震。

The Sorrow of Love (1892)

The quarrel of the sparrows in the eaves,

The full round moon and the star-laden sky,

And the loud song of the ever-singing leaves,

Had hid away earth's old and weary cry.

And then you came with those red mournful lips,

And with you came the whole of the world's tears,

And all the sorrows of her labouring ships,

And all the burden of her myriad years.

And now the sparrows warring in the eaves,

The curd-pale moon, the white stars in the sky,

And the loud chaunting of the unquiet leaves

Are shaken with earth's old and weary cry.

当你老了

当你老了，灰发苍苍，睡意昏沉，
炉火旁打着盹，取下这书册，
慢慢读，悬想一种往昔温柔神色，
出于你的双眸，那深处幽影纷纷。

多少人爱你风流自在的辰光，
多少人爱你的美，以错爱或真心，
只有一个男人爱你朝圣者的灵魂
爱你变幻面容中的哀伤；

俯身在这炽红的炉火畔，
你喃喃，有一些伤怀，爱如何离去
并在头顶的群山之上踱步，
将他的脸隐没于群星璀璨。

When You are Old (1891)

When you are old and grey and full of sleep,
And nodding by the fire, take down this book,
And slowly read, and dream of the soft look
Your eyes had once, and of their shadows deep;

How many loved your moments of glad grace,
And loved your beauty with love false or true,
But one man loved the pilgrim Soul in you,
And loved the sorrows of your changing face;

And bending down beside the glowing bars,
Murmur, a little sadly, how Love fled
And paced upon the mountains overhead
And hid his face amid a crowd of stars.

白鸟

我愿我们是，亲爱的，一双白鸟飞凌于浪花海沫！
我们厌倦了流星的辉火，等不得它消失甚至暗弱；
暮色四合，天边低悬的蓝星幽光闪烁，
唤醒我们心里，亲爱的，总也难消的落寞。

一种慵惰，来自那些沉溺梦中的，浸露的，那玫瑰与百合；
啊，亲爱的，别去梦见那些个：流星逝去的辉火，
蓝星低悬，幽光静定，和着纷纷露堕：
因为我愿，我们变成浪花浮荡之上的一双白鸟，你与我！

数不清的岛屿，绵延不尽的达娜海岸，在我心中幽影迥绰，
在那里，一切时间必将我们忘怀，一切悲伤也永不靠泊；
很快我们就将远离那些玫瑰与百合，和那恼人的辉火，
如果，亲爱的，我们是一双白鸟，浮出于浪花海沫！

The White Birds (1892)

I would that we were, my beloved, white birds on the foam of the sea!

We tire of the flame of the meteor, before it can fade and flee;

And the flame of the blue star of twilight, hung low on the rim of the sky,

Has awaked in our hearts, my beloved, a sadness that may not die.

A weariness comes from those dreamers, dew-dabbled, the lily and rose;

Ah, dream not of them, my beloved, the flame of the meteor that goes,

Or the flame of the blue star that lingers hung low in the fall of the dew:

For I would we were changed to white birds on the wandering foam: I and you!

I am haunted by numberless islands, and many a Danaan shore,

Where Time would surely forget us, and Sorrow come near us no more;

Soon far from the rose and the lily and fret of the flames would we be,

Were we only white birds, my beloved, buoyed out on the foam of the sea!

梦见死亡

我梦见那一位死了，在一个陌生的地方，

没有熟识之人在身旁，

在她脸的上方，他们把木板钉紧，

那块土地上的农民，

疑惑着将她安置于孤寂，

又在她的坟丘旁插起

一个十字架，是他们用两小片木头拼制，

又将翠柏环植；

便走了，留她独自仰对漠漠星河

直到我将这些字句镌刻：

她美过你的初恋，

如今却躺在木板下面。

A Dream of Death

I dreamed that one had died in a strange place

Near no accustomed hand,

And they had nailed the boards above her face,

The peasants of that land,

Wondering to lay her in that solitude,

And raised above her mound

A cross they had made out of two bits of wood,

And planted cypress round;

And left her to the indifferent stars above

Until I carved these words:

She was more beautiful than thy first love,

But now lies under boards.

·《月升》(*The Rising Moon*)，撒缪尔·帕尔默 作

谁与菲谷斯同行？

如今谁愿与菲谷斯同行驱策，
穿透那深林密樾，
又起舞于平沙之岸？
抬起你赭色的眉额，少年，
掀开你纤柔的眼帘，少女，
将希望来沉思，别再畏惧。

别再闪避，去沉思
那爱的苦涩之谜；
因为菲谷斯掌管着黄铜车阵，
掌管着林中翳阴，
以及黯淡海洋的白浪胸襟，
以及离群失辙的散发星辰。

Who Goes with Fergus?

Who will go drive with Fergus now,
And pierce the deep wood's woven shade,
And dance upon the level shore?
Young man, lift up your russet brow,
And lift your tender eyelids, maid,
And brood on hopes and fear no more.

And no more turn aside and brood
Upon love's bitter mystery;
For Fergus rules the brazen cars,
And rules the shadows of the wood,
And the white breast of the dim sea
And all dishevelled wandering stars.

【注】

《谁与菲古斯同行？》原本是剧作《凯瑟琳女伯爵》中的一首诗，后来被单独收入 1912 版的《诗集》中。这首十二行的轻灵小诗受到了现代主义晚辈们的追捧。詹姆斯·乔伊斯在《尤利西斯》中反复引用了这首诗。而 T.S. 艾略特则认为它是叶芝早期的"一首完美到在英语语言的同类作品中无出其右的诗"[i]。

在这首诗里，叶芝将爱尔兰神话里放弃王位去追寻梦的智慧的菲古斯国王封神，设定他如今掌管着向灵魂深处寻求内在智慧的旅途上的战车、失辙星辰种种，是这旅途的守护神。

与菲古斯同行驱策，自然就是向内而行，潜入并穿越深林般的梦态（林荫的浓密交织态指向梦态/精神宇宙/感官意识的编织态），由冥思而入定，去到和谐融合的永恒之境（平沙之岸，无数幼沙汇成的平滑沙地指向无数个体汇融其中的融合之境，梵我合一之境，或许也相当于现代心理学的集体无意识地界）。赭色的眉额指覆着红眉的额头，赭色为火之色，火为理智之想象，眉为上扬的弧形，是一种通过环形路上溯的意象。火为上扬态，"抬起赭色的眉额"在象征层面的含义为用爱火去觉知美，用理性去升华激情。掀开眼帘一层含义为打开心目，同时也喻示去除美（自然之沉睡态）之上的遮蔽，袒露美，映现火影。

叶芝固定以"苦涩的、愤怒的（bitter）"形容感官之海中的浪涛，

---

i   T. S. Eliot, *On Poetry and Poets*, 298.

即狂暴的情绪。爱的苦涩之谜指向的是永恒的激情，暴烈而愤怒，譬如主宰阿喀琉斯、库乎林和斯威夫特的狂野之怒。叶芝呼唤年轻人去沉思激情，也就是以理性和思想去整理感官激情，寻求终极智慧之意。黄铜战车既是古代国王的车驾，也象征着旋转穿越梦态的工具和路径，是感官快乐之轮。林中翳阴，更好理解的译法是林中幽影，指的是德鲁伊一样的祭司、净灵，他们是穿越梦态的向导。黯淡海洋的白浪胸襟（浮荡于海水之上的白色浪沫，与海神群马眼中浮漾的白光为同组象征）和离群失辙的散发星辰（即燃烧的心之流星，散发喻流星尾翼似披发状）指向的都是感官意识的升华之物，指向活着的人灵魂联通不朽激情的忘我或顿悟瞬间，所以这些也在菲古斯的掌管之中。

从这首诗里我们可以看出，叶芝将古老神话中的菲古斯形象纳入自己的玄学体系，为爱尔兰民族文化重塑新神，接续想象传统的意图。菲古斯之所以被选中，是因为他性情中人的特征，为爱舍弃王位，浪迹山林，同时又性能力超人，代表着原始的激情和生命力。叶芝在《菲古斯与德鲁伊》当中将其浪迹山林的行为解读为"寻求梦的智慧"，塑造了他寻梦智者的形象后，又在这首诗里进一步将其神化，是人们思考希望，探寻爱的苦涩之谜时的守护神，也是爱尔兰想象传统的守护神。

原诗韵脚为 ABCABC，译诗为 AABBCC。

双树

亲爱的，凝视你自己的心房，

那棵圣树在其中生长；

神圣的枝条于欢悦中抽绽，

生出一树繁花抖颤，

那果实变幻的色调，

赋予星辰熠熠辉耀；

那隐匿的根系如是确定，

向暗夜中植入寂静；

那丰茂的树冠曳摇，

为水波谱出曲调，

让我的双唇相和乐音，

为你把一首巫师之歌悄吟。

爱于此回旋，

我们的时光之焰圈，

向上盘升，向下涡卷

于那巨硕而暗昧的茂叶之路间；

记起那所有飘摇的发丝

记起那翼鞋梭滑如流矢，

柔情在你眼里浮漾：

亲爱的，凝视你自己的心房。

别再凝视那苦涩的镜面，

魔鬼以难以觉察的诡变，

经过时在我们眼前将之举起，

或者只能凝视片时；

因为那里的影像生成着灾厄，

降临于暴风雨之夜，

根系半埋于积雪，

树叶黑萎枝条摧折。

一切变成一派荒芜贫瘠，

在魔鬼手持的晦暗镜面里，

那表层的倦怠之镜，

当神于远古沉睡时制成。

在那里，断枝狼藉间，穿出那

不安思绪的群鸦，

飞呀噪啊，纷扑扰攘，

残酷的钩爪，饥饿的喉嗓，
要不就冷嗤着迎风而立，
扇动着褴褛的翅膀；咦！
你温柔的双眼变得毫不和善：
别再凝视那苦涩的镜面。

The Two Trees (1892)

Beloved, gaze in thine own heart,

The holy tree is growing there;

From joy the holy branches start,

And all the trembling flowers they bear.

The changing colours of its fruit

Have dowered the stars with merry light;

The surety of its hidden root

Has planted quiet in the night;

The shaking of its leafy head

Has given the waves their melody,

And made my lips and music wed,

Murmuring a wizard song for thee.

There the Loves a circle go,

The flaming circle of our days,

Gyring, spiring to and fro

In those great ignorant leafy ways;

Remembering all that shaken hair

And how the wingèd sandals dart,

Thine eyes grow full of tender care:

Beloved, gaze in thine own heart.

Gaze no more in the bitter glass

The demons, with their subtle guile,

Lift up before us when they pass,

Or only gaze a little while;

For there a fatal image grows

That the stormy night receives,

Roots half hidden under snows,

Broken boughs and blackened leaves.

For all things turn to barrenness

In the dim glass the demons hold,

The glass of outer weariness,

Made when God slept in times of old.

There, through the broken branches, go

The ravens of unresting thought;

Flying, crying, to and fro,

Cruel claw and hungry throat,

Or else they stand and sniff the wind,

And shake their ragged wings; alas!

Thy tender eyes grow all unkind:

Gaze no more in the bitter glass.

【注】

《双树》最早收录在《凯瑟琳女伯爵：民谣故事集》中，是献给岗的诗篇，也是为岗所偏爱的诗作。

诗里提到的圣树，是卡巴拉生命之树。在卡巴拉神秘主义思想体系中，生命之树展示了人类灵魂超越物质世界回溯和通达神的路径，由 10 个圆和 22 条连接圆的直线构成，每一个圆心代表着神性的一个面向，称为 Sephiroth，这里姑且译为质点；每个质点都有大天使据守。人的灵魂要从最下层的圆开始，历遍所有的直线路径和圆才能到达最上层，即神和宇宙本原所在。卡巴拉思想认为宇宙和人的精神世界同时存在两个面向，而生命之树也有善恶两个面向，善的一面即由 Sephiroth 构成的面向，恶的一面是由 Qlippoth（暂译为表障）构成的面向。Sephiroth 又写作 sefirot，希伯来语为 תוריפס，指从无极（Ein Sof）放射的神性，纯净而神圣的启示。Qlippoth 是 Sephiroth 的对立面，构成生命之树的反向过程，展示着从神性向尘世堕落的路径。Qlippoth 的希伯来语为 תופילק，其字面含义为表皮、外壳，意指神性内核之外的一层包裹物或障碍物；Qlippoth 由魔鬼把持。

叶芝 1890 年加入金色黎明隐修会，在其中修习卡巴拉冥想秘术，后来岗在他的介绍下也加入其中。这首诗反映了叶芝对于卡巴拉生命之树这一秘术核心象征的领悟。卡巴拉秘术的起源本是为了对《圣经·旧约》中的晦涩经文进行阐释，因此，卡巴拉生命之树的两面其实也映射着伊甸园中的两棵树：生命之树和知识之树。对于叶芝来说，生命之树象征着一种向内寻求宁静、和谐与真智的生活态度，而知识之树象征的是对于外部和表象的世界的探索和执着态度。

诗的第一节对生命之树做出描述。第一句即指示了向内看的方向。在叶芝的笔下，生命之树植根于确定之境（永恒实在），繁花盛开，宁谧笼罩，有乐音流淌，有爱环绕。巨硕而暗昧的茂叶之路，指的是生命之树的枝干；对于叶芝而言，爱与恨这样的人类激情构成了生命之树的枝桠。激情相对于理性来说或许是无知的暗昧的，但在这里却并非贬义词。

第二节对与生命之树相对的知识之树代表的面向进行描述。叶芝曾在散文中提到，我们短暂易逝的存在不过是永恒实在的投影，而我们的物质世界和肉身感官就像一面镜子。这镜子是神在闭目沉睡时制成的倦怠之镜，如同覆盖眼睛的眼帘，这"表层的倦怠之镜"也覆盖着我们的心目。如果我们专注于透过感官意识的镜面张望外部世界，会发现这世界充满了对立和冲突，愤怒和悲伤，这是苦涩的镜面，映现的是一幅与生命之树完全相反的景象：冰冷的、断裂的、荒芜的，悄渺的乐音变成了乌鸦的呱噪，爱意的环绕变成了风暴的肆虐。

岗是一个入世的、狂热而激进的爱尔兰民族主义者，曾积极地参与策划和组织暴力反抗活动。叶芝更注重的却是从文化上凝聚民族意识，重塑爱尔兰民族精神，以此来推动民族独立的进程。叶芝非常想消弭岗心中被愤怒和仇恨主导的政治热情，改变她的激进倾向，因为对外部矛盾和纷乱的过度关注会让我们心中对于世界的认知变得死寂荒芜，而"不安思绪的群鸦"会让温柔的眼神变得"毫不和善"。这首献给岗的诗可以被视作一系列同主题劝诫诗系列的一个开头。

致与我拥火夜谈的

当我写出这些断续的达娲诗篇，

心里便满溢那些年代的梦幻，

那时我们俯煨余烬渐消的炭火，

谈论那幽影一族，他们出没

于热情的人的灵魂里，像蝙蝠于枯树栖息；

又谈论那微光时分里的诡谲群体，

他们的叹息混合着哀伤与快慰，

只因他们开花的幻梦从未低垂，

从不受那恶与善的果实之重：

又谈论那围阵里的火焰之众，

他们飞升，翼迭着翼，焰拥着焰，

并，恰似一场风暴，把那不可言喻的名字呼喊，

并以剑刃的撞击制造

令人沉醉的乐音，直至晨光破晓，

白色静寂结束一切，空余

他们长翼的响亮拍击，他们飞掠而去的白足。

To Some I have Talked with by the Fire (1895)

While I wrought out these fitful Danaan rhymes,
My heart would brim with dreams about the times
When we bent down above the fading coals
And talked of the dark folk who live in souls
Of passionate men, like bats in the dead trees;
And of the wayward twilight companies
Who sigh with mingled sorrow and content,
Because their blossoming dreams have never bent
Under the fruit of evil and of good:
And of the embattled flaming multitude
Who rise, wing above wing, flame above flame,
And, like a storm, cry the Ineffable Name,
And with the clashing of their sword-blades make
A rapturous music, till the morning break
And the white hush end all but the loud beat
Of their long wings, the flash of their white feet.

【注】

达娲神族（Danann）的全称是 Tuatha Dé Danann，意为"女神达娲的族人（the folk of the goddess Danu）"，是爱尔兰神话中的一支神族，通常被描述为难分善恶的堕落天使，或具有超自然力量的远古时代的国王、王后和英雄。他们构成了基督教时代之前凯尔特文化中的爱尔兰主要神系。作为神族，他们生活在异世界，但偶尔也会来到人间，与人类发生关联。人们经常把他们与爱尔兰境内常见的新石器时代石道墓（passage tomb）关联。那些石道墓被认为是通往异世界的通道。达娲神族在后来的民间传说中逐渐演变成灵丘族（Aos Sí，意即 people of the mounds），又称 aes sídhe，sídhe 在爱尔兰语中意为山丘、丘冢。叶芝在诗作中提到他们时使用了丘仙（sídhe）的简略称呼。在凯尔特文化中，异世界在日暮或日出时分与人类世界最为接近，人类与仙灵的遭遇通常发生在这样的微光时分，所以叶芝在此诗中将他们称为"微光时分里的诡谲群体"。

叶芝深知这些古人凭借想象力创造出的神族或仙灵形象，指向的其实是抽象事物，是人类共通和恒久的情感与思想的人格化表达，所以这些幽影一族的出没之地是热情的人的灵魂。神界是不分悲喜不辨善恶没有两极对立的融合态，所以仙灵发出的声音是混合着哀伤与快慰，既非哭泣也非欢笑的叹息；仙灵们自由如花开的幻梦也不会因善果与恶果的重负发生扭曲。围阵里的火焰之众，则化用了基督教关于伊甸园的传说：亚当和夏娃被逐出伊甸园之后，上帝派炽天使执火焰剑日夜不休守卫伊甸园，人类再难重返乐土。

炽天使们所处的围阵也是叶芝玄学理论中的火态的形象表达。火态的音乐是令人沉醉的，剑刃在叶芝的诗作里是恒我之执的象征，而炽天使就是恒我（permanent self），是梵我合一中的我，反自我（在此被以倒挂的蝙蝠象征）。不可言喻的名字，就是神，是梵，是宇宙的本原，是世界最初的一声唵（Aum）。白色静寂指天体，焚心烈火将熄时心目所见的冷寂纯净的幻影。天使们飞掠而去的足也是白色的，白足亦是天体的一重象征。晨光破晓的一刻，世界切换，从夜象征的梦态，切换到白日象征的醒态，惟切换的那个瞬间，一切收束于白色静寂，永恒的静寂。静寂过后我们又回到喧闹的白天，回到了时空局限中的世界。

这首诗 1895 年发表于《书人》时的副标题为："一本诗集的献词"。与叶芝拥火夜谈的是谁呢，也许是少年时代和他一样沉迷玄学想要探究灵魂深处的玄秘的小伙伴们，比如查尔斯·约翰斯顿、约翰·伊格林顿，又或许，就是他冥想时心目所见的那幽影一族本身。

· 丘仙骑者（Riders of the Sidhe），约翰·敦坎（John Duncan）作

致未来时光中的爱尔兰

你知道，我愿被视同
一个团体中的真正弟兄，
他们歌唱，为缓解爱尔兰的屈辱，
以民谣和故事，诗篇与歌曲；
愿我之所做没有任何逊色，
因为拖曳过所有书写的册页，
是她那红玫瑰镶嵌的裙边，
她的历史开展
先于上帝创造天使家族。
当时间开始喧嚷和发怒，
她飞掠的双足之量度
让爱尔兰的心脏开始跳突；
而时间吩咐他所有的蜡烛
绽燃与照亮那一处处量度；
愿爱尔兰的思想
将一种有量度的寂静思量。

愿我可以不折不扣地被算作

戴维斯、曼根、菲古森一伙，

因为，对于善于深思者来说，

我的诗篇比他们的韵文讲述得更多，

关于在深处被发现的事物，

那仅在于身体躺卧沉睡时的深处。

那些四种元素的造物

在我的桌边来来去去，

从不可量度的思想中流出，

去往洪水和风中喧嚷发怒，

但走在量度之路上的行者

必定会以瞪视将瞪视换得。

人类永远与他们同行向前，

追随那红玫瑰镶嵌的裙边。

啊，精灵们，在月下舞蹈，

一片德鲁伊的地域，一种德鲁伊的曲调！

我要为你而写，若我仍能，

我活过的爱，我了解的梦。

从我们的生辰，直至我们死，

不过是眼睛刹那的合闭；

而我们，我们的爱和我们的歌，

时间已照见其上的量度者，

和在我桌边来来去去

所有黑暗中的事物，

都在不断流去的地方，

在于真理那燃耗一切的醉狂，

其中或许全无爱与梦的处所；

因为神以白色足步经过。

我将我心铸入诗行，

而你，在未来渺茫的时光，

可知我心怎样与他们一起

将红玫瑰镶嵌的裙边追随。

To Ireland in the Coming Times (1893)

Know, that I would accounted be

True brother of a company

That sang, to sweeten Ireland's wrong,

Ballad and story, rann and song;

Nor be I any less of them,

Because the red-rose-bordered hem

Of her, whose history began

Before God made the angelic clan,

Trails all about the written page.

When Time began to rant and rage

The measure of her flying feet

Made Ireland's heart begin to beat;

And Time bade all his candles flare

To light a measure here and there;

And may the thoughts of Ireland brood

Upon a measured quietude.

Nor may I less be counted one

With Davis, Mangan, Ferguson,

Because, to him who ponders well,

My rhymes more than their rhyming tell

Of things discovered in the deep,

Where only body's laid asleep.

For the elemental creatures go

About my table to and fro,

That hurry from unmeasured mind

To rant and rage in flood and wind,

Yet he who treads in measured ways

May surely barter gaze for gaze.

Man ever journeys on with them

After the red-rose-bordered hem.

Ah, faeries, dancing under the moon,

A Druid land, a Druid tune!

While still I may, I write for you,

The love I lived, the dream I knew.

From our birthday, until we die,

Is but the winking of an eye;

And we, our singing and our love,

What measurer Time has lit above,

And all benighted things that go

About my table to and fro,

Are passing on to where may be,

In truth's consuming ecstasy,

No place for love and dream at all;

For God goes by with white footfall.

I cast my heart into my rhymes,

That you, in the dim coming times,

May know how my heart went with them

After the red-rose-bordered hem.

【注】

《致未来时光中的爱尔兰》最初出现在诗集《凯瑟琳女伯爵：民谣故事集》中，题名为"致未来时光中的爱尔兰的自辩（Apologia addressed to Ireland in the coming days）"。在叶芝后来的诗合集里，这首诗被归入《玫瑰集》子集中，是末尾一首。当时有一些声音质疑叶芝过度沉溺于玫瑰这一神秘主义的象征，写出的玫瑰诗篇过于玄奥晦涩，缺乏对家国时局的关怀。叶芝用这首诗为玫瑰诗篇做出了解释和辩护，阐述了他对于文学在爱尔兰民族独立进程中作用的理解，表明了他的心愿和主张：以向内探索和回溯文化传统的方式来重塑爱尔兰民族精神，趋近和实现他的民族主义理想。

诗分三节。诗人开篇即表明心迹：我愿意被视为那些爱国的诗人和学者中的一个，而我所做的也并不比他们逊色。诗中的她指的即是玫瑰，世界灵魂中永恒之美的化身，这其中也包含了爱尔兰的民族之魂。我们前面讲过，在叶芝的玄学体系中，正是火态三位一体中的第三位世界灵魂向下衍射出了物质世界，因此，玫瑰的存在与时间一同开始，先于基督教的诞生。"她飞掠的双足之量度／让爱尔兰的心脏开始跳突"表达的正是此意；量度是衡量宇宙的标准，即宇宙原点的和谐存在及原初秩序。在早于基督文明的更古老的爱尔兰传统文化里，在无数仙人、精灵和英雄出没的神话里，保留着可贵的想象传统和不朽事物，爱尔兰的民族精神应该根植于这样的传统。如果我们安静下来，向内心和灵魂维度探寻，就是在追寻玫瑰的裙边，回溯玫瑰象征着的不朽智慧和永恒的美，同时也是在追寻爱尔兰的民族之魂。

第二节是第一节的重奏，但表述更为细化和深入了。爱国诗人和学者被具体点名：戴维斯（Thomas Osborne Davis, 1814-1845）、曼根（James Clarence Mangan, 1803-1849），费古森（Sir Samuel Ferguson, 1810-1886）正是第一节泛指过的那些著名的爱国文人前辈。叶芝相当自信地认为他的诗篇其实比这些前辈们讲述得更为深刻，能够洞见和烛照更多。深处，自然是灵魂的深处，在梦中或冥想中，当身体沉睡而意识放空时，我们就能下到的无意识的深处，灵魂秘奥和集体智慧所在地。在他的桌边来来去去的基本元素的造物，指宇宙原点中包含的那些不朽的激情、灵力，它们经由不可度量的天体三位一体中的第二位幽灵（觉知态的人类头脑）流溢而出，由人类神话和宗教故事中的天使和精灵象征着，随着时空的大洪水一起降临人间。他们是主宰世间的基本力量。走在量度之路的行者指那些向内探寻灵魂秘奥与存在本原的人，对于天使和精灵而言，这些人必定会在心目睁开时看见如火焰怒目般的智慧（以瞪视将瞪视换得）。

第三节是前两节的加强音。叶芝直抒胸臆：未来时光中的爱尔兰，就是他活过的爱和他了解的梦。人生短暂，恍如眨眼间，而我们的歌吟和我们的爱，才是被时间照亮的（亦即恒存的）、衡量我们存在的恒久事物。它们和由桌边来来去去的精灵象征着的无形之物一道，都在回溯世界的本原：燃耗一切的真理的醉狂。但在那样一切相融的所在，我们的爱和梦如何能被辨别呢。如此，我仍要将我的心铸成诗行，以便你，未来的爱尔兰，会了解我的心，曾经和那些无形之物一道，将玫瑰的裙边追随。这玫瑰，既是永恒之美，亦是不朽的爱尔兰民族之魂。

《苇间风》

The Wind Among the Reeds (1899)

· 叶芝

仙军过境

仙军自诺克纳垒驰来，

越过克鲁斯纳贝尔墓穴上方；

奎尔特燃烧的火发颠荡，

尼芙喊着，走吧，走唉：

清空你凡尘的梦。

风会唤醒，落叶盘旋，

我们面色苍白，发丝披散，

我们胸口澎湃，我们眼眸晶莹，

我们手臂挥舞，我们双唇分启；

但凡有人注目我们这队列匆匆，

我们便会进入他和他的手之所动，

我们便会进入他和他的心之所系。

仙军在日夜之际匆匆去来；

何处去寻如此精妙的手艺与想望？

奎尔特燃烧的火发颠荡，

尼芙喊着，走吧，走唉。

The Hosting of the Sidhe (1893)

The host is riding from Knocknarea

And over the grave of Clooth-na-Bare;

Caoilte tossing his burning hair,

And Niamh calling, Away, come away:

Empty your heart of its mortal dream.

The winds awaken, the leaves whirl round,

Our cheeks are pale, our hair is unbound,

Our breasts are heaving, our eyes are agleam,

Our arms are waving, our lips are apart;

And if any gaze on our rushing band,

We come between him and the deed of his hand,

We come between him and the hope of his heart.

The host is rushing 'twixt night and day;

And where is there hope or deed as fair?

Caoilte tossing his burning hair,

And Niamh calling *Away, come away.*

【注】

这首诗 1893 年 10 月第一次发表时的标题为"仙军（Faery Host）"。叶芝给这首诗写了很长的注。

> 权贵和富人把古代爱尔兰的神族叫做达娜神族，或女神达娜的族人，但穷人直到现在有时还是称呼神族为丘仙，意思是生活在仙丘里的人。Sidhe 在盖尔语也是风。丘仙当然与风大有干系。他们乘风而行，那种旋转的风在中世纪时被我们称为希罗狄亚女儿们的舞蹈。希罗狄亚们无疑取代了某些古老的女神。当乡人看见树叶在路上盘旋，便会说声上帝保佑，因为他们相信这时正有丘仙路过。在传说中他们总是被说成是头上没有任何遮盖，让头发披垂下来……如果有人对他们过于感兴趣，望着他们太久，就会失去对日常事物的全部兴趣。[i]

Knocknarea（Cnoc na Riabh）是叶芝家乡斯莱戈郡西南方的一座山，山体突兀，由石灰岩构成。山顶上盘踞着一些石冢，其中最大的一个据说是梅芙女王的石墓。Knock（Cnoc）的意思是 Hill，但单词的后半部分意思颇多争议，有 hill of the stripes/kings/moon 等多种说法。

叶芝在散文集《凯尔特的微光》中讲述了克鲁纳斯贝尔（Clooth-na-Bare）的故事。她是一个对于永生感到厌倦的人，在大地上四处寻找死去的方法，"从山上跳到湖里，又从湖里跳到山上，落脚之处，便会出现一个石堆"，最后，她来到诺克纳垒山顶，看见了世界上最深的深

---

i　A. Norman Jeffares. *A Commentary on the Collected Poems of W. B. Yeats*, 48.

渊，跳了进去，结束了永生。这个深渊据说就是吉尔湖，但叶芝随即又在注释中补充，也有可能是他听错了。注释也对 Clooth-na-Bare 做了进一步的介绍："无疑，克鲁斯纳贝尔应当拼写为 Cailleac Bare，在爱尔兰语中是老妇人贝尔的意思。贝尔或者蓓尔或者薇拉或者德拉或者德尔拉是一个非常有名的人，或许就是众神之母本人。"[ii]

奎尔特（也写作 Caílte）是凯尔特神话中费奥纳勇士团的成员，芬恩的外甥。他是全爱尔兰跑得最快的人，通兽语。费奥纳勇士团在伽比埃奈战役（Cath Gabhra）中几乎全军覆没，仅奎尔特和莪相幸存下来，向后人讲述他们的故事，因此奎尔特也是一个出色的故事讲述者，据说费奥纳勇士团神话中的一些诗篇是他写的。"他去世几年后，曾在树林中对一位国王显形，是一个发着火光的人，因此可以在黑暗中引领他。国王问他是谁，他答，'我是你的烛台。'[iii]奎尔特的"烛台"之喻可以这么理解：烛台上的可燃物蜡烛总在替换，而烛台是不变的，是恒我，火态的反自我。奎尔特的回答是在说他是国王的反自我，具肉身的国王是蜡烛。尼芙是达媛神族的一位仙灵公主。叶芝在笔记中提到其名字含义是光明和美。在叶芝的长诗《莪相漫游记》（*The wanderings of Oisin*）里，正是她引领莪相[iv]去了青春之国。

---

ii　本段两处引文出自 W. B. Yeats, *Mythologies*, Macmillan Company, 1959, 77-79.

iii　同注 i。

iv　莪相亦是费奥纳勇士团成员，芬恩之子，善歌吟。从西海来的尼芙被他的诗篇打动，爱上了他，并邀请他与她一起去仙境生活，莪相欣然同意。他们在青春之国（Tír na nÓg，对应英文为 the land of youth）度过了三百年，后来莪相十分思念故土和勇士团的伙伴，尼芙便将自己的白马借给他送他回到爱尔兰，并告诫他双足不要踏上爱尔兰的地面，否则就无法回来。莪相回来发现爱尔兰已经进入信仰基督教的时代，而他昔日的伙伴们也早已成了古人。一日他看见两人费力地搬动一个沙袋，便伸手帮忙，却不慎坠马，接触地面的瞬间他变成了一个三百岁的老人。

显然，表面上在复刻民间仙灵传奇的此诗也另有深层含义，丘仙族的魔法世界背后迭合着叶芝的火态魔法架构。克鲁斯纳贝尔的墓穴，世界上最深的深渊当然指向的是人心深处共通的永恒之境，灵魂经此归天或下堕。克鲁斯纳贝尔为众神之母的说法也表明她和玫瑰同属于一组象征，指向世界灵魂，天体之幽魂。克鲁斯纳贝尔所过之处便有石堆，与此相类，在《致未来时光中的爱尔兰》一诗中，叶芝也将玫瑰描述为双足所到之处让爱尔兰的心脏开始跳突，而石头，类似于被肉体包裹的骨骼，在叶芝的象征体系中，也是灵魂和精髓的具象。奎尔特和尼芙作为仙灵或天使是纯粹如火的激情的象征，永恒之爱的象征。丘仙们驾临风中，会唤醒和搅扰起我们心底的欲念和激情，将我们的心神裹挟而去。

　　"我们便会进入他和他的手之所动，/ 我们便会进入他和他的心之所系"两行的意思是，人专注于内心热爱之事，为之竭尽全力，被巨大的激情裹挟，进入物我两忘之境（清空你凡尘的梦），意识放空，集体无意识中的幽灵便会主导，人因而可以完成超乎寻常的事，所谓神来之笔，鬼斧神工。《幻象》一书对此有更为细致的描述。

情绪

时代堕于凋敝，

像燃尽的烛，

山峦和层林

有其盛期，有其盛期；

哪一种情绪

属于火生情绪纷纭，

已然飘逝？

The Moods (1893)

Time drops in decay,

Like a candle burnt out,

And the mountains and the woods

Have their day, have their day;

What one in the rout

Of the fire-born moods

Has fallen away?

爱者言及心中的玫瑰

凡难看与破碎的物与事，凡敝败与老旧的物与事，

路边孩子的哭，笨重手推车的嘎吱，

耕者汲着疲步，溅开冬季的腐泥，

你的形容在我心深处绽成一朵玫瑰，凡此种种却来相摧。

不美之事的过错尤甚，甚无可言；

我渴望将它们重塑一新，并坐于一旁青丘之巅。

而大地天空和水流，也像一匣金经过了重炼，

只为那朵绽于我心深处的玫瑰，你的形容，我的痴念。

The Lover Tells of the Rose in his Heart (1892)

All things uncomely and broken, all things worn out and old,

The cry of a child by the roadway, the creak of a lumbering cart,

The heavy steps of the ploughman, splashing the wintry mould,

Are wronging your image that blossoms a rose in the deeps of my heart.

The wrong of unshapely things is a wrong too great to be told;

I hunger to build them anew and sit on a green knoll apart,

With the earth and the sky and the water, remade, like a casket of gold

For my dreams of your image that blossoms a rose in the deeps of my heart.

【注】

此诗 1892 年初次发表于《国家观察者》时的标题为"我心中的玫瑰（The Rose in my Heart）"，收入《苇间风》时的标题为"伊德言及心中的玫瑰（Aedh tells of the Rose in his Heart）"。关于伊德，叶芝在《苇间风》的附注中如此解释：

> 伊德、迈克尔·罗巴尔茨和汉拉罕，这些都是《隐秘的玫瑰》中的人物；不过汉拉罕的几首诗和伊德的一首诗不是从那本书中摘来的。在本书中，我更多地将他们视作头脑中的观念，而非实际人物。很可能只有魔法学徒能理解我下面这番话：迈克尔·罗巴尔茨是水中的火影，汉拉罕是风中之焰，而伊德，这个名字在爱尔兰既相当于休（Hugh），又有火之义。伊德就是火本身。换一种说法，汉拉罕是想象力之淳朴，总在变动无法汇集成固定的内容，或可称之为牧羊人的仰慕；迈克尔·罗尔茨是想象力之尊严，沉思着其汇集的内容的精妙之处，或可称之为魔法师的仰慕；而伊德则是想象力之没药和乳香，在它所爱的一切面前持续地散发。（*The Variorum Edition of the Poems of W. B. Yeats*, 803）

关于玫瑰这一象征，叶芝在附注中也有解释，"千百年来，玫瑰一直是精神之爱和至上之美的象征，高布利特德·阿尔维耶拉伯爵认为它一度是太阳的象征，而太阳又是自然之神性，万物之心的象征。莲在一些东方国家被想象为绽开在生命之树上的生命之花……而玫瑰，则是西方的生命之花"（*The Variorum Edition of the Poems of W. B. Yeats*, 811-812）。叶芝还提到玫瑰也是女性美的象征，在凯尔特神话中，可能也与古老的爱尔兰女神关联，是爱尔兰民族之魂的象征。

在《时间十字架上的玫瑰》的注文中，我们分析了玫瑰是一个含义广博牵连丰富的象征，是一个大词，即便是诗人本人，可能想到的也只是这象征之牵连内容的一小部分。因此我们不必将这首诗局限为献给岗的情诗。作为一首象征主义诗作，在更深层面上它同时也是一首玄学诗和爱国诗。玫瑰或许既指向岗，也指向爱尔兰，也指向天地大美和永恒之美。伊德是火，是火态之火，指向诗人在内心燃烧和顿悟的瞬间灵魂抵达的境界，是他在内心至深处的反自我，是将心点燃化为烈焰（熔金）玫瑰的火。诗的第二节写伊德渴望将世上万物和天地山川（即大自然）重新熔炼，以使得玫瑰这自然大美、和谐之美绽放。青丘是山林的一部分，而山林象征梦态／精神宇宙，也是爱尔兰神话中的丘仙居所；圆锥状的山丘是精神宇宙的旋锥，象征着冥思归一，心被擢升的整理过程；青丘也对应着卡巴拉生命之树的绿色第七圆。伊德坐于其巅，说明诗人梦想着藉由冥思抵达火态真知，脱出于自然，得见永恒之美，得见玫瑰的绽放。

第一节中路边孩子的哭、车轮的嘎吱声和耕者既实指日常纷杂，却也自成一组玄奥的象征，模仿着永恒瞬间的流转。路为蜿蜒之路，心行之环路，路边孩子的哭对应觉知之心的呼喊；发出嘎吱声的是轮之轴心，而理智（幽灵／反自我）在于圆心，车轮的嘎吱声如同蝙蝠的唧啾、蜜蜂的嗡嗡，是萨提尔（反自我）的合唱；耕者亦指反自我，铁犁如同利剑，也闪耀着理智之寒辉，来回耕耘也如同奥德修斯千回百折的返航，指向幽灵携带天体堕向幽魂的漫游过程，亦即理智之美（玫瑰）下堕凡尘的过程；这构成与冥思归一熔炼玫瑰的过程相对的反向旋锥，所以此诗描写的实际上也是永恒瞬间中灵魂的流转过程。

风中仙军

奥莒司蔻哼着小曲
赶了野鸭有雌有雄
出来荒凉的赤鹿湖
那高簇的芦苇深丛。

晚潮生起时他看见
芦苇丛中渐变渐暗,
他将布丽吉特渴念,
他的新娘长发胧淡。

唱歌思念时他听见
有人吹着笛子去远,
笛声从未如此哀切,
笛声从未如此欣欢。

他看见少女与少男

跳起舞于地之平坦，
布丽吉特正处其间，
新娘的脸也哀也欢。

跳舞的人将他簇拥，
甜蜜话语纷纷而来，
男孩给他的红酒红，
女孩给他的面包白。

布丽吉特把他袖牵，
离了这群快乐伙伴，
却见老翁在把牌玩，
古老的手倏忽翻转。

酒和面包附着厄运，
这些人是风中丘仙；
他坐下玩耍于梦昏，
梦入她的长发胧淡。

与快乐老翁玩牌忙，

他不曾把坏事儿想，
快乐舞者中有人上，
抢跑布丽吉特新娘。

他怀中抱着她远遁，
年轻人里他最好看，
那脖颈胸膛和胳膊
没入她的长发胧淡。

奥莒司蔻抛洒纸牌，
从恍然一梦中醒来：
老翁与那男孩女孩
都消失如青烟散开；

他只听见在那高天，
有人吹着笛子去远，
笛声从未如此哀切，
笛声从未如此欣欢。

The Host of the Air

O'Driscoll drove with a song
The wild duck and the drake
From the tall and the tufted reeds
Of the drear Hart Lake.

And he saw how the reeds grew dark
At the coming of night-tide,
And dreamed of the long dim hair
Of Bridget his bride.

He heard while he sang and dreamed
A piper piping away,
And never was piping so sad,
And never was piping so gay.

And he saw young men and young girls

Who danced on a level place,
And Bridget his bride among them,
With a sad and a gay face.

The dancers crowded about him
And many a sweet thing said,
And a young man brought him red wine
And a young girl white bread.

But Bridget drew him by the sleeve
Away from the merry bands,
To old men playing at cards
With a twinkling of ancient hands.

The bread and the wine had a doom,
For these were the host of the air;
He sat and played in a dream
Of her long dim hair.

He played with the merry old men

And thought not of evil chance,
Until one bore Bridget his bride
Away from the merry dance.

He bore her away in his arms,
The handsomest young man there,
And his neck and his breast and his arms
Were drowned in her long dim hair.

O'Driscoll scattered the cards
And out of his dream awoke:
Old men and young men and young girls
Were gone like a drifting smoke;

But he heard high up in the air
A piper piping away,
And never was piping so sad,
And never was piping so gay.

【注】

此诗 1893 年首次发表于《书人》杂志，标题为"被偷走的新娘"。显然，它与《被偷走的孩子》一样，同属"被偷走的"系列，显示出叶芝对于人类与仙灵世界遭遇和重叠主题的浓厚兴趣。叶芝在诗后的附注里写道：

> 这首歌谣源自我从斯莱戈郡巴里索德尔村（Balesodare）一个老妇人那里听来的故事，她念了一首有人据此而写的盖尔语诗，并翻译给我听。我总后悔当时没有记录下来，作为某种补偿，我写了这首歌谣。谁吃了仙灵的食物，谁就会中魔，从而被偷走。这是布丽吉特让奥莒斯蔻去玩牌的原因，"the folk of the air"是盖尔语中人们对仙灵的叫法。

在"绑架者（Kidnappers）"一文中，叶芝讲述了这样一个故事：夜幕降临时分，一个年轻人在归家的路上，家里有他新婚的新娘布丽吉特。路上他遇见一群欢快的载歌载舞的人，布丽吉特也在当中。

> 他们是一群仙灵，偷了她给首领做妻子。在他眼里，他们看着就像一群欢快的凡人。他的新娘看见旧爱，就对他表示欢迎，但非常担心他会吃下仙灵的食物而中魔，离开人世去到那没有血色的幽暗国度，因此便引他去和这队伍中的三个人玩牌；他玩着玩着，忽然看见这群人的首领双手抱持掳走了他的新娘，这时他才醒悟过来，马上站起来，他知道他们是仙灵，因为那欢快的人群溶进了阴影和暮色。他赶回家，快到的时候听到哭丧人的哭声。

奥莒斯蔻夜幕下似梦非梦的遭遇预见了新婚妻子的死。在叶芝看来，the host of the air 就是 the host of sidhe，而 sidhe 与风关联紧密。

> 他们据说会偷走新婚的新娘，有时是以一阵风的形式。戈尔韦平原的一个人说，"在奥克因尼什，有两对恋人去海岸边举行婚礼，其中一个新娘和牧师一起坐船，要返回岛上；一阵大风刮来，牧师赶紧说了些祈福的话救了自己，新娘却被刮走了。"那个女人被淹死了。但更多的情况下，被偷走的人是陷入一种半梦状态，变得对周围的一切都没有反应，因为她们真正的生命已经被带离这个世界，去往山中丘仙的城堡了。[i]

早期的神话和传说中寄托了人们对于遭受的苦难和无法理解的现象的解释和寻求心理代偿的努力，其中对于仙灵世界的想象也混合着惧怕与向往。在叶芝的诗里，明暗交融的黄昏时分是两个世界的重叠时分，而鹿在世界各地包括凯尔特的神话中都是灵兽，也是叶芝诗中经常用到的象征，但这里的赤鹿湖也实有其地，是西去巴里索德尔六七里的一个山上湖泊；因此，赤鹿湖畔芦苇深丛边的平坦之地，如同海边的沙滩，很自然地被设定为仙灵出没的地点。在那一切如舞乐交融的地界，悲欢也是相融的，因此新娘的表情是亦悲亦欢，高天的笛声也是悲欣交集。

酒和面包是基督教中的圣餐形式，其实也是承自古老的酒神崇拜的象征性表达，与爱尔兰远古民间传说亦是如出一辙，同属远古人类的

---

i 以上三段引文引自 A. Norman Jeffares, *A Commentary on the Collected Poems of W. B. Yeats*, 55-58.

想象传统。关于诗里反复出现的"长发胧淡"历来有很多种解释。有人将之与叶芝情人奥利维亚·莎士比亚的头发关联，但对于象征主义诗人来说，这种阐释当然是片面的。胧淡长发既实指女性美，更是抽象意义上的经由爱升华而出的永恒之美，是笼罩那个似梦非梦地界的光源，因此，便有了那一句"梦入她的长发胧淡"。在《隐秘的玫瑰》一诗中，叶芝再次引用了一个一绺头发照亮暗夜的民间故事，头发的象征意涵得到了更明确的表达。叶芝早年写过一篇题为"发绺"的短文："哈菲兹[ii]对他的爱人喊道：'我在时间起始便与棕发的那位做了一个约定，这个约定在无尽的时间里都有效'，大自然女士可能知晓我们活过许多次，那变化的和旋入自身的一切都属于我们。她掩住了眼睛不看我们，让我们与她的发绺嬉戏。[iii]"

叶芝在辨析哈菲兹诗作的象征含义时，把"棕发的那位"理解为"大自然女士"，亦即幽魂衍射的自然螺旋，发卷也是螺旋的拟态，是"每一缕游荡的思绪（《自我与灵魂的一次对话》）"；棕色为卡巴拉生命树第十圆（Malkuth）之色，第十圆代表新娘，大地母亲，尘世。当一切融合的瞬间，第十圆与第三圆重合，大自然的融合态即为幽魂，被擢升的大自然女士即幽魂。当女士所有的发丝被梳理，"以一枚金发夹束起"（《他写给所爱某些短诗》），就是幽魂与幽灵合一的美之原点，天体之光源。与叶芝听到的民谣一样，诗分十节，每节四行，以不严格的 ABAB 走韵，译诗按原诗韵脚走韵。

---

ii 哈菲兹（Hafiz, 1325-1390），十四世纪波斯大诗人，神秘主义者。他的诗作被许多伊朗人视为波斯文学的巅峰。哈菲兹是其笔名，对穆斯林而言意为"熟记《古兰经》的人"。

iii "The Tresses of the Hair", *Early Essays. The Collected Works of W. B. Yeats, vol.4.*

鱼

纵你隐迹于水波的去来，
月落潮生时那水波苍淡，
来日的人们却也会明白
我的渔网是怎样被抛展。

而你如何无数次地跃蹦，
越出那些纤细的银绳外，
人们会觉得你心肠硬冷，
气恼的话纷纷将你责怪。

Fish (1898)

Although you hide in the ebb and flow

Of the pale tide when the moon has set,

The people of coming days will know

About the casting out of my net,

And how you have leaped times out of mind

Over the little silver cords,

And think that you were hard and unkind,

And blame you with many bitter words.

无法静息的仙军

达嫒族的孩子们欢笑着，在精金的摇床，
双手拍合，眼眸半闭，
因为他们将驰行北方，当那兀鹰飞起，
以渐白之广翼，及一颗冷却的心脏：
我吻我大哭的孩子，紧抱其于胸前，
只听见狭窄的墓穴将我与我的孩子召唤。
凄凉的风在漫漫海波之上呼喊；
凄凉的风在流云似火焰的西方盘旋；
凄凉的风摇撼着天堂的门，也摇撼
地狱的门，送去数不清幽咽的鬼魂；
哦被风撼动了的心，那无法静息的仙军
要比圣母玛利亚脚边的蜡烛好看。

The Unappeasable Host (1896)

The Danaan children laugh, in cradles of wrought gold,

And clap their hands together, and half close their eyes,

For they will ride the North when the ger-eagle flies,

With heavy whitening wings, and a heart fallen cold:

I kiss my wailing child and press it to my breast,

And hear the narrow graves calling my child and me.

Desolate winds that cry over the wandering sea;

Desolate winds that hover in the flaming West;

Desolate winds that beat the doors of Heaven, and beat

The doors of Hell and blow there many a whimpering ghost;

O heart the winds have shaken, the unappeasable host

Is comelier than candles at Mother Mary's feet.

【注】

　　这首诗其实是另一个视角下的"仙军过境"。诗分十二行，包含三个抱韵四行。

　　达姶族的仙灵是不朽激情的象征。精金是纯粹灵魂的象征，精金的摇床意味着灵魂之舞，拍手意味着击节而歌；眼眸半闭、双手相交都意味着交迭态，如同十字架的交汇点，代表对立面的融合，思想对感官情绪的理解与提炼。诗的开头两句写的是灵魂的起舞态。

　　根据杰弗尔斯（A. Norman Jeffares）的考证，ger-eagle（或 gier eagle）是《钦定本英译圣经》对希伯来语 raham（一种兀鹰）的翻译。鹰为神之灵，"渐白之广翼"是放射纯净光芒的想象之焰翼，是"纯想即飞"的纯想；而"渐白"也与王阳明的"一时明白起来"正相应。"冷却的心"是"如黎明一般的冷静激情"（《渔夫》）。关于北方，在《凯尔特微光》中《鼓崖与罗西斯海角》（*Drumcliff and Rosses*）一文中有这样一段：

> 对于聪明的农人来说，他四周苍翠的群山和林木充满着永不褪色的神秘感。那个傍晚时分倚门而立的乡村老妇的原话是："望向那些群山，便想到上帝的恩慈"，上帝突然更近了，因为异教的势力也并不遥远：因为北方是本布尔宾山，以鹰闻名，太阳落山时那扇白色方形石门便会打开，那些狂野的异教骑手便冲出来在田野上驰骋，而南方，有一位白衣女士，无疑就是梅芙本人，

在诺克纳垒山顶那白色睡帽般的广袤云团下游荡。ⁱ

若以岩石山体这样亘古耸立的事物作为永恒实在的象征，南面的诺克纳垒山指向天体三位一体之天体，因其上覆盖着梅芙女王的石冢，就像幽灵之上覆盖着幽魂，所以诺克纳垒山固定与梅芙女王、克鲁纳斯贝尔关联。而北面的本布尔宾山则指向天体三位一体之幽灵，叶芝在《本布尔宾山下》一诗中也曾用"光秃秃"形容本布尔宾山，本布尔宾山指向的是爱尔兰思想传统，民族精神，所以它与象征神之灵的鹰固定关联。

兀鹰飞起时，仙灵的孩子也成为御风的骑者，这是永恒之境理智与激情相融，理智变得狂野，激情变得冷静的象征。诗的三四句描写的是灵魂飞翔态。

灵魂起舞与飞翔之时，正是人心通神，一瞥永恒的瞬间，第四句末尾的冒号意味着接下来的诗行是对照与补充说明。与躺在精金摇床里欢笑的仙灵孩子们形成对比的，是旋风过境时大哭的人类孩子，在象征层面上或许可以被理解为诗人的作品。诗人将孩子紧贴胸前，意谓作品要感应和表达心之冀求；狭窄的墓穴自然也与《仙军过境》中克鲁斯纳贝尔的墓穴相类，象征着爱尔兰民族文化和民族之魂归溯与起源之地。诗人的作品是感应着从古老文化传统之根源传来的召唤而创作出来的，这召唤，正是起自心底的长风。当作者运用想象为如风般无形的事物赋形时，兀鹰便展开了焰翼，并愈燃愈耀。仙族的孩子驰骋北方，说明作品中的艺术形象已然成为民族思想和民族精神中不

---

i W. B. Yeats, *Mythologies*, Macmillan Company, 1959, 90.

灭的、光明而美的存在，正如叶芝诗作中的裁相，尼芙，库乎林、菲古斯、奎尔特、梅芙女王……

叶芝在一条注释中写道："风是模糊欲望和希冀的一种象征，不仅是因为仙灵乘风而行，或风能随意而行，而是因为风和灵和模糊的欲望在各处的文化传统中都是普遍存在的关联。"[ii] 心底深处永恒之境传来的风扰动着我们的心，让我们的意识表层激浪翻涌，动荡难平。风同时承载着象征激情的仙灵和象征神智的兀鹰，风中也混融着孩子的哭，墓穴的召唤。风既为神使，也为心之冀求。

接下来的三句都以"凄凉的风"开头。漫漫海波指感官之海，是自然宇宙的一部分，流云似火焰的西方与之对应，是火态／精神宇宙／炽天使环卫的伊甸园的象征。风在这两者之间来去，在天堂与地狱之间来去，是沟通水与火的元素。

圣母脚下的蜡烛，象征基督教的神学理念。相对于亘古吹送、永不止息的长风，上帝的理智之火微弱且有时限。对于诗人而言，古老神话和民间的仙灵传说代表着一个不朽的想象传统，其中蕴含的智慧和奥秘，与他信奉的玄学体系是同源同构的，更值得去感应和追随。

ii *The Variorum Edition of the Poems of W. B. Yeats*, 806.

进入微光

痤伤的心，在痤伤的时代，
脱出对与错的网外；
笑吧，心，又当微光灰暖，
叹吧，心，又当晨朝露白。

你的母亲艾尔永远青春，
露珠从来晶莹微光从来灰暖；
尽管希望于你已坠沦，爱情也凋败，
焚毁它们的火焰，喷吐自中伤之舌唇。

来吧，心，去那叠嶂重峦：
因为，在那里，神秘的手足情缘，
属于日与月，峡谷与树林，溪流与河川，
都能遂心如愿；

上帝伫立着将孤独的号角吹转，

时间和世界总在飞去离远；

那爱不如微光更和缓，

那望也不如朝露更珍罕。

Into the Twilight (1893)

Out-worn heart, in a time out-worn,

Come clear of the nets of wrong and right;

Laugh, heart, again in the grey twilight,

Sigh, heart, again in the dew of the morn.

Your mother Eire is always young,

Dew ever shining and twilight grey;

Though hope fall from you and love decay,

Burning in fires of a slanderous tongue.

Come, heart, where hill is heaped upon hill:

For there the mystical brotherhood

Of sun and moon and hollow and wood

And river and stream work out their will;

And God stands winding His lonely horn,

And time and the world are ever in flight;

And love is less kind than the grey twilight,

And hope is less dear than the dew of the morn.

【注】

此诗 1893 年 7 月最初发表时题为"凯尔特的微光（The Celtic Twilight）"，后被收入同年出版的散文集《凯尔特的微光》作为卷尾诗，并改名为"进入微光"。

在《凯尔特的微光》中，叶芝收集了很多从乡间（主要是他的家乡斯莱戈郡）听来的前基督教时代的爱尔兰神话和民间传说。按照叶芝的双旋锥历史循环论，为期两千年的基督信仰时代已经来到了尾声，历史将转向并开启新的螺旋，而主导这个新螺旋的时代精神与远古神话与传说中的想象传统在方向上是吻合的。叶芝自己的玄学信仰也与凯尔特神话与民间传说同气相求，互为回响和源流。作为书的卷尾诗，这首诗自然也表达了叶芝关于回溯想象传统寻求信仰和文化之源的吁求。

很多人将叶芝诗中的 Twilight 理解为暮光，但如这首诗的第一节所示，twilight 既指晨光也指暮光（虽然这个英文单词更经常地指向后者）。这昼夜交替，明暗相融的时分，在神话和民间故事中，也是人类世界和仙灵世界交合之际，人们总是在此际遇见仙灵；而在叶芝的玄学体系中，人在冥思静定后进入的梦态中，能遇见先知的教导幽灵。梦态是醒态和觉态的交界地，是灵魂的溯归之途。

在诺兰的电影《信条》里，穿梭时空的未来人组织的接头暗语被设定为"we are in a twilight world, there is no friend at dusk"，电影里的无名反问了一句"惠特曼的诗？"但经影迷们考证，惠特曼并没有写过这样的诗句。我不清楚诺兰在选择这句话时心里想到的是否惠特曼，但叶芝笔下的微光世界与诺兰电影中的微光世界却有着本质上的契合，两者都以明暗交融的微光为隐喻，指向一个过去未来交迭，超脱了时空限制的境界。

我们来看第一节。瘁伤的心和瘁伤的时代可以被理解为诗人自己被恋情消磨或面对外界纷扰时的心境，以及爱尔兰创痕累累的历史和危机重重的时局，但它们还有更深层的象征含义：人们对于上帝的信仰已崩塌，两千年基督信仰主导的螺旋已经到了尾声。在这个原始极大螺旋里，人类被群集于一神教的旗帜下，不断地向外部物质世界求索。心已经疲于这样的醒态求索，而这求索也最终导致了信仰的崩塌。在为诗人所憧憬的新的历史大螺旋里，心的求索将向内而行，回溯灵魂本原。那需要我们去到微光世界。进入微光世界的心，脱出了充满对与错这样的两极对立的尘网，呈现出一种亦悲亦喜，亦笑亦叹的交迭态。

Éire 是盖尔语中的爱尔兰，从 Ériu 演化而来，Ériu 既代表爱尔兰，也是一位女神的名字，这位女神被认为是爱尔兰的守护神。我们可以把这里的艾尔看成是古老的爱尔兰民族之魂的象征。第二节讲的是，处在大时代交迭的动荡而纷杂的形势中，心虽然看似失去了希望，爱也被扭曲，但不必担忧，爱尔兰的民族之魂永远年轻，其中的智慧像微光一样温和，希冀像露珠一样闪亮。爱既可以实指诗人的恋情，对祖国的爱，也指向更为抽象意义上的爱，信望爱中的爱。中伤的舌唇，既实指诗人在现实中遭遇的误解和诋毁，也指向包含谬误割裂人性的信仰。tongue 也有语言之义，错误的信仰是一种错误的语言，将自然人性（希望）翻译为一种扭曲的爱。

山林在叶芝的象征系统里指向通过静思冥想可以进入的梦态，浓荫密樾的编织态是精神宇宙的形态。这也与《易经》中离卦取象暗合。离为火，为网（编织态），为附丽之物，为文明。在爱尔兰神话中，山林是德鲁伊的栖息地，人们也总是在山林中遇见仙灵。山林就是叶芝为微光世界设定的所在地。通过那里，可以抵达一个万物和谐相融的永恒之境，因此，去往那里人性 / 心之冀求 / 希望就不会被割裂，总能如愿。

最后一节，号角是螺旋状的，上帝伫立着把孤独的号角吹转，是一种基督信仰主宰两千年历史大螺旋的意象，时间和世界总在飞去离远，意谓这个旋锥的时空已经越转越大，行将崩溃。基督信仰里的爱，并不如微光世界里的微光那么温柔，基督信仰里的望，也不如微光世界里的露珠那么完整和智慧具足。

·《疲惫的扶犁人》（*The Weary Ploughman*），撒缪尔·帕尔默作

游荡的恩古斯之歌

我出来向那榛树林里走，
只因脑中一火苗在晃悠，
我砍树削皮做了根木棍，
将浆果一枚于绳端一捆；
当白色的蛾子飞来纷纷，
蛾子似的星也忽现忽隐，
我把那浆果往溪流里投
一条银鳟小鱼便上了钩。

我把那鱼儿往地上一放，
便走开去把炊火来吹旺，
那地上却有响动在窸窣，
有人唤我把我的大名呼：
鱼儿变成姑娘发着微光，
一朵苹果花儿簪于发上，
她唤着我的名字开始跑

在熹微天光里身影儿消。

纵然我已在游荡中老去，
越过了那些山地和洼谷，
我会找出她去往了何处，
吻她的双唇握她的双手；
去那斑驳的高草从中走，
直到时间和次数的尽头，
摘下那月亮的银苹果儿，
摘下那太阳的金苹果儿。

The Song of Wandering Aengus (1893)

I went out to the hazel wood,

Because a fire was in my head,

And cut and peeled a hazel wand,

And hooked a berry to a thread;

And when white moths were on the wing,

And moth-like stars were flickering out,

I dropped the berry in a stream

And caught a little silver trout.

When I had laid it on the floor

I went to blow the fire a-flame,

But something rustled on the floor,

And some one called me by my name:

It had become a glimmering girl

With apple blossom in her hair

Who called me by my name and ran

And faded through the brightening air.

Though I am old with wandering
Through hollow lands and hilly lands,
I will find out where she has gone,
And kiss her lips and take her hands;
And walk among long dappled grass,
And pluck till time and times are done
The silver apples of the moon,
The golden apples of the sun.

【注】

此诗 1897 年 8 月第一次发表时的标题为"一支疯狂的歌（A Mad Song）"，被收入故事《汉拉罕的幻象》中时略去了标题。叶芝在给这首诗的注释中这样写道：

> 达娥神族的成员可以幻化成各种形体。水里的仙灵经常以鱼的形象出现。戈尔韦的一个女人说："水里的仙灵数目远比陆地上的要多，它们有时化作大鱼来让船只倾侧，因为它们可以随意幻化成任何形状。"但有时她们看上去又是美丽的女人。[i]

恩古斯是凯尔特神话中的爱神，司掌青春、爱情与诗歌灵感。传说他的吻会化作飞鸟。他爱上一名梦中的女子，便年复一年地在爱尔兰大地上寻找她。后来他的兄弟，芒斯特国王的波德尔戈（Bodb Derg）找到了她，她名叫珂尔·伊波梅斯（Caer Ibormeith）[ii]，和一群女孩一起被链条束缚在一个叫龙嘴湖的地方。这 150 个女孩每年萨温节（Samhain，凯尔特人的节日，设在每年 11 月 1 日，这一天意味着收获季节的结束和冬天的开始）那天就会变形，从人变成天鹅或从天鹅变回人。恩古斯被告知如果他能辨认出天鹅形态的梦中人，便可以娶她。恩古斯于是化身天鹅，和那个女孩变身的天鹅一起飞走，他们悦耳的鸣声让所有听见的人都昏睡了三天三夜。

诗采用恩古斯自述的口吻重塑了这一神话。诗里的恩古斯似乎

---

i   A. Norman Jeffares, *A New Commentary on the Poems of W. B. Yeats*, 61.
ii   凯尔特神话中司掌睡眠、梦与预言的女神。

是个凡人，因为他会老去，而他遇见的女子则是个仙灵。凡人被伟大的激情裹挟而做出超乎寻常的事情，留下传奇，久而久之便也成为这种激情的化身，也是常见的神话生成模式。诗的标题里"游荡的"一词，也表明爱神是处在一种栖宿凡尘，行着环形路的状态。事实上，从关于梦中女孩的描绘中我们也可以看到一点茅德·岗的影子。在叶芝的诗和回忆录里，苹果花的意象与岗有着固定的关联。在他的回忆录里，他这样描述1889年他们初次见面时对于她的印象："她的脸仿佛在发光，就像被阳光穿透的苹果花的感觉，我记得初次见面那天站在窗边一大团这种花旁边的她。"[iii]

如同珂尔之于恩古斯，岗也是叶芝的梦中女孩；又如同尼芙与莪相的故事，岗也曾因为读到叶芝的诗作而主动来结识叶芝。这首关于爱神传说的叙事民谣也承载着诗人自己关于爱的誓言和希冀。

这里的梦可以是深眠之梦，也可以是我们前面说的梦态，通过冥思静定或竭尽全力才能进入的物我两忘之境。诗的第一节，脑海中的火苗指的是映现于心底之镜的火态影像，这说明恩古斯已穿越梦态，来到了内心深处永恒之境。在欧洲文化中榛木是一种有灵性的树。叶芝曾提到爱尔兰人认为榛木就是伊甸园中的树，知识之树或生命之树，因此榛树林在这里指向伊甸园，也就是叶芝的火态；Wand一词既是木棍，也是塔罗牌象征体系中的权杖，也指向火态。夜蛾纷舞，繁星乍现的黄昏当然也是火态标配，是神话中人们会遇见仙灵的时分。

天国溪流中的银鳞，自然是仙灵的象征，所以它又幻化成了姑

---

iii *Autobiographies. The Collected Works of W. B. Yeats, vol. 3.*，119–120.

娘；她在黎明渐亮的天光中消隐，因为黎明指向从梦态向醒态的过渡。诗的前两节写爱神恩古斯的"游园惊梦"，是叙事性的，最后一节变为抒情。高草丛自然是象征集体之境和融合态的灯芯草丛。月亮和太阳作为天体，在叶芝的玄学系统中分别象征着永恒之境的头脑与理智之美，自然与感官激情之美，两者兼有便是完美之美，永恒的美。恩古斯寻遍山川大地求索的，既是梦中女孩和爱情，也是以金苹果和银苹果指向的时间尽头的永恒之美。在后来写的《隐秘的玫瑰》一诗中，叶芝也再次提及了恩古斯的求索故事：

> 卷裏那位男子，他售出田宅和辎重，
>
> 寻遍陆地和岛屿，度过数不清的年岁，
>
> 直到寻见，欢笑中掺着泪水，
>
> 一位美丽的女子，美到闪耀，
>
> ……

时间和次数的尽头，指时间和轮回的尽头。

他为降临于他和他所爱的改变伤怀，
盼望世界末日的到来

你没有听见我呼唤，没有犄角的白鹿？

我已化作只有一枚红耳的猎犬；

我已身陷棘木之丛岩石之路，

因为，有人将希冀欲求畏惧与恨怨

于我日夜追随你的足下埋藏。

那手持榛杖的男子走来没有声响；

他忽然将我变化，如今我看上去是另外一副模样；

我的呼唤是猎犬的猘汪，

时间、出生和改变都过往匆匆。

我愿没有短鬃的野猪已从西来向东，

将日月星辰连根拔除于苍空，

又于漆黑中躺卧，咕哝，转身入眠中。

He Mourns for the Change that has Come upon him and his Beloved, and Longs for the End of the World

Do you not hear me calling, white deer with no horns?
I have been changed to a hound with one red ear;
I have been in the Path of Stones and the Wood of Thorns,
For somebody hid hatred and hope and desire and fear
Under my feet that they follow you night and day.
A man with a hazel wand came without sound;
He changed me suddenly; I was looking another way;
And now my calling is but the calling of a hound;
And Time and Birth and Change are hurrying by.
I would that the Boar without bristles had come from the West
And had rooted the sun and moon and stars out of the sky
And lay in the darkness, grunting, and turning to his rest.

【注】

此诗首次发表时的标题为"男人和女人的欲望（The Desire of Man and Woman）"，收入《苇间风》时的标题为"曼根为降临于他和他所爱的改变伤怀，盼望世界末日的到来（Mongan Laments the Change that has Come upon him and his Beloved, and Longs for the End of the World）"。在给另一首诗的注释中，叶芝提到曼根是盖尔语诗歌中一位著名的王和巫师，他记得自己累世的经历。

在最初版本的说明中，叶芝如此写道：

> 在爱尔兰古老的传说中，莪相在去往青春之岛的途中看见水里有一条仅有一只红耳的猎犬，它追随着一头没有角的鹿；在凯尔特神话别的故事中的人物身上也可以见到类似的意象，分别指向男人的欲望和女人的欲望，而女人的欲望就是要成为男人所欲求的，而其实所有的欲望都是如此。手持榛杖的男子很可能就是恩古斯，司爱之神。在远古凯尔特神话中，没有鬃毛的黑猪指向最终毁灭世界的黑暗，正如夜幕降临时它毁灭西天的太阳。[i]

岩石之路，是类似于石道墓的石道的意象，在凯尔特神话中，石道墓是通往异世界的通道；密林是梦态 / 精神宇宙的象征，是灵魂通向彼岸时必须穿越的试炼之途。人心一旦被巨大的激情裹挟，便必定经历这样的过程。在《激情的磨难》一诗中，我们分析过耶稣受难时

---

i   A. Norman Jeffares, *A Commentary on the Collected Poems of W. B. Yeats*, 64.

所戴的荆冠象征着理智对于激情的整理和编织。在象征层面上，棘木的枝条是爱与恨的枝条，棘刺则类似于火剑。

在为《穿越月色宁谧》而写但最后没有采用的一篇后记中，叶芝通过一个修士之口说出了这样一段话：

> 我听到一个声音在篱笆中说话，就像蝙蝠的唧啾声，它说人类在堕落之前，他的头在火中，心在空气里，生殖器在水中，足在地上。自从夏娃摘下苹果，他的足便在火里，生殖器在空气里，心在水中，头在地上。[ii]

从这段话出发去理解，凡人足下埋藏的"希冀欲求怨恨与畏惧"正是裹挟他的超凡激情之火。行在这样的灵魂试炼途中，他遇见了爱神，他的榛杖将他的心之欲求显像为仅有一只红耳的白色猎犬。仅有一只红耳和没有犄角都意味着尘世灵魂的不完满和缺失态。"时间、出生和改变"对应的三个英文单词都采用了首字母大写的形式，指向物质时空的一切过程。从爱神、猎犬和鹿这些亘古意象所在的永恒之境看来，它们的循环是那样匆忙。

黑猪是世界之抽象总体的象征，没有鬃毛的黑猪即没有表层的世界之核，亦即幽灵。曼根这巫师和王祈求黑猪来终结世界，在象征层面上意味着他在祈祷幽灵介入幽魂，毁灭旧世界，催生新世界，而巫师本来就是幽灵的化身，王是世界的统治者，所以他其实是在祈求一种由其思想所建构的新秩序。曼根所爱的，自然是作为国族的爱尔

---

ii   "Appendix 1 'Epilogue' (unadopted manuscript, c. 1917) to *Per Amica Silentia Lunae*", *Later Essays. The Collected Works of W. B. Yeats*, vol. 5.

兰。睡眠象征着沉睡与融合态。日月星辰亦是物质时空的一部分，自然宇宙的一部分，在这里被呈现为植物般的可以被幽灵这无毛猪拱翻的状态，亦是合理的。因此，这首诗表面上看起来是在讲述一个处在情感倦怠或冲突期的恋人祈祷世界毁灭般的宁静，祈祷由内心的改变而与恋人重归和谐，实质上也可视为爱尔兰的民族之魂灵在祈祷改天换地的新秩序。

获得过格莱美奖的爱尔兰音乐人和吉他手约翰·多伊尔曾以此诗中的"Path of Stones"作为专辑名，专辑中的同名歌曲是对这首诗的改编。

他请求所爱平静

我听见朦胧的马群，它们长鬃飘荡，
它们蹄声疾碎，眼里白光浮漾；
北方在它们头顶展开依缠又弥漫的夜，
东方在清晨之前吐露她隐匿的欢乐，
西方抛洒苍白的露滴，叹息而过。
南方将那绯红火焰的玫瑰撒播：
哦那睡眠、希冀、梦、无尽欲望的虚空，
灾难的马群扎进沉重的肉身凡躯：
亲爱的，将眼半合，将心跳叠于
我的心跳，长发覆落我胸际，
将爱的孤寂时分浸没于昏昧沉沉的休憩，
藏起那烈烈长鬃与疾碎之蹄。

He Bids his Beloved be at Peace

I hear the Shadowy Horses, their long manes a-shake,
Their hoofs heavy with tumult, their eyes glimmering white;
The North unfolds above them clinging, creeping night,
The East her hidden joy before the morning break,
The West weeps in pale dew and sighs passing away,
The South is pouring down roses of crimson fire:
O vanity of Sleep, Hope, Dream, endless Desire,
The Horses of Disaster plunge in the heavy clay:
Beloved, let your eyes half close, and your heart beat
Over my heart, and your hair fall over my breast,
Drowning love's lonely hour in deep twilight of rest,
And hiding their tossing manes and their tumultuous feet.

【注】

这首写于 1895 年 9 月的诗最初的标题是：迈克尔·罗巴尔茨请他所爱冷静（Michael Robartes Bids his Beloved be at Peace）。此诗与《爱者言及心中的玫瑰》（The Lover Tells of the Rose in his Heart）作为"两首情诗"一起发表。诗写给黛安娜·芙农（Diana Vernon），芙农是奥利维亚·莎士比亚的化名。叶芝在给这首诗作的脚注中写道：

> 十一月，是旧时冬天的开始，是佛莫尔人的胜利，是死亡、阴郁、寒冷和黑暗之力（the Fomoroh, 字面意义是 from under the sea），这些在爱尔兰人这里与马形精灵 Púcas 相关，它们现在是喜欢恶作剧的精灵，一度是佛莫尔的神族。我想它们或许与马拉南（Mannannan）[i]的马有关，马拉南统治着佛莫尔人也统治的亡者国度，马拉南的马虽然在陆地和海洋都一样驰骋来去，但一直与波浪相关……我查阅了很多爱尔兰和别的地方的神话传统，其中都将北方与夜与睡眠相关联，东方，日出之地，与希望相关，南方，日上中天之地，与欲望和激情相关，西方，日落之地，与梦寐和消散相关。[ii]

在这首诗里，叶芝把和恋人在一起时感受到的激情瞬间转化为群马幽影在感官之海上奔腾的意象。海神是感官之海的主宰，海神的群马就是这海上的激浪，是被神使之风吹起（擢升）的感官意识，是灵

---

i 海神马拉南（Manannán），也称 Manann，或 Manannán mac Lir（对应英文 son of the sea）。

ii A. Norman Jeffares, *A New Commentary on the Poems of W. B. Yeats*, 66.

魂向天体归溯的旋锥，而浪沫则是浪尖之水汇融而成的"黯淡海洋的白浪胸襟"，指向冷寂态的天体，白色是映于心目中的天体之色，所以马儿"眼里白光浮漾"。

神使之风即狂野之怒，劲疾而狂暴，所以马儿蹄声疾碎。风动波浪，群马躁动。神界的四个方位分别象征着魂灵的不同状态或激情集合。北方关联暗夜和沉眠，暗夜是肉身和感官沉睡的时分，依缠又弥漫的夜象征理智之网的全面笼罩；南方关联正午和玫瑰，象征肉身和感官的盛期和猛烈如火的爱欲激情；东方关联黎明，是从黑夜（睡态）到白天（醒态）的过渡期，是自由如花开的仙灵梦态，其隐秘的快乐由朝霞象征着，而朝霞倒映在露珠的镜面中，已转化为自然人性（希望／希冀）。西方关联黄昏、露滴与叹息，是从白天进入黑夜的过渡期，象征物质存在坍圮消散而灵魂趋真的凡人梦态。当四方四时（宇宙时空）汇聚于一点，便是我们灵魂归溯的永恒虚空。

"灾难的马群扎进沉重的肉身凡躯"意谓我们的心被这巨大的激情裹挟，我们不由自主，我们无法掌控，它们或许将我们带向灾难。怎么办呢？将眼半合，将心跳交迭既是对恋人在激情时分相拥的描写，也象征着幽灵对幽魂的完整把握和二者的融合。女性的长发是天体的一重象征，覆落于胸口，意谓在光明之心（迈克尔·罗巴尔茨这个名字的本义，详见 384 页注文）中，自然之美（幽魂）已升华为天体，又流溢出理智之光。这长发与海神之马的烈烈长鬃、奎尔特颠荡的火发一样，都是漫游的理智之光——狂野思想的象征，而疾碎之蹄是被角质（不朽之物）包裹的自然力，是被理性节制的欲望（冷静激情）的象征。"藏起"意味着在永恒一瞬（爱的孤寂时分），理智与激情已经汇融一体，获得了天体，被包裹了，隐没于一切相融的宁谧与和谐之境。

诗人致其所爱

我以恭肃双手向你递送
一些卷帙，写着我数不尽的幻梦，
白女从来受那激情的浪涌，
仿如鸽灰色沙地被潮水蚀冲，
一颗心苍老有甚于号角，
那时间的苍白之火溢出而成的号角：
拥有数不尽幻梦的白女，
我向你递上我热切的韵语。

A Poet to his Beloved (1896)

I bring you with reverent hands

The books of my numberless dreams,

White woman that passion has worn

As the tide wears the dove-grey sands,

And with heart more old than the horn

That is brimmed from the pale fire of time:

White woman with numberless dreams,

I bring you my passionate rhyme.

【注】

这首诗 1896 年 3 月初次发表时题为"红发奥苏利文致玛丽·拉弗尔之二（O'Sullivan the Red to Mary Lavell II）"，是两首同主题诗中的一首，收入《苇间风》时改名为"诗人致其所爱"。"红发奥苏利文致玛丽·拉弗尔之一"后来改名为"伊德谈及完美之美（Aedh tells of the Perfect Beauty）"。红发奥苏利文（Owen Rua O'Sullivan，1748—84）是一位十八世纪的爱尔兰农民诗人，叶芝评价他的诗歌"让那时被博伊恩和奥赫里姆战役压垮的民众记起他们祖先的辉煌"[i]。他也是红发汉拉罕这一人物形象的主要原型。玛丽·拉弗尔是叶芝为奥苏利文（或汉拉罕）的情人设定的名字，与圣母同名，其姓是爱的变体。

所以，从两首一起发表的诗的标题便可以看出，诗人所爱指向完满之美，永恒的美，天体三位一体中的天体。白女象征我们在灵魂的终极融洽态里心目所见的美，白女之心指向生命之树的中心第六圆，代表觉知之心。时间的苍白之火，是永恒的理智之火，是人类溢出时间之外的燃烧态的存在；号角就是月亮，叶芝另有"弦月瘦如角（Thin is the moon's horn）"之句；在《快乐的城镇》一诗中，也有对守护月亮的天使加百列举起一只锻银制成的"古老的号角"意象的描绘；而在《雪莱诗歌中的哲学》一文中，我们更可以看到恰恰对应"那时间的苍白之火溢出而成的号角"一行的散文化表达：

> 月亮，这荒寂天空中一团冰冷而多变的火……只有在时间被

---

i   "Modern Irish Poetry", W. B. Yeats ed., *A Book of Irish Verse*, Routledge Classics, 2005.

带入他在永恒之中的坟墓时，才会变成一样令人愉悦的事物，因为那时，地球上的灵，人类那富于创造性的头脑，会以自己的快乐将其填满。

在叶芝的象征体系中，号角与月亮是同组象征，都指向理智之美。叶芝以满月象征天体，而希腊神话中哺育宙斯的丰饶号角在叶芝看来也指向理智之美，因此满月与丰饶号角是可以互换的象征。进一步考察，叶芝在《月下》（Under the Moon）一诗中曾将猎月称为"饥馑号角"，猎月是获月之后的满月，而获月又是距离秋分最近的一次满月，是农人庆祝丰收时的满月。获月对应于丰饶号角，因为秋天是万物即将凋零（肉身将朽）而世界将重归本原（灵魂趋真）的交迭态，秋色亦是理智（精神宇宙）燃耗肉身（自然宇宙）生成的理智之美，此时的满月也对应于理智之月。猎月在于冬季的开始，万物凋零，自然封藏，灵魂进入纯粹的精神宇宙并即将向自然宇宙下堕，因此对应于饥馑号角。在四季的轮回中，叶芝将获月与猎月之间的秋天时段对应于永恒一瞬，而猎月与获月对应天体的两个面向，是类似于玫瑰与百合的象征组合。

我们在序文附注中也解释过角的象征意涵。角位于动物身体至高处，除了美之外似乎便别无用处，美本身自成目的，不会腐朽且可以再生，因此，动物头顶这样自足且不朽且神奇的美自然很适于作为天体的象征。理智之月的号角由人类溢出时间之外的燃烧态的存在填溢而成，这一意象也与中医理论里"角为督脉之余"的说法暗合。督脉总督一身之阳气，角为多余的阳气所化形。叶芝的象征语言与古老东方哲学的表达在此可谓如出一辙。

理智之月由焚心烈火所化，因此心是号角的作者，自然也老于号角。与觉知之心对应的天体是太阳，正如月亮本身并不发光，月光是反射的太阳光一样，觉知之心是理智之美的作者，觉知之心先于理智之美，"那时间的苍白之火溢出而成的号角"也是对东方哲学中"道法自然"的重新造句。

太阳是汇融一切本能和感官激情的自然之美的象征。激情有消长，像潮水去还复来地冲蚀着永恒的平沙之地。如果说青草地是肉身和感官存在的融合态的象征，鸽灰色沙地便指示着理智的融合态，沙砾为理念结晶，灰色为真理之色，卡巴拉生命之树第二圆智慧之色。潮水蚀冲的平沙之地是理智与激情交汇的永恒之岸，白女之美是被理智擢升的自然之美，其中汇融了人类灵魂回溯本原之际一切燃烧的心像和幻梦。诗人的卷帙便是一次次画梦尝试的汇集。

"绘画、诗歌和音乐，是三种在时空的大洪水中没有被冲走的力量，人类可以借之与天堂交流。"回顾我们在前文引用过的这句话，对于秉持着如此信念的诗人而言，他恭肃致献的对象应当是天国之美。

他记起被遗忘的美

以双臂将你拥围，

我的心便贴近了美，

那美与这世界久已睽违；

那些镶宝的王冠，

败军逃散时被国王们掷入幽渊；

那些爱的传说，

做梦的仕女们用丝线绣于布帛，

却喂肥了凶残的蛾；

那些旧日的玫瑰，

编入仕女们的发辫当了点缀；

那些露冷的百合，捧负于仕女们手中，

穿过了圣殿回廊许多重，

而那里，香烟起阴云涌，

只有神的双眼没有合拢：

因为那胸苍白，那手萦纤，

来自一片更为梦魇深沉的地域，

与更为梦魇深沉之际；

当你在一次次亲吻的间隙发出叹息，

我也听见那洁白的美叹息又起，

为那些时辰，一切都必定如露消逝，

但焰与焰拥，渊与渊重，

王座更易，只在半梦中，

将剑横于它们的铠甲之膝，

她高贵而孤独的秘奥，在沉思。

He Remembers Forgotten Beauty (1896)

When my arms wrap you round I press

My heart upon the loveliness

That has long faded from the world;

The jewelled crowns that kings have hurled

In shadowy pools, when armies fled;

The love-tales wrought with silken thread

By dreaming ladies upon cloth

That has made fat the murderous moth;

The roses that of old time were

Woven by ladies in their hair,

The dew-cold lilies ladies bore

Through many a sacred corridor

Where such grey clouds of incense rose

That only God's eyes did not close:

For that pale breast and lingering hand

Come from a more dream-heavy land,

A more dream-heavy hour than this;
And when you sigh from kiss to kiss
I hear white Beauty sighing, too,
For hours when all must fade like dew,
But flame on flame, and deep on deep,
Throne over throne where in half sleep,
Their swords upon their iron knees,
Brood her high lonely mysteries.

【注】

这首诗 1896 年 7 月初次发表时题为 "O'Sullivan Rua to Mary Lavell"，收入《苇间风》时改为 "Michael Robartes remembers Forgotten Beauty"。显然，这并不是单纯献给他当时的女友奥利维亚·莎士比亚（Olivia Shakespear, 1863-1938）[i] 的情诗。

"洁白的美"中 Beauty 首字母大写，因此是指向大美，永恒之美，理智之美，指向火态三位一体中的天体，由王冠和锦绣这些精美的宝物和艺术品代表着，而玫瑰与百合也是其不同面向的象征。

诗的开头，诗人在恋人相拥的晕眩恍惚中，似乎感到贴近了那永恒的美，因永恒的美由自然之美升华而来。在象征层面上，自然之美行在环路上，而双手环围便构成一个圆。

败军逃散时国王将王冠掷入幽渊，或许是古代历史上发生过的真实事件，但在象征层面上，败军逃散也可以指向文明螺旋的崩溃，王冠（亦是卡巴拉生命之树顶端的质点）是承载永恒之美的天体，宝石指向其中不朽的灵魂，被掷入幽渊（感官之海的原点）意即堕入尘世，展开新的轮回，开启新的历史螺旋。

人世间爱的传奇被织入布帛，这象征自然的欲望和激情经过理性的升华而化为不朽的过程，与王冠被掷入幽渊构成反向的运动。蛾这样的夜间飞行物是精神宇宙里灵的象征，食爱的织锦而肥，象征不朽

---

i 英国小说家，剧作家，艺术家资助人。1894 年与叶芝相识。1896-1897 年间两人曾短暂地成为情侣，后为终生挚友。她促成了庞德等文学青年与叶芝的会面，而她女儿是庞德的妻子。和茅德一样，奥利维亚也是叶芝频繁致献诗篇的对象。

之爱由升华的尘世之爱汇融而成。

接下来玫瑰与百合也分别象征着永恒之美两个不同的面向。玫瑰象征着尘世之梦的火热激情，百合象征着超越之梦的冷冽纯净。绣着玫瑰的丝帛成为发饰，既是日常细节，也可以是玄妙的意象，因为发丝象征着天体光线，而玫瑰是升华的激情，因此这一句也象征着古老的爱情已成神话，成为人类意识中和光同尘的恒久存在。怀抱百合穿过圣殿回廊的意象，则让人联想到灵魂沿着卡巴拉生命之树的路径向上回溯的过程。

在永恒之境，只有神的双眼可以见到永恒的美。在那永恒的时辰，梦魇无限深浓，一切汇融一切又都将消逝，永恒的美发出不辨欢悦与忧愁的叹息。永恒的美是众灵之母，她高贵而孤独的秘奥是众灵。当她释出众灵，众灵又将孵化（沉思）出新的精神宇宙（焰与焰拥）和自然宇宙（渊与渊重）的螺旋。在这循环往复的过程里，永恒的瞬间就像次次热吻间隙恋人的叹息一样令人醉狂。

他写给所爱某些韵诗

你以一枚金发夹把头发束起，
拢住每一绺散逸的发丝；
我请我心搭构这些可怜的韵诗：
它斟酌着，日终，日始，
将一种哀伤的绚丽搭构，
用那些过去时代的战斗。

你只消举起一只珍珠白的手，
束起长发再发出叹息；
所有男人的心必会燃烧与搏击；
幽暗沙地上泡沫闪熠如烛
空中露堕时繁星浮冉，
它们存在只为点亮你游经的双足。

He Gives his Beloved Certain Rhymes (1895)

Fasten your hair with a golden pin,

And bind up every wandering tress;

I bade my heart build these poor rhymes:

It worked at them, day out, day in,

Building a sorrowful loveliness

Out of the battles of old times.

You need but lift a pearl-pale hand,

And bind up your long hair and sigh;

And all men's hearts must burn and beat;

And candle-like foam on the dim sand,

And stars climbing the dew-dropping sky,

Live but to light your passing feet.

【注】

此诗作于 1895 年，最早出现在一个短篇故事《束发》(*The Binding of the Hair*) 中，没有标题，收入《苇间风》时标题是"伊德写给所爱某些短诗 (Aedh gives his Beloved certain Rhymes)"。叶芝的笔记提到：

> 在《隐秘的玫瑰》第一版中有一个故事源自一个凯尔特的传说。有一个男人发誓要唱歌来赞颂一个女人的美，可他的头被砍下了，但那头颅仍然唱了歌 (有点像《格林童话》中牧鹅姑娘的法拉达马)。我写过一首诗叫做"他写给所爱某些短诗"，就是那头颅吟唱的歌。[i]

尽管很多国外的诗歌研究者热衷于分辨这首诗致献的对象是奥利维亚·莎士比亚还是茅德·岗，我们却知道在象征层面上，伊德所爱是那抽象的永恒的美。

以金发夹将所有头发束起的动作指向将一切汇集的瞬间，包纳万有的世界根源，我们的心因激情而燃烧，又在顿悟中得见永恒之美的瞬间。金发夹与镶宝的王冠一样，对应着生命之树的第一质点，对应着火态的天体。被割下后仍在歌吟的头颅所吟唱的，自然是如涅槃的凤凰在圣火中的绝唱。不死的头颅指向火态三位一体的幽灵，而诗中的美人，则是火态幽魂的化身。幽魂对应着生命之树的第三质点，众神之母，万忧之忧，所以诗里用"一种哀伤的绚丽"来描述之。永恒之沙地上闪烁的泡沫，夜空中的星辰，是昭示她的在场的标志物，是她的歌队。

---

i A. Norman Jeffares, *A New Commentary on the Poems of W. B. Yeats*, 68.

叶芝曾有"聚散如沫的满天星斗"之句，感官之海上的泡沫和时间之海上的星辰在象征层面上都指向超越两极对立的交迭态。黄昏之际繁星浮冉空中露堕，一上一下的运动也构成交迭态，繁星浮冉象征凡人灵魂的燃烧和升华，空中露堕是灵知之水下堕凡尘，象征随之而来的顿悟与觉知。

金发是天体光线的拟态，散发为面指向幽魂，束发为线的过程指向幽灵，其中也暗合《黄帝内经》中"神在变动为握"之义。三者合一于金发夹是为永恒的天体三位一体。中医理论认为"角为督脉之余，发为血之余"，叶芝的象征语汇与此正相合，二者都将天体取象于头角与毛发这样位在身体最高处的事物，但向上突出的头角固定与幽灵相关，而包覆状或罩衣状的头发固定与幽魂与天体相关。

回过头来看第一节，我心搭构韵诗的过程，指向幽灵整理和编织幽魂的过程。而过去时代的战斗，既实指类似于成就海伦千古美名的特洛伊之战、成就迪尔德丽或梅芙女王的夺牛之战这样的著名战役，在象征层面上也指冥思苦吟时头脑与肉身感官的搏斗，因为向内心寻真智的时代已经是上一个文明螺旋所在的远古了。

帽子与铃铛

那小丑走进花园：
花园沉落于寂然；
他请他的灵魂升悬，
站上去她的窗槛，

它穿着平整蓝袍升悬，
当夜枭们开始啼唤：
想着那脚步轻盈悄然，
它也算聪明机辩；

但王后不会听辩，
穿着苍白夜袍她起身站，
拉过窗扉把窗关，
又推上那窗闩。

他请他的心去她近前，

此时夜枭们不再啼唤；
身披一袭红衣抖颤，
它对她唱歌把门缝儿穿。

梦着那颤动的花样发卷，
它也算蜜语甜言；
但她从桌上抄起她的扇，
摇撼空气把它赶。

"我有帽子和铃铛，"他沉思，
"我将它们送与她，然后死。"
当晨光变白亮起，
他将它们留在她的行经之地。

她把它们藏于胸怀，
覆上那长发如云霭。
红唇为它们唱起情歌来，
直到星星生出在天外。

她打开她的门和窗，

那心和灵魂进了房，

红的那个去到她右手上，

蓝的那个去到她左手上。

它们交织出一种声响似蟋蟀，

那唧鸣甜蜜又巧乖，

她头发是一朵花儿裹叠未开，

双足之中有爱之静籁。

The Cap and Bells (1893)

The jester walked in the garden:
The garden had fallen still;
He bade his soul rise upward
And stand on her window-sill.

It rose in a straight blue garment,
When owls began to call:
It had grown wise-tongued by thinking
Of a quiet and light footfall;

But the young queen would not listen;
She rose in her pale night-gown;
She drew in the heavy casement
And pushed the latches down.

He bade his heart go to her,

When the owls called out no more;
In a red and quivering garment
It sang to her through the door.

It had grown sweet-tongued by dreaming
Of a flutter of flower-like hair;
But she took up her fan from the table
And waved it off on the air.

'I have cap and bells,' he pondered,
'I will send them to her and die';
And when the morning whitened
He left them where she went by.

She laid them upon her bosom,
Under a cloud of her hair,
And her red lips sang them a love-song
Till stars grew out of the air.

She opened her door and her window,

And the heart and the soul came through,

To her right hand came the red one,

To her left hand came the blue.

They set up a noise like crickets,

A chattering wise and sweet,

And her hair was a folded flower

And the quiet of love in her feet.

【注】

此诗写于 1893 年，1894 年发表于《国家观察者》。叶芝的注释如此写道：

> 我写下的这个故事，与我的一个梦并无二致。在这个梦之后，我又做了一个长梦，试图分辨前梦的意义，并且考虑我是否要将它写成散文或诗。前梦似乎更接近一次幻视，因为它美而连贯，给我一种幻视才会有的照亮和欣快感，后梦混乱而无意义。这首诗于我而言意义重大，但一首象征主义的诗并不总是意味着相同的东西。布莱克会说"作者在永恒之中"，我非常肯定他们只能在梦中被提问。

叶芝 1901 年曾提到，他认识一个人，此人尝试想象恩古斯的样子，"想让这位将四个吻化为飞鸟，司掌爱、醉狂与诗歌的神在他的心目前显影，忽然，一个戴着铃帽的形影涌现在他眼前，变得生动，并开口说话，自称'恩古斯的信使'。根据叶芝传记作者约瑟夫·霍恩的记录，叶芝曾在一次演讲中提到，如果《帽子与铃铛》"写的是赢得一位女士的方式，那么《他想往天上的锦绣》写的便是失去一位女士的方式"[i]。

铃帽是小丑的标志物，而小丑形象又是爱神的信使，塔罗牌里的愚人和倒吊人也身着小丑服。现在流行的韦特塔罗牌是由金色黎明隐修会成员所创，将塔罗牌与卡巴拉秘术进行了关联，塔罗牌的二十二

---

i　文中前三处引文皆引自 A. Norman. Jeffares, *A New Commentary on the Poems of W. B. Yeats*, 68-69.

张大阿尔卡纳牌对应着生命之树上的 22 条直线路径，而小阿尔卡纳牌的权杖星币圣杯宝剑四种花色对应着生命之树的火风水土四个分层。叶芝在 1889 年 3 月加入金色黎明隐修会，1893 年通过修行路上的一个重要关口，晋级成为高阶会员。此诗与这次晋级可能有很大的关系，表达了叶芝对于生命之树所体现的精神宇宙和物质宇宙之间的转化和循环过程的参悟。

文末图标明了生命之树的 22 条直线路径与大阿尔卡纳牌之间的对应关系。愚人象征着灵魂归于永恒后的天真态，而倒吊人则象征着灵魂下堕后的倒悬态。在卡巴拉神秘主义的理解中，夏娃摘下生命之树的果实，导致生命之树上层大三角的支撑系统坍塌，原人亚当（愚人）向下堕落。生命之树的第六质点（Tipherath）既是中层大三角的中心，也是整株生命之树的中心，是上与下，人与神的交界点，其象征含义为美，太阳，心，又被称为"被牺牲的国王（the sacrified king）"。为了重建平衡和复位，灵魂必须继续向下，进入第十质点代表的物质时空，第十质点又被称为新娘，大地母亲，亦即诗里的她与王后。灵魂与之结合，并由其再生，完成从精神到物质，又从物质向精神的循环。

卡巴拉生命之树上第五圆（Geburah）通向第八圆（Hod）的直线路径对应着塔罗牌的"倒吊人（the hanged man）"，这又不免令人想到荣格的原型"倒悬之神（the hanged god）"，而荣格认为塔罗牌是连接意识与无意识的一种桥梁。在对于"倒悬之神"的论述中，荣格认为生命之树总体而言是一种母亲的象征，而死者被运送回到母亲之中以再生。

诗的第一至五节，花园（即伊甸园）已然陷落，来到其间的愚人开始追求他的新娘，王后。他先后派出了灵魂与心，都被拒绝。灵魂与心分别指向卡巴拉生命之树中层大三角的第四和第五质点。灵魂（即理性与智慧）行的是直路，所以其长袍是顺直的，颜色为蓝色，夜枭（猫头鹰）是其符号，它的特长是聪明机辩。心（即感官欲求与本能）行的是弯路，所以其长袍是抖颤成弯曲态的，颜色为红，它的特长是蜜语甜言。

第六节小丑献出铃帽，终于获得了王后的青睐。铃帽指向卡巴拉生命之树的第六质点，它是小丑的标志物，象征被提炼和升华的小丑之本质，是心与灵魂融合而生的美。卡巴拉生命之树的第一质点（Kether）被称为王冠，对应叶芝的火态三位一体中的天体。愚人之冠就是铃帽。愚人堕落到第二层大三角，与第一质点对应的第六质点，同样代表着国王，王冠，或者说小丑及其铃帽也对应着第一个大三角的天体，可视为天体在肉身之镜（静定之心）中的投影，而欧洲古代宫廷弄臣佩戴的小丑帽亦是对王冠的戏拟。

在《雪莱诗歌中的哲学》一文中，叶芝引用了雪莱的一个比喻：灵魂就像"一口沉闷的钟悬挂在天堂照亮的塔中，鸣响着召唤我们的思想和欲望汇合于我们撕裂的心之中，来祈祷"。英文中铃与钟同为bell，所以铃帽的铃铛是类似于王冠上的宝石的意象，指向灵魂中的灵，而帽则是类似于金冠和斗篷的意象，指向由心魂化成的天体。

小丑将自己献祭，以倒悬之姿献出铃帽，下堕的灵魂便与王后结合。心与灵魂也左右换位，去到了王后手中。最后一节描绘了灵魂再生返回天国的融泄之态：蟋蟀鸣唱，静谧之音流淌；天体光线（头发）中幻化出层层卷裹的玫瑰花蕾。爱之静籁当然指向火态，生命之树的顶端大三角在于王后的双足，表明了物质和精神之间循环的完成或重启。

金色黎明隐修会的修行内容之一便是结合神话和宗教故事对仪轨

和符号背后的象征意义进行冥想和参悟。这些仪轨和符号构成的象征体系非常细致繁复，与之相应，诗里的每样物品每种颜色都有着神秘学上的所指，这里只是进行了简略的分析和介绍。叶芝在笔记中提到的梦或许不是一般意义上的睡梦，而是修行者的冥思之梦；他提到的那个悬想恩古斯形象的人，也许就是他自己，而我们也无须去分辨叶芝话里那位女士是否茅德·岗或别的现实中的情感对象，因为在深层象征层面上，她指向在于生命之树终极融洽态里的天国之美。

为什么恩古斯会以小丑的形象出现在叶芝的诗中？因为小丑的本质是走样的模仿，滑稽模仿；中世纪的宫廷弄臣以对王的滑稽模仿来激发王的欢笑；在叶芝的玄学理念里，自然是对实在的戏仿，下界是上界的摹本，因此，叶芝曾将原始极文明螺旋里的人生比作"即兴喜剧"，而每个人的灵魂都是喜剧演员，即小丑；小丑与愚人相对，亦是一对自我与反自我的组合。英文中jester一词更古老的形式为"gestour"或"jestour"，来自于法语，意为"讲故事的人""吟游诗人"或"行吟哲人"。因此，小丑和奥德修斯一样，是编织者和讲述者，而行吟者吟唱愚人故事的过程就是自我与反自我融合的过程。小丑的铃帽形状与弗里吉亚羊角帽很相似。在古希腊和小亚细亚的陶罐和绘画作品中，一些神话人物都头戴弗里吉亚帽，如俄尔甫斯，帕里斯、阿提斯和狄俄尼索斯。叶芝在诗中曾将帕里斯称为"愚人"，吟游诗人荷马吟咏的正是帕里斯的愚人故事；俄尔甫斯以音乐促人醉狂，而阿提斯和狄俄尼索斯一样，是象征醉狂态的弗里吉亚神祇。小丑帽或许正是弗里吉亚羊角帽的变体，象征着个体的灵魂在醉狂态里快乐迸发、抵达完满的一瞬。

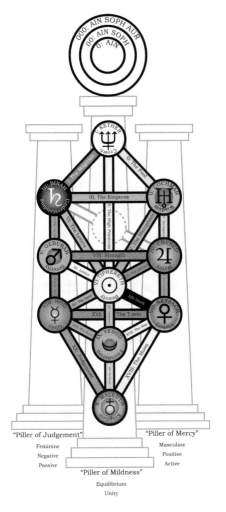

· 卡巴拉生命之树

爱者为他多变的情绪请求原谅

若这颗孜孜以求的心扰了你的清宁，

因它的言语，那言语比空气还微轻，

或因它的希冀，只为了有希冀仍于灭没之际徘回；

就揉皱你发际间的玫瑰；

并以蕴着卉香的昏明掩住你的嘴，叹喟，

"哦，那些心，飘摇如风中焰簇！

哦，那些风，起于昼与夜更替之前的远古，

那渴望与喃语着的风，

来自那些大理石的城池，喧嚣着旧时的塔波鼓，

位在鸽灰色仙灵之域；

来自那些战旗，层层叠起的紫，

王后们用莹莹的手绣出；

它曾见年轻的妮芙顶着一张为爱憔悴的脸，

于漫漫海潮之上盘旋；

它曾流连在秘境荒烟，

最后的凤凰于彼涅槃，

当自焚的焰苗裹住他神圣的头颅；

它仍在渴望与喃语：

哦，那些可怜的心，更变着，直到更变也止息，

在一首喧腾跌宕的歌里"：

就用你朦胧沉重的发，

覆盖你胸口苍白的花；

再用一声叹息搅扰那蕴着卉香的昏明，

为所有渴望憩息其中的生灵。

The Lover Asks Forgiveness Because
of his Many Moods

If this importunate heart trouble your peace

With words lighter than air,

Or hopes that in mere hoping flicker and cease;

Crumple the rose in your hair;

And cover your lips with odorous twilight and say,

'O Hearts of wind-blown flame!

O Winds, older than changing of night and day,

That murmuring and longing came

From marble cities loud with tabors of old

In dove-grey faery lands;

From battle-banners, fold upon purple fold,

Queens wrought with glimmering hands;

That saw young Niamh hover with love-lorn face

Above the wandering tide;

And lingered in the hidden desolate place

Where the last Phoenix died,

And wrapped the flames above his holy head;

And still murmur and long:

O piteous Hearts, changing till change be dead

In a tumultuous song':

And cover the pale blossoms of your breast

With your dim heavy hair,

And trouble with a sigh for all things longing for rest

The odorous twilight there.

·《理想田园生活》（*Ideal Pastoral Life*），爱德华·卡尔佛特作

他言及一个满是情侣的山谷

我梦见我站在一个山谷，耳闻声声喟叹，
因为那些快乐的情侣们双双经过我身边；
我梦见我那丢失的爱人悄悄走出了林间，
云一样苍白的眼帘覆着梦一般幽暗的眼：
我在梦里喊，哦女人们，请你们的男伴
将头颅放于你膝上，用长发淹没他双眼，
不然记着她的脸在他再无别的美丽容颜，
直到这世上所有的山谷都已然坍圮消散。

He Tells of a Valley full of Lovers (1897)

I dreamed that I stood in a valley, and amid sighs,

For happy lovers passed two by two where I stood;

And I dreamed my lost love came stealthily out of the wood

With her cloud-pale eyelids falling on dream-dimmed eyes:

I cried in my dream, O women, bid the young men lay

Their heads on your knees, and drown their eyes with your hair,

Or remembering hers they will find no other face fair

Till all the valleys of the world have been withered away.

·《仕女与鸦雀》（*The Lady and the Rooks*），爱德华·卡尔佛特作

隐秘的玫瑰

遥远的、最隐秘的、不败的玫瑰，

请以我的时辰之时辰，将我裹围；

曾有人去圣墓，去酒缸中寻求的，你之所在，

在于破碎幻梦的跳突与喧腾之外；

在于苍白眼帘之中深掩，

饱含人们称之为美的睡思，而昏沉的眼帘。

你广袤的花瓣卷裹

那古老的芒刺，以红宝石镶嵌的黄金轮舵，

属于戴着王冠的先知们；卷裹那位国王，

他曾眼见被钉穿的双手和接骨木十字架升扬

于德鲁伊的雾魄，黯淡了火炬；

直至徒劳的狂怒被激生，而他死去；

卷裹那位男子，他遇见芳德漫步于灼亮的露珠间，

在从未有风吹到的灰色岸边，

为了一个吻而将世界和伊梅尔失去；

卷裹那位男子，他将众神从筑垒中驱出，

直到一百个清晨漫天绽放朵朵鲜红

并哀泣于他的死者之坟冢；

卷裹那位骄傲的做梦的国王，抛却悲伤与王冠，

将行吟者与弄臣召唤，

混迹于深林中酒渍的浪游者之中；

卷裹那位男子，他售出田宅和辎重，

寻遍陆地和岛屿，度过数不清的年岁，

直到寻见，欢笑中掺着泪水，

一位美丽的女子，美到闪耀，

男子们夜半脱洒谷粒，凭那绺金发的光照，

一小绺偷来的金发。而我，也在等待着

你的爱与恨的疾风刮起的时刻。

何时天空中的星辰将被吹散，

像火花从铁匠铺中飞溅，又归于寂暗？

无疑你的时辰已到来，你的疾风在扫吹，

遥远的，最隐秘的，不败的玫瑰？

The Secret Rose (1896)

Far-off, most secret, and inviolate Rose,

Enfold me in my hour of hours; where those

Who sought thee in the Holy Sepulchre,

Or in the wine-vat, dwell beyond the stir

And tumult of defeated dreams; and deep

Among pale eyelids, heavy with the sleep

Men have named beauty. Thy great leaves enfold

The ancient beards, the helms of ruby and gold

Of the crowned Magi; and the king whose eyes

Saw the pierced Hands and Rood of elder rise

In Druid vapour and make the torches dim;

Till vain frenzy awoke and he died; and him

Who met Fand walking among flaming dew

By a grey shore where the wind never blew,

And lost the world and Emer for a kiss;

And him who drove the gods out of their liss,

And till a hundred morns had flowered red

Feasted, and wept the barrows of his dead;

And the proud dreaming king who flung the crown

And sorrow away, and calling bard and clown

Dwelt among wine-stained wanderers in deep woods;

And him who sold tillage, and house, and goods,

And sought through lands and islands numberless years,

Until he found, with laughter and with tears,

A woman of so shining loveliness

That men threshed corn at midnight by a tress,

A little stolen tress. I, too, await

The hour of thy great wind of love and hate.

When shall the stars be blown about the sky,

Like the sparks blown out of a smithy, and die?

Surely thine hour has come, thy great wind blows,

Far-off, most secret, and inviolate Rose?

【注】

在《隐秘的玫瑰》里，叶芝似乎着意要让玫瑰从隐匿之中显像，在所有的玫瑰诗篇中，这一首或许提供了玫瑰最为清晰的肖像。

第一行照例致意玫瑰。遥远的，藏匿于人类心灵最深处的，不增不减不净不垢永开不败的玫瑰。第二行，时辰之时辰，是类似于瞬间之瞬间，所有时日的造词，指向的是一生记忆和冲动汇聚其中的瞬间。叶芝认为这个叫做至福的瞬间是位于时空尽头的一个球体，从人类所处时空的视角看，是十二旋锥之外的第十三旋锥。球状的玫瑰花朵紧密包裹的意象与之恰好相契。诗人祈求进入永恒的瞬间，像被玫瑰花瓣卷裹一样被一生的记忆和冲动卷裹。

第3-6句，玫瑰是信仰的玫瑰，所以人们曾去圣墓中（耶稣），去酒缸中（狄俄尼索斯）将其寻求。酒神信仰和基督信仰都曾主导过人类精神世界，代表着信仰的两个基本方向。酒神祭祀的醉狂态是一种释放本能的无意识状态，是人性中人神兽的融合态，而基督信仰则将人性割裂为三部分，爱欲激情（自然人性的美）被钉死在十字架上，人只能跪拜唯一的神祈求恩典。可玫瑰到底在哪里呢。如果把人类文明朝向信仰之两极的双旋锥运动比喻成一场又一场跳突又喧腾的梦，那么玫瑰就在于这些终将幻灭崩毁的梦之旋锥之上，时空的尽头。然而玫瑰同时也在于每一生命个体之中深藏。生命本能的共振和律动，自然和时序周而复始的轮转中蕴含着永恒的美，这美是令人沉陷的、爱与迷梦的玫瑰。自然之沉睡（the Sleep of Nature），是叶芝在文章中使用过的造词。灵魂向下堕入感官之海，沉陷于感官的音乐，便是睡态，而向上经由灵升华为火态，则是心目开启的清醒时刻。

在确定玫瑰的大致方位并勾勒出花朵的轮廓后，从第七行开始，诗人讲述了七个在于玫瑰象征着的古老想象传统中的神话故事，仿佛是在将玫瑰花瓣逐一铺排渲染。第一个故事来自基督信仰，被称作东方三博士（Magi，又称魔法师）的先知们在群山之上看见预示耶稣降生的伯利恒星。东方三博士据说曾是三位国王，在这里叶芝将他们佩戴的王冠与大海航行的轮舵意象重叠，而王冠的刺突又如同星芒；在《悲伤的牧羊人》一诗中，天上的星星也有其王座；因此，赞颂永恒之美的海上星辰，戴着王冠的先知，掌控黄金轮舵的水手，自成一组流动互融的象征，指向神话中的永恒事物，人类的不朽魂灵，天体之幽灵，而王冠与黄金轮舵是天体的象征。国王则对应于卡巴拉生命之树的中心第六圆 Tipherath，象征觉知之心，众我之心。觉知之心在于自我与反自我相融的永恒瞬间。反自我即幽灵，所以先知曾为国王。永恒瞬间之后，幽灵在精神宇宙（梦态）朝向幽魂运动（漫游）的过程对应着对应极螺旋，常以连绵山峦的螺旋曲线来象征。先知在群山上看见星光，意味着幽灵抵达（以曲线织就）幽魂，理智道成肉身——耶稣。这就是基督文明螺旋开启的故事。幽灵被玫瑰广袤的花瓣卷裹，也意味着幽灵的编织构成了玫瑰花瓣。

那花瓣还卷裹着爱尔兰民族记忆里数不尽的传奇。接下来是爱尔兰古代国王康诺尔的故事。曾有德鲁伊首领预言耶稣和他会在同一天降生。康诺尔在战斗中被别的国王的石化大脑击中头部，伤口无法愈合，被警告从此不能动怒。后来他通过德鲁伊制造的幻境看见耶稣被钉穿在十字架上，因而大怒，以致大脑从伤口迸出而死。叶芝固定以坚石来象征坚执理念，康诺尔被石化大脑击中的情节也对应着众我之心被寒星祸镞射中，开启原始极文明螺旋。爱尔兰古代国王康诺尔在此对应着耶稣的形象，因此与耶稣同时出生和死去。原始极文明螺旋崇尚理性，所以康诺尔不能大怒，大怒而死意味着狂野之怒（激情）战胜了理念。第三位出场的人物便是爱尔兰神话中的大英雄库乎林，悲剧英雄是对应极螺旋的典型人格。灰色海滩是理智的融合态，脱离自然欲求的境态，所以象征心之冀求的长风无法吹到此处，而映现朝霞的灼亮露珠指向让不朽激情冷却的真智之水，漫步露水间的仙人芳德是理智之美的化身。库乎林为了一个吻（亦即《摇摆》中的"一枚烙印，或一口火焰的呼吸"）而将世界和凡尘恋人抛却的仙凡之爱的故事，和希腊神话里帕里斯的故事一样，是愚人为狂野之怒抛却肉身融入理智之美的故事。接下来将众神从筑垒中驱出的是费奥纳勇士团中的勇士奎尔特，他在惨烈的伽比埃奈之战中失去了几乎所有的战友；奎尔特将众神从筑垒中驱出的动作，指向他以歌吟的方式表达和宣泄心底难以承受的悲与怒。众神即为狂野之怒，筑垒即为心底共通之境，与伊萨卡岛的洞穴一样，指向幽魂。一百个清晨的漫天朝霞绽放如同鲜红之花，意指奎尔特的吟唱让愚人喷洒的热血化为了不朽激情的象征，朝霞是对应幽魂的天体，而哀泣的露滴是镜映完整激情的哀伤智慧，是智者澄明的内心，亦是天一生水，是将堕的幽灵。行吟者奎尔特和返航的奥德修斯一样，是幽灵／反自我的象征。

接下来做梦的国王便是菲古斯，我们在《菲古斯与德鲁伊》的注文中分析过他作为寻梦智者和性情中人合一的形象。叶芝在长诗《梅芙女王的老年》中也写到他。随后在大地和海岛上寻找梦中女子的男子是恩古斯。田宅与辎重的售出象征灵魂超脱了肉身与感官的自由态，而大地象征凡尘，海岛是出尘态，恩古斯的求索是不灭的魂灵经历永恒轮回的故事。最后一个故事，根据叶芝的笔记，是来自一则叫作"红色马驹"的爱尔兰民间传说，辑录于叶芝怒赞过的《爱尔兰西部传说》（*West Irish Folk Tales*，1894）。故事讲述的是一个独自流浪的年轻人在路上拾到一个盒子，盒子里装着一小绺金发，金发美丽而闪耀。年轻人后来成为国王的仆从，以金发照亮暗夜的马厩。国王发现后生出执念欲找寻金发的主人，于是年轻人被派遣上路。几番波折后年轻人与这金发的美丽主人结成眷属。金发也是叶芝频繁使用的象征，以其螺旋和闪耀的形态象征不朽激情，是升华的爱之天体，照亮暗夜的光源。

菲古斯遇见德鲁伊并获赠梦囊，梦囊是天体三位一体（永恒瞬间）的象征，囊是天体，梦是幽灵的运动。而在梦囊展开之后以醉狂态浪迹山林的菲古斯则和萨提尔一样，是反自我的象征，其主导的是遵从自然本心的对应极螺旋。年轻人的独自漫游态也指示着对应极螺旋的展开，随后照亮暗夜马厩的金发如同照耀耶稣诞生处的伯利恒之星，指示着原始极螺旋的开启，一小绺金发卷也是对应极螺旋收缩到极致的象征；恩古斯在大地上寻找梦中人，年轻人听从国王（觉知之心）号令向世界尽头求索美之本体，都对应原始极螺旋的展开。因此，此诗中的七个故事也象征着爱尔兰民族魂灵在对应极、原始极和融合态之间的交替循环，七个故事的主人公都是这民族魂灵的不同化身。在讲述过这些已成神话的信仰追寻和爱恨缠缠的故事之后，诗人以他自己，一个处在基督文明螺旋尾声的魂灵向玫瑰的祈愿、发问和自答为结尾，收拢花朵于当下的瞬间：我也在等待着不朽激情的降临，等待被你的花瓣，爱与恨的疾风卷裹。何时，那些在天空中唱颂着的星辰，你的先知歌队，将被吹散，像铁匠铺的飞花般寂灭？何时，你，玫瑰主导的对应极螺旋，开始席卷和亲自到来？

　　在希腊神话中，火神赫菲斯托斯是位铁匠，而世界各地神话中的火神，包括我国的祝融，都是守护思想之火种的神，指向天体三位一体之幽灵。此诗中的铁匠铺与《拜占庭》一诗中的金器坊是同类象征，是思想的作坊，灵魂起舞与歌吟之所。如铁火飞花般的星星也曾在《世间的玫瑰》中被比喻为天空中时间之海的泡沫，因此与浪尖碧溅汇成的白色浪沫亦是同组象征，指向超越性与融合态，预示着理智之美的示现。

静女 (1897)

静女已何往，
赭色风帽扬？
唤醒星辰的风
在我的血里涌。
哦我怎能如此平静，
当她起身离去？
召集闪电的音声
正击穿我的心脏。

Maid Quiet

Where has Maid Quiet gone to,

Nodding her russet hood?

The winds that awakened the stars

Are blowing through my blood.

O how could I be so calm

When she rose up to depart?

Now words that called up the lightning

Are hurtling through my heart.

【注】

这是一首玄学诗，记录了叶芝对于卡巴拉生命之树作为灵魂溯归原点过程之象征的一些关窍的参悟。这也是一首爱国诗，因为静女多次出现在他的诗作中，是爱尔兰民族之魂的象征。

静女指向从生命之树绿色的第七圆（Netzach）升华而出的灵性蕴藉的美，第七圆与金星关联，指向静定冥思的头脑，人之灵；绿色是山林树冠之色，树冠呈现有序的编织态，因此绿色象征头脑进入的纯想态（梦态），灵魂的有翼态，但绿色亦是爱尔兰国族之色，因此静女也象征爱尔兰民族之魂。赭色风帽指向生命之树赭色的第八圆（Hod），与水星关联，指向人的纷杂感官意识，人之心魄；第八圆的名称 Hod 与风帽的英文 Hood 近似，而风帽、斗篷等物体在叶芝的象征体系里被用来指示天体的形状，水星符号亦是金星符号之上添两角，风帽通常亦有两角。双角是多余阳气的化形，是精神宇宙的双旋锥，梦态的舞蹈。静女起身，风帽飞扬，指在静定冥思中感官意识包含的自然之美已被头脑整理提炼（觉知和升华），静女去往了人神交汇的第六圆，生命之树的中心，风帽成为了包裹着灵的天体，而飞升的静女象征着灵与美（理智与激情）的合一之境。从第八圆通向第七圆的直线路径对应着塔罗牌中的塔楼牌，象征灵魂在内省和神游中归溯永恒之路。塔楼高耸入云，招引雷电；古塔顶部的毁损状在叶芝则指示着神启对心障的破除。

唤醒星辰的风为神使，已臻此境的我便感觉到神性的力量在我血里涌动，但我同时又很平静。顿悟的瞬间便是如此，尽管胸中风雷相激，但内心澄明又寂然。召集闪电的音声是雷声，是觉知之心（至纯之心 /

与恒我冀求合一的心）的激越呼喊，呼喊的是"不可言喻的名字"，神名，对应 words，所以译为音声而非声音；闪电为神启之箭，象征反自我带来的启示性幻象，正击中我心。

其实这里描绘的场景与希腊神话里阿芙洛狄忒诞生的场景也存在着细节上的对应。阿芙洛狄忒的形象是一个从海面的泡沫（感官意识的激越态）中冉冉升起的美丽少女，此时西风吹送，美惠三女神给她披上斗篷，黄铜战车将送她去宙斯的神殿，而宙斯正是雷神，而美是我们的心被激情裹挟，思维飘逸出尘的瞬间对于宇宙万物之中的和谐秩序、天地大美的恍然一瞥。静女的形象不仅对应着海中冉升的阿芙洛狄特，也对应着道教的河上姹女，三者都是理智之美的象征，而元婴对应堕入幽魂的幽灵，不灭元神的化形；在外丹道中姹女对应可燃（可飞升）的朱砂，而元婴对应焚烧过后析出的形似露珠的水银。

这是叶芝借助卡巴拉生命之树的符号体系对于冥思顿悟的瞬间的一次造境和显像，以诗歌为心灵的图景这无形之物赋形的又一次尝试。

激情的磨难

当燃烧的，诗琴涌荡的天使之门开敞；
当不朽的激情在速朽的躯壳内呼吸；
我们的心经受着鞭笞，编缠的荆棘，
簇拥着愤怒面庞的道路，掌心体侧的伤，
饱含醋酒的海绵，汲沦溪谷的花蕾；
我们会俯身披垂我们的发将你遮住，
而它可能会洒落微弱的芬芳，并缀满繁露，
苍白如死的希冀之百合，热烈的梦之玫瑰。

The Travail of Passion

When the flaming lute-thronged angelic door is wide;

When an immortal passion breathes in mortal clay;

Our hearts endure the scourge, the plaited thorns, the way

Crowded with bitter faces, the wounds in palm and side,

The vinegar-heavy sponge, the flowers by Kedron stream;

We will bend down and loosen our hair over you,

That it may drop faint perfume, and be heavy with dew,

Lilies of death-pale hope, roses of passionate dream.

【注】

此诗 1896 年 1 月和那首《他请求所爱平静》一起发表时被标注为"两首情诗",写给戴安娜·芙农。Passion 在英语中既有激情之意,也特指耶稣受难。在这首诗里,叶芝以自己玄学体系中的象征构造耶稣受难之境,表达了自己对于这一事件象征含义的理解。

叶芝的火态对应着基督教中的伊甸园或天国,是神使们来自之境。现在,燃烧的、乐音流淌的天国之门开启,神使们承载着不朽的激情,进入了凡人之心。在《圣经·雅歌》中,耶稣被喻作"沙仑的玫瑰,谷中的百合",而在这首诗里,"我们的心"也被称作汲沦溪谷的花蕾,化成不朽之后既是热烈的梦之玫瑰,也是苍白如死的希冀之百合,其象征含义为,"我们的心"生是堕入尘梦与众生同在,代表众生之心的玫瑰,死是向上回溯去往天国,代表圣洁灵魂的百合。而在生死交替之际,灵魂(理智)也可燃烧似绽放的玫瑰,心(生命本能和感官激情)则会冷寂如百合。

诗的中间三句描写受难的细节。编缠的荆棘既指耶稣受刑时的荆冠,也以其编织态指向经过理智整理的激情,戴上荆冠象征着不朽激情攫住了"我们的心"。耶稣这万王之王是凡众之心的化身。鞭笞指向卡巴拉生命之树上的直线路径,一道鞭痕就像一道闪电,是来自神的启示。簇拥着愤怒面庞的道路,可以理解为感官之海,因为"愤怒的(bitter)"一词在叶芝的诗里被固定用来形容感官之海中的怒涛。人子耶稣是悬浮于感官之海的激浪之上的人间之灵。穿透手掌脚掌的伤,以其深洞的形态也指向灵魂升降的通道,相当于湖岛上的双口洞穴一类意象;本来,灵魂通过针眼(钉眼)才能飞升天国。

被涂抹醋酒是受难的最后一个细节。"饱含醋酒的海绵"与"以赛亚的火炭""蜂窝"是同组象征，都指向永恒实在，众我归一的融合之境，但分指其不同面向；灰色蜂窝的整齐孔洞中充溢着金色蜜汁，灰色是真理之色，金色是激情和极乐之色，蜂窝对应三位一体之幽灵的一面；黑炭亦是密布孔洞的可燃物，在其中可燃物包裹着虚空（幽灵），黑炭对应三位一体之幽魂的一面；海绵同样也是富含孔洞之物，被挤压收缩才能分泌醋酒，因此对应向上收缩的丰饶号角；醋酒予人烧灼感，为液态火，为"一个吻"（《隐秘的玫瑰》）；蘸醋的海绵对应三位一体之天体的一面。醋酒指向漫溢的完满激情，唇是自然之美和感官欲求的象征，醋酒灼唇意味着心之冀求已化为理智之火，红唇绽放为玫瑰。

经受种种磨难之后，耶稣的灵终于升入天国，笼罩在天体光线之中（披垂的发）。"我们"一词表示叶芝认为的天国在于灵魂深处众我汇融之境。芬芳是燃烧的心化成的烈焰玫瑰的芬芳，是永恒之美的气息，指示着自然之物的升华态，繁露是将堕的真智之水，天一生水的水。气息和露水也指示着一种水火交迭态。耶稣通过受难成为时间十字架之交点所象征的时空之外人神交界处的永恒存在，既是永生的玫瑰，也是圣洁的百合。需要注意的是，玫瑰本来关联众生心之冀求，而百合关联灵魂的超越之梦，但诗的最后它们互换了象征所指，百合是希冀之百合，玫瑰是梦之玫瑰，这当然也意味着消泯了对立的交迭态。

在叶芝的理解里，耶稣的受难过程象征灵魂回溯永恒的途中凡众之心所要经受的试炼过程，而叶芝信仰的基督也并非十字架上的苍白躯壳。卡巴拉生命之树的中央位置是第六圆 Tiphareth，其义为美，由大天使米迦勒守护。第六圆也代表心，被牺牲的王。在《隐秘的玫瑰》初版的封面上，一朵玫瑰被摆放在生命之树的第六圆之上。

诗人恳求元素之力

那些力量，没有活着的生灵知晓它们的状貌与名讳，

拔出了永生的玫瑰；

尽管七灯灵于舞动中鞠请又淌下泪水，

北极龙依然酣睡，

那环蜷的沉重身躯舒卷在一座座幽光明灭的深渊：

他何时能醒自长眠？

主宰坠浪、迴风与烈焰的伟大力量，

请以你们齐谐的合唱，

将我爱的她环绕，用歌声送她入安谧，

那么我古老的忧戚便可以休止；

请展开你们的焰翼去遮挡

日与夜的罗网。

主宰昏倦心念的幽暗力量，请让她别再像

一杯苍淡的洋，

当风与风汇聚，日与月的燃耀都已昏朦，
伏在它浪沫如云的边缘上空；
请让乐音生成的温柔静谧流淌
跟随她的足迹徜徉。

The Poet Pleads with the Elemental Powers

The Powers whose name and shape no living creature knows
Have pulled the Immortal Rose;
And though the Seven Lights bowed in their dance and wept,
The Polar Dragon slept,
His heavy rings uncoiled from glimmering deep to deep:
When will he wake from sleep?

Great Powers of falling wave and wind and windy fire,
With your harmonious choir
Encircle her I love and sing her into peace,
That my old care may cease;
Unfold your flaming wings and cover out of sight
The nets of day and night.

Dim Powers of drowsy thought, let her no longer be
Like the pale cup of the sea,

When winds have gathered and sun and moon burned dim

Above its cloudy rim;

But let a gentle silence wrought with music flow

Whither her footsteps go.

【注】

此诗 1892 年发表于《书人》时的标题为 "A Mystical Prayer to
the Masters of the Elements, Michael, Gabriel, and Raphael（向元素的主
人，米迦勒，加百列，拉斐尔的神秘祷告）"，1894 年收入《韵客俱乐
部第二辑》时，Finvarra 替代了 Michael，Feacra 替代 Gabriel，Caílte
替代了 Gabriel。收入《苇间风》时，题名改为 "Aedh Pleads with the
Elemental Powers"。Finvarra 和 Feacra 都是凯尔特神话中神族中的王。
奎尔特（Caílte mac Rónáin）是费奥纳勇士团里最后幸存下来的人。自
古流传的形而上学理念里，地火水风是构成世界的四大元素，这里的
元素之力指的便是构成宇宙的基本力量。叶芝给这首诗的脚注如此写
道："七灯是大熊星座的七颗星，龙是天龙星座。在某些古老神话中，
它们环卫着生命之树，树上生长着我所想象的永恒之美的玫瑰，那玫
瑰还没有被抛入尘世。[i]"

我们知道，叶芝自己给诗的脚注基本上都是在解释某个象征的表
层含义，实际上这些古老的象征在人类的集体记忆中都牵连着深刻而
丰富的内容，因此才被诗人选中。从诗的标题变动来看，七灯灵既对
应北斗七星，也指向基督教天父圣座前的七灯，而这七灯在叶芝看来，
其实指向七位大天使；在凯尔特神话里，与之相对应的是达娥神族里
的一些国王和勇士；在卡巴拉的神秘符号生命之树上，诗题里的米迦
勒等大天使镇守着生命之树的圆心；希腊神话中，酒神往阿里阿德涅头

---

i   A. Norman Jeffares, A New Commentary on the Poems of W. B. Yeats, 82.

上戴的也是七星冠；我国道教文化中也有七星还魂灯一说，《三国演义》中诸葛亮就曾点燃七星灯以求延寿。所以，七灯灵是大天使，是神的七灵，它们据守着生命之树上的圆心，是精神宇宙的星辰；它们的舞蹈构成精神宇宙的第十三螺旋，它们洒下的泪水，便是智慧之露。感官之海中环蜷和沉睡的北极龙则代表着自然宇宙的螺旋体。北极龙也指向《圣经》中的蛇，是引诱灵魂下堕的堕天使撒旦的化身。卡巴拉生命之树顶层大三角下的一条直线名为"深渊"，北极龙环蜷的身躯构成顶层大三角之下的七圆的圆周，因为自然界的事物行的是生息消长循环往复之路。从顶层大三角的视点看来，这些圆都指示着灵魂下堕途中的深渊。所以诗的前六句实际上勾勒出一棵隐藏在精神宇宙与自然宇宙之间的生命之树的意象，永恒之美的玫瑰便在这树上开放。诗里的她，既是象征理智之美的永生玫瑰，也是爱尔兰民族之魂，又或是诗人的爱人（诗人在她身上看了永生玫瑰堕入尘网的形态）。按照卡巴拉生命之树的分层，下堕的玫瑰要经历火风水土的次序入得尘网；而当四大元素之力汇融交织如舞乐，便是尘世之美升扬为永生玫瑰之时。

伊德是进入醉狂态的诗人。诗的首节写永恒玫瑰被拔出，亦即堕入尘网，这对应着幽灵携带天体堕入幽魂又投生凡尘。此际的幽灵其实就是堕天使的集合，而堕天使是天使的另面；七灯灵既是神的大天使，亦是玫瑰的歌队。七灯灵鞠躬的动作构成向下的圆弧，是一种流溢态，而淌泪是下堕态。北极龙沉睡意谓幽灵向下的选择已让玫瑰堕入凡尘，此时精神宇宙独自舞蹈，而自然宇宙在沉睡。在诗的第二节中，诗人呼唤大天使们赐玫瑰以平静，以它们的焰翼助她脱出尘网，为她唱响和谐之音。这对应着幽魂经由理智之火的煅烧而归一，自然之美被擢升的过程，是灵魂的苦吟态／燃烧态。在诗的第三节里诗人呼唤堕天使们代表的幽暗水中力量将乐音转化成静谧，伴随她的足迹。在叶芝的诗里象征静谧态的通常是露珠，露珠是映现完整激情的冷静镜面，为水火的交迭态；因此这一节对应心火化为光（理智之美生成）而激情冷却的过程，也对应于《隐秘的玫瑰》中仙人行于露水中的意象。日月昏蒙、八风汇聚时的苍淡之洋，指向心被不朽激情裹挟，感官之海上巨浪如山卷起千堆雪的狂怒态。诗人祈祷心从狂怒态向静谧态转变。

至此，从堕落态（渊停）—狂怒态（山立）—静谧态（渊停山立），伟大的力量和幽暗的力量，亦即主宰精神宇宙和自然宇宙的力量，火与风与水中的力量一起作用，完成了一次灵魂在永恒瞬间的流转。叶芝再次以玫瑰、七星、北极龙、圣杯等古老意象组合造宇宙洪荒之境，进行了一次神秘主义的祈祷。这一祈祷也可以被视为诗人在祈祷灵感到来，点燃心，而自己能将激情燃烧的瞬间心目所见的美完整地呈现于诗作中。想来对此诗的解读也能加深我们对于汉语成语"渊停岳峙""渊岳其心"之义的理解。

·玫瑰十字会祈祷符，弗默斯神父（Fr.Firmus, IX°）绘制

他想往天上的锦绣

若我能拥有天上的锦绣，

以金色和银色光芒织就，

那墨灰昏黄湛蓝的锦绣

分属黑夜，胧明与白昼，

我将它们于你足下铺凑：

梦是贫穷的我唯一所有；

我将我梦于你足下铺凑；

轻轻走，因你在梦上走。

He Wishes for the Cloths of Heaven (1899)

Had I the heavens' embroidered cloths,

Enwrought with golden and silver light,

The blue and the dim and the dark cloths

Of night and light and the half-light,

I would spread the cloths under your feet:

But I, being poor, have only my dreams;

I have spread my dreams under your feet;

Tread softly because you tread on my dreams.

【注】

此诗最初收录于《苇间风》时标题为"伊德想往天上的锦绣（Aedh wishes for the Cloths of Heaven）"。国外诗评者多将此诗视为献给茅德·岗的情诗，实际上，我们知道，诗人以伊德（火态自我，反自我的化名）自称的诗篇就深层含义而言，更是献给永恒之美的玄学诗篇。

锦绣为编织物，为致密的网，为编织者（幽灵，第二位）、丝线（幽魂与天体）合一的美之天体。金线来自太阳，象征自然之美，激情，指向幽魂（第三位），银线来自月亮，象征理智之美，指向天体（第一位）。

在《雪莱诗歌中的哲学》一文中，叶芝提到"古人将天堂称为一层薄纱，因此听起来像是神族的罩衣"，在《亚当的诅咒》中，有"浓酽若颤的蓝绿色天空"之语，而叶芝也将自己的一部分回忆录命名为"面纱的颤动"，叶芝取象于光线弥漫的天穹，将其视为某种抽象织物的象征，面纱即天堂，即终极之美。"墨灰昏黄湛蓝的锦绣"亦是如此，不同的色彩分指人间四时，象征灵魂的不同状态，所有状态的融合归一即成天堂的锦绣。将锦绣于美人足下铺凑，意指诗人以理智编织和提炼自然之美，编成之时，自然之美与理智之美合而为一，自然之美升华离去，因此此诗"写的便是失去一位女士的方式"（见《帽子与铃铛》注文）。

伊德为什么说自己贫穷呢，因为理智之火种是一种彻底的无物态，它只是梦，是纯粹的理性，法则，火遇到可燃物才成其为火，编织者依凭被编织的对象而存在。梦者亦是编织者，是幽灵的又一称谓。

所以本书序言中也将离之外阳和坎之中阳视为幽灵的象征，而天体和幽魂则分别由离卦与坎卦象征着。天体三位一体是离与坎的交迭态。在我看来，离卦或许是指向永恒之编织态与迭合态的象征符号中最为简洁的一种。重明之离卦完美对应于叶芝哲学信仰中永恒的火态。汉字中，意为美的丽字亦有附丽之意，而离卦亦是离与丽双态的迭加态。迭加态为灵魂的飞升态，坍缩态为灵魂的具肉身态，向下坍缩是《帽子与铃铛》中"赢得一位女士的方式"。

根据《山海经·海外北经》中记载："钟山之神，名曰烛阴，视为昼，暝为夜，吹为冬，呼为夏，不饮，不食，不息，息为风。身长千里。在无䏿之东。其为物，人面，蛇身，赤色，居钟山下。"这可能是对世界之本体幽魂最生动的一种造像了。郭璞注"烛阴"时认为烛龙与烛阴乃是同一物："烛龙也，是烛九阴，因名云。"他又引《诗含神雾》注："天不足西北，无有阴阳消息，故有龙衔火精以照天门中。"无论烛九阴口中所衔为烛还是火精，都是思想火种幽灵的象征。二者合一，口衔火种的烛九阴即为烛龙（天体）。而我国古代神话中的火神祝融，则对应幽灵，本诗中的编织者与梦者，故而对其的描述为乘两龙（天体与幽魂），他因能"光融天下"，而被帝喾命名为祝融。天体三位一体其实为一，故而烛龙，火精，烛九阴又被视为同一事物。祝融又名重黎或黎，黎与离谐音，而祝融与烛龙发音近似。在叶芝的象征体系中，幽魂也以由日光镀金的云团象征。至此，在叶芝诗歌与古代神话的象征体系中，云、龙、火这些意象之间彼此流动合一之势不可谓不显。

都尼的小提琴手

在都尼每当我拉起小提琴，
乡民们便起舞如同海中波。
表兄在吉尔瓦内特做牧师，
弟弟在莫哈拉比把牧师做。

我路过我的表兄和弟弟：
他们念诵祈祷的经文书；
而我，把从斯莱戈集市
买到的谣曲书来读一读。

在时间的终点我们来到
那端坐如仪的彼得跟前，
他冲三个老幽灵微微笑，
只唤我先通过那大门槛；

因为善人总是欢快人

除非碰上偶然又偏巧，
欢快人喜欢那小提琴，
欢快人喜欢把舞来跳：

在那里乡民们一见我，
他们会围拢过来，说
　"都尼的小提琴手来了！"
并且起舞如同海中波。

The Fiddler of Dooney (1892)

When I play on my fiddle in Dooney.
Folk dance like a wave of the sea;
My cousin is priest in Kilvarnet,
My brother in Mocharabuiee.

I passed my brother and cousin:
They read in their books of prayer;
I read in my book of songs
I bought at the Sligo fair.

When we come at the end of time
To Peter sitting in state,
He will smile on the three old spirits,
But call me first through the gate;

For the good are always the merry,

Save by an evil chance,

And the merry love the fiddle,

And the merry love to dance:

And when the folk there spy me,

They will all come up to me,

With 'Here is the fiddler of Dooney!'

And dance like a wave of the sea.

·《苹果酒欢宴：欢乐与感恩之幻景》

（*The Cyder Feast: A Vision of Joy and Thanksgiving*），爱德华·卡尔佛特 作

玫瑰十字之歌

衡量得与失的那位，

当他赐你以玫瑰，

便单赐我以十字；

血色花朵绽放于

露水与苔藓的密林里，

那儿有你的路途逶迤，

而我的在于浪静或浪涌的水域；

但我心里秘藏一种快慰，

衡量得与失的那位，

当他赐你以玫瑰，

便单赐我以十字。

A Song of the Rosy Cross (1891)

He who measures gain and loss,

When he gave to thee the Rose,

Gave to me alone the Cross;

Where the blood-red blossom blows

In a wood of dew and moss,

There thy wandering pathway goes,

Mine where waters brood and toss;

Yet one joy have I hid close,

He who measures gain and loss,

When he gave to thee the Rose,

Gave to me alone the Cross.

·金色黎明隐修会的玫瑰十字架

《七重林中》

In the Seven Woods (1904)

·叶芝

七重林中

当听见七重林中的鸽啼

似隐隐轻雷，而园中的蜜蜂

于欧椴树的花间嘤嗡；我便释开了

空耗我心的那些

徒劳呼喊与陈年酸苦，也暂时忘却了

被根掘的塔拉，新加冕的凡庸，

大街上的欢呼

和根根灯柱间悬结的纸花，

因为所有事物中只那一样是快乐。

我感到满足，因我知道那静默者

游荡在鸽子与蜜蜂之中，大笑着啖她的狂野之心，

而那位只等他的时辰到来便施放的伟大射手，

仍把一只云做的箭囊

挂在犊园的上空。

In the Seven Woods (1903)

I have heard the pigeons of the Seven Woods

Make their faint thunder, and the garden bees

Hum in the lime-tree flowers; and put away

The unavailing outcries and the old bitterness

That empty the heart. I have forgot awhile

Tara uprooted, and new commonness

Upon the throne and crying about the streets

And hanging its paper flowers from post to post,

Because it is alone of all things happy.

I am contented, for I know that Quiet

Wanders laughing and eating her wild heart

Among pigeons and bees, while that Great Archer,

Who but awaits His hour to shoot, still hangs

A cloudy quiver over Pairc-na-lee.

【注】

1896 年夏，叶芝结识了年长于他的贵族女子格里高利夫人 [i]。1897 年夏他们再次相遇，并开启了在戏剧事业上的合作。从那时起，叶芝每年都去格里高利夫人在戈尔韦平原的产业库尔庄园（Coole Park）[ii] 消夏。起初，这样的消夏之旅也是为了帮助叶芝平复在屡屡受挫的恋情里濒于崩溃的心情，后来便成为持续了几十年的惯例。七重林是库尔庄园里的几座树林，叶芝在逗留期间的每日徜徉之地。

诗集《七重林中》向来被视为叶芝诗歌生涯的一个分水岭，其中的诗篇体现了一种从早期完全笼罩在"凯尔特微光"之下的诗风朝向更成熟的、与现实结合更紧密的中期诗风的转变。T. S. 艾略特也评论说："到了 1904 年的诗集出版时，我们可以在那首非常可爱的《获得安慰的荒谬》以及《亚当的诅咒》中，看见一种进步；一种突破正在发生，并且，通过作为一个特定的人发声，他开始为所有人发声。"[iii]

叶芝的中期诗风是否更成熟我没有明显的感触，但这个诗集的题

---

i　Lady Gregory（原名 Isabelle Augusta，1852–1932），爱尔兰剧作家、民间故事收集和记述者，库尔庄园女主人，与叶芝、爱德华·马丁（Edward Martyn）等人一起创办了爱尔兰文学剧院（the Irish Literary Theatre）和阿比剧院（the Abbey Theatre），是爱尔兰文艺复兴运动的重要推动者。叶芝的母亲苏珊（Susan Pollexfen,1841-1900）或因婚姻中的不如意性情有些冷淡沉默，且相对早逝，格里高利夫人在某种意义上接替了这一角色。于叶芝而言，她具有"一颗更严格的良心（a sterner conscience）"，库尔庄园是一个"更友善的家（a frendlier home）"。

ii　格里高利家族在戈尔韦平原的产业，现为爱尔兰国家自然保护区。叶芝曾经频繁居留的库尔庄园大宅建于十八世纪晚期，在格里高利夫人独子罗伯特·格里高利去世后被其妻出售给政府，后于 1960 年代被拆毁，仅剩残柱。

iii　T. S. Eliot, *On Poetry and Poets*, 300.

材确实较之前有了更多的现实感。在这一时期，随着奥利尔瑞[iv]的逝世、奥利维亚·莎士比亚的离去，以及金色黎明隐修会在新世纪的分裂，构成叶芝生活内容的因素发生了改变，而与岗的恋情、与格里高利夫人合作的戏剧事业逐渐成为叶芝生活的新重心，这些都促成了诗歌题材和诗风的转变。这个诗集中的大部分诗篇指向或关联的对象都是岗，而非早期玄而又玄的玫瑰与白女，同时诗歌中的现实感和戏剧感也增强了。

例如，在这首与诗集同名的诗中便提及了当时发生的两个真实事件。其一是爱尔兰圣地塔拉山遭英国人强挖一事。塔拉山自古便是爱尔兰国王举行加冕典礼的地方，也是远古列王陵墓所在地，前面提到的岗经常去拜谒的命运之石便竖立在塔拉山顶。1899年，一名英国人推测约柜有可能埋藏在塔拉山下，便说服这块地的主人允许他进行挖掘。挖掘行动在一开始便受到质疑，停工了，但这只是暂时的。到了1902年6月24日，叶芝和另外两位朋友（后来成为爱尔兰自由邦总统的道格拉斯·海德、乔治·摩尔）致信《泰晤士报》称他们近期到访塔拉山，发现那项亵渎性的工程又在进行中了。在提请法律干预无效的情形下，他们只能直告"塔拉很可能是爱尔兰境内最为神圣的地点，对它的破坏势必会在爱尔兰人民心中留下苦涩的记忆"[v]。其二是英

---

iv   John O'Leary（1830-1907），叶芝的精神父辈之一，谋求爱尔兰独立的芬尼亚（Fenian）运动的领导者，曾因此度过二十年牢狱生涯，出狱后回到爱尔兰时，他便因其睿智博学和传奇人生成为一众青年民族主义者的导师，也是他给予了早期寻找创作方向的叶芝以指引。叶芝曾在《九月，1913》一诗中这样写他："浪漫主义的爱尔兰死去并消散了，它与奥利尔瑞一同在于坟墓中"。在《美而高尚的事物》中他又再次赞颂他："美而高尚的事物：奥利尔瑞高贵的头脑。"

v   *The Collected Letters of W. B. Yeats. vol. 3*, 208-209.

国国王爱德华七世的登基大典。这位著名的花花公子在叶芝看来是一位平庸的君主，比不上他的母亲维多利亚女王。他的加冕典礼在 1902 年 8 月举行，加冕后他同时也是爱尔兰国王，因此都柏林大街上也张灯结彩地庆祝。祖陵被挖与新国王登基同时发生，两相对照的事态显然加剧了爱尔兰爱国人士的愤怒和屈辱情绪。1902 年 8 月岗在写给叶芝的一封信里讲述了一件事：她带领一群小孩去塔拉山游玩，看到山地的主人准备了一些木材作为庆祝国王加冕的篝火燃料，便自作主张点燃了篝火，唱起了宣扬爱尔兰独立的歌曲《一个民族》，"守卫的警官们很生气，挥手跳脚的样子煞是好笑"[vi]。

　　心中被这样的政治阴云覆压，叶芝来到七重林中散步，被林中花间的自然之声治愈，感到暂时的释怀，是这首诗的表层叙事。而深层叙事，是叶芝对爱尔兰时势和前景的认知透过玄学的表达。要解开这首看似简洁但十分玄奥的短诗中的神秘主义意涵，我们可以来参考一下《穿越月色宁谧》中的这段话：

> 许多年前我在半梦半醒间看见，一个无比美丽的女人向空中射出一支箭，从我开始猜测这一形象之含义的那一刻起，我便对自然的蜿蜒运动和先知与圣人的直线运动之间的区别思考良多。我想我们这些诗人和艺术家，做不到向无形之界射箭，必须循着欲念涨起又消退，消退又涨起的路线，为了那像可怕的闪电一样在我们的疲惫时分降临的幻景而活着，原始而又卑微。我不怀疑那些翻滚的圆圈，那些蜿蜒的弧度，无论是关于一个人还是

vi　*The Gonne-Yeats Letters 1893–1938*, 156.

一个时代的，都是可以计算的，而这世上有人，或者这时空之外有人，可以预知事件，在日历上标记基督、佛陀和拿破仑的存在时间……而我们凭我们的弱点缓慢而艰难地寻求真实，同时心系无穷无形。只有当我们成为先知或圣人，弃绝经验本身，我们才能，借用卡巴拉秘术的意象来说，离开突如之闪电和蜿蜒之路，成为那个向着太阳中心射箭的挽弓者。[vii]

以及这段话：

在卡巴拉密教的象征体系中，叶芝解释说："生命之树是一个几何图形，由一些直线（路径）串连起来的十个圆圈或球体（质点）构成。自然或本能的蜿蜒之路和那些直线路径搭配在一起，向下的闪电象征着那些直线路径，一条长蛇象征着向上的蜿蜒之路。这些路径与穿过树中心的直线长路形成对比。"Tiphareth，生命之树中心的那个圆，其象征物是太阳，通向它的一条路径与射手座关联，挽弓射箭的人马喀戎形象是其象征。[viii]

对照卡巴拉生命之树的图例，此诗里伟大的射手，指向生命之树上由上而下的第五条路径，连接第三质点（智慧）和第六质点（心／太阳）的直线，而这条线又对应着塔罗牌的第五张牌，教皇（hierophant）。教皇牌关联的神话人物是化身射手座的人马喀戎。Hierophant 在英文中为导师之意，与德鲁伊、净灵是同一组象征，指向已臻自在之境的先

vii　"Per Amica Silentia Lunae", XI, *Later Essays. The Collected Works of W. B. Yeats, vol. 5.*
viii　"Note 55", *Later Essays. The Collected Works of W. B. Yeats, vol. 5.*

知和圣人，永恒之界的不朽灵魂。

库尔庄园的七重林在此也被叶芝转化为一种玄学意象。我们知道，在叶芝这里，密林是冥思的密林，是梦态和精神宇宙的象征。在象征层面上，七重林指向卡巴拉生命之树的神圣大三角之下的七个圆，象征着堕落凡尘的灵魂在溯归途中要经历的七重境界，七个质点。七重林也不免令人想到佛教与道教典籍中的"七重行树"之法象。

鸽子和蜜蜂这些乘风之物都是灵的象征，雷声和嗡嗡声也是指向神界的创世之声或和谐音声。具体而言，雷声象征圣人或先知（伟大的射手）在顿悟之际的激越呼喊，与钟声、天鹅振翅声、鸽子轻咕、雄鸡啼鸣同指；蜜蜂的嗡嗡声则象征众我（反自我／萨提尔）合唱的感官之乐，所以在《快乐牧羊人之歌》中，叶芝也曾以 humming 一词形容过感官之海的波声。伟大的射手释放的智慧之箭是如闪电般到来的顿悟，天启，而箭囊的象征物自然是包裹雷声和闪电的阴云。诗中的静默者是《静女》一诗中的静女，指向生命之树第七圆。由金星象征着的静默的思想者，美的体察与觉知者，顺着蜿蜒之路去往中心第六圆的漫步者。而在此诗中，她可能同时有着更为具体的指向，是爱尔兰民族之魂的象征。

为什么叶芝听到鸽子的轻咕和蜜蜂的嗡嗡声便感到释怀呢？因为它们指示着一个看不见的世界，内心宇宙七重冥思之林的那一端，静默者与神，与不朽的灵魂同在的永恒之界；在那里，雷声隐隐，酝酿着客观世界时代风云的转变之机；在那里，爱尔兰人心中的愤怒（狂野之心）正在被爱尔兰民族之魂（静默者）整理和提炼（笑啖）；犊园上空的阴云中酝酿着雷电，天启之箭一触即发，一切都将改变，地覆天翻。

箭

我念着你的美，这支箭
生成于狂念，在我骨髓里流窜。
没有男人会那般注目她，没有男人，
如当初，她初长成为一个女人，
颀长雍雅，但那胸和脸
颜色淡淡，像苹果花绽。
这美如今更和善，但也有缘故
令我为从前那美的过季洒泪一哭。

The Arrow (1901)

I thought of your beauty, and this arrow,

Made out of a wild thought, is in my marrow.

There's no man may look upon her, no man,

As when newly grown to be a woman,

Tall and noble but with face and bosom

Delicate in colour as apple blossom.

This beauty's kinder, yet for a reason

I could weep that the old is out of season.

【注】

　　这首诗是少见的单纯赞美岗的美貌的诗作，但其表达方式也是暗含玄学法则的，构成对此诗集前一首诗《七重林中》的尾句的进一步阐释。

　　在叶芝和埃德温·埃利斯（Edwin Ellis）编辑的《威廉·布莱克作品集》（卷3，1893）里，收入了布莱克为《弥尔顿》写的"序"中的诗句：

> 取来我燃烧的金弓；
>
> 取来我的欲望之箭；
>
> 取来我的长矛；哦云层舒展！
>
> 取来我的火焰战车。

　　他们为这几行添加了如此附注："他会再度回返，仗着弓，与性有关的象征，箭是欲望，矛是男子力，战车是快乐。"[i]

　　我们回头来看这首诗。我念着你的美，念即思索，而后觉知，觉知到的美便是爱，美如金弓（天体），爱是燃烧的狂念，燃烧的金弓便如神启，射出欲望之箭，那箭便在我的骨髓里游窜。骨和骨髓都指向灵魂和精髓。所以头两句的意思直白点说就是：你的美在我想来美如神启，唤醒了我灵魂深处的欲望。接下来两句是说在所有人眼里她都不再是那个少女了。苹果花是固定用来形容岗的美貌之物。末尾两句

---

i　A. Norman Jeffares *A Commentary on the Collected Poems of W. B. Yeats*, 88.

· 青年岗

大概是指岁月流逝，岗年轻时光芒四射的美如今已变得温和，诗人以对
比和洒泪一哭的方式极言那已然逝去的美，美如天体，美到令人洒泪。
洒泪在象征层面上也对应堕露，天一生水：永恒瞬间焚心烈火生成的完
美幻象，只有在火灭光暗之际才能被我们已趋冷静的神志（心目）以回
顾性的一瞥完整地捕捉（映现）。

获得安慰的荒谬

昨天，那向来好心的一位说：
"你深爱之人青丝已现灰斓，
眼眸里也微有翳斑；
时光只会让人更易于趋向明智，
虽然现在看似无有可能，如此
你只需要耐心待之。"

我心喊道："不，
我没有一屑安慰，一点儿也无。
时间只会将她的美重塑：
因她雍雅不凡的气度，
如焰影周身流布，当行动处，
燃耀也愈清楚，哦，她不会那样老去，
当整个狂野之夏都于她的凝望中汇聚。"

心啊，心啊，只要她转头，
你便知获得安慰的荒谬。

The Folly of Being Comforted (1902)

One that is ever kind said yesterday:

'Your well-beloved's hair has threads of grey,

And little shadows come about her eyes;

Time can but make it easier to be wise

Though now it seems impossible, and so

All that you need is patience.'

Heart cries, 'No,

I have not a crumb of comfort, not a grain.

Time can but make her beauty over again:

Because of that great nobleness of hers

The fire that stirs about her, when she stirs,

Burns but more clearly. O she had not these ways

When all the wild summer was in her gaze.'

O Heart! O heart! if she'd but turn her head,

You'd know the folly of being comforted.

【注】

在《箭》一诗里，叶芝极力称颂岗青春年少时处于盛期的美貌，相形之下中年岗的成熟之美似乎受到了贬抑。紧随其后的这首诗像是特意为了弥补和修正这一言外之意而作，且情绪之饱满较前诗有过之而无不及，两首诗构成一种欲扬先抑颇具戏剧感的全面赞美。

和《亚当的诅咒》一样，这也是一首对话体的诗。有国外评论家认为"那向来好心的一位"应指格里高利夫人，其实更有可能是诗人的反自我。叶芝常在诗作中采用心与反自我两重人格对话的形式。反自我永远听从觉知之心的号令，所以是"向来好心的"。这里反自我劝慰深受恋情折磨的诗人之心，只需假以时日，他所爱之人会老去，朱颜褪尽，你也就不会如此痛苦了。接下来是诗人之心的反驳和连连呼喊，赞美了岗的气场风度，断言这种雍雅不凡的美永远不会被时间抹去。最后诗人为己心而发喟叹，将情绪再度推高。

在叶芝眼里，岗之美不仅在于如苹果花绽的明媚容颜，更在于如焰影流布的内在气韵。岗个头很高，作为激进爱国者出现在公众场合时身姿挺拔，神态庄严，发表演讲时对人群很有感召力，时人对其有"爱尔兰贞德"之誉，叶芝在作品中提及她时也每发神女之慨，称她的美特别能触动那些装满了凯尔特神话和诗篇的头脑，因为她看上去似乎来自一个古代文明，在那样的文明里，出众的头脑和身体是公众典仪的要素。比如晚年的自传《面纱的颤动》中的这一段：

> 她的美，倚仗她峻拔的身姿，能够瞬间影响整片人群，并且不同于舞台上过于突显和过多装饰的美人，她是那样不可思议地

与众不同，她好像已成为那整片人群的自我，汇融一体，又茕茕孑立。她的脸，像某尊古希腊雕像的脸，不动声色，她的整个身体就像一件历经长时间琢磨的大师之作，也许经过了斯珂帕斯[i]的测量和计算；跻身于古埃及的先知和巴比伦的数学家之间，那位雕塑家或许亲睹过阿尔忒弥斯空寂的形影以活人的面貌示现。[ii]

是的，岗的形象在叶芝的诗里也常常与月关联。

---

i Scopas，大约生活在公元前四世纪的古希腊建筑师和雕塑家，他建造的以弗所阿尔忒弥斯神庙位列古代世界七大奇迹之一。

ii "The Trembling of the Veil", Book I-XIV, *Autobiographies, The Collected Works of W. B. Yeats, vol.3.*

切莫给出全部的心

切莫给出全部的心，因为爱
若看似确定，在风流热烈的女子们看来，
便不再值得系怀，
她们从不希见
它于次次亲吻之间绵延消淡；
因为一切甜美事物，
都不过如梦般易逝的欢趣。
哦切莫把心全部交付，
因她们，无论如何巧言遮饰，
都已然把心交给了游戏。
谁又有足够的技艺，
若已为爱，而聋而盲而哑？
陈词于此，他已知晓全部的代价，
因他给出了全部的心，失败了。

Never Give all the Heart (1905)

Never give all the heart, for love
Will hardly seem worth thinking of
To passionate women if it seem
Certain, and they never dream
That it fades out from kiss to kiss;
For everything that's lovely is
But a brief, dreamy Kind delight.
O never give the heart outright,
For they, for all smooth lips can say,
Have given their hearts up to the play.
And who could play it well enough
If deaf and dumb and blind with love?
He that made this knows all the cost,
For he gave all his heart and lost.

【注】

此诗首次发表于 1905 年 12 月。叶芝与岗初识于 1889 年 12 月，此后两人成为关系非常密切的朋友，甚至一度缔结灵婚，但岗始终没有答应叶芝的求婚，并在 1903 年 2 月嫁给了军人约翰·麦克布莱德（John MacBride），令叶芝长期的追求落空。这首十四行诗是叶芝在失意期间写下的系列伤情诗之一。杰弗尔斯认为此诗与威廉·布莱克的《爱的秘密》（Love's Secret）有些相近：

> 切莫说出你的爱，
> 永远不能被说出的爱；
> 因为清风的拂行
> 从来无声又无影。

> 我对我爱说了，我对我爱说了，
> 我对她说出了我全部的心，
> 颤抖着，浑身冰冷，极度惶恐，
> 啊！她真的离开了。

> Never seek to tell thy love
> Love that never told can be;
> For the gentle wind doth move
> Silently, invisibly.

> I told my love, I told my love,
> I told her all my heart,

Trembling, cold, in ghastly fears

Ah ! she did depart !

　　叶芝同期的另外一首同主题十四行诗《旧事》（Old Memory）有"若我们能怪风，我们就能怪爱"之句，呼应着布莱克的"因为清风的拂行 / 从来无声又无影"，可见叶芝在写作这两首诗时，脑中的确回响着他所熟悉和推崇的前辈诗人布莱克的诗句。

亚当的诅咒

我们坐在一起，于一个夏日的尽头，
那位美丽温和的女士，你的密友，
和你和我，谈论着诗。
我说："一行或要耗去我们许多小时；
但若它看着不像片刻的妙思，
我们的缝缝拆拆便没了价值。
还不如俯身屈膝，
将那厨房的地砖擦洗，或是
像一个老乞丐，风霜雪雨卖着苦力；
因为要将甜美的声音串连着发出，
比所有这些都要辛苦，除此
还会被目为闲人，被那聒噪的一族，
那些银行家，校长和牧师，
受苦的人们称他们为俗世。"

　　　　　　　　　　随即
那位美丽温和的女士——因她的缘故

许多人会体验所有的心碎，

当听见她嗓音的甜美低迴——

答道："生为女人就是要知晓——

虽然学校并不如此诲教——

我们必须为了美而不辞辛劳。"

我说："确然已无一样优雅事物

自亚当的堕落以降，无须耗费诸多劳碌。

曾有恋人以为爱情之构筑

赖于诸般谦恭礼仪，

他们以渊博的样子兴叹和循例摘句，

皆出自古老精美的典籍；

可现在看来只是闲人的做派而已。"

言及爱情让我们归于默然；

睹见白日最后的余晖消散，

在那浓酽若颤的蓝绿色天空中，

一枚月似一枚磨损的贝般，淡胧，

仿佛在时间的水波中历经洗冲，

那水波于星际兴退，拍碎，成日日年年。

我有一个心念，只合于你一人耳畔说：
你是美的，而我
奋力以古老高贵的方式将你爱着；
一切一直看似快乐，但我们仍然变得
心力疲惫一似那空寂的月。

Adam's Curse (1902)

We sat together at one summer's end,

That beautiful mild woman, your close friend,

And you and I, and talked of poetry.

I said, 'A line will take us hours maybe;

Yet if it does not seem a moment's thought,

Our stitching and unstitching has been naught.

Better go down upon your marrow-bones

And scrub a kitchen pavement, or break stones

Like an old pauper, in all kinds of weather;

For to articulate sweet sounds together

Is to work harder than all these, and yet

Be thought an idler by the noisy set

Of bankers, schoolmasters, and clergymen

The martyrs call the world.'

                And thereupon

That beautiful mild woman for whose sake

There's many a one shall find out all heartache
On finding that her voice is sweet and low
Replied, 'To be born woman is to know—
Although they do not talk of it at school—
That we must labour to be beautiful.'

I said, 'It's certain there is no fine thing
Since Adam's fall but needs much labouring.
There have been lovers who thought love should be
So much compounded of high courtesy
That they would sigh and quote with learned looks
Precedents out of beautiful old books;
Yet now it seems an idle trade enough.'

We sat grown quiet at the name of love;
We saw the last embers of daylight die,
And in the trembling blue-green of the sky
A moon, worn as if it had been a shell
Washed by time's waters as they rose and fell
About the stars and broke in days and years.

I had a thought for no one's but your ears:

That you were beautiful, and that I strove

To love you in the old high way of love;

That it had all seemed happy, and yet we'd grown

As weary-hearted as that hollow moon.

【注】

很多国外诗歌评论家将此诗视为他的第一首毫无疑义的杰作。这首对话体的叙事诗是对一次真实谈话的记录，发生在诗人、岗和岗的表妹凯瑟琳之间，时间是1901年一个夏日的傍晚，地点是伦敦凯瑟琳的家。岗的传记也提到了这次谈话和两人当时的关系状态。

我们还在吃饭时威利（威廉的昵称）来看我了，我们便去客厅喝咖啡。凯瑟琳和我一起坐在大沙发上许多柔软的靠枕中间。我还穿着旅行时常穿的深色衣服，戴的是黑头纱，而非帽子，我和她想来形成了奇怪的对照。我看见叶芝以批判的目光看着我。他告诉凯瑟琳他喜欢她的衣服，让她比任何时候都更显小。就是在那时凯瑟琳发表议论说维持美丽是一种辛苦的劳作，而威利把它写进了那首《亚当的诅咒》里。

第二天他又来带我去命运之石作例行参观，他说，你不像凯瑟琳那样会打扮自己，所以她看上去比你年轻；你的脸有点瘦和憔悴；但你永远都很美，比任何我认识的人都美。你没法做到不美。哦，茅德，为什么不嫁给我，放弃这可怜的斗争生涯，过一种平静的生活？我可以让你过一种美好的人生，置身于懂你的艺术家和作家之中。

"威利，老是问这样的问题你不感到厌倦吗？我已经跟你说过多少遍，谢天谢地我不会和你结婚。你和我在一起不会快乐。"

"没有你我才不快乐。"

"哦是的，可你将你的不快乐写成优美的诗篇，你乐在其中。

婚姻是很乏味的事。诗人们永远都不应该结婚。世界会为我没有嫁给你而感谢我。我要告诉你一件事，我们的友谊对我来说意义重大。它总能帮助我，在我需要帮助时，我太需要这帮助，程度或许超过了你们所有人的认知，因为我从来都没提到甚至想过这些事。"[i]

在基督信仰里，亚当夏娃被逐出伊甸园后，上帝对他们的诅咒和惩罚是：为了种族繁衍和生存，男人必须辛苦劳作汗流满面，女人要忍受生育之痛。这是世人在学校里了解到的亚当的诅咒之含义。但诗人的理解显然与此不同。诗人信仰的伊甸园在于灵魂溯归的天真自由之境，是美与爱交融的永恒之境。美是凡尘俗世的唯一出口。为了美而不辞辛劳才是亚当承受的诅咒。而诗歌是人类在时空的大洪水后凭之于天堂交流的工具，是通达美的路径。

谈话的一开始，诗人抱怨为了写出仿若妙手偶得的诗篇要付出长时间的辛劳，却还被世人视为闲人。接着是女士的应和：虽然学校里并不那么教导，但她也深知生为女人，要为了美而不辞辛劳。诗歌之美的缔造者得到了女性之美的维持者的支持，便又将话题引向形而上学的层面：普世之中，自从人类从伊甸园堕落，美便有赖于辛劳才能获得。而优雅高尚的爱，对从前的一些人也是如此，要遵循礼仪与传统，但这些做法都被世人目为游手好闲。

第四节大家默然无言地坐对黄昏的最后一缕余晖，思索着爱。日夜交替是我们身处的这堕落尘世的特征，日夜交替之际却是适宜静定

---

i　A. Norman Jeffares, *A New Commentary on the Poems of W. B. Yeats*, 92.

出神，让思维飘逸出尘网之时，中国诗人亦有"沉思往事立残阳"之句。在诗人眼里，浓酽若颤的蓝绿色天空也指向玄学体系里颤动的天国面纱，象征着不同思维境界之间的区隔在松懈，恍然若悟的片刻来临。而悟的内容，由晚空中那枚纤淡的月代表着，是美。这美历经时间之水的冲刷，如同泊于永恒之岸的螺贝。在叶芝看来，时空是将人类从天国冲入尘世的大洪水。时间与物质世界伴生，与水的意象关联。如果说地中之海被叶芝用以象征我们的意识存在，感官之海的话，蓝色的天穹在他则是无垠的时间之海。

最后一节，叶芝想将自己当此境中的片刻所悟悄声告诉岗，我们便也得知了这美的具体所指。这美是痴恋的叶芝心目所见的岗之美，历经岁月的磨砺而超越了时间。长久以来，叶芝遵循着高古的传统和礼仪来表达他的爱，比如献诗献剧，骑士般的效力与陪护，但激情似乎在消退，他感到了疲惫，但他眼中的她永远是美的，虽然这美有点空洞和冷淡。

叶芝写下这首诗的时候距离谈话已经过去了一年，这期间他的求婚又连续失败。在表层，这首回顾性的叙事诗写出了那次暮色下的谈话的恬淡忧伤，也委婉地表达了他爱而不得的怅然心绪。而在深层，这仍然体现了他基于自己的玄学信仰对爱与美、诗歌与传统、艺术与世俗之见的对立等哲学和诗学命题的体察与思考。在他写于同期的散文《诗歌与传统》中，我们可以读到对这些命题更为细致深入的诠释。

红发汉拉罕的爱尔兰之歌

那耸立在库门海滨的褐色老棘木裂成了两半，
因为受到一阵左手边吹来的黑色烈风的摧残；
我们的勇气像黑色烈风中的老树折断并枯干，
但我们在心中藏起那双眼的火焰，
凯瑟琳的双眼，霍利翰的女儿凯瑟琳。

风驱赶着云团在诺克纳垒的高天集合，
并向石上劈出雷电，不管梅芙会说什么。
愤怒如轰响的云让我们的心怦怦乱跳；
可我们全都把身体俯低，再低，亲吻那安静的双脚，
凯瑟琳的双脚，霍利翰的女儿凯瑟琳。

黄色水塘漫溢，克露斯纳贝尔深埋水底，
因为湿漉漉的风从缠裹的空气里面吹袭；
我们的身体和我们的血液像泛滥的洪水；
但凯瑟琳比圣十字架前的高烛还要纯粹，
霍利翰的女儿凯瑟琳。

Red Hanrahan's Song About Ireland (1894)

The old brown thorn-trees break in two high over Cummen Strand,

Under a bitter black wind that blows from the left hand;

Our courage breaks like an old tree in a black wind and dies,

But we have hidden in our hearts the flame out of the eyes

Of Cathleen, the daughter of Houlihan.

The wind has bundled up the clouds high over Knocknarea,

And thrown the thunder on the stones for all that Maeve can say.

Angers that are like noisy clouds have set our hearts abeat;

But we have all bent low and low and kissed the quiet feet

Of Cathleen, the daughter of Houlihan.

The yellow pool has overflowed high up on Clooth-na-Bare,

For the wet winds are blowing out of the clinging air;

Like heavy flooded waters our bodies and our blood;

But purer than a tall candle before the Holy Rood

Is Cathleen, the daughter of Houlihan.

【注】

此诗最早是短篇故事《霍利翰的女儿凯瑟琳》中的一首无题诗。1902 年叶芝又与格里高利夫人合作创作了个同名独幕剧，并说服岗出演凯瑟琳。岗当时专心于政治事业，不想分心演艺，她提出扮演此角的条件是，戏剧的排演必须接受她创立的政治组织"爱尔兰的女儿（Inghinidhe na hÉireann）"的赞助。演出轰动一时，极大地激发了爱尔兰民众的民族主义情绪。这是一个以 1789 年爱尔兰抗英起义为背景，具有魔幻现实主义色彩的故事。剧中的凯瑟琳是爱尔兰民族之魂的化身，最初出场时的形象是一个四处游荡、孱弱而落魄的老太太，到了末尾当剧中人物的民族情感和勇气被激发，准备为爱尔兰独立奋起抗争时，她的形象便又重新焕发出青春光彩。叶芝用剧中人的一句话作为结尾："但我看见一个年轻女孩，她走起路来像个女王。"

Houlihan 是爱尔兰语中 hUallacháin 的英文变体，其含义为骄傲或尊严。爱尔兰民族之魂诞生于爱尔兰人为之骄傲的思想文化传统之中，所以，凯瑟琳是霍利翰的女儿。汉拉罕是以前辈诗人为原型塑造出来的农民诗人的形象，是拥有淳朴想象力、热爱文化传统的爱尔兰民众人格的化身。褐色的古老棘木丛是爱尔兰国族的象征。在爱尔兰和其他许多文化传统中，左边较右边是相对不那么幸运的一边，左边吹来的恶风指代英国对爱尔兰的侵略和殖民行为。第一节描绘了爱尔兰在英国殖民统治和镇压下，国族分裂，民心惶恐的局面，尽管如此，民众心中的爱尔兰民族精神的火种不灭。

第二节描绘了一种风起云涌、天启已临，时代即将翻覆的景象。"风驱赶着云团在诺克纳垒的高天集合"与《七重林中》的尾句形成应和。诺克纳垒山与本布尔宾山是叶芝家乡斯莱戈附近一南一北的两座山，在当地传说中是仙灵出没之地。梅芙女王的石冢便在诺克纳垒山顶。梅芙女王、尼芙和奎尔特等人出没的南方神山诺克纳垒在叶芝的象征体系里与伟大的激情和情绪关联，是民族之魂凝聚之所，而北方的本布尔宾山是苍鹰翱翔之处，而苍鹰为神之灵。云为氤氲的水汽，乌云指向爱尔兰民众积聚的愤怒情绪，其中酝酿着雷电，预示着天翻地覆的改变即将到来。俯身去亲吻双脚是一种向下的姿态，关联着塔罗牌中的倒吊人，指示着一种在沦落和承受磨难的过程中积聚能量的过程。亲吻双脚也是一种为之效力和奉献的姿态。民众已经做好了准备为民族独立而抗争。

第三节中暴雨已至，神性的力量在每一个人的胸中激荡，民情已形成洪水席卷之势。在民众心中凯瑟琳的形象已然比基督圣母还要高贵纯粹，爱尔兰民族之魂已然高高树立。

《霍利翰的女儿凯瑟琳》这部剧大概是叶芝作为剧作家最有影响力和最知名的作品，也是最接近政治宣传的一部剧作。1923年叶芝获诺奖时，瑞典诺奖委员会安排播放的正是这部剧。

·《被吹折的树》（The Blasted Tree），威廉·布莱克（William Blake，1757–1827）作

《绿盔集》

The Green Helmet and Other Poems (1910)

· 叶芝

没有第二座特洛伊

为何我要指责她，将我的日子
填注苦悲，或是责她近来本已
教给知识匮乏的人们以最暴力的方式，
或是责她将小街向大街抛掷，
若他们但有与欲望相等的勇气？
要怎样才能让她变得平和，有着那样的头脑，
高贵将那头脑变得火一般率直，
有着那样的美貌，如绷紧的弓，那种美貌
于如今这样的时代并不寻常，
那样傲岸，孤独，又坚忍为最？
唉，她之为她，会做出来哪样？
若再有一座特洛伊城为她焚毁？

No Second Troy (1908)

Why should I blame her that she filled my days

With misery, or that she would of late

Have taught to ignorant men most violent ways,

Or hurled the little streets upon the great,

Had they but courage equal to desire?

What could have made her peaceful with a mind

That nobleness made simple as a fire,

With beauty like a tightened bow, a kind

That is not natural in an age like this,

Being high and solitary and most stern?

Why, what could she have done, being what she is?

Was there another Troy for her to burn?

【注】

这首诗最早出现在叶芝日记里时下面标注的日期是 1908 年 12 月，1910 年被收入《绿盔集》中。评论者们认为在《绿盔集》中叶芝的诗风变得更为现代，部分的原因或许要归于他与年轻诗人庞德迅速增进的友谊。1908 年，庞德抱着一定要与他心目中最伟大的当代诗人见上一面的想法来到伦敦。1909 年 5 月两位诗人终于在奥利维亚·莎士比亚的引见下会面。此后作为朋友和合作者他们的交往便愈来愈密切。1913-1916 年间的三个冬天，叶芝和庞德一起隐居在苏塞克斯郡阿什当森林边缘的石屋中写诗论道，叶芝眼疾发作时，庞德就充当他的秘书。两人还以奥林匹斯山的神祇互称，庞德称叶芝为宙斯，叶芝称庞德为赫拉克勒斯。此为文学史上的著名佳话。

庞德认为叶芝在《绿盔集》中开始展现他成熟的诗风。在评论文章《后期的叶芝》中他引用了《没有第二座特洛伊》的后五行，并评论道："随着《绿盔集》的问世，你会感到他诗作中的小调——我采用的正是这个音乐术语的本义——不见了或正在消隐……从这个集子开始你感觉他的作品更添枯瘦意味，在着意追求轮廓上的峭硬感。"[i]

在这首十二行的短诗里叶芝连发四问，并采取了 ABABCDCDEFEF 环环相扣的韵脚，并且直到最后一问才显露真意，确实给人一种紧张和奇崛感。

此诗中的她指向茅德·岗。岗与麦克布莱德一开始便带有闹剧性

---

i *Literary Essays of Ezra Pound*, 379.

质的婚姻很快便出现了问题，两人之子的诞生也并不能使之缓解。岗甚至指控丈夫对她的女儿伊索尔德有不轨之举，1906年岗的离婚申请被法庭认可。叶芝在岗的离婚过程中给予了支持。到了1908年，岗与叶芝又重缔灵婚（spiritual marriage），有证据显示他们曾在1908年年末到1909年年初短暂地成为情人。在关系再度变得亲密的背景下，此诗显示叶芝试图说服自己去消解情感上的怨念，梳理政治上的分歧，并将岗与海伦相提并论，再度赞颂起他心中的女神。

过去岗曾活跃地参与激进革命团体暴力反英活动的联络与策划，但离婚事件后她便淡出了公众视野，所以诗中说她本可能已经教给那些无知者以最暴力的行动方式，而因为离婚事件，因为那些人的勇气问题，这些暴力方式未被煽动和兑现。

街为道路，路为通达目标的途径。这里的目的自然指向爱尔兰民族独立事业，而大街，是叶芝自己在践行的通过溯源和复兴民族文化传统来重塑民族精神的道路，是贵族式的，是和库尔庄园的女主人一起推动的爱尔兰文艺复兴运动；小街指的是岗热衷的暴力反抗道路，是由各种信仰天主教的小中产阶级组成的半文学半政治团体演化而成的新芬运动（Sinn Fein movement）。叶芝在此表现出了政治上的明显贵族倾向。在叶芝眼里，凯瑟琳高过十字架和圣母像前的高烛，而爱尔兰前基督时代的古老信仰显然比天主教传统更为高贵和悠久。岗不仅皈依了天主教，也试图将叶芝拉入新芬运动的圈子。可见两人在政治上的分歧实难弥合。

尽管如此，叶芝却不想责备她。为什么呢？因为她有着那样的头脑和美貌，生错了时代，自然难以在现世求得平静。如火的头脑指岗一心追求爱尔兰民族独立，信念纯粹而坚执，如弓的美貌在《箭》里也出现过，二者组合成"燃烧的金弓"的意象，指向天体，是完美之美，永恒之美，在于不朽之境。那么，这样的头脑和美貌应该属于什么样的时代呢？

叶芝在诗的最后一问终于点题和直抒胸臆，她或许应该属于一个美貌可以发动千艘战舰的英雄时代，在那样的时代，美如天启，"引发断壁残垣、燃烧的屋顶和高塔"（《丽达与天鹅》），是联系着旧时代的毁灭和新时代的展开的历史关窍。她是如古希腊海伦般超越毁誉之外的美人。但如今并非那样的时代，没有第二座特洛伊城可以来承托这样的美。

· 叶芝写给庞德的信

饮酒歌

美酒从口入，
爱意眼中燃；
此中真义全，世所应当悟，
老去临终前。
举杯唇边驻，
望君且兴叹。

A Drinking Song (1910)

Wine comes in at the mouth

And love comes in at the eye;

That's all we shall know for truth

Before we grow old and die.

I lift the glass to my mouth,

I look at you, and I sigh.

【注】

叶芝的这首诗似乎在致意济慈《希腊古瓮颂》中的名句："Beauty is truth, truth beauty," /—that is all Ye know on earth, /and all ye need to know。

所以，我们也要从最为深宏抽象的层面上去理解诗的字词。眼睛与口是人体中对应幽魂之洞穴中灵魂的两个通道之出口的部位。眼睛对应火态 / 纯粹精神 / 灵魂 / 神界的出口，口对应水态 / 感官意识 / 自我 / 繁衍界的入口。酒指酒神之酒，代表对感官意识的沉溺和满足，代表自然之中生命本能的律动之美，酒是水态。爱是火态，是思想觉知到的美，经过理智编织的激情。在永恒之境，水火交融，爱即是美，美即是爱。而举杯至唇边，双眼凝望你的一瞬，似乎便是这样联通永恒的一瞬，诗人发出了觉知的、不辨欢悦与忧愁的一叹。

随时间而来的智慧

叶子有许多，可根只有一处；
度过青春里所有虚谬的时日，
阳光下我将叶子和花朵摇舞；
如今我可以枯萎而进入真理。

The Coming of Wisdom with Time (1910)

Though leaves are many, the root is one;

Through all the lying days of my youth

I swayed my leaves and flowers in the sun;

Now I may wither into the truth.

【注】

此诗载于叶芝 1909 年 3 月 22 日的日记，最初发表于杂志时标题为"青春与老年（Youth and Age）"，收入《绿盔集》时改为现在的标题。

在象征主义者叶芝看来，个体和集体的不灭的灵魂存在都可以视为永恒之境的生命之树，但生命之树的根不在于底部而在于顶端。生命之树的顶端象征着宇宙的根源，是每个尘世的灵魂死后要归去和融入之境。相对于那个汇融理念与激情的永恒不变的原点，我们身处的现实的客观的世界不过是变幻易逝的投影般的存在。很显然，lying 指的是相对于真理和永恒实在，我们在世间度过的时日呈现出如梦幻泡影般虚谬的特质。而 sway 指的是灵魂在尘世时处于两极作用下的摇摆之舞。青春是肉身和客观存在的盛期，是树叶成荫和开花期，而老年是肉身衰朽，物质存在坍圮，灵魂趋真的阶段。人愈老迈，老眼昏花，却心目愈明，这便是随时间而来的智慧。

或许引入叶芝散文中的这段话会有助于我们的理解：

> 想象是救世主的哲学称谓，而救世主的象征性称谓是基督，正如自然是撒旦和亚当的哲学称谓。我们说基督救赎亚当（和夏娃）使他们免于成为撒旦时，我们其实是在说，想象救赎了理性（和激情）使之免于成为虚谬，——或曰自然。[i]

救赎意味着擢升，提炼和归一。死亡在叶芝看来是一种肉身剥落

---

i　"Preface (c. 1892) to *The Works of William Blake*"，*The Collected Works of W. B. Yeats, vol. 6.*

灵魂溯归之途，就像落叶归根，种子从枝头跌入泥土。从终极意义上而言，幽魂（自然宇宙的象征）可以通过幽灵（理智和精神宇宙的象征）的整理和提炼，归一为天体（宇宙之原点），就像曲线交织的面或者披垂的发，最终收束于一点；而神则通过想象创造了世界，就像束发披垂，直线分叉蜿蜒为面，像树木开枝散叶的过程。曲线是对直线的偏离和摇摆，自然和繁衍是对于真理的偏离，是虚谬。

面具

"取下那面具，以熔金制成，
镶着绿宝石的眼睛。"
"哦不，亲爱的，你怎能
如此冒昧想探见，若心变得狂野而聪明，
却仍未变冷。"

"我只想发现，那里有什么可以被发现，
爱，或者欺骗。"
"是面具，将你的头脑占据，
继而令你的心开始跳突，
而非那后面的事物。"

"但以防你是我的敌人，
我必须询问。"
"哦不，亲爱的，别管这些啵；
有什么关系，既然你与我
心中只有一团火？"

The Mask (1910)

'Put off that mask of burning gold

With emerald eyes.'

'O no, my dear, you make so bold

To find if hearts be wild and wise,

And yet not cold.'

'I would but find what's there to find,

Love or deceit.'

'It was the mask engaged your mind,

And after set your heart to beat,

Not what's behind.'

'But lest you are my enemy,

I must enquire.'

'O no, my dear, let all that be;

What matter, so there is but fire

In you, in me?'

《责任》
Responsibilities (1914)

· 叶芝

三博士

此刻一如往常，我能以心目望见

身着僵挺的彩绘服饰，苍白而不满足的他们

在天穹的蓝色深渊中忽隐忽现，

他们古老的面孔都如雨打的石头布有蚀痕，

他们的银舵都并排浮悬，

他们的双目都依旧静定，想再次寻到，

不满足于骷髅地的风暴涡湍，

那兽性舞场上不可驾驭的秘奥。

The Magi (1914)

Now as at all times I can see in the mind's eye,

In their stiff, painted clothes, the pale unsatisfied ones

Appear and disappear in the blue depth of the sky

With all their ancient faces like rain-beaten stones,

And all their helms of Silver hovering side by side,

And all their eyes still fixed, hoping to find once more,

Being by Calvary's turbulence unsatisfied,

The uncontrollable mystery on the bestial floor.

·《指引归途的星》(*The Homeward Star*)，撒缪尔·帕尔默作

当海伦之世

我们曾于绝望中哭泣，

人们将美丢弃，

只为某种无谓的韵事

或发出噪音的、侮慢的游戏，

那美我们赢取自

最为苦涩的时辰；

可我们，假若也曾漫步于

那些无顶塔里，

那海伦与她的男孩醒来的地方，

也只会来上，

像别的特洛伊男女一样，

一声问候，一下打趣。

When Helen Lived (1914)

We have cried in our despair

That men desert,

For some trivial affair

Or noisy, insolent sport,

Beauty that we have won

From bitterest hours;

Yet we, had we walked within

Those topless towers

Where Helen waked with her boy,

Had given but as the rest

Of the men and women of Troy,

A word and a jest.

·《室内田园诗》(*The Chamber-Idyll*)，爱德华·卡尔佛特作

《库尔的野天鹅》

The Wild Swans at Coole (1919)

· 叶芝

库尔的野天鹅

林树披布秋之绚色，
林径已收干，
十月微光下的水泽
倒影一片寂静的天；
漫溢于石间的水上
五十九只天鹅浮荡。

十九度秋已来临眼前，
自我初次将之数点；
未及数毕，只见
它们悉数腾蹿，忽然
四散，盘旋出断续的巨环，
凌空以喧嚣的翼展。

我曾注目这光璨的生灵，
如今心中满是伤感。

一切都已改变，自初次听见，

在那微光时分，在这岸边，

头顶的振翅如钟敲，

我的步子便迈得更轻悄。

它们仍未疲惫，爱侣相依，

游弋于

寒冷却可相伴的溪流，或升腾于空气；

它们的心未曾老去；

热爱或征服，它们随兴漫游，

壮怀依旧。

虽它们现在漂荡在寂静的水面，

玄秘，优美；

它们将于何处灯芯草丛筑巢，

于何方湖滨或塘水之湄

悦人眼目，而我醒来，在某天

发现它们已飞远。

The Wild Swans at Coole (1916)

The trees are in their autumn beauty,

The woodland paths are dry,

Under the October twilight the water

Mirrors a still sky;

Upon the brimming water among the stones

Are nine-and-fifty Swans.

The nineteenth autumn has come upon me

Since I first made my count;

I saw, before I had well finished,

All suddenly mount

And scatter wheeling in great broken rings

Upon their clamorous wings.

I have looked upon those brilliant creatures,

And now my heart is sore.

All's changed since I, hearing at twilight,

The first time on this shore,

The bell-beat of their wings above my head,

Trod with a lighter tread.

Unwearied still, lover by lover,

They paddle in the cold

Companionable streams or climb the air;

Their hearts have not grown old;

Passion or conquest, wander where they will,

Attend upon them still.

But now they drift on the still water,

Mysterious, beautiful;

Among what rushes will they build,

By what lake's edge or pool

Delight men's eyes when I awake some day

To find they have flown away?

【注】

在叶芝的回忆录里，有这么一段：

> 1897 年的夏天我必定是在库尔庄园度过的。我在一桩恋情里陷于悲惨的状态，除去一个短暂的间歇外，过去几年我一直被这恋情占据着心神，之后的一些年也是。同样的专注我也可能给予女帽店橱窗里的一个形影，或博物馆的一尊雕像，但浪漫的信条发展到了极点。道森爱上了一个意大利餐馆的姑娘，追求了她两年；起初她太小，后来他的名声不好了；她嫁给了一个侍者，道森的生活毁了……我的身体垮了，我的精神也不行了。格里高利夫人见我无法工作，想着野外新鲜的空气或许于我有益，便带着我一家一户走村串巷地收集民间传说。每晚她用当地方言写下我们白天的听闻。[i]

自那以后，随着他们在戏剧事业上合作的展开，随着时间的流逝，格里高利夫人于叶芝而言成为一个如同"母亲、朋友、姐姐和兄长"的人，而库尔庄园不仅是他的夏日长居之所，也成为某种意义上的精神居所。正如七重林被叶芝征用为灵魂溯归之旅的七重境界的象征，在这首诗里，库尔庄园林地深处镜映天空的寂静湖面也成为新的内心自由之境的象征。

这首诗 1917 年初次发表时下面标注的写作日期为 1916 年 10 月。

---

i "Dramatis Personae 1896-1902",VI, *Autobiographies, The Collected Works of W. B. Yeats, vol.3.*

叶芝此时已经51岁，步入了人生的秋天，距离他第一次来库尔庄园长住，时间已经过去了十九年。如果说夏天象征着火热的激情，那么秋天便是心之倦怠时分了，静美秋色在叶芝是精神性的美的象征。诗的第一句就交代了全诗的秋意基调。这里是秋天的林地，叶片斑斓尚未飘零。微光下寂静的水面既是实景，也指向纷杂意识已归于寂然，镜映着火态（天）投影的静定内心。天鹅的数目显然也是按照"宁芙的洞穴"的数值设定的。宁芙是灵魂的象征（参见《茵尼斯弗里湖岛》注文），是海神的女儿，而海神有五十个女儿。天鹅也是灵魂的象征，因此五十九只天鹅中的五十只指向水中仙子宁芙，另外九只指向九重天的天使、神或者王，也包括海王或海神。天上神和水中仙加起来是神仙的合集。在《库尔的野天鹅》诗集中的另一首诗《野兔的锁骨》中，我们可以看到对这一意象组合的呼应和补充：

> 愿我能扬帆水上，
> 众王已由彼去往，
> 众王的女儿也已由彼去往，
> 往那秀树一株，草地一方，
> ……

显然，众王为众神，众王的女儿就是海王的女儿（神与仙子的这一父女架构也令人想到"霍利翰的女儿凯瑟琳"，两者遵循同样的逻辑。神为精神宇宙的神，是思想和文化的象征，仙为自然宇宙中的永恒之美，民族之魂中的永恒之美），秀树一株指向永恒之境的生命之树，草地一方指向融合态的永恒之境。

第2-3两节，秋天的到来让诗人想到时间的流逝，十九年过去了，在回顾中，所有的记忆都来到眼前。他印象最深的是初次来时，天鹅群起凌空飞舞的情景。这样罕见的壮美之景想必令诗人心中激动，如蒙天启。天鹅盘旋而出的圆环指向精神宇宙的螺旋，第十三螺旋。对应于宁芙的洞穴的两个出口，天鹅也有两个去向，向上（神界）盘旋，向下（繁衍界）浮荡。在叶芝的诗里，天鹅振翅的声音与雷声、钟声关联，这些都指向神之声。而目睹这样的螺旋，听到这样的声音的瞬间，也指向诗人悟道，参透天启的瞬间。步子迈得更轻悄，是因为知道此处有天鹅，为了不惊起天鹅，深层含义则是指更小心地往内心深处行去，以便得睹天鹅之形影乍现心湖。

如今他为什么伤感呢？"一切都改变了"之句也出现在同期开始写作的名篇《复活节，1916》中。叶芝写作此诗的时间正好在1916年复活节起义之后。叶芝虽然向来对以暴力行径谋求民族独立的主张持保留态度，但是他并不反对战争这种正面的交锋，起义中那些人舍身成仁的行为既出乎他的意料，也令他深感震撼，他也将起义视为爱尔兰民族独立意识的升华瞬间，视为一种历史的节点，因此在那首诗中发出了"一切都已改变，一种可怖的美已诞生"的感叹。此诗中的伤感和喟叹也应是为此事而发，起义于他而言，正是民族精神发展过程中天鹅凌空，钟声振响的天启一瞬。

长久以来，对叶芝而言，为民族独立事业的效力和对岗的恋慕密不可分是为一体，而他也参与塑造了岗作为民族独立运动之女神的形象，因此，天鹅同时也指向他对岗的激情和恋慕，是他心目所见的岗之美。

"我曾经注目这光璨的生灵"，意指这崇高的事业和庄严的美人一直是他的心目所向，占据着他的灵魂，但十九年过去了，一切都已改变。他对于岗的爱恋之心，似乎也来到了倦怠之秋。起义之后他似乎也更能看清，也许麦克布莱德和岗才是灵魂上的同类人。事实上，在岗的前夫麦克布莱德作为起义组织者之一就义后，叶芝再一次向岗求婚，遭到了拒绝。根据岗的回忆，她觉得她的拒绝似乎令叶芝松了一口气。叶芝这一次的求婚如果不能说完全是礼节性的，也是半心半意的。不久之后，叶芝又向岗的女儿伊索尔德提出了求婚，也遭到了拒绝。同一时期，格里高利夫人和奥利维亚·莎士比亚也都在适时地劝说老光棍叶芝赶快成家，让自己过得舒适点，而和岗在一起的生活显然是不可能舒适的。

第4—5节里，天鹅与爱侣的关联可见于前文提到的爱神恩古斯的传说。传说中爱神恩古斯为找寻梦中女孩走遍爱尔兰大地，那女孩和许多别的女孩化身为一群天鹅于在一个湖中。这些女孩每隔一年就会在人形和天鹅之间变换，其实这个神话也反映了灵魂在神界和人间流转的两种形态。

天鹅是抽象的不朽灵魂的象征，包含着完满的激情，它们的心永不衰老，但叶芝感觉自己的心已老了，甚至对求婚遭拒也反应淡漠。就像秋叶终将飘零，心湖上的天鹅也会飞走，汇入永恒（灯芯草丛亦指向超越界和融合态），又再现于不知何人的心湖之畔，而他也会从沉迷之恋中醒来。写下最后一句时，叶芝显然已经做好了告别这一段长久占据心间的恋情的准备。爱侣相依的天鹅也反衬出他年过五十仍然形单影只且心已老去的凄然。

如同天鹅凌空而去的绝唱，木叶斑斓的秋天无限美，也令人无限低回。这首回顾往昔，感怀时世，预见感情之收稍的伤逝与悲秋之作，及由其冠名的诗集，拉开了叶芝后期诗歌创作的帷幕。

我是你的主人

希克。在浅溪边的灰色沙滩上，
你那风蚀的古塔下，依然
燃着一盏灯，在一本打开的书旁，
迈克尔·罗巴尔茨留下的书，而你在月色中穿行，
尽管人生华年已过，你仍在追寻，
沉迷于被那不可征服的幻觉，
那些魔魅形影。

伊尔。借助于一个幻影
我可以召唤我的反面，召唤所有
我最少把握，最少注目之事物。

希克。我将寻找自我，而非幻影。

伊尔。这是我们的现代冀求，因其之光
我们照亮了温柔敏感的思想，

却失去了古老的冥冥之手；

无论我们选择凿子、笔还是刷子，

我们只是批评，或半创造，

我们怯懦，纠结，空洞和羞愧，

缺失了我们朋友的面容。

希克。然而

基督信仰最深邃的想象力，

但丁·阿利吉耶里，如此完整地发现了他的自我，

以至于他双颊凹陷的面容

出现于心目之前，比所有人的面容更清晰，

除却基督。

伊尔。是他发现了自我，

还是，饥渴令双颊凹陷，

那对于几乎触不到的枝条上

苹果的饥渴？那幽灵般的幻影

拉坡与圭多是否认得？

我想他以他的反面塑造了

一个幻影，那幻影或许曾是一张石头脸

瞪视着贝都因人的马鬃篷顶，

从那有门窗的峭壁，或半翻仰于

驼粪与草莽之中。

他将凿子对准了最坚硬的石头。

放荡人生被圭多戏仿，

讥讽和被讥讽着，被撵出去

攀登阶梯，吃下那苦涩的面包，

他发现了不可被说服的正义，他发现了

那为男人爱慕的最高蹈的女士。

希克。可确曾有人，他创造的艺术并非

出于悲剧性的战争，他是生活的热爱者，

兴致勃发寻求快乐的人，

找到时便歌吟的人。

伊尔。不，那不是歌吟，

因为那些热爱世界的人以行动为之效力，

变得富有，广受拥护，富于影响力，

假若他们绘画或写作，那仍是行动：

是飞蝇在果酱中的挣扎。

演说家会欺骗他周围的人群，

感伤主义者欺骗自己；而艺术

却是真理的幻现。

在世间，醒自浮世尘梦的艺术家，

除却放浪和绝望，

何所有？

希克。可是

没有人否认济慈对世界的爱；

想想他刻意的快乐。

伊尔。他的艺术是快乐的，可谁知他的头脑？

当我想起他，便看见一个学童，

脸和鼻子贴着糖果店的橱窗，

因为，肯定，直到进入坟墓

感官和心灵都尚未被满足过的他，

却吟唱——贫病且无知，

被关在世界全部的奢华之外，

那租赁马车行行主以粗服淡饭养大的儿子——

奢华的歌。

希克。你为什么要留那盏灯
亮在那本打开的书旁，
去追寻沙滩上的字迹？
风格的找寻需要静坐苦读，
来自对大师的模仿。

伊尔。因为我寻求一个幻影，不是一本书。
那些在作品中最为明智的人
拥有的只是他们昏盲而惊呆的心。
我召唤那神秘的一位，
他仍在溪流边缘潮湿沙地上漫步，
样子最像我，其实是又一个我，
被证实为所有可想象事物中
最不像我的，是我的反自我，
他站在那些字迹旁，揭示
我所寻求的一切；他悄声耳语似乎
害怕鸟儿，那大声呼啼着
黎明前瞬间之啼的鸟儿，
会将它带去给那些渎神的人。

Ego Dominus Tuus (1917)

Hic. On the grey sand beside the shallow stream

Under your old wind-beaten tower, where still

A lamp burns on beside the open book

That Michael Robartes left, you walk in the moon,

And, though you have passed the best of life, still trace,

Enthralled by the unconquerable delusion,

Magical shapes.

Ille. By the help of an image

I call to my own opposite, summon all

That I have handled least, least looked upon.

Hic. And I would find myself and not an image.

Ille. That is our modern hope, and by its light

We have lit upon the gentle, sensitive mind

And lost the old nonchalance of the hand;
Whether we have chosen chisel, pen or brush,
We are but critics, or but half create,
Timid, entangled, empty and abashed,
Lacking the countenance of our friends.

Hic. And yet
The chief imagination of Christendom,
Dante Alighieri, so utterly found himself
That he has made that hollow face of his
More plain to the mind's eye than any face
But that of Christ.

Ille. And did he find himself
Or was the hunger that had made it hollow
A hunger for the apple on the bough
Most out of reach? and is that spectral image
The man that Lapo and that Guido knew?
I think he fashioned from his opposite
An image that might have been a stony face

Staring upon a Bedouin's horse-hair roof

From doored and windowed cliff, or half upturned

Among the coarse grass and the camel-dung.

He set his chisel to the hardest stone.

Being mocked by Guido for his lecherous life,

Derided and deriding, driven out

To climb that stair and eat that bitter bread,

He found the unpersuadable justice, he found

The most exalted lady loved by a man.

Hic. Yet surely there are men who have made their art

Out of no tragic war, lovers of life,

Impulsive men that look for happiness

And sing when they have found it.

Ille. No, not sing,

For those that love the world serve it in action,

Grow rich, popular and full of influence,

And should they paint or write, still it is action:

The struggle of the fly in marmalade.

The rhetorician would deceive his neighbours,
The sentimentalist himself; while art
Is but a vision of reality.
What portion in the world can the artist have
Who has awakened from the common dream
But dissipation and despair?

Hic. And yet
No one denies to Keats love of the world;
Remember his deliberate happiness.

Ille. His art is happy, but who knows his mind?
I see a schoolboy when I think of him,
With face and nose pressed to a sweet-shop window,
For certainly he sank into his grave
His senses and his heart unsatisfied,
And made— being poor, ailing and ignorant,
Shut out from all the luxury of the world,
The coarse-bred son of a livery-stable keeper—
Luxuriant song.

Hic. Why should you leave the lamp

Burning alone beside an open book,

And trace these characters upon the sands?

A style is found by sedentary toil

And by the imitation of great masters.

Ille. Because I seek an image, not a book.

Those men that in their writings are most wise ,

Own nothing but their blind, stupefied hearts.

I call to the mysterious one who yet

Shall walk the wet sands by the edge of the stream

And look most like me, being indeed my double,

And prove of all imaginable things

The most unlike, being my anti-self,

And, standing by these characters, disclose

All that I seek; and whisper it as though

He were afraid the birds, who cry aloud

Their momentary cries before it is dawn,

Would carry it away to blasphemous men.

·《鼓钟人》(*The Bellman*)，撒缪尔·帕尔默作

野兔的锁骨

愿我能扬帆水上，

众王已由彼去往，

众王的女儿也已由彼去往，

往那秀树一株，草地一方，

往那歌吹舞乐间，栖落，

并明了最好的事莫如

变换爱人于舞步交错，

仅以一吻将一吻偿付。

我将在水边寻见

一枚野兔的锁骨，

它消磨于水波的舐舔，

并以螺锥将之刺穿，并注目

那苦涩的旧世界，人们在教堂中成婚，

并纵声大笑，在浪静的水域，

向所有那些在教堂中成婚的人们，

透过一枚野兔纤薄的白骨。

The Collar-Bone of a Hare (1917)

Would I could cast a sail on the water

Where many a king has gone

And many a king's daughter,

And alight at the comely trees and the lawn,

The playing upon pipes and the dancing,

And learn that the best thing is

To change my loves while dancing

And pay but a kiss for a kiss.

I would find by the edge of that water

The collar-bone of a hare

Worn thin by the lapping of water,

And pierce it through with a gimlet, and stare

At the old bitter world where they marry in churches,

And laugh over the untroubled water

At all who marry in churches,

Through the white thin bone of a hare.

一个爱尔兰飞行员预见自己的死亡

我知道我将遇见我的宿命

在高天云端的某处；

我所抗击的非我怨憎，

我所守护的非我爱慕；

我的家乡是基尔塔顿十字，

我的乡民是基尔塔顿的穷人，

没有任何结局会给他们带来损失，

或令他们比从前快乐几分。

我战斗并非对法律或职责的遵从，

也不为那些公众人物或欢呼的人群。

一种孤寂的愉悦冲动

驱使我加入这云中的喧滚；

我平衡了一切，将一切在心中汇集，

未来的年月看似浪费的呼吸，

往昔的年月也是浪费的呼吸，

相衡于这样的生，这样的死。

An Irish Airman Foresees his Death (1918)

I know that I shall meet my fate
Somewhere among the clouds above;
Those that I fight I do not hate,
Those that I guard I do not love;
My country is Kiltartan Cross,
My countrymen Kiltartan's poor,
No likely end could bring them loss
Or leave them happier than before.
Nor law, nor duty bade me fight,
Nor public men, nor cheering crowds,
A lonely impulse of delight
Drove to this tumult in the clouds;
I balanced all, brought all to mind,
The years to come seemed waste of breath,
A waste of breath the years behind
In balance with this life, this death.

【注】

此诗写于 1918 年，被收入《库尔的野天鹅》中。诗题中的爱尔兰飞行员是格里高利夫人的独子罗伯特·格里高利（W. R. Gregory, 1881–1918），一位多才多艺的年轻人，曾就读于哈罗公学和牛津大学，1916 年加入英国皇家飞行队前曾是个画家，并精于马术，他从小便为叶芝的多部戏剧做过美术设计。1918 年 1 月他驾驶的飞机在意大利境内被击落。叶芝写下过四首诗来哀悼他的早逝，这是其中第三首。

作为一个爱尔兰人，罗伯特并没有参军的法律义务，他也并非为了英国而战。基尔塔顿是库尔庄园周围一大片男爵世袭领地。叶芝在 1937 年的一次广播节目中提及罗伯特参战的动机时说：

> 他对我说，"我想我是为了友谊而去"，此话的意思是他的很多朋友都加入了，"英国人不是我的族人，我的族人是基尔塔顿的乡民"。过了不久他母亲又问："为什么罗伯特参军了？"我回答说："我猜他认为这是他的职责。"她说："他的职责是留在这里。我参军的理由可能会跟他一样，若我也是个年轻男子的话。他忍不住不去。"我想她是对的。他是个天生的战士。他死前不久曾对萧伯纳说他从未感到过快乐，直到加入战斗。[i]

在这首短诗里叶芝试图潜入罗伯特的内心去还原他临死一刻的想法，以他自己的哲学观照和理解他的选择。在这一瞬间，他一生的

---

i Donald T. Torchiana, *W. B. Yeats & Georgian Ireland*, 67–68.

记忆都像走马灯似的在心中回放，而驾驶战机穿梭云端的快乐位列最前，是他一生的激情所在。相形之下过去和未来冗长的岁月都是沉闷的延展，是被浪费的生命。他为那唯一能让他燃烧的事物，为那瞬间穿透心脏的狂喜和冲动而死，于他而言并没有不值得。

月相

在桥上，一位老者竖起一耳；

他与他的朋友南向而行，

来路不平。他们的靴子沾了泥土，

康尼马拉外套也没了形状；

他们步履从容，仿佛他们的床，

尽管天上那一轮迟现的残月，

还很遥远。一位老者竖起一耳。

阿赫恩。

那声音是什么发出的？

罗巴尔茨。

一只老鼠或水鸡

溅起的水声，又或是一只水獭滑入小溪。

我们在桥上；那影子是塔楼，

灯光说明他仍在研读。

他已经发现，以他同类的方式，

一些幻影；选择此地而居，或许因为

来自远处塔楼的烛光，

弥尔顿的柏拉图主义者

深夜不寐的塔楼，或雪莱的灵视王子的塔楼：

撒缪尔·帕尔默镌刻的孤独灯光，

一个通过苦役得来的神秘智慧的幻影；

现在他在书本或手稿中寻求

他永远不会发现的事物。

阿赫恩。

为什么知道全部的你

不去敲他的门，说出

足够的真相，道明他终其一生

也难寻得的一点真理的碎屑，

但那真理却是你的面包口粮；而

说完你便可以上路？

罗巴尔茨。

他以从佩特处学来的

夸张风格写我，为圆他的故事

又说我已死去，所以我选择死去。

阿赫恩。

再给我唱一遍月相之变吧；

那真正的歌，虽是言谈："我的作者唱给我听。"

罗巴尔茨。

月亮的二十八相，

满月与晦月与所有的弦月。

二十八相，只有二十六相是

人类必须经历的摇篮：

因为满月与晦月时都没有人类生命。

从第一轮弦月到半月，梦

召唤冒险，而人

快乐如鸟兽；

但半月渐趋圆满，

他便追逐所有并非不可能的心念中

最困难的心念，虽然留下伤痕。

好似包含着九尾猫的幽灵，

他的身体由内在塑形，

愈变愈秀美。十一相过后，其时

雅典娜握住阿喀琉斯的头发，

赫克托耳归于尘土，尼采诞生，

因为英雄的弦月是十二相。

但他还必须，两度出生，下葬，生长，

在满月之前，无助如蠕虫。

第十三相令灵魂交战

于自在之内，而那场战争开打时

臂膀中却没有肌肉；之后，

在第十四相的迷狂中，

灵魂开始颤抖着归于静寂，

死于自身的迷宫中！

阿赫恩。

吟唱那首歌；唱完，吟唱

那所有律条束缚的奇特报偿。

罗巴尔茨。

所有的思绪变成影像，灵魂

变成形体：满月时那形体和那灵魂

太完美，无法躺进摇篮，

太孤独，不能参与人世的轮回：

形体和灵魂被世界逐出并

抛弃了可见的世界。

阿赫恩。

灵魂的全部幻梦

终结于一个美丽男子或女子的身体。

罗巴尔茨。

这你不是一直都知道么？

阿赫恩。

歌中会唱道

我们爱过的那些，他们长长的手指获取自

死亡，伤口，或西奈山顶，

或自他们自己手中某条血污的鞭子。

他们历遍摇篮直到最后

他们的美堕出于孤独，

身体和灵魂的孤独。

罗巴尔茨。

爱人的心知晓这些。

阿赫恩。

他们眼中的恐惧必定是

对于那时辰的记忆或预知，

那一切注满光，天堂空无所藏的时辰。

罗巴尔茨。

满月之时那些完满之造物

被乡人撞见于荒山，

乡人颤栗并匆匆而过：形体和灵魂

隔绝于他们自身的陌生感中，

在冥思中被捕获，心目

注视着一度是思想的幻影；

因为分离的、完美的、不动的

幻影可以打破孤寂，

优美、满足、冷淡之眼的孤寂。

这时，以一种苍老、尖锐的声音

阿赫恩大笑起来，想起里面的那位，

他的无眠之烛和无休之笔。

罗巴尔茨。

那之后月亮便开始坍圮。

尝过孤寂再难忘却的灵魂

在之后的诸多摇篮里颤栗；一切都变了，

他愿做世界的仆人，服务时，

他选择所有并非不可能的任务中

最艰难的任务，加诸

灵魂和身体

苦役之粗粝。

阿赫恩。

在月满之前

他追寻自我，其后追寻世界。

罗巴尔茨。

因为你被遗忘，半脱于生命，

从未写过一本书，你的思维清晰。

革新者、商贾、政客和渊博之士，

尽责的丈夫，忠诚的妻子，依次，

摇篮迭着摇篮，都在飞离，都形状

破缺，因为此中并无

可以救我们于幻梦的破缺之形。

阿赫恩。

那被最后的驯顺弦月

解救了的人又如何呢？

罗巴尔茨。

因为全晦之月，如同那全明之月，

这相位的灵魂被逐出边界之外，在一朵云里，

像蝙蝠般互相唧啾；

没有了欲望，他们无从判别

善恶，或判别何为胜利，

当胜利在于自身完美的臣服之际；

他们说出被风刮进脑海中的思想；

破缺到不是破缺，是无形，

无味，如同等待烘烤的面团，

他们随着语声变换形体。

阿赫恩。

然后？

罗巴尔茨。

当所有的面团都被充分揉捏，

它可以取一个大自然厨师喜欢的形状，

第一道纤纤弦月再度轮转。

阿赫恩。

但如何逃逸；歌未唱完。

罗巴尔茨。

驼子、圣人与愚人属于最后的三弦月。

那燃烧的弓——曾射出箭矢，

从那跌宕之中，那美之残酷

与智慧之唧啾的马车轮——

从那狂怒的潮水中——被拉开于

身体和灵魂的破缺之间。

阿赫恩。

若非我们的眠床尚远，我会摁响门铃，

站去塔堡大门旁

那高堂粗浑的顶椽下，那里一派

简素，是为智慧而设的处所，

他永远寻不到的智慧；我会扮演一个角色；

过了这许多年他不会认出我，

只把我当成某个乡村醉汉：

而我站立并咕哝，直到他听见

"驼子和圣人和愚人"，咕哝道

他们到来于弦月的最后三相下。

然后我会摇晃着淡出。他将日日

绞尽脑汁，仍不解其义。

后来他大笑，想到那看似艰深的

竟如此简单——一只蝙蝠飞出榛树丛，

唧啾着绕其飞行，

塔窗中的灯熄灭。

The Phases of the Moon

An old man cocked his ear upon a bridge;
He and his friend, their faces to the South,
Had trod the uneven road. Their hoots were soiled,
Their Connemara cloth worn out of shape;
They had kept a steady pace as though their beds,
Despite a dwindling and late-risen moon,
Were distant still. An old man cocked his ear.

Aherne. What made that Sound?

Robartes. A rat or water-hen
Splashed, or an otter slid into the stream.
We are on the bridge; that shadow is the tower,
And the light proves that he is reading still.
He has found, after the manner of his kind,
Mere images; chosen this place to live in

Because, it may be, of the candle-light

From the far tower where Milton's Platonist

Sat late, or Shelley's visionary prince:

The lonely light that Samuel Palmer engraved,

An image of mysterious wisdom won by toil;

And now he seeks in book or manuscript

What he shall never find.

Aherne. Why should not you

Who know it all ring at his door, and speak

Just truth enough to show that his whole life

Will scarcely find for him a broken crust

Of all those truths that are your daily bread;

And when you have spoken take the roads again?

Robartes. He wrote of me in that extravagant style

He had learnt from pater, and to round his tale

Said I was dead; and dead I choose to be.

Aherne. Sing me the changes of the moon once more;

True song, though speech: 'mine author sung it me.'

Robartes. Twenty-and-eight the phases of the moon,
The full and the moon's dark and all the crescents,
Twenty-and-eight, and yet but six-and-twenty
The cradles that a man must needs be rocked in:
For there's no human life at the full or the dark.
From the first crescent to the half, the dream
But summons to adventure and the man
Is always happy like a bird or a beast;
But while the moon is rounding towards the full
He follows whatever whim's most difficult
Among whims not impossible, and though scarred.
As with the cat-o'-nine-tails of the mind,
His body moulded from within his body
Grows comelier. Eleven pass, and then
Athene takes Achilles by the hair,
Hector is in the dust, Nietzsche is born,
Because the hero's crescent is the twelfth.
And yet, twice born, twice buried, grow he must,

Before the full moon, helpless as a worm.
The thirteenth moon but sets the soul at war
In its own being, and when that war's begun
There is no muscle in the arm; and after,
Under the frenzy of the fourteenth moon,
The soul begins to tremble into stillness,
To die into the labyrinth of itself!

Aherne. Sing out the song; sing to the end, and sing
The strange reward of all that discipline.

Robartes. All thought becomes an image and the soul
Becomes a body: that body and that soul
Too perfect at the full to lie in a cradle,
Too lonely for the traffic of the world:
Body and soul cast out and cast away
Beyond the visible world.

Aherne. All dreams of the soul
End in a beautiful man's or woman's body.

Robartes, Have you not always known it?

Aherne. The song will have it

That those that we have loved got their long fingers

From death, and wounds, or on Sinai's top,

Or from some bloody whip in their own hands.

They ran from cradle to cradle till at last

Their beauty dropped out of the loneliness

Of body and soul.

Robartes. The lover's heart knows that.

Aherne. It must be that the terror in their eyes

Is memory or foreknowledge of the hour

When all is fed with light and heaven is bare.

Robartes. When the moon's full those creatures of the full

Are met on the waste hills by countrymen

Who shudder and hurry by: body and soul

Estranged amid the strangeness of themselves,

Caught up in contemplation, the mind's eye

Fixed upon images that once were thought;

For separate, perfect, and immovable

Images can break the solitude

Of lovely, satisfied, indifferent eyes.

And thereupon with aged, high-pitched voice

Aherne laughed, thinking of the man within,

His sleepless candle and laborious pen.

Robartes. And after that the crumbling of the moon.

The soul remembering its loneliness

Shudders in many cradles; all is changed,

It would be the world's servant, and as it serves,

Choosing whatever task's most difficult

Among tasks not impossible, it takes

Upon the body and upon the soul

The coarseness of the drudge.

Aherne. Before the full

It sought itself and afterwards the world.

Robartes. Because you are forgotten, half out of life,

And never wrote a book, your thought is clear.
Reformer, merchant, statesman, learned man,
Dutiful husband, honest wife by turn,
Cradle upon cradle, and all in flight and all
Deformed because there is no deformity
But saves us from a dream.

Aherne. And what of those
That the last servile crescent has set free?

Robartes. Because all dark, like those that are all light,
They are cast beyond the verge, and in a cloud,
Crying to one another like the bats;
And having no desire they cannot tell
What's good or bad, or what it is to triumph
At the perfection of one's own obedience;
And yet they speak what's blown into the mind;
Deformed beyond deformity, unformed,
Insipid as the dough before it is baked,
They change their bodies at a word.

Aherne. And then?

Robartes. When all the dough has been so kneaded up

That it can take what form cook Nature fancies,

The first thin crescent is wheeled round once more.

Aherne. But the escape; the song's not finished yet.

Robartes. Hunchback and Saint and Fool are the last crescents.

The burning bow that once could shoot an arrow

Out of the up and down, the wagon-wheel

Of beauty's cruelty and wisdom's chatter—

Out of that raving tide—is drawn betwixt

Deformity of body and of mind.

Aherne. Were not our beds far off I'd ring the bell,

Stand under the rough roof-timbers of the hall

Beside the castle door, where all is stark

Austerity, a place set out for wisdom

That he will never find; I'd play a part;

He would never know me after all these years

But take me for some drunken countryman:

I'd stand and mutter there until he caught

'Hunchback and Saint and Fool,' and that they came

Under the three last crescents of the moon.

And then I'd stagger out. He'd crack his wits

Day after day, yet never find the meaning.

And then he laughed to think that what seemed hard

Should be so simple— a bat rose from the hazels

And circled round him with its squeaky cry,

The light in the tower window was put out.

·《孤塔》(*The Lonely Tower*)，撒缪尔·帕尔默(Samuel Palmer, 1805–1881)作

【注】

此诗写于 1918 年，收入诗集《库尔的野天鹅》。像古希腊的贤哲一样，叶芝喜欢在诗歌中以哲学对话体的形式来阐述他的理论，因为一来一去的对话亦是一种摇摆态，思想的起舞态，而持续的摇摆，一种有节律的运动，会导向一个顿悟的终点，诗正是对于顿悟时刻心目所见的记录。

关于两位对话者，叶芝在 1922 年给《诗集》的一条注解中写道：

> 许多年前我写过三个故事，当中出现了迈克尔·罗巴尔茨与欧文·阿赫恩两个名字。现在想来我用的是两位朋友的真名，其中一位，罗巴尔茨，当时才从美索不达米亚平原回来，他在那里半发现半推演了一套哲学。我想他们跟我有过争吵。我给叫做阿赫恩与罗巴尔茨两个人物安排了波澜壮阔的人生。他们在我尝试解释我的生死观的幻影戏里扮演着角色。我写下这些诗，作为某种程度的说明。

三个故事分别是写于 1890 年代的《魔法师的朝觐》《炼金玫瑰》《法条的书板》。叶芝声称两个名字来源于朋友，这显然有点虚晃一枪的意味，类似于他将《茵尼斯弗里湖岛》一诗中的紫色辉熠仅仅解释为帚石楠花在水中的倒影；又或许，对于日常沉浸于冥思、内心世界丰富的诗人而言，将自己的另外两重人格称做朋友是再自然不过的事情吧。

作为出现在他的哲学幻影戏（Phantasmagoria）里的角色，罗巴尔茨和阿赫恩分别指向他的心与反自我。在卡巴拉生命之树上，天使米迦勒（Michael 的天使专属译法）守护的第六圆 Tiphereth，意为美，也代表心。Robartes 的德语词源含义为"光明"。叶芝在另一条注释里将罗巴尔茨比作"水中的火影"，火影自然是"光明"的。罗巴尔茨是可以镜映火态的澄明之心，是《幽暗的水域》开场诗里"被绿色静默擢升的心"，是觉知之心。而阿赫恩的盖尔语词源含义为"Lord of horses（骑者）"，Owen 的威尔士词源含义为勇士。组合起来，阿赫恩是像莪相、奎尔特一样的幻影骑者，出没于精神宇宙的密林，是火态的恒我，反自我。

在进入诗的文本之前，我们先来简略介绍一下叶芝的月相理论。叶芝的哲学观首先是一种对于两极对立之上的超越性（无极）存在的信仰。这样的哲学观将存在分为时空之外永恒不变、包容万有的宇宙原点，与变幻易逝的宇宙时空两部分。宇宙时空中的存在，包括个体和集体的思想意识，始终处在时间之线和空间之面的两极作用下进行着双旋锥循环运动。宇宙原点和宇宙就好似一个陀螺，陀螺在不停地转动，但它的顶端却是不动的，同时又包含着极限的运动。运动在时间中的是我们的主观性和精神存在，其极点为对应极，代表完全的主观性，运动在空间之面上的是客观性和物质存在，其极点为原始极，代表完全的客观性。何谓客观性？叶芝在《幻象》中如此定义：所有呈现于意识中，又与自我之意识相对立的，觉知与思想的客体，非我之存在。而主观性即是客观性的对立面。

一个在哲学和艺术传统中被先哲们频繁讨论和使用的宇宙大螺旋的概念是大年，关于大年的长度有过许多说法。叶芝选取的是岁差导致春分点在黄道上的移动进行一周回到原点的时长，大约为 26,000 年。这个宇宙级别的大螺旋又可以像我们的太阳年分为十二月一样分为大约 2000 年的十二个世代，世代又可以再分为两个千年。而针对世代和千年更细致的划分，叶芝推出了月相理论，每个世代和千年都可以像一个太阴月分为二十八天一样分为二十八个阶段，对应月亮的二十八个盈亏相位。大年也可以按照月相来划分为二十八个阶段，千年内部也可以分出更次级的二十八相螺旋。可见，月相理论是居于双旋锥历史循环论之核心的一种象征性分段法。

在月相理论中，叶芝以月亮象征主观性，太阳象征客观性。"月亮是对应的人类，太阳的是原始的人类。"在下面这张图上，月之暗面可视为受太阳影响的部分，晦月即为满日。"按照《月相》一诗中的设定，月亮象征主观性心灵，而暗面，象征客观性心灵，我们有二十八个相位来对应不同类型的人，没有月光的夜晚是完全客观性的心灵，而十五月圆夜只有主观性心灵。"满月是完全的主观性，象征着

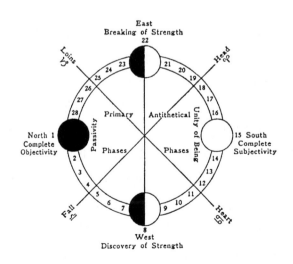

和谐存在（unity of being），完备的美（complete beauty），理智之美。满日则是完全的客观性，象征一种没有欲望不辨善恶，被涤净了主观能动性的被动态。

月相对应于个体，呈现的是灵魂从生到死（第 8–22 相位）又从死到生（第 22–8 相位）的一个完整的流转过程，所以，叶芝将月相理论称为关于生与死的哲学观；月相对应于集体，分出了人类当中二十八种不同的人格模型，同时也分出了每一种历史螺旋（比如世代和千年）中的二十八个阶段。在一个世代的大螺旋中，从第 8 月相到第 22 月相，是客观性心灵占据主导地位的时期，对应着原始极主导的千年螺旋，从第 22 月相到第 8 月，是主观性心灵占据主导地位的时期，对应着对应极主导的千年螺旋。千年螺旋的满月相位对应着世代大螺旋的第 8 相与 22 半月相位。满月相位对应的是人类历史上的艺术繁盛期，大师频出，作品展现着和谐之美，例如公元前五世纪时的古希腊文明、五世纪前后的拜占庭文明与十五世纪欧洲文艺复兴。

由于叶芝对于宇宙时空的设定是始终处在两极作用之中，生命、意识和力量也只能诞生于两极共同作用时，所以，代表完全主观性的对应极满月和代表完全客观性的原始极晦月相位下不可能有生命、意识和力量的诞生，就没有与之相应的人格。《月相》一诗是歌者罗巴尔茨对于月相所象征的灵魂流转的二十六个阶段及其对应的不同人格类型的匆匆巡礼，以及对于满月与晦月两个无极相位之寓意的揭示。

诗的开场一幕，正是对随后提到的撒缪尔·帕尔默的蚀刻画《孤塔》的临摹，高塔、灯光、残月，悠闲的谈话者齐备。《孤塔》是帕尔默为弥尔顿的诗《冥思者》所作的插图。在孤塔里挑灯夜读的冥思者是叶芝本人，可视为他的自我。而塔下的月夜漫游者是他的另外两重人格，觉知之心与反自我，觉知之心意味着自我与反自我的相遇；罗巴尔茨的哲学体系是"半推演半发现"得来的，半推演的部分来自深夜苦研冥思的自我，半发现的部分来源于反自我的启示性幻象。但在诗的开头，自我与觉知之心之间是隔绝的，心障在于将破未破的一瞬。原因是叶芝多年前写的故事里给罗巴尔茨安排了遭遇洗劫和死去的结局。觉知之心对此感到气恼，而不愿去启迪苦苦追寻真理的自我。

真理之面包是罗巴尔茨的日常口粮，是"静女大笑着啖她的狂野之心"的重新造句。静女为绿色的静默，觉知之心是"被绿色的静默擢升的心"，是镜映（包含）火态投影的心。吃的动作也是一种吸纳包覆与融合的过程，罗巴尔茨以真理之面包为食，是类似于"天体之中包裹着激情（真）与理智（理），三者不可分"的一种意象。

康尼马拉是爱尔兰的一个地名，康尼马拉外套是一种灰色羊毛粗花呢外套，灰色为真理之色，羊毛象征自然之野性与本能，也呈融合态。身穿灰色羊毛外套，说明了罗巴尔茨和阿赫恩这两重人格的觉知态与融合态。残月即是他们要去往的眠床。羊毛外套走了形，也指向月轮愈残，主观性心灵愈亏蚀的状态。竖起一耳的老者是阿赫恩，因为残月对应的是二十八相的尾部相位，阿赫恩和罗巴尔茨都已经是老灵魂组合了，而叶芝的时代也处在一个原始极文明螺旋的尾声。阿赫恩只竖起一耳，是因为另一个耳朵属于自我。阿赫恩是火态的反自我，是明智的愚人，拥有"如黎明一般的冷静激情"，他既拥有智慧，也拥有能听见感官之乐的耳，水獭和水鸡入水的声音属于感官之乐的范畴。桥为自我与反自我之间的心桥；两人的脸朝向南方，即他们是朝向太阳（心）的方向行走的，与之相呼应的，《渔夫》一诗中身穿灰羊毛外套的老者脸上布满了日晒斑。

塔楼上的沉思者以同类的方式发现了一些幻影，指的是人在梦中或冥想或忘我时分一瞥超越性存在，或火态幻影，但一瞥幻影与悟透系统性的真理之间还存在很大距离，正如《一朵花开了》中所写，对于灵知之花"许多人采摘，会用的人却是少数"。沉思者此时正试图从书本和手稿中寻找解释，但这被他的觉知之心嘲讽为徒劳。

阿赫恩要罗巴尔茨为其歌唱，并称其为"我的作者"，这是因为，"地球上的灵，人类那富于创造性的心灵，会以自己的快乐将其（月亮）填满。"觉知之心即是反自我的创造者，在这一点上，叶芝的观点与主张"此心纯乎天理之极"的阳明心学观点不谋而合。

接着罗巴尔茨开始唱起了月相之歌。从生到死，月轮是灵魂溯归的摇篮，从死到生，月轮投射成人格的形状。从第一轮弦月到半月（2-8），对应的人格心灵中的主观性弱于客观性，自我意识不强，很容易得到满足，而外部世界很广阔，所以人快乐如鸟兽，喜欢冒险。半月趋向满月的相位（9-14），主观性渐趋圆满和谐，由其投射的人格的肉身也愈完美，但自我的满足也越来越有挑战性，诞生了美和英雄主义的概念。十二月相对应的人格是英雄，受内心狂野之怒驱使而轻生死，激情盖过理性。雅典娜握住阿喀琉斯的头发是为遏制其狂怒，免得他杀了阿伽门农。九尾猫是传说中的动物修仙者，它的修炼每进一阶，身上便会长出一条尾巴，而当它拥有九尾时便可得道。根据《幻象》一书，特洛伊的海伦便诞生于第14月相，她半人半神的美貌是对应极精神能量的幻化。而第15相纯粹对应极能量幻化的形体太过于完美，不能参与生命的轮回，只能被艺术家于冥思中捕捉，以完美的艺术品来呈现。

满月相在个体灵魂的生死循环层面上，指向激情导向的至乐瞬间，而晦月，指向冥思导向的至福瞬间。纯粹主观态的瞬间和纯粹客观态的瞬间都是超越的瞬间，在更高维度上，这两个瞬间之态是交迭的，因为大螺旋的满月相总是叠着小螺旋的晦月相。第13–15相指向灵魂趋于至乐的过程。第12相中，内在的主体性趋于完满，外部性和客观性趋于无，英雄死去象征激情燃耗了肉身／感官意识，意识退出了与灵魂的对立之舞（战斗开始时，臂膀中没有了肌肉）；第13–15相是灵魂内部的对立之舞，迷宫是集体无意识的迷宫，在形态上是所有螺旋的迭合与压缩态，灵魂"死于自身的迷宫中"，是舞到尽头，"灵魂完全没入存在"的状态，灵魂燃尽了自身，一切都变成光，而第15相光在消失前的一瞬幻化成一个由满月象征着的冷寂而完美的形体，理智之美的化身。在《幻象》一书中，第13–15月相也被认为是对应着永恒瞬间的三位一体。灵魂在这些相位必须两度重生重葬重新生长，意味着永恒的瞬间中包含着无尽轮回的法则，灵魂在生死间的流转（一切螺旋体）是对永恒瞬间的无限延拓。想来这也是神话和宗教故事中，阿提斯、狄俄尼索斯和基督之重生设定的象征性含义吧。关于至福态，我们可以来看下叶芝在《幻象》中的这段话：

> 我并不认为至福是超出人的理解能力的状态，而是以某种固定的秩序呈现于灵魂之前的形态，这形态出自于灵魂的过往，出自于那人的全部事件与作品，这些事件和作品中表达了某种在于灵魂罗盘中的智慧、美和力量的特质，是比任何寄于特定躯体内的一生都更人性具足，更真实的形态，是幽灵、天体与幽魂一瞬的融合，然后便消溶于"澄明之体的幻象"，这个幻象也可能出现于融合之前，事实上，它是我们自己的天体的幻现，而天体是位于轮回尽头的身体。

我们爱过的那些，对于个体来说指的是"爱之小死"的瞬间感受到的让人醉狂的爱人之美；对于人类集体来说是阿提斯、狄俄尼索斯、基督这些出自集体无意识的完美幻象。长长的手指向天体之美，是日月之光线；作为思想的化身，他们的形体之美源自前世情感的受难，如同心的磨难可以生成神性（思想与理智）的美（参见《激情的磨难》一诗注文），而神性之美又会投射成人的魄壳，化作形体之美。西奈山在埃及西奈半岛，是传说中上帝向摩西显灵并亲授十诫之地，也就是摩西悟道之地。西奈山在闪米特语中的意思为"月亮山"。

不能参与轮回的天体是孤寂的，见识过完满之孤寂的灵魂在第 16 相位打着抖颤，它不再向内追寻自我的完满，在其后 17–22 的残月相位中开始追逐世界。这些残月相位投射的人格分别被"革新者，商贾，政客和渊博之士，尽责的丈夫，忠诚的妻子"这些入世者代表着。

但阿赫恩关心的是什么相位可以让灵魂从无尽的流转中逃逸。罗巴尔茨于是跳到对第 1 相晦月的解说。晦月被描绘为一朵云，包裹着无数的蝙蝠。晦月是完全的客观态，被动态，处在太阳的影响下，《摇摆》一诗中有"夏之骄阳镀金于天空的云叶"之句。被阳光镀金的云叶，也是一种天体，对应着火态三位一体的第三位，幽魂。幽魂包裹着的正是无数"热情的躯体"，而蝙蝠与执火焰剑守卫伊甸园的炽天使是同类意象，指向反自我。在《致与我拥火夜谈的》一诗中，反自我被喻为倒挂于枯树栖息的蝙蝠。反自我随后又被比喻为湿面团，因为在圣人的冥思中，一切念欲都化为了知识的粉末，这些粉末混融着油（热血的提纯物，火态的激情，宇宙原点的激情，哲学家之石，奇迹之油）变成了湿面团，"正是凭借这种可塑性，流动性，连续的捶击，曾经是知识的一切成为了本能和官能。"（《幻象》）反自我没有欲望也不辨善恶，也因此是自由态，但在永恒一瞬的融合态中，反自我受更高维度的觉知之心的号令（照射／鞭打），顺服于他，因此自由态也是觉态，愚人也是智者。在《幻象》中，叶芝描写阿赫恩按照罗巴尔茨的吩咐做事。

"最后的驯顺弦月"指的是第26-28相位，分别对应着驼背、圣人与愚人，这三个相位呈现了圣人悟道并射出启示之箭的过程。驼背意味着身体的破缺，愚人意味着灵魂的破缺，两道残月形成一张"燃烧的弓"，而圣人位于其间，悟道成圣并射出启示之箭。叶芝曾说："只有当我们成为先知或圣人，弃绝经验本身，我们才能，借用卡巴拉秘术的意象来说，离开突如之闪电和蜿蜒之路，成为那个向着太阳中心射箭的挽弓者。""美之残酷的车轮"指向由月相轮转象征着的宇宙螺旋，自然之美所行的周而复始之路，"智慧之唧啾"指向圆心，马车轮的轴心吱吱呀呀，像晦月相的蝙蝠发出的唧啾声。"狂怒的潮水"指向意识被激情裹挟的超越态。晦月相代表着圣人通过冥思进入的至福态。晦月即为日心，圣人得道升维成为射手（卡巴拉生命之树上代表灰色真理的第二圆），向日心射出启示之箭。第27-1相位与第13-15相位一样，圣人愚人和晦月组成了超越态的三位一体。

诗的末尾，塔中的冥思者（自我／驼子）熄灭了灯，因为他听见了反自我（明智的愚人）的咕哝，在那一瞬间，自我与反自我相遇，心成为觉知之心（圣人／盲眼的隐士），理性的推演与启示的智慧汇融，冥思者完成了他的工作。叶芝诗中经常出现的一个意象是"一个乡村醉汉把火苗扔向茅草屋顶"，位于酒神的醉狂和融合态中的我，是反自我，反自我扔出的智慧的火苗烧除了茅草屋顶代表着的感官心障。扔出火苗的醉汉、飞出密林幽境的蝙蝠指向同一事物，是觉知之心中向自我而来的反自我。冥思之塔构中的高堂顶椽，如同包覆心脏构成胸腔的肋骨，檐下即心间。"被擢升的心"完美对应于道家的天心，冥思之塔对应于郁罗箫台。圣人悟道，向人世螺旋射出启示之箭，开启新的历史轮回。叶芝曾写有《圣人与驼子》一诗，诗中圣人用鞭子抽打自己的身体，抽打出古希腊的亚历山大和罗马的恺撒，鞭子和箭一样，是一种直线符号，用智慧之鞭抽打身体是向日心射出启示之箭的另一种表达法，亚历山大大帝和恺撒大帝正是被天启之箭射中而心怀天命开创历史的征服者。

这首诗后来被用在《幻象》一书中作为"巨轮"一章的序诗，它描绘的正是叶芝在冥思中获得启示，将其神秘主义思想整理成体系的过程。罗巴尔茨作为觉知之心的化身吟唱的月相之歌正是这一套"生与死的哲学"之要义。这个过程也是一个汇集过去现在与将来的瞬间，自我与反自我相遇，心被擢升的瞬间，月相之歌也可以被视为心在开悟之际的一声激情呼喊，但它同时也是"言谈（思想之果）"，是激情与理智的交响，因而是"真正的歌"。

猫与月

猫四处游走

而月也似陀螺漂转，

与月最近的血亲，

蹑足的猫，抬起望眼。

黑色的闵纳诺什凝望着月，

因为，当他哀鸣和游荡，

是天空中冰冷纯洁的光

将他的动物之血扰攘。

闵纳诺什在草丛中奔跑

跃动他纤巧的足。

跳支舞么，闵纳诺什，跳支舞么？

当血缘最近的两个相遇。

有什么比来支舞更好？

或许月亮也能学习，

倘若厌倦了典雅方式，

一种新的旋转舞姿。

闵纳诺什潜行于草丛，
在月照之地不停巡回。
头顶那神圣的月
已进入新的相位。
闵纳诺什可知他的瞳仁
将经过不断的变幻，
依着从满盈到亏蚀，
从亏蚀到满盈的轨范？
闵纳诺什潜行于草丛，
孤单，矜傲，明辨，
向变幻的月
抬起他变幻的眼。

The Cat and the Moon (1917)

The cat went here and there

And the moon spun round like a top,

And the nearest kin of the moon,

The creeping cat, looked up.

Black Minnaloushe stared at the moon,

For, wander and wail as he would,

The pure cold light in the sky

Troubled his animal blood.

Minnaloushe runs in the grass

Lifting his delicate feet.

Do you dance, Minnaloushe, do you dance?

When two close kindred meet.

What better than call a dance?

Maybe the moon may learn,

Tired of that courtly fashion,

A new dance turn.

Minnaloushe creeps through the grass

From moonlit place to place,

The sacred moon overhead

Has taken a new phase.

Does Minnaloushe know that his pupils

Will pass from change to change,

And that from round to crescent,

From crescent to round they range?

Minnaloushe creeps through the grass

Alone, important and wise,

And lifts to the changing moon

His changing eyes.

圣人与驼子

驼子。请站起身来抬手施福
给一个想起那丢失的名誉
便感到巨大愤怒的人吧。
一个罗马的恺撒
压在这驼峰下面。

圣人。神将所有人考验，
依照各别的方式。
我的施福不会停止，
我将皮鞭于身旁放置，
夜与昼里我便可以
从肉身中抽打出希腊的亚历山大大帝，
奥古斯都·恺撒，以及其后的
大无赖亚西比德。

驼子。向你肉身中伫立
与受福的所有人，我致以感激，
并各如其分地引以为荣，
但以对亚西比德的感激为最重。

The Saint and the Hunchback (1919)

Hunchback. Stand up and lift your hand and bless

A man that finds great bitterness

In thinking of his lost renown.

A Roman Caesar is held down

Under this hump.

Saint. God tries each man

According to a different plan.

I shall not cease to bless because

I lay about me with the taws

That night and morning I may thrash

Greek Alexander from my flesh,

Augustus Caesar, and after these

That great rogue Alcibiades.

Hunchback. To all that in your flesh have stood

And blessed, I give my gratitude,

Honoured by all in their degrees,

But most to Alcibiades.

迈克尔·罗巴尔茨的双重幻象

I

卡舍尔的灰岩上，心目

召集来寒冷的幽灵，它们诞自

旧月已从天空淡出

而新月还藏着头角之际。

在空茫之眼与无休之手里，

分别之物被捶击直至成为人形。

我何时拥有过自己的意志？

哦，生命开始之前都不曾。

被限束，提拉，抟弄，弯折又平抻

由这些金属线连接的双颚和木头四肢，

他们自身驯顺，

善恶有别也不知；

顺服于某种隐匿的魔法呼吸。

他们甚至不能感觉，抽象如此。

死灭到超越我们的死，

我们的顺服是他们的胜利。

II

卡舍尔的灰岩上，我忽然目睹

一头斯芬克斯，长着狮子的利爪和女人的胸脯；

又一尊佛，一手垂歇

一手举起将印结；

两者正中有一个玩耍的女孩，

她或许，曾在舞蹈中将生命耗败，

因为现在已死去的她，却似乎

仍在梦见跳舞。

虽这般都只是我心目所见，

直到我死，却不会有比之更真确的事出现；

我凭月光谛观，

而今是月之第十五晚。

这一位甩动她的尾；她的眼眸被月光照亮，

将已知与未知的万物端详，

沉浸于智识的胜利，

她竖直的头颅一派静寂。

另一位月照的眼瞳从不骨碌，

凝望着被爱与不被爱的万物。

但他难得安详，

为那些人，在他们爱是悲伤。

哦他们不太在意谁在他们中间跳舞，

她也不太在意她的舞蹈被谁目睹，

于是她的舞步超脱了思维。

身体带来了完美，

因为，除了眼耳，还有什么能

以人类的些微分别让头脑静定？

头脑运动着，却看似歇止，

恰似一个陀螺旋转不已。

冥思中，这三位如此运作于
一个片刻，将其延拓如许，
以至，时间翻覆时
他们死灭的只是肉身与骨殖。

III
我知我已看到，终于看到
那个女孩，在那些没有记忆的夜晚我将她紧抱
不然那就是，我飘飞的梦，
若我揉揉眼睛，

将一种疯狂的汁液于飘飞中
甩入我的肉身，那汁液令脉搏跳动，
仿佛我已被瓦解坍滚
由那荷马的美之范本，

她从不念及那燃烧的城池；
我被带到这愚谬之极，
陷于一种拉力，
晦月与满月之间的拉力，

思想的共性与影像的共性
将我们西方之海的迷狂显示。
当此际，我作悲吼，
而后亲吻一块石头，

而后将之编成一首歌，
当看见，许久都蒙昧的我
就这样得到了报偿，
在科马克的废殿颓墙。

The Double Vision of Michael Robartes

I

On the grey rock of Cashel the mind's eye
Has called up the cold spirits that are born
When the old moon is vanished from the sky
And the new still hides her horn.

Under blank eyes and fingers never still
The particular is pounded till it is man.
When had I my own will?
O not since life began.

Constrained, arraigned, baffled, bent and unbent
By these wire-jointed jaws and limbs of wood,
Themselves obedient,
Knowing not evil and good;

Obedient to some hidden magical breath.

They do not even feel, so abstract are they.

So dead beyond our death,

Triumph that we obey.

II

On the grey rock of Cashel I suddenly saw

A Sphinx with woman breast and lion paw.

A Buddha, hand at rest,

Hand lifted up that blest;

And right between these two a girl at play

That, it may be, had danced her life away,

For now being dead it seemed

That she of dancing dreamed.

Although I saw it all in the mind's eye

There can be nothing solider till I die;

I saw by the moon's light

Now at its fifteenth night.

One lashed her tail; her eyes lit by the moon
Gazed upon all things known, all things unknown,
In triumph of intellect
With motionless head erect.

That other's moonlit eyeballs never moved,
Being fixed on all things loved, all things unloved.
Yet little peace he had,
For those that love are sad.

O little did they care who danced between,
And little she by whom her dance was seen
So she had outdanced thought.
Body perfection brought,

For what but eye and ear silence the mind
With the minute particulars of mankind?
Mind moved yet seemed to stop
As 'twere a spinning-top.

In contemplation had those three so wrought

Upon a moment, and so stretched it out

That they, time overthrown,

Were dead yet flesh and bone.

III

I knew that I had seen, had seen at last

That girl my unremembering nights hold fast

Or else my dreams that fly

If I should rub an eye,

And yet in flying fling into my meat

A crazy juice that makes the pulses beat

As though I had been undone

By Homer's Paragon

Who never gave the burning town a thought;

To such a pitch of folly I am brought,

Being caught between the pull

Of the dark moon and the full,

The commonness of thought and images

That have the frenzy of our western seas.

Thereon I made my moan,

And after kissed a stone,

And after that arranged it in a song

Seeing that I, ignorant for So long,

Had been rewarded thus

In Cormac's ruined house.

【注】

　　此诗作于 1919 年，是《库尔的野天鹅》中的最末一首。如果把《月相》比作是对于月相理论的一镜到底的长镜头呈现，那么《迈克尔·罗巴尔茨的双重幻象》便是聚焦于永恒瞬间至福与至乐交迭态的特写镜头。

　　卡舍尔灰岩是爱尔兰南部蒂珀拉雷（Tipperary）县境内一处巨大的石灰岩山体，突起于平原之上。Cashel 的变体 Caiseal 在爱尔兰语中意为"ringfort（环堡）"。此处是古代芒斯特王国王庭所在，十二世纪时至高王科马克·麦克阿尔特（King Cormac McCarthy）曾在此建造小教堂，而建于十三世纪的圣帕特里克大教堂也曾耸立此间。亘古巨石上层叠的古建筑遗迹见证着时代的更迭。

　　我们已经知道了，迈克尔·罗巴尔茨是觉知之心，被擢升的心，在于自我来到冥思的尽头，遇见反自我，心目开启看见幻象的瞬间，罗巴尔茨的双重幻象，是展开在心目之前的至福态（晦月相）和至乐态（满月相）及两者的交迭态。若将此际的自我、反自我与觉知之心之架构与道教中的神火、精水与意土的架构并列，或许更有助于加深我们的理解。

　　诗的第一节描写的是晦月相，是圣人（第 27 相残月）和愚人（第 28 相残月）之后的月相，又称满日相，是灵魂的纯客观态。圣人在冥思的尽头，将一切心念化为理性，个体的情感和记忆都被理智之火化为知识的齑粉，一种思想之融合态；而愚人，全无知识，只有冲动和激情这些可燃物。圣人和愚人的相遇，像面粉调水油，所以晦月相的灵魂存在被比喻为湿面团，呈现为均质的融合态，没有自己的意志，欲望和感觉，听从觉知之心的号令，随着语声改变身体的形状。魔法呼吸指的就是觉知之心这超越性存在。这种融合态的存在要经过连续的揉捏和捶打才能成为分别之物，并由大自然这个厨师烘烤成定型的面包。

空茫之眼是看见幻象的心目，是自我与反自我的融合，指向天体三位一体之天体；幻象是虚空中的火焰，望向虚空的眼自然是空茫的。无休的手是无休的心念，模糊的欲望与冀求，像风一样不息地吹拂，搬运和体现着神意，其融合态指向三位一体中的第三位，幽魂。由金属线连接的双颚与木头的肢体也是指向同一抽象结构的象征组合，其中暗含"吃"和"生命之树"的隐喻。天体的双颚指的亦是天体和幽魂，金属线指向幽灵的运动，神启与顿悟的直线，火剑之路，而剑是金属的。世界灵魂经由幽灵回溯宇宙原点天体，而回溯的动作反过来说就是被吸纳和吞吃的动作，所以远古神话中多有吞吃自己孩子的天神形象，比如克罗诺斯，他的名字与时间同义，在于时间尽头的正是宇宙的原点。木头四肢指向幽魂的流溢态，指向生命之树上"爱与恨的枝桠"。

第一节的大意是，晦月相的幽灵，反自我，是一种激情与理智的混合物，冷静的理念态的激情，是一种融合态的存在，没有自己的意志，不辨善恶，没有欲望，这湿面团要在天体和幽魂的两极作用下经过充分的揉捏和击打才能成为可以烤制面包的面坯，有分别的个体之魄壳。这面坯也对应于王阳明的"心之体"。面团被揉捏的过程，指向幽灵在天体和幽魂之间的梦态漫游过程，曾在《菲古斯与德鲁伊》一诗中被具象化为德鲁伊从乌鸦到人形的变幻过程，这种变幻也可以被视为是为揉捏和捶击所致。

诗的第二节描绘了满月相位的幻象。月光下至乐瞬间的三位一体呈现为更为清晰的图景：佛指向幽灵／思想／头脑一极，女孩指向天体，斯芬克斯象征自然的融合态——幽魂。斯芬克斯被细致描绘：女人的胸脯是包裹心的胸腔之外看似多余的存在，如同剑鞘之外的绣金丝囊，呈现包裹状；狮子是力量的象征，狮爪将力量束缚于坚硬不朽的角质之中，是力量受到神性节制的象征；斯芬克斯还身生鸟翼，而鸟是神之灵；这些细节都指向超越态；斯芬克斯是被擢升的大自然，是人神兽的融合体。斯芬克斯的尾巴也是一个很有意思的象征，它与圣人手中鞭指向同样的事物，尾巴与鞭子展开来是直线，卷起来是螺旋体。尾巴的摆动就是双旋锥的往复循环运动。斯芬克斯的尾巴其实就是舞蹈的女孩，也是圣人的鞭子，圣人手中鞭既是开启历史螺旋的启示之箭，也是螺旋本身。《月相》一诗中九尾猫那与灵魂进阶相应的新尾也是同类象征。斯芬克斯的头颅也是女孩和佛陀的头颅。斯芬克斯、佛与女孩本为不可分割的三位一体。叶芝没有写圣人与斯芬克斯面面相觑，是因为基督教或别的原始极宗教都割裂了斯芬克斯和她的尾巴，圣人手中只有鞭子。佛教等对应极宗教注目的才是整全的斯芬克斯，并信仰道法自然。圣人手中鞭／启示之箭亦是《快乐牧羊人之歌》中的寒星祸镞，以及《隐秘的玫瑰》中照亮马厩的一绺金发。

一手举起一手垂歇的佛陀大约是并施无畏印和与愿印的佛陀，无畏印令众生远离恨怨怖畏，与愿印令众生心愿得偿。佛陀的手印指示着其所在的超越两极对立的离欲得乐之态。我们或许也可以把无畏印和与愿印对应于永恒瞬间的天体和幽魂，交迭态的双螺旋。无畏印指向英雄或愚人为狂野之怒（或一个吻，一口火焰的呼吸）而轻掷肉身的瞬间，象征灵魂向天体归溯的一跃；与愿印指向幽灵堕向幽魂的随心漫游之途。在梦中玩耍的女孩指向个体或集体思想意识之螺旋体，玩耍指舞蹈，在于佛陀和斯芬克斯两极之间的摇摆往复。女孩在第十五相已然死去，指向肉身死亡或意识放空的状态，舞蹈只在于梦态，在于第十三旋锥，是永恒一瞬之内的舞蹈。

这种两极对立态之上的超越性就是叶芝的终极信仰，所以他说："直到我死，却不会有比之更真确的事出现"。在满月之光下，自然宇宙和精神宇宙这对立的两极面面相觑，斯芬克斯凝望的是佛以理智之火煅烧过的世界：已知和未知的万物，而佛陀凝视的斯芬克斯这激情漫溢的可燃物，被爱与不被爱的一切。

叶芝在诗作中多次征用斯芬克斯的形象，想来是对这一神话形象背后的象征性含义有着深透的领悟。斯芬克斯最初源于埃及神话，但为人们熟知的是古希腊神话中的版本：狮身人面双翼兽斯芬克斯踞于忒拜城外的峭壁之上，拦住过往行人，猜不中其谜语的人就会被扼死，而猜中谜底的俄狄浦斯就顺利进城当上了国王，展开其弑父娶母的命运，斯芬克斯则从峭壁上自堕而亡。斯芬克斯之谜是一个人生之谜："什么动物早晨用四条腿走路，中午用两条腿走路，晚上用三条腿走路？腿最多的时候，也正是他走路最慢，体力最弱的时候。"如果把宇宙永恒的原点看成宇宙的终极之谜，那么谜面就是幽魂，谜底就是幽灵，而天体是这两者的融合。叶芝也曾提到三位一体结构可以两性关系和孩子的诞生作为隐喻，即幽魂为母，幽灵为父，天体为子（古埃及的欧西里斯／伊希斯／荷鲁斯，基督教中圣灵／圣父／圣子也均采用同样的隐喻模式，只不过基督教对作为象征的圣灵和圣母做了割裂处理，圣母只是凡人）。俄狄浦斯识破了谜底，灵魂从天体下堕，转生尘世。如同天神吞吃幼子是灵魂经由幽灵上溯原点的隐喻，斯芬克斯坠崖和俄狄浦斯弑父娶母也成为灵魂下堕尘世的隐喻，识破谜底即为取代幽灵，是弑父的动作，进入尘世拥抱螺旋体即为娶母；斯芬克斯的下坠意味着幽魂向下的流溢和自然宇宙螺旋体的展开。卡巴拉生命之树顶端第一圆王冠之下的一条直线名为深渊，也意味着峭壁的存在。王冠下堕后成为第六圆，其含义为国王，国王以倒悬（投渊）之姿，才能与底端代表新娘的第十圆 Malkuth 结合，完成灵魂从精神到物质的流转。

第三节是对双重幻象作用下的觉知之心的描写。没有记忆的夜晚，即无梦的睡态，晦月态；女孩是天体，灵魂之完满和谐态的幻象，这幻象是灵魂脱出思维之制后的无意识舞步所化。疯狂的汁液指的是融合了激情的天理，液态火。脉搏因这不朽的激情而跳动，心垣坍塌。荷马的美之范本是海伦，特洛伊城的陨落成就了她美貌的传奇；焚城的大火与不朽之美在牧童眼中点燃的惊奇同归一火。愚谬之极是帕里斯王子完全被激情主宰了的头脑所在的愚人态。思想的共性和影像的共性，晦月与满月指向同样的两极结构，晦月是思想的融合态，满月是全部念欲凝汇于一个完美影像；拉力即联结和相互作用，"我"即灵魂，灵魂陷于两极拉力之间，愚人在于圣人和觉态之间。西方海域是日落之地，是离欲之海，连接彼岸的海，西方之海的迷狂与"狂怒的潮水"一样，都指向超越态。

冥思者之心当顿悟之际，被启示中的完美幻象点燃，心之冀求化作激越混沌之音，随后它又亲吻了理智的坚石，此心既是歌者亦是觉者，便可以将混沌之音整理为理智的歌吟，此歌既是呼喊又是言说。这歌吟承载了诗人在科马克废殿颓墙下思接千载神游八方的片刻所悟，这片刻对诗人而言意味着永恒。根据凯尔特神话，古代爱尔兰的王族之王即至高王在塔拉山举行加冕仪式，至高王会登上命运之石（Lia Fial，也就是叶芝早年经常陪茅德·岗去拜谒的那块石头），此时石头会发出呼喊，证明王权乃神授和天命所归。叶芝显然对这一神话故事进行过仔细的参悟，并将其熔炼成了象征素材和哲学观构件。

诗分三节，对应晦月、满月和交迭态三相。第一节为隔行押韵，第二、三节为双行押韵。在早年给友人凯瑟琳·泰南的一封信里，叶芝谈及成名作长诗《莪相漫游记》时说："我已经埋葬了我的青春，并在上面垒了一个云冢。"而这首诗，也仿佛重重叠叠的意象聚拢而成的金色云团，当中包裹着奥义之幽灵。

《迈克尔·罗巴尔茨与舞者》

Michael Robartes and the Dancer （1921）

·阅读中的叶芝

复活节，1916

白天结束时，我遇见过他们，

面容生动地走来，

来自十八世纪的灰色屋群，

从其间的办公桌或是柜台。

我经过他们，点头

或致以礼貌而空泛的话语，

或停留片刻，又

礼貌而空泛地说上几句。

客套未完我便想到

一则笑话或一句调侃，

用来取悦一位友伴，

在俱乐部的炉火畔，

我心中清楚他们与我

不过生活在人人披着斑驳杂色的处所：

但一切都已变更，完全变更：

一种可怖的美已诞生。

那位女士的白天

用于履行无知的善愿，

她的夜晚用于争论

直至话音变成尖叫。

但谁人嗓音能似她那般甜润，

当那时年轻又美貌，

策马向猎兔犬奔去？

这位先生开办有一所学校，

将我们的带翼飞马驾驭；

那一位是他的助手和朋友

正在形成他的气候；

他本可能最终将声名拥有；

他的天性看着那样敏感，

他的想法那样甜美大胆。

还有一位先生我曾想象

是一个自大的醉鬼与粗汉。

他曾犯下最可恼的错枉，

对我放在心上的一些人，

而我仍将他写入歌吟；

他，也退出了他的表演，

在一场即兴的喜剧中间；

他，也进行了他的变更，

完全的蜕变：

一种可怖的美已诞生。

那些心灵将单一目标抱持，

历经寒暑，看似

已化成一块坚石，

扰动着人世的河溪。

那来自大道的马匹，

那骑手，那漫游的鸟雀

从一朵云飞向翻卷的云里，

每分每秒，它们变动着；

溪水上一片云的影子，

也在变动，每时每刻；

在溪边滑行的一只马蹄，

在溪中泼溅水花的一匹马儿；

潜入水中的长腿雌水鸡，

对着雄水鸡呼唤的雌水鸡；

他们活着，每刻每时：

在这一切之中，有一块坚石。

过于长久的祭献

可以让心如石坚。

哦它何时才能满足？

那是天意所辖，而我们的义务

是将一个又一个名字低喃，

像母亲将她的孩子轻唤，

当沉睡终于笼罩

那些肢体，它们一度狂野奔跑。

那只是夜色苍茫？

不，不，不是夜色而是死亡；

那终究只是不必要的死亡？

因为英格兰或会守信而行，

为所有做了又说过的事情。

但我们知道他们的梦想；

知道他们梦过又死了，这已足够；

若是爱得太多，他们至死困惑又如何？

我将之写成韵诗——

麦克唐纳和麦克布莱德

还有康诺利和皮尔斯

现在和将来的日子里，

凡是披绿之地，

都已变更，完全地变更：

一种可怖的美已诞生。

Easter 1916 (1916)

I have met them at close of day
Coming with vivid faces
From counter or desk among grey
Eighteenth-century houses.
I have passed with a nod of the head
Or polite meaningless words,
Or have lingered awhile and said
Polite meaningless words,
And thought before I had done
Of a mocking tale or a gibe
To please a companion
Around the fire at the club,
Being certain that they and I
But lived where motley is worn:
All changed, changed utterly:
A terrible beauty is born.

That woman's days were spent

In ignorant good-will,

Her nights in argument

Until her voice grew shrill.

What voice more sweet than hers

When, young and beautiful,

She rode to harriers?

This man had kept a school

And rode our winged horse;

This other his helper and friend

Was coming into his force;

He might have won fame in the end,

So sensitive his nature seemed,

So daring and sweet his thought.

This other man I had dreamed

A drunken, vainglorious lout.

He had done most bitter wrong

To some who are near my heart,

Yet I number him in the song;

He, too, has resigned his part

In the casual comedy;

He, too, has been changed in his turn,

Transformed utterly:

A terrible beauty is born.

Hearts with one purpose alone

Through summer and winter seem

Enchanted to a stone

To trouble the living stream.

The horse that comes from the road,

The rider, the birds that range

From cloud to tumbling cloud,

Minute by minute they change;

A shadow of cloud on the stream

Changes minute by minute;

A horse-hoof slides on the brim,

And a horse plashes within it;

The long-legged moor-hens dive,

And hens to moor-cocks call;

Minute by minute they live:

The stone's in the midst of all.

Too long a sacrifice
Can make a stone of the heart.
O when may it suffice?
That is Heaven's part, our part
To murmur name upon name,
As a mother names her child
When sleep at last has come
On limbs that had run wild.
What is it but nightfall?
No, no, not night but death;
Was it needless death after all?
For England may keep faith
For all that is done and said.
We know their dream; enough
To know they dreamed and are dead;
And what if excess of love
Bewildered them till they died?
I write it out in a verse—

MacDonagh and MacBride

And Connolly and pearse

Now and in time to be,

Wherever green is worn,

Are changed, changed utterly:

A terrible beauty is born.

【注】

从十二世纪英王亨利二世率军占领爱尔兰开始，直到叶芝的时代，英国对爱尔兰的殖民历史长达七个多世纪，而英爱民族矛盾又和新教天主教之间的宗教矛盾交缠在一起，局面错综复杂。期间爱尔兰人反抗殖民统治的斗争不断，内部纷争也不断。1916 年在都柏林爆发的复活节起义是继前面提到的 1798 年起义之后影响最大的一次抗英行动。

1798 年起义失败后，英国与爱尔兰合并为大不列颠和爱尔兰联合王国，爱尔兰议会被废除，英国议会中增设爱尔兰代表席位。爱尔兰民族主义者从一开始便反对这种做法。十九世纪中期爆发的土豆歉收大饥荒中，英国政府的处置不当尤其加剧了英爱民族矛盾。十九世纪晚期各种民族主义运动风起云涌。C.S. 帕内尔领导的爱尔兰议会党寻求在联合王国之内实现议会自治，并提交了两次"在家自治法案（Home Rule Bill）"，均以失败告终。帕内尔死后，民族主义者们以各种形式寻求从英国更彻底的脱离和独立，这其中既包括叶芝与格里高利夫人发起的爱尔兰文艺复兴运动，也包括主张武装暴动的新芬运动。

1912 年，第三个在家自治法案在英国议会被提出；1914 年 9 月，准许爱尔兰在家自治的法条通过，由于第一次世界大战的爆发，规定这一法条延期至战后执行的法条也同时颁布。但战争的时长超出了人们的预期，法条的一再延期执行引发了怀疑和不满，起义领导人判断此时英国疲于应付与德国的战事而无暇他顾，便趁机举事。

1916 年 4 月 24 日，复活节后的星期一，起义爆发。起义由爱尔兰共和国兄弟会发起，组织了一支约 1200 人的队伍，主要由爱尔兰志愿军、爱尔兰国民军和 200 名妇女联合会成员构成，其中志愿军的领导人是帕特里克·皮尔斯，国民军的领导者是詹姆斯·康诺利。他们迅速占领了都柏林市区的各个重要据点，并选择邮政大楼作为起义指挥总部，在此宣告爱尔兰共和国成立。英国迅速调集军队进行镇压，短短六天后，起义军无条件投降，起义宣告失败。

随后，英国政府处决了十六名起义领导者和更多的参与者，并对英国士兵针对都柏林平民的一些暴行采取纵容态度。起初，都柏林普通民众对起义还感到震惊和有些不理解，但随后，英国政府的残酷镇压激起了民众的普遍愤慨，为民族独立而抗争的意识空前高涨，以新芬党为代表的武力共和派获得了大多数民意支持。此后经过三年（1919–1921）英爱战争，爱尔兰终于取得了独立，爱尔兰自由邦成立。

以上便是爱尔兰历史上著名的复活节起义的前因后果。难怪在某部纪录片的开头，一位学者评价说这次起义的意义不在于它如何成功，而在于它如何失败，而经叶芝转述的茅德·岗的观点是："一种悲剧性的尊严又回到了爱尔兰。"[i]《复活节，1916》里反复唱响的副歌"一种可怖的美已经诞生"正是对这一观点的呼应。

这首诗的手稿末尾标注的写作日期是 1916 年 9 月 25 日，不过在 5 月给格里高利夫人的一封信中，表露了当时他已经在构思此诗："我想为这些被处决的人写一首诗——'可怖的美又诞生了'。"[ii]

诗分四节，一、三两节各有十六行，二、四两节各有二十四行，

i　Allan Wade. ed. *The Letters of W. B. Yeats*, 613.

ii　Ibid.

海伦·文德勒曾分析指出这些数字分别对应着起义的月份年份和日期，足见叶芝的精心构思。

　　起义者中不乏叶芝的好友故交。第一节由两部分构成：前面的叙事和后面的副歌。在前一部分叶芝以非常平淡的笔触描绘了他记忆中这些人的群像：一群上班族。都柏林的传统建筑大多采用灰色花岗岩和石灰岩作为外立面，十八世纪的灰色屋宇既是这些人工作的地方，也指向十八世纪（在叶芝看来，乔治王时代是一个诞生伟大思想者的时代，同时还爆发了历史上最大规模的抗英起义）以来谋求民族独立的爱尔兰精神传统，灰色为不朽思想之色。"人人披着斑驳杂色的处所"既指向政见不一的人们杂处的都柏林俱乐部，也指向广义上的人间，因为神界的纯色之光在人间被散射为斑驳杂色，是以芸芸众生皆身披斑驳杂色；Motley 一词在英文中也指小丑的衣服，而小丑为喜剧演员。西方文学传统中多有"人生是一场喜剧表演"的譬喻。叶芝也曾在《幻象》一书中将原始极历史螺旋中的人生比做"即兴喜剧（Commedia dell' Arte）"，并进行了详细的阐述。平凡的群像与平淡的叙述与此节末尾两句突起的副歌形成了强烈的对照。

　　第二节叶芝开始逐个描绘起义者在日常生活中的剪影，却不点名。那位女士，指的是康丝坦斯·马基耶维奇（Constance Markievicz, 1868–1927），她在起义后一度被判处死刑，因女性身份逃过一劫，出狱后还担任了爱尔兰自由邦的劳动部部长。在另一首诗《纪念伊娃·戈尔–布斯与康·马基耶维奇》里，叶芝回忆年轻时曾去过她的家，梨萨黛尔邸，她是与叶芝亲密交谈的两个美丽女孩中的一个。记忆中甜美的贵族女孩变成一个尖啸着表达政治观点的女人，似乎曾令叶芝感到遗憾。开办有一所学校的男士指的是前文提到的帕特里克·皮尔斯（Patrick Pearse，1879–1916），他开办的学校是圣恩达学校（St. Enda's School），他是这所学校的校长，同时还是一位诗人。带翼飞马指希腊神话中从美杜莎脖颈中飞出的佩加索斯（Pegasus），飞马是诗歌想象力和灵感的象征。下一位被提及的皮尔斯的"助手和朋友"指的是麦克唐纳（Thomas MacDonagh，1878–1916），他不仅在圣恩达学校担任校长助理，在起义中也充当着皮尔斯的副手。他也是一位诗人和剧作家。叶芝在1909年的日记中曾提及"此人有一定的文学才具"。最后被提的"醉鬼与粗汉"是岗的前夫麦克布莱德（John MacBride，1868-1916）。他因为过于受英国政府的关注而被起义的组织者排除在外，起初对此完全不知情。起义当天，他外出去与来都柏林办婚礼的弟弟会面，在街上偶遇起义的队伍，便上前提供帮助，被临时任命为指挥官，加入了战斗。叶芝丝毫不打算为之避讳，重提他过往的一些劣迹（在离婚过程中，他曾被指控对十岁的伊索尔德有不轨之举，但这一指控未被法庭采信）。这些故交在叶芝的笔下，呈现的并非是全然令人愉悦的面貌，而是一个个各具特点，甚至是缺点的凡人。这些令人倍感真实的描写与节尾的副歌形成了更为鲜明而具体的强烈对照。这些人都退出了在人间喜剧中的表演，成为悲剧中的英雄。

如果说前两节平白的叙事是非典型叶芝诗风的话，那第三节便又回到了他的典型诗风，以象征手法来为使这群人越众而出舍身成仁的抽象事物造像，这一节也是全诗的核心，也是唯一没有添加副歌的一节。叶芝将义士们的坚执信念比喻成一块坚石，扰动着人世的河溪，接着对河溪展开了由远及近的描绘，以其每时每刻的运动衬托坚石的静态。在叶芝对于河溪动态景色的描绘中也包含着玄学的层次，对应着灵魂从精神向物质层面不息的流转，亦即不朽之境的坚石如何影响现实生活的过程。马为海神之马，是群体意识中的自然力之马，马蹄指向被约束的、有节制因而达成超越的自然力，所以可以驰行水上和沙地。驾驭着这些激情之马的骑手，是完满激情的符号，是传说中的仙灵，骑手和马指向自然宇宙的灵力。鸟儿指向精神宇宙的灵力，鸟儿从一朵云飞向另一朵翻滚的云，指向灵力在不同的思想境界之间的直线运动，与奔马的蜿蜒之道形成对照。镜头由远及近，马儿进入水中，飞鸟和云团投影水面，水禽倒扎入水（指向倒吊人），都是灵魂下堕，抽象的精神力量影响现实中人们意识的过程，因而坚石正在于这一切的运动过程之中。

第四节，叶芝以一连串的设问自答推开重重迷惘和疑惑，抵达一个坚定的内核，对起义之举做出了清晰的肯定，并一一报出起义者的名字，再次奏响朝向不朽精神和永恒之美的赞歌，全诗在情绪的高点结束。"太长时间的祭献，可以让心如石坚"，意指爱尔兰反抗殖民统治的斗争持续了七个世纪，时间长河中无数失败者的牺牲证明和固化了民族独立的意愿。它何时能实现呢？这是天意，我们要做的是铭记这些牺牲者，念出他们的名字。彼时爱尔兰仍有很多人怀疑这次起义是无谓的牺牲，因为英国已经通过了允许爱尔兰自治的法条，只是因为战事尚未实行，为什么不能先等等看呢。叶芝挥开了这层疑云：即便如此，他们梦过，并为这梦想献出了生命，这就足够了。不必要的牺牲显示了他们过多的爱，"所有最具价值的事物正是无用的"（《诗歌与传统》），因为美生发于我们认为的多余之物中。我叶芝要将他们的名字写入韵诗，让他们流传后世，为整个国族所纪念，那过多的爱将溢出时间之外。绿色是象征爱尔兰的色彩。披绿之地，意指纯粹而坚定的爱尔兰民族精神存在着的地方，与前面"披着斑驳杂色的场所"形成对照。至此，起义的价值被清晰地呈现。

叶芝曾将诗稿寄给茅德·岗，岗在回信中这样说：

> 我不喜欢这首诗，它没有反映你的水准，最重要的是，它也配不上它所写的事件——虽然它或许反映了你目前的思想认知，但它还是不够诚恳，因为你作为一个研究过哲学并且懂点历史的人，应该很清楚牺牲不会让心变成石头，牺牲只是让很多人变得不朽，也是人类抵达神的唯一方式。你在诗行里承认了这一点，这一点也是你此诗原本的灵感："一种可怖的美诞生了"，但你让你现在的情绪妨碍和混淆了这一点，致使诗中有些地方让很多人感觉难以理解……至于我的丈夫，他已经穿过基督开启的牺牲之门进入了永恒，因而赎清了全部的罪过，所以我只希望他能收到一些祈愿……你这首诗有些句子很美，就像你写的其他东西一样，但它不是那种我们民族会珍视和传诵的有活力的诗篇，像你这样的诗人应该为你的民族写出那样的诗篇，藉由精神性的美代偿我们现实中的失败。[iii]

岗希望叶芝不要重提前夫黑材料的心情也可以理解，不过事实反驳了她的评论。正是叶芝准确而不避讳的写法赋予这些从人间喜剧中走出的悲剧英雄以层次和鲜活感，诗也因此更为可信和有感染力，成为关于这次起义的广为传诵的名篇。

---

iii *The Gonne-Yeats Letters 1893–1938*, 384–385.

二度降临

旋转，旋转，依着越来越广袤的螺环
隼已听不见主人的呼唤；
事物分崩离析；中心无力辖聚；
空余无主的混乱散落于世界，
血色染暗的潮水倾泻，每一处
天真的典仪被淹浸；
最好的人缺失了确信，而最坏的人
满怀热切。

确然一些启示近在眼前；
确然二度降临即将应验。
二度降临！一语未毕
一个庞大的幻象便自幽影结界现示，
搅扰我的视线：在那沙漠的沙地间某处，
一个身形，长着狮子的躯体和人的头颅，
它的凝望似太阳般空洞无情，

挪动着迟缓的大腿，而它的周遭

飞旋着愤怒的沙漠鸟影。

黑暗再次笼罩；但如今我知道

那二十个世纪的沉睡如磐

被晃动的摇篮扰入了梦魇，

怎样粗蛮的兽，它的时代终于到来，

为降生，懒散地行去伯利恒？

The Second Coming (1919)

Turning and turning in the widening gyre

The falcon cannot hear the falconer;

Things fall apart; the centre cannot hold;

Mere anarchy is loosed upon the world,

The blood-dimmed tide is loosed, and everywhere

The ceremony of innocence is drowned;

The best lack all conviction, while the worst

Are full of passionate intensity.

Surely some revelation is at hand;

Surely the Second Coming is at hand.

The Second Coming! Hardly are those words out

When a vast image out of Spiritus Mundi

Troubles my sight: somewhere in sands of the desert

A shape with lion body and the head of a man,

A gaze blank and pitiless as the sun,

Is moving its slow thighs, while all about it

Reel shadows of the indignant desert birds.

The darkness drops again; but now I know

That twenty centuries of stony sleep

Were vexed to nightmare by a rocking cradle,

And what rough beast, its hour come round at last,

Slouches towards Bethlehem to be born?

【注】

《新约》的最后一卷《启示录》中记载了使徒约翰在海岛山洞中所见的关于未来的幻象：耶稣会重返人间，人类将面临最后的审判，不信他的人将会在末世的大灾变中毁灭，只有坚信他的人会得救，并从此永居乐土。这就是基督信仰的关键性概念：基督重临和末日审判。对于这一概念的阐释和重临时间节点的推测历来众说纷纭。这首《二度降临》或许是英语世界里最为知名的现代诗篇之一，叶芝在其中给出了自己版本的末世天启之幻象，与《新约》中的记载有着一些外部设定上的吻合，却在内涵上有着颠覆性的不同。

在为此诗撰写的长注里，叶芝通过迈尔克·罗巴尔茨之口简略地介绍了他的双旋锥历史循环论：

> 这种形态起源于一条直线（代表着当下的时间，当下的情绪，当下的主观生活）和一个平面（代表着当下的空间，当下的智识，当下的客观生活）；而围绕一个轴心的双旋锥似乎体现了线和面两种运动之间的冲突，在平面上的扩展运动与在直线上的攀升运动相互制约。旋转总是在向内或者向外进行，因为一种运动总是强过另一种运动。换言之，人的灵魂也总是在向外部世界扩展或向内心回溯；这样的运动是双重的，因为灵魂若非悬于两极之间就不会有意识，两极对比越强，意识愈激烈……

> 这一形态对历史而言也是成立的，当一个时代的螺旋扩展到极致，或收缩到极致，这个时代就来到了末端，总会接收到具有另一个时代特质的启示。目前的生命螺旋是向外扩展的，不同于

基督诞生之前向内收缩的螺旋；这个螺旋已经接近了扩展的极限。即将到来的启示会带有与之相反的向内螺旋的特质。我们所有科学的、民主的、事实累积的、异质杂处的文明属于向外的螺旋，它的发展不会一直延续，等待它的是闪电般到来的启示，来自必将缓慢取而代之的新文明的启示将发生在不止一个地方，并且会在一段时间以内反复出现……[i]

在《幻象》一书中，我们可以读到进一步的表述："在一个以必然性、真实、善、机制协调性、科学、民主、抽象化、和平为主题的时代之后，到来的是一个以自由、虚构、恶、类聚性、艺术、贵族统治、个性化和战争为主题的时代。"(*A Vision*,1962,52)

在《叶芝和他的拜占庭诗篇》中，我简略介绍了叶芝的双旋锥历史循环论。叶芝认为基督信仰主导的（也就是向外部扩展的）两千年原始极大螺旋已经展开到了极致，旋环即将崩溃，天启将反复出现。《二度降临》写于1919年1月，其时一次世界大战和西班牙大流感刚刚过去，复活节起义后爱尔兰国内的动荡中也酝酿着战争，世界充斥着流血和死亡事件，很难不让人产生置身末世灾变之感。诗的第一节便是以象征性的幻象呈现了这同时发生在现实世界和内心世界的末世图景。隼为猎鹰，象征着时代思潮和个人意志，主人为神，或基督信仰。此时基督信仰已然崩塌，无法主导时代精神，牵制人们的思想。基督信仰的核心是十字架上以己之血为世人赎罪的耶稣，装着基督之血的圣杯是这核心更为简洁的象征。现在这螺旋中心的圣杯已然

---

i   A. Norman Jeffares, *A New Commentary on the Poems of W. B. Yeats*, 239.

翻覆，血色潮水倾泻而出。天真的典仪指向祈祷或忏悔等礼拜神的典仪，人们通过这些仪式让灵魂复归天真与平静。血色潮水淹浸了天真的典仪，在现实中有着诸多对应的事件，例如叶芝曾在信中提及的俄国罗曼诺夫皇朝末代沙皇一家在祈祷时被杀害之事；在象征层面上，潮水为感官意识的象征，血色为热情和暴力之色，血色潮水指向非理性的情绪和暴力冲动。按照基督信仰中善与恶的二分法，最好的人指虔诚的信徒，最坏的人指信敌基督（指向狄俄尼索斯，与之关联的酒亦为血色）的人。在这样的情形下，狄俄尼索斯致人醉狂的水淹没了上帝的典仪，基督教的信徒也不再有确信，而异教的信徒却放纵着非理性的情绪。

第二节写一片混乱中到来的天启幻象。Spiritus Mundi 是拉丁文的 World Spirits，叶芝曾在注释中解释 Spiritus Mundi 是"一个包容了各种形象的仓库，那些形象已不属于任何个人或幽灵"[ii]。这是天体三位一体之幽灵／大心灵的又一称谓，正如 Anima Mundi（世界灵魂，Soul of World）就是幽魂／大记忆；幽影结界这仓库中的形象，正是永恒瞬间中的天体，白女的数不尽的幻梦。

在 1934 年为《复活》所作的序言中，叶芝这么写道："……我开始想象，如往常一样，刚好在我左侧目之余光能见的范围之外，有一头长着黄铜翅翼的野兽，我把它看作是狂欢之毁灭的象征。"[iii] 在一条脚注里，叶芝明确地指出这也是《二度降临》中描述过的兽。狮身人

---

ii   A. Norman Jeffares, *A New Commentary on the Poems of W. B. Yeats,* 243.

iii   *The Variorum Edition of the Plays of W. B. Yeats*, edited by Russell K. Alspach, Macmillan Company, 1966, 932.

面，外加黄铜翅翼，叶芝在冥想末世天启时召唤至心目前的形象无疑与埃及沙漠和希腊神话中的斯芬克斯有着高度的重合。狮身指向兽性或自然力，人面指向头脑或理智，双翅指向两者融合的超越态，三者合一是为人神兽的合一体。在神话学者叶芝的理解中，斯芬克斯的形象应该指向狄俄尼索斯，灵魂的融合态，与耶稣象征着的灵魂割裂态相对，而"狂欢的毁灭"也正是描述酒神祭仪可以用到的词汇。

太阳是感官激情的象征，属于酒神的象征体系。所以兽的凝望似太阳般空洞而无情。叶芝在《幻象》中曾对各个历史时期的雕塑艺术中的眼部形态进行过分析。在属于对应极的历史螺旋里，如古希腊古典时代，雕像的眼神是空茫的，因为人们追求的不是客观世界的存在之物，而是内心世界的虚空。所以兽的凝望是空洞的，无情也与耶稣的怜悯形成对照。迟缓的大腿既是对雄狮强壮腿肌的写实，也表达了与理性智识相对的自然激情的凶猛强劲和笨拙的特征。

晃动的摇篮，指向失衡和行将崩溃的旋环。正是旋环的晃动将沉睡的自然力唤醒为梦魇之兽。在叶芝版的末世天启里，重临的并非基督和他的羔羊，而是狄俄尼索斯和他的狮子，或者说人神兽的合体斯芬克斯。二度降临是曾为基督信仰取代的酒神信仰的二度降临。

关于二度降临真正到来的时间，叶芝在给格里高利夫人的信中提到或许还要再过一百五十年。

为女儿的一次祈愿 (1919)

风又在吼，半掩于

摇篮顶罩和被子里，

我的孩子在沉睡。别无阻拦，

只有格里高利的树林和一座光秃的小山，

让那横扫干草垛和屋顶的风暴，

起于大西洋的，停留于此；

我踱着步祈祷了一个小时

因那巨大的阴霾盘踞在我头脑。

我踱着步为这幼小的孩子祈祷了一个钟头

听见海风尖啸着撞上塔楼，

穿过桥下那些拱洞，又

在涨水溪流上方的榆林里尖啸；

想象中的幻景令人兴奋，

似乎未来岁月已经来临，

舞步应着那疯狂的鼓音，

来自那海水一派嗜杀的天真。

愿她被赐予美丽的容颜
但不要美到惑乱陌生人的眼，
或镜前自己的眼，若那样，
便是美丽过了量，
认为美便已足够，
会丢失自然的亲和，也可能丢失
见真心而不错选的亲密关系，
永远找不到朋友。

被选择的海伦发现生活乏味又单调，
后来一个愚人又为她带来许多烦恼，
而那位伟大的女王，从浪沫中涌现，
没有父亲的她本可以随自己的心愿，
却选了一位罗圈腿的铁匠作为配偶。
无疑倾城佳人们吃的是
一种古怪的沙拉搭配肉食，
丰饶之号就这样被解构。

我将让她着重修习谦恭礼仪；

心不是礼物能被赐予，而是被赢取，

由那些并不十分美丽的女人；

虽然许多人，扮演过愚人，

为那美之本体，而和婉魅力让他们变得明智。

许多可怜的男人漂泊过，

爱过，以为自己被爱过，

一种傲然风流令他的视线无法挪移。

愿她长成一棵隐匿之树，披着茂叶，

所有的思绪一如红雀，

别无旁骛，只向周围播放

它们慷慨的鸣响。

只在嬉戏时飞逐，

只在嬉戏时吵嚷。

哦愿她的生活像青青桂树一样，

植根于那亲切而恒定之处。

我的头脑，因那些我爱过的头脑，

那种我心仪过的美貌，

而不曾繁茂，近来已干枯，
但我知道，若将恨意满咕，
那很可能是最坏的厄运。
若心中没有恨意
任那疾风扫荡吹袭，
红雀从不离开枝头。

理性的怨恨更是糟透，
因此要让她觉得定见都是受了诅咒。
我何尝未见过最秀美的女子
出生于丰饶号角里，
因被执念占据头脑，
用号角，以及恬淡天性所能理解的
美好的一切，
换得一个老风箱，充满了疾风怒号。

想想这些，从此驱逐一切怨恨，
灵魂恢复根本的天真，
并终于了解，它是自我取悦，
自我抚慰，自我惕戒，

灵魂自己甜美的意愿便是天国的意愿；

她可以，即便每一种面容都会苦恼，

每处多风的区域都会吼叫，

每个风箱都会爆裂，幸福依然。

愿她的新郎领她去一处宅院

那里的一切都被传统和礼仪熏染；

而傲慢与恨怨只是

大街上兜售的器物。

若非孕育于习俗和礼仪之中

天真与美丽将如何生成？

礼仪是丰饶号角的别称，

而习俗是月桂一树葱茏。

A Prayer for my Daughter

Once more the storm is howling, and half hid
Under this cradle-hood and coverlid
My child sleeps on. There is no obstacle
But Gregory's wood and one bare hill
Whereby the haystack—and roof-levelling wind.
Bred on the Atlantic, can be stayed;
And for an hour I have walked and prayed
Because of the great gloom that is in my mind.

I have walked and prayed for this young child an hour
And heard the sea-wind scream upon the tower,
And under the arches of the bridge, and scream
In the elms above the flooded stream;
Imagining in excited reverie
That the future years had come,
Dancing to a frenzied drum,

Out of the murderous innocence of the sea.

May she be granted beauty and yet not
Beauty to make a stranger's eye distraught,
Or hers before a looking-glass, for such,
Being made beautiful overmuch,
Consider beauty a sufficient end,
Lose natural kindness and maybe
The heart-revealing intimacy
That chooses right, and never find a friend.

Helen being chosen found life flat and dull
And later had much trouble from a fool,
While that great Queen, that rose out of the spray,
Being fatherless could have her way
Yet chose a bandy-legged smith for man.
It's certain that fine women eat
A crazy salad with their meat
Whereby the Horn of plenty is undone.

In courtesy I'd have her chiefly learned;

Hearts are not had as a gift but hearts are earned

By those that are not entirely beautiful;

Yet many, that have played the fool

For beauty's very self, has charm made wise.

And many a poor man that has roved,

Loved and thought himself beloved,

From a glad kindness cannot take his eyes.

May she become a flourishing hidden tree

That all her thoughts may like the linnet be,

And have no business but dispensing round

Their magnanimities of sound,

Nor but in merriment begin a chase,

Nor but in merriment a quarrel.

O may she live like some green laurel

Rooted in one dear perpetual place.

My mind, because the minds that I have loved,

The sort of beauty that I have approved,

Prosper but little, has dried up of late,
Yet knows that to be choked with hate
May well be of all evil chances chief.
If there's no hatred in a mind
Assault and battery of the wind
Can never tear the linnet from the leaf.

An intellectual hatred is the worst,
So let her think opinions are accursed.
Have I not seen the loveliest woman born
Out of the mouth of plenty's horn,
Because of her opinionated mind
Barter that horn and every good
By quiet natures understood
For an old bellows full of angry wind?

Considering that, all hatred driven hence,
The soul recovers radical innocence
And learns at last that it is self-delighting,
Self-appeasing, self-affrighting,

And that its own sweet will is Heaven's will;
She can, though every face should scowl
And every windy quarter howl
Or every bellows burst, be happy still.

And may her bridegroom bring her to a house
Where all's accustomed, ceremonious;
For arrogance and hatred are the wares
Peddled in the thoroughfares.
How but in custom and in ceremony
Are innocence and beauty born?
Ceremony's a name for the rich horn,
And custom for the spreading laurel tree.

【注】

在先后向岗和伊索尔德求婚失败后，1917年9月，时年52岁、急于结束单身状态的叶芝向25岁的乔治·海德-李斯（Georgie Hyde-Lees）求婚，10月两人便在伦敦举行了婚礼。不过这也并非仓促凑合之举。叶芝与乔治相识已久，乔治是奥利维亚·莎士比亚女儿的好友，她俩是叶芝与庞德隐居荒沼石屋时的邻居，且乔治从1914年起也加入了金色黎明隐修会。婚后乔治对叶芝颇为包容和理解。为缓解他的焦虑情绪，她引导叶芝开始了一项叫做"自动书写"的通灵操作。这一做法将叶芝的注意力进一步转向了玄学，并导致了《幻象》一书的问世。

1919年2月，他们的女儿安妮出生。4月叶芝开始创作这首长诗。诗分十节，每节八行，按照AABBCDDC走韵。长诗记录了一次风暴来临时，诗人为熟睡中的女儿所作的祈祷。1–2节描述了祈祷发生的情境，现实中的风暴也应和着叶芝头脑中预见到的大时代的螺旋更替之际的风暴；3–10节包含了他为女儿的三个祈愿，从中我们可以看到他对于理想女性特质和生存状态的理解。有国外学者认为此诗形制与《纪念罗伯特·格雷高利少校》相似，这一安排可能说明了两首诗在主题上的互补性：在那一首纪念友人之子的诗里叶芝透露了自己对于理想男性特质的理解。

第一节的尾句"我踱着步祈祷了一个小时／因那巨大的阴霾盘踞在我头脑"和第二节的首句"我踱着步为这幼小的孩子祈祷了一个钟头"形成重叠，一、二两节因此可视为一个类似于两环相扣的整体。对于新手父亲而言，风暴过境时的库尔庄园既是实景亦指向心中幻象，踱步祈祷的一小时也是思接古今、前尘旧梦与未来憧憬汇集于当下的一小时，诗节视觉上的交迭态也映射着内在意涵上的交迭态。

读过《无法静息的仙军》的我们自然会记得叶芝将人类的婴儿与仙灵婴儿进行过的对照，而此诗节中也隐含着此一对照的具体例子：在诗集《迈克尔·罗巴尔尔茨与舞者》中，《二度降临》的尾句交代了新时代的人类信仰之灵去往伯利恒投生，而紧邻《二度降临》的此诗开头便出现了诗人自己的女婴在风暴过境的摇篮中沉睡的场面。或许诗人为之祈祷的幼小婴儿并非仅止于自己的女儿。

我们前面分析过，格里高利夫人的树林象征着诗人内心冥思的密林，光秃的小山指包含石道墓的圆丘，是传说中丘仙们所来之处，象征着内心世界之核之根源。生成于大西洋上的暴风指向笼罩于感官之海上的精神气旋，这小山和树林阻挡了风暴，使之在此地回旋，因此便有了接下来的尾句，意指诗人蹀步祈祷时占据脑海的便是新时代的螺旋幻景。想到女儿的成长或许与这新螺旋的展开同步，诗人心中既期待又担忧，既将螺旋称为"巨大的阴霾"，又表示"想象中的幻景令人兴奋"。

第二节承接第一节开始描写风暴回旋的细节：这风暴在塔楼、拱洞、榆林中撞、穿、啸，凶猛暴烈，荡平草垛和屋顶。塔楼与拱洞指向灵魂向内心深处回溯的过程或通道，塔楼为直线通道，拱洞指向弧线通道。塔顶和草垛顶盖指向灵魂上溯过程中的天人／人兽之隔，此刻被此疾风摧毁，天人／人兽的界限便消弭了。尽管《二度降临》中对"粗蛮的兽"的描绘看似可怕，但叶芝其实一直期待着时代精神朝向对应极的转变，期待着"爱与恨的疾风刮起的时刻"，所以此刻脑中的幻景令他激动不已；应和着屋外的狂风，他仿佛看到了新的历史螺旋已然展开，听到了酒神祭仪般的疯狂鼓音，感受到了那完满的激情。海水弑杀的天真，意指自然激情也包含着非理性的凶暴能量。

第三节祈祷正式开始。第一个祈愿是希望她拥有美貌，但也不要过分美丽。因为美超越凡尘便会失去自然的属性，会影响亲密关系，导致孤独。这样的美是一种过于强大的、凡人难以驾驭的力量，会令人令己迷失或狂乱。叶芝玄奥的理论推导出的结论倒是令人忍俊不禁地想到如今的俗语"漂亮到没朋友"。

第四节里他便列举了两位非凡的美人作为例子：古希腊的海伦和阿芙洛狄忒。海伦是宙斯和丽达的女儿，由继父斯巴达国王做主，嫁给了墨涅拉奥斯，后来又与特洛伊王子帕里斯私奔到了特洛伊，引发了特洛伊之战。给她带来麻烦的愚人指帕里斯，愚指的是他被美完全占据了心神，失去了理智，愚人便是凡人。从浪花中涌现的女王是爱与美之神阿芙洛狄忒，她嫁给了火神赫菲斯托斯，而赫菲斯托斯双腿孱弱不良于行（火象征纯粹精神态的存在，所以叶芝诗中对德鲁伊的描绘也是不具行动力的，与火神的不良于行类似）。叶芝曾多次将岗比作海伦或希腊神话中的女神，此诗中"倾城佳人"显然也包括选择嫁给一介武夫的岗。在《幻象》一书中，叶芝认为海伦对应于第十四月相，这个月相会诞生极其美丽的女子，宛如对应极能量的一个幻影，表面上冷淡，柔弱，但出现在人类的心目之前，却会产生如同钻石划玻璃般的力量，这些女子的命运是被选择，遭受暴力；而阿芙洛狄特对应于第十六月相，这个月相也会诞生极其美丽的女子，也仿佛对应极能量的幻现，这些女子有着神女的身姿，仿佛背着月神的箭筒，但总是做错误的选择，推动暴力。

第五节推出了"谦恭礼仪"作为美貌的对照物。礼仪附丽于文化传统和内在精神，是文化和精神之美的示现，与容貌这样的自然之美互相补备。于此时的叶芝而言，涵养之美甚至比容貌之美更重要，正如此时的乔治在他心中的分量或许已经超过了岗。此节中"美之本体"指向如岗一般拥有非凡美貌的女人，而"和婉魅力"指向乔治这样富于涵养和性格魅力的女人。此节的最后三行是叶芝对于自己与岗的前尘旧事的回瞥。傲然风流（glad kindness）与自然亲和（natural kindness）构成对照。叶芝常用 glad 来形容岗，这里的 glad kindness 与《当你老了》中的 glad grace 大致相当，glad 在此含有傲然自在，风流自得之意。Glad 和 happy 也是叶芝用来形容仙灵神族的词汇。

第六节到第九节是关于第二个祈愿：愿她的灵魂长成一棵青葱月桂树，扎根于静定之境，自足安宁，慷慨欢悦。生命之树是个体或集体之灵魂或精神存在的象征，栖息其中的红雀是思绪和灵感的象征。在表达过对女儿未来的精神世界的期许之后，叶芝开始回顾和分析自己的人生教训，以反例来佐证自己的观点。这四节或许可以看成是对早期的《双树》一诗主题的回响。这首诗里的"理性的怨恨"对应着《双树》里的"不安思绪的群鸦"，是红雀的反面。最秀美的女子自然是指茅德·岗。叶芝早年便试图说服岗改变她的激进政治观念，因为在他看来那是被愤怒和仇恨主宰了的执念，却收获了挫败和长久的情感失意，后来才终于意识到岗与他"灵魂不同族"。岗出身于军官世家，美貌过人，却为煽动和组织暴力活动而奔走呼号，在这里被叶芝形容为生于丰饶号角里，却用自己拥有的全部美好换取了一个怒号的风箱。

丰饶号角在本诗中是出现了三次的关键词汇。希腊神话中仙羊阿玛忒亚以羊角流出的玉露琼浆将雷神宙斯哺育，那似乎取之不尽的角便是丰饶号角。在叶芝的象征体系里，号角也与月亮关联，在另一首诗《月下》中，叶芝将猎月称为"饥馑号角"，相应地，丰饶号角或许指获月。角之为物，附着于头颅又高处其上，无用而美，羊角、鹿角与月本属于同类象征，指向天体，理智之美。因此这里提及丰饶号角，一方面是说她们那样无与伦比的美貌是永恒之美的道成肉身，亦即前面"美的本体"之意；一方面也是指爱尔兰悠久的文化传统之美，而岗生长在这样的国度和文化氛围里，却没有被熏染，抛却了内在灵性之美。

丰饶号角被解构，意味着火态三位一体中幽灵溢出，天体下堕。若以吃为隐喻，融合态的天体以幽魂为肉食，以幽灵为点睛之配菜，亦即"静女大笑着啖她的狂野之心"。古怪的沙拉指向下溢的幽灵，亦即疯狂的想法，理性的怨恨，执念。理性的怨恨为什么糟糕呢？因为它导致了灵魂的失衡和下堕，就像亚当受到诅咒的下堕，所以"定见是受了诅咒"。为什么天神下凡（解构态的天体）的岗偏偏会抱持那样激烈的政治主张，为什么她会选择那样古怪的男人，在此叶芝以隐晦的玄学分析为自己做出了明白的解答。

在对自己的人生失意之处做了黯然神伤的回顾之后，叶芝在最后一节发出了最后一个祈愿：祈愿女儿能遇到与她灵魂相通的人。宅院是古老文化传统的象征。在这宅院中生长的青青桂树，是民族习俗的桂树，民族灵魂的桂树，而生出于习俗之中的礼仪，仿如悬挂于桂枝上的明月，那古老的号角，丰饶号角。相比容纳习俗和礼仪的宅院，傲慢和怨恨不过是大街上兜售来去的器物，狭隘片面，脆弱易碎。《周易·系辞上》曰："形而上者谓之道，形而下者谓之器"，此处的器物与《易经》中的器同义，指向形成了言说的思想观念，亦即上文的"定见"或"理性的怨恨"。新郎领新娘去往宅院，意即他们的灵魂归属于这样恒存而宽广的文化传统，并在其中相通。个体的灵魂只有扎根于这样的静定之所，才能也伸展为青青桂树。

战时的一次冥思

因为动脉的一下悸颤，
那时我坐在被风吹折的老树底
那块古老的灰石上面，
我明白了，惟一瞬有生气，
而人类是无生气的幻现。

A Meditation in Time of War (1920)

For one throb of the artery,

While on that old grey stone I Sat

Under the old wind-broken tree,

I knew that One is animate,

Mankind inanimate fantasy.

《塔楼集》

The Tower （1928）

・叶芝

驶向拜占庭

I

那不是年迈之人的国度。年轻的人
在彼此的怀抱中，鸟儿在树上
——那些将死的世代——在歌吟，
鲑鱼稠密的瀑布，青花鱼麇集的海洋，
游鱼，走兽与飞禽，在长夏一季里赞美
孕育，出生又消亡的万类。
沉陷于感官的音乐，它们却
一起将那无龄智识的丰碑忽略。

II

年迈之人不过是无用物事，
悬挂于杆子上的破旧罩衣，
除非灵魂拍手作歌，歌声愈高昂，
为那每丝每缕的必朽皮囊，
并没有教授歌吟的学堂，只有勘研

的碑林，耸立着自身的庄严；
因此我远渡重洋，抵临于
拜占庭这圣城之域。

Ⅲ
哦先贤们于神的圣火中伫立，
彷若位在镶花成像的黄金之壁，
从圣火中出来吧，依螺旋游移，
做我灵魂的歌吟之师。
燃尽我心；它因念欲成疾
又绑缚于奄奄待死之兽身，
它不知它所是；请将我收进
那永恒之巧制。

Ⅳ
一旦超脱于自然，我将永不
取身形于任何自然之物，
而要取形于，那古希腊金匠以
锤金和鎏金之艺打制
用来保持那渴睡国王之清醒的品器；

或者栖落于金枝之上歌吟

向着拜占庭的王公仕女们

那已逝，将逝和将来之事。

Sailing to Byzantium (1926)

I

That is no country for old men. The young

In one another's arms, birds in the trees

—Those dying generations—at their song,

The salmon-falls, the mackerel-crowded seas,

Fish, flesh, or fowl, commend all summer long

Whatever is begotten, born, and dies.

Caught in that sensual music all neglect

Monuments of unageing intellect.

II

An aged man is but a paltry thing,

A tattered coat upon a stick, unless

Soul clap its hands and sing, and louder sing

For every tatter in its mortal dress,

Nor is there singing school but studying

Monuments of its own magnificence;
And therefore I have sailed the seas and come
To the holy city of Byzantium.

III

O sages standing in God's holy fire
As in the gold mosaic of a wall,
Come from the holy fire, perne in a gyre,
And be the singing-masters of my soul.
Consume my heart away; sick with desire
And fastened to a dying animal
It knows not what it is; and gather me
Into the artifice of eternity.

IV

Once out of nature I shall never take
My bodily form from any natural thing,
But such a form as Grecian goldsmiths make
Of hammered gold and gold enamelling
To keep a drowsy Emperor awake;

Or set upon a golden bough to sing

To lords and ladies of Byzantium

Of what is past, or passing, or to come.

此首注文请见书中附录《叶芝和他的拜占庭诗篇》

一九一九

I

许多精巧迷人的事物已然消失，
于普罗大众它们看似全然的奇迹，
被保护，以将月之运行规避，
那运行将平凡事物设定。伫立于
青铜和石质的装饰物里
是那古老的形影，制成以橄榄木——
菲迪亚斯那闻名的象牙雕刻已然消失，
消失的还有那全部的金蚂蚱和蜜蜂头饰。

在早年，我们也拥有许多漂亮的玩具：
一种法则，冷对苛责或赏赞，
贿赂与威胁；那些习俗让旧日的错误
融化，像蜡之在于太阳光线；
民众的想法经历如此漫长的时间成熟，
我们觉得它会在未来日子里永远绵延。

哦我们以前想得太好，因为我们觉得

最坏的恶棍和流氓们已然灭绝。

所有的牙齿都已拔出，所有古老的技巧无人知晓，

威武之师不过装腔作势之事；

若没有大炮曾被改造

成犁铧又何妨？国王和议会想的是

除非一些火药被燃烧，

号手或许也能将号角间或吹起，

但那缺失了全部的荣耀；可能

卫兵困倦的战马也不会跃腾。

如今的时代充满动荡，噩梦长驱于睡眠：

一支昏醉的队伍可以抛下

那位母亲，她被杀死于家门边，

在自己的血泊中爬行，却无人付出代价；

夜晚渗出恐惧淋漓如早前

早于我们以思想将哲学拼洽，

欲将世界整理于一套规则，

但我们只是黄鼠狼争斗于洞穴。

那些能读懂征兆的人并非被动地沉溺

于麻醉物带来的半自欺，

那浮浅智识的麻醉物；那些人知道没有作品能持续，

无论健康、财富和心境的平宁如何被投入

智识或手艺的杰作之构筑，

没有荣耀离开丰碑能够留住，

那些人只余一种安慰：所有的成就功业

都将于它幽影般的孤寂之上碎裂。

但此中可能寻见任何慰告？

人有所爱，所爱者恒消逝，

还有什么可说？那个国度周遭

无人敢于承认，若这样一个想法属于自己，

纵火犯和偏执狂将会被看到

将卫城的残桩焚毁，

并砸碎名贵的象牙，

贩卖起蜜蜂和蚂蚱。

II

当洛易·弗莱的中国舞者们抛卷

一张闪光的网，一道飘浮的布练，

便似有一条空气之龙

降落于舞者之中，将他们旋转，

或是，从它的迅疾之路上将他们驱赶；

同样的还有那柏拉图大年，

向上旋出新的正确与谬误，

又向下把那旧的旋入；

所有的人都是舞者，他们的足音

汇入那钟声铿锵又粗浑。

III

一些伦理学家和神话诗作者，

将孤独的灵魂比于天鹅；

此喻与我心意相合，

合意于，若一个不安的镜面将之映现，

在它生命短暂的光华消逝之前，

它那情状的幻影；

翅膀半张为飞行，

傲然将胸脯耸挺，

无论是为嬉戏，还是为驭乘

夜色迫近时那些喧嚷的风。

一个沉浸于自己隐秘冥思的人，
就是迷失于自布的迷阵，
在那艺术或政治的领域；
一些柏拉图主义者断言于此
我们应当抛却身体换取的状态里
古老的习俗在持续，
若我们的功业可以
与我们的呼吸一道消失
那便是幸运之死，
因为成功只会有损于我们的孤寂。

天鹅已经跳入凄清的天堂：
那幻影可以带来野蛮，带来暴狂
终结一切事物，终结
我劳碌一生的想象，
和那想象未尽，书写未竟的册页；
哦我们梦想着去修葺
那加诸人类折磨的，

看似恶作剧的一切，但如今

当冬天的风刮起，

才明了做梦之时我们头顶已遍布裂纹。

IV

七年之前，我们那时

言及荣誉和真理，

发出愉悦的啸叫，当我们展示

那黄鼠狼的扭摆舞，那黄鼠狼的牙齿。

V

来吧让我们仿效伟人

他们头脑中载着如许负荷，

辛劳非常至夜之深沉，

身后留存丰碑铭刻功业，

不曾想过那风会荡平一切。

来吧让我们仿效智者；

向所有那些历法册页，

他们疼痛的老眼聚焦着视线，

他们从未看见季节如何转变，
如今却向太阳瞪起空茫望眼。

来吧让我们仿效善人
他们喜好美德，那美德或许欢欣，
且厌弃孤寂，
那孤寂或为假期标志：
风声尖啸——可他们在哪里？

自那以后将仿效者仿效，
那些人不愿以举手之劳
去将善人，智者和伟人帮到，
去阻挡那恶浊的风暴，因为我们
都交换着仿效。

VI

暴动在路上：群马的暴动；
一些马拥有英俊的骑手，佩了花环
在那纤巧敏锐的耳或者飘荡的长鬃，
环绕轨道的圈圈奔跑已令它们疲倦，

全都破碎又消散，邪恶的力量在积攒：

希罗狄亚的女儿们又已回返，

一阵忽来疾风将尘沙漫卷，

而后足音如雷，幻影骚动，

她们的目标在于风之迷宫；

假使某只疯狂的手敢于将某个女儿触碰，

她们会全都转头，发出情欲的呼声，或愤怒的呼声，

依着那些风，因为她们全都盲了眼。

但现在风住了，尘埃落下，当此间，

蹒跚而过的，一双空洞的大眼

被笼罩在稻金色的呆愣卷发之下，

是罗伯特·阿尔提森那个傲慢的魔鬼，

凯特莱女士为爱憔悴，向他

递上青铜色孔雀翎毛，和雄鸡的鲜红冠冕。

Nineteen Hundred and Nineteen (1921)

I

Many ingenious lovely things are gone
That seemed sheer miracle to the multitude,
Protected from the circle of the moon
That pitches common things about. There stood
Amid the ornamental bronze and stone
An ancient image made of olive wood—
And gone are Phidias' famous ivories
And all the golden grasshoppers and bees.

We too had many pretty toys when young:
A law indifferent to blame or praise,
To bribe or threat; habits that made old wrong
Melt down, as it were wax in the sun's rays;
Public opinion ripening for so long
We thought it would outlive all future days.
O what fine thought we had because we thought

That the worst rogues and rascals had died out.

All teeth were drawn, all ancient tricks unlearned,
And a great army but a showy thing;
What matter that no cannon had been turned
Into a ploughshare? Parliament and king
Thought that unless a little powder burned
The trumpeters might burst with trumpeting
And yet it lack all glory; and perchance
The guardsmen's drowsy chargers would not prance.

Now days are dragon-ridden, the nightmare
Rides upon sleep: a drunken soldiery
Can leave the mother, murdered at her door,
To crawl in her own blood, and go scot-free;
The night can sweat with terror as before
We pieced our thoughts into philosophy,
And planned to bring the world under a rule,
Who are but weasels fighting in a hole.

He who can read the signs nor sink unmanned

Into the half-deceit of some intoxicant

From shallow wits; who knows no work can stand,

Whether health, wealth or peace of mind were spent

On master-work of intellect or hand,

No honour leave its mighty monument,

Has but one comfort left: all triumph would

But break upon his ghostly solitude.

But is there any comfort to be found?

Man is in love and loves what vanishes,

What more is there to say? That country round

None dared admit, if Such a thought were his,

Incendiary or bigot could be found

To burn that stump on the Acropolis,

Or break in bits the famous ivories

Or traffic in the grasshoppers or bees.

II

When Loie Fuller's Chinese dancers enwound

A shining web, a floating ribbon of cloth,

It seemed that a dragon of air

Had fallen among dancers, had whirled them round

Or hurried them off on its own furious path;

So the Platonic Year

Whirls out new right and wrong,

Whirls in the old instead;

All men are dancers and their tread

Goes to the barbarous clangour of a gong.

III

Some moralist or mythological poet

Compares the solitary soul to a swan;

I am satisfied with that,

Satisfied if a troubled mirror show it,

Before that brief gleam of its life be gone,

An image of its state;

The wings half spread for flight,

The breast thrust out in pride

Whether to play, or to ride

Those winds that clamour of approaching night.

A man in his own secret meditation
Is lost amid the labyrinth that he has made
In art or politics;
Some Platonist affirms that in the station
Where we should cast off body and trade
The ancient habit sticks,
And that if our works could
But vanish with our breath
That were a lucky death,
For triumph can but mar our solitude.

The swan has leaped into the desolate heaven:
That image can bring wildness, bring a rage
To end all things, to end
What my laborious life imagined, even
The half-imagined, the half-written page;
O but we dreamed to mend
Whatever mischief seemed

To afflict mankind, but now

That winds of winter blow

Learn that we were crack-pated when we dreamed.

IV

We, who seven years ago

Talked of honour and of truth,

Shriek with pleasure if we show

The weasel's twist, the weasel's tooth.

V

Come let us mock at the great

That had such burdens on the mind

And toiled so hard and late

To leave some monument behind,

Nor thought of the levelling wind.

Come let us mock at the wise;

With all those calendars whereon

They fixed old aching eyes,

They never saw how seasons run,

And now but gape at the sun.

Come let us mock at the good

That fancied goodness might be gay,

And sick of solitude

Might proclaim a holiday:

Wind shrieked— and where are they?

Mock mockers after that

That would not lift a hand maybe

To help good, wise or great

To bar that foul storm out, for we

Traffic in mockery.

VI

Violence upon the roads: violence of horses;

Some few have handsome riders, are garlanded

On delicate sensitive ear or tossing mane,

But wearied running round and round in their courses

All break and vanish, and evil gathers head:

Herodias' daughters have returned again,

A sudden blast of dusty wind and after

Thunder of feet, tumult of images,

Their purpose in the labyrinth of the wind;

And should some crazy hand dare touch a daughter

All turn with amorous cries, or angry cries,

According to the wind, for all are blind.

But now wind drops, dust settles; thereupon

There lurches past, his great eyes without thought

Under the shadow of stupid straw-pale locks,

That insolent fiend Robert Artisson

To whom the love-lorn Lady Kyteler brought

Bronzed peacock feathers, red combs of her cocks.

轮子

在冬时我们呼唤春时，
在春时又把夏时呼唤，
当茂密的树篱长成环绕之势，
又宣告，冬时是所有之中最好的时段；
那之后便无什么是好的，
因为春时尚未出现——
我们也不知搅动我们血液的
正是血液对坟墓的渴盼。

The Wheel (1921)

Through winter-time we call on spring,
And through the spring on summer call,
And when abounding hedges ring
Declare that winter's best of all;
And after that there's nothing good
Because the spring-time has not come —
Nor know that what disturbs our blood
Is but its longing for the tomb.

丽达与天鹅

突然的一击：巨大的翅膀仍然拍动
在那摇晃的女孩上方，她的大腿被爱抚
以黑色的蹼，她的后颈被衔于他的喙中，
他将她无助的胸脯抵于自己的胸脯。

那些惊恐又茫然的手指如何能
从她渐渐松弛的大腿上推开那覆羽的辉荣？
躺在白色的灯芯草丛，那身体如何能
不感受到陌生的心就在那里跳动？

腰部的一下颤栗就此引发
断壁残垣、燃烧的屋顶和高塔，
而阿伽门农死去。
                            被如此卷缠，
被如此掌控，由那空中的蛮暴血液，
她可曾因他的力量而将他的知识获得，
在那冷漠的喙松开让她掉落之前？

Leda and the Swan

A Sudden blow: the great wings beating still
Above the staggering girl, her thighs caressed
By the dark webs, her nape caught in his bill,
He holds her helpless breast upon his breast.

How can those terrified vague fingers push
The feathered glory from her loosening thighs?
And how can body, laid in that white rush,
But feel the strange heart beating where it lies?

A shudder in the loins engenders there
The broken wall, the burning roof and tower
And Agamemnon dead.

     Being so caught up,
So mastered by the brute blood of the air,
Did she put on his knowledge with his power
Before the indifferent beak could let her drop?

【注】

此诗作于 1923 年 9 月，1924 年初次发表于《日晷》，叶芝在手稿中一度将其命名为"报喜（Annunciation，在基督教教义中，这个词特指天使报知圣母受孕之喜）"。

在《幻象》和《穿越月色宁谧》中，叶芝谈到人类整体和个体在时间中的螺旋运动也可以用两性关系和孩子的诞生来作为譬喻，这无疑与东方哲学中的阴阳学说存在契合，而西方的神话和宗教故事也蕴含着同样的形象思维，它们都属于人类共通而恒久的想象传统。叶芝在他的诗歌生涯中写了一系列"天启或报喜"诗篇，都是透过对神话和宗教故事的诠释与再现来表达他对于历史螺旋交替之机的理解和判断。具体而言，《一幕剧的两首歌谣》（Two Songs From A Play）写的是原始极主导的基督信仰螺旋对于对应极主导的古希腊酒神信仰螺旋的颠覆和取代；《二度降临》则是对于即将取代基督信仰之螺旋的新时代螺旋的展望；《上帝的母亲》是基督信仰时代的报喜篇；《丽达与天鹅》则是古希腊文明的报喜篇。

《丽达与天鹅》也被用作《幻象》一书中"鸽子或天鹅"一章的章首诗。关于古希腊文明螺旋对古巴比伦文明螺旋之更替的报喜，叶芝在书中是这么表述的：

> 我想象开启古希腊文明的报喜降达于丽达。我记得在斯巴达的神殿中，他们将她未孵化的一个蛋作为神迹用绳链兜住悬挂在屋顶下；从她的一个蛋中孵化出了爱，另一个蛋中孵化出了战争。但所有的事物都起自其对立面，以我的无知，当我努力想象何为

这报喜所拒斥的更古老文明时，我能看见的是鸟和女人掩去了巴比伦数学星光的一角。(*A Vision*,1925，181)

在希腊神话故事中，宙斯化身天鹅袭击了斯巴达王后丽达，与其交合。丽达产下两枚鹅蛋，从其中一个蛋里孵化出了海伦和波吕丢刻斯，从另一个蛋里孵化出了卡斯托尔和克吕泰涅斯特拉。海伦长大后以美貌闻名于世，她与特洛伊王子帕里斯的私奔引发了长达十年的特洛伊战争，特洛伊城最终陷落，文明覆灭。她的姐姐克吕泰涅斯特拉则嫁给了迈锡尼国王阿伽门农，阿伽门农后来成为特洛伊之战中的希腊联军统帅。在战争中，他曾经将女儿伊菲革涅亚献祭于神。后来，克吕泰涅斯特拉为女儿复仇，联合情人杀死了战后归家的丈夫。

按照叶芝的双旋锥历史循环论，当物质时空的螺旋发展到极致，第十三螺旋（亦即火态三位一体）便会介入，向其注入相反的精神能量，开启新螺旋。这种注入也对应着新柏拉图主义太一向下流溢出理念和灵魂的瞬间搏动。叶芝把握了神话和形而上学共通的深层思维，征用神话再现了这一抽象过程。宙斯化身天鹅，指向天体（太一）流溢出幽灵（理念），天鹅为神之灵的象征，作为全诗的开头"突然的一击"，指向天体（太一）的创世一搏。丽达是幽魂及其流溢物——世界的化身，是与灵相对的螺旋之体。天鹅对丽达的袭击、交合中的颤栗对应着幽灵向幽魂的流溢，是一种掌控加注入的动作。摇晃的女孩指向失衡的、濒于崩塌的螺旋，客观世界的集体意识旋环。"后颈衔于喙"这一意象也出现在《印度人谈造物主》中："那一位，将世界衔于喙，决定我们的衰颓或强健，/ 是一只不死的红松鸡"。在《阿娜殊娅和维迦亚》中，叶芝也描绘过造物主之喙搅扰溪流的动作："他是一位闻名的渔者；一时辰又一时辰／他以喙探皱那一溪鱼米云集的水。"这些随手拈来的例子都佐证了此处天鹅和女孩作为象征之所指。英文中的蹼为web，亦有"网"之含义，黑色的蹼因此指向夜之网，思想之网；大腿为螺旋的驱动，被黑色的蹼笼罩和爱抚，也意味着灵对体的掌控和制动。

当旧世界的一切毁坏和崩塌之际，人们的内心感到极大的震撼和惊吓，然而启示和顿悟往往发生在这样的时刻。松弛的大腿意味着放弃的抵抗（自我），在完全的顺服和被掌控状态中，女孩听到了另一种陌生的心跳。天鹅胸脯上平滑的白色绒毛在此与灯芯草丛的意象合一，指向融合态与神界。这心跳既是天鹅的心跳，也是女孩自己的，因为灵与体已然合一于心。阿伽门农和普里阿摩司一样，是在历史交替、人类灵魂达成顿悟的瞬间中被牺牲的王，象征被燃耗的凡众之心。

所以第三节的开头紧接着便提到交合之际的震颤，阳物（幽灵）的流溢。幽魂已然接受了幽灵的注入，新的时代精神将主导着对应极螺旋的展开。"断壁残垣、燃烧的屋顶和塔楼"既具体地指向特洛伊城陷落时崩塌的城墙，焚城的大火，同时也有其象征意义：对应极的精神能量将引导人类朝向内心世界探索，去灵魂深处摧枯拉朽，攻城略地，消弭边界。事实上，在古希腊文明代表的时代螺旋中，包含着各种形而上学的集大成时代，雅斯贝尔斯所说的"轴心时代"，是为人类文明在精神探索向度上的重要突破期。在这个时期里，尤其是公元前五世纪，世界各地的文明中都出现了伟大的人物：柏拉图、释迦牟尼、孔子……他们的思想成就迄今深刻地影响着人类社会。

诗的末节是一种设问式的肯定。叶芝想表达的或许是，女孩在顺从神力的瞬间听到了陌生的心跳，领悟了神意的节奏，获取了他的知识。冷漠的喙松开的瞬间，能量已经完成了注入和传递。一个新的世界将从陨落的旧世界之中诞生。空中的蛮暴血液，点明了对应极精神能量的特质：是激情（血液）主导的非理性的凶暴能量，这样的能量带来爱的同时也会带来战争。

丽达与天鹅象征着的螺旋更替与我们即将面对的螺旋更替同为对应极螺旋对原始极螺旋的取代，因此叶芝写作此诗也意在拟古喻今。在一条诗注中，叶芝写道：

> 我写丽达与天鹅是因为某政治评论杂志的编辑向我约一首诗。我想，"个人主义的、蛊惑民情的运动自霍布斯滥觞，被百科全书派[i]和法国大革命发扬光大，这之后，我们的社会土壤已被耗竭，几百年之内不可能再长出庄稼了"。接着我又想到，"现在唯有自上而下，由某种剧烈的报喜引发的运动是可能的。"我开始玩味丽达与天鹅的隐喻，写出了这首诗。我在写的时候，鸟和女人占据了场景，政治的部分消失了，我的朋友跟我说，"他那些保守的读者可能会误解这首诗"[ii]。

或许是叶芝作为象征主义大诗人的声名使得这首经典之作免于被解读为小黄诗的命运，他的编辑朋友，《爱尔兰政治家》的乔治·罗素的担心似乎是多余的。

---

i 十八世纪法国启蒙思想家在编纂《百科全书》时形成的思想流派。

ii A. Norman Jeffares, *A New Commentary on the Poems of W. B. Yeats*, 295-296.

· 丽达（Leda），保罗·纳什（Paul Nash，1889–1946）作

在学童中间

I

我走过长长的教室，问着问题，

一个戴白兜帽的慈祥老嬷嬷做着回复；

孩子们将算术和歌唱学习，

将语文和历史研读，

并裁剪和缝纫，样样利落整齐，

依着最现代的范式——孩子们的双目

在片刻的好奇中瞠视

一个六十岁的笑眯眯的公众人物。

II

我悬想着一个丽达般的身形，弯腰于

暗弱的火堆上，悬想着一则故事——

她讲述的，关于一次苛责，或是

一件小事将某个童稚的日子化为悲剧——

被讲述，而我们的两种天性似乎融成

一个球体，因为我们年少的同情，

或者，将柏拉图的寓言稍作调整，
融成一个蛋壳里的黄与清。

Ⅲ
想到那一阵悲伤或怒气，
我的目光从这个孩子移向那边那个，
好奇她在这个年纪是否也如此站立
因为即便天鹅的女儿们也有着
每一蹼禽共享的遗传——
脸颊和头发显出那样的色泽，
我的心于是变得狂乱：
她作为活生生的孩子站立我面前。

Ⅳ
她现在的形容漂浮在我的脑中——
是否十五世纪的手指将之塑造
为脸颊凹陷，似乎它饮风
且以乱影为餐饱？
虽然我从来不是丽达的群属，
也曾有过漂亮的翎羽——打住，
还是最好报所有微笑以微笑，显得

这里的这个老稻草人还算亲切。

V

哪位年轻母亲，膝上承着一个形体，

繁衍蜜将之泄露，

而它必须睡眠、尖叫、挣扎着脱离，

如记忆或忘药所决定，

会将她的儿子，若她能看见那形体

头上承着六十几个冬天的痕影，

视为一种补偿，对于分娩的痛楚，

或他之出生的未卜？

VI

柏拉图认为自然不过是泡影戏，

在一套隐形的万物法则之上变幻；

更唯物的亚里士多德执起了教鞭

在众王之王的发端；

举世闻名的金腿毕达哥拉斯

拨弄着小提琴的弓或弦

弹奏那星辰吟唱、无忧缪斯听闻的乐曲：

那些悬挂在旧杆子上驱赶鸟儿的旧衣服。

VII

修女和母亲们都礼拜偶像，

但那些烛光照亮的神像

不似那些激生一个母亲遐思的形影，

它们只是保持着大理石和青铜器的静定。

但它们也可以令人心碎——哦那些形影

为激情，虔诚和爱所知的，

天国诸辉荣象征着的形影——

哦人类雄心中自我生成的模仿者；

VIII

在劳作即是绽放与舞蹈的地方

身体不为取悦灵魂而被虐伤，

美也并非生发于自身的绝望，

昏眼的智慧也并非来自夜阑灯残的苦研。

哦栗子树，根系深广的开花者

你是花，叶还是枝干？

哦随音乐起舞的身体，哦晶亮之瞥，

我们怎能将舞者从舞蹈中识别？

Among School Children (1926)

I

I walk through the long schoolroom questioning;

A kind old nun in a white hood replies;

The children learn to cipher and to sing,

To study reading-books and histories,

To cut and sew, be neat in everything

In the best modern way—the children's eyes

In momentary wonder stare upon

A sixty-year-old smiling public man.

II

I dream of a Ledaean body, bent

Above a sinking fire,a tale that she

Told of a harsh reproof, or trivial event

That changed some childish day to tragedy—

Told, and it seemed that our two natures blent

Into a sphere from youthful sympathy,

Or else, to alter Plato's parable,
Into the yolk and white of the one shell.

III

And thinking of that fit of grief or rage
I look upon one child or t'other there
And wonder if she stood so at that age—
For even daughters of the swan can share
Something of every paddler's heritage—
And had that colour upon cheek or hair,
And thereupon my heart is driven wild:
She stands before me as a living child.

IV

Her present image floats into the mind—
Did Quattrocento finger fashion it
Hollow of cheek as though it drank the wind
And took a mess of shadows for its meat?
And I though never of Ledaean kind
Had pretty plumage once—enough of that,
Better to smile on all that smile, and show

There is a comfortable kind of old scarecrow.

V

What youthful mother, a shape upon her lap
Honey of generation had betrayed,
And that must sleep, shriek, struggle to escape
As recollection or the drug decide,
Would think her son, did she but see that shape
With sixty or more winters on its head,
A compensation for the pang of his birth,
Or the uncertainty of his setting forth?

VI

Plato thought nature but a spume that plays
Upon a ghostly paradigm of things;
Solider Aristotle played the taws
Upon the bottom of a king of kings;
World-famous golden-thighed Pythagoras
Fingered upon a fiddle-stick or strings
What a star sang and careless Muses heard:
Old clothes upon old sticks to scare a bird.

VII

Both nuns and mothers worship images,
But those the candles light are not as those
That animate a mother's reveries,
But keep a marble or a bronze repose.
And yet they too break hearts—O presences
That passion, piety or affection knows,
And that all heavenly glory symbolise—
O self-born mockers of man's enterprise;

VIII

Labour is blossoming or dancing where
The body is not bruised to pleasure soul.
Nor beauty born out of its own despair,
Nor blear-eyed wisdom out of midnight oil.
O chestnut-tree, great-rooted blossomer,
Are you the leaf, the blossom or the bole?
O body swayed to music, O brightening glance,
How can we know the dancer from the dance?

【注】

此诗作于 1926 年 6 月，1927 年发表于《日晷》，后收入诗集《塔楼》。

1922 年 12 月，爱尔兰自由邦成立，叶芝因其声望和贡献当选参议员。作为参议员的叶芝也分管一个教育委员会。1926 年春叶芝在参议院发表了一系列相关主题演讲，呼吁增加教育投入，改善校舍和卫生状况，注重对穷苦人的教育。同年 3 月，他视察了爱尔兰东南部沃德福德市的蒙台梭利式圣奥特兰学校（Montessorian St. Otteran's School）（蒙台梭利是叶芝同时代的意大利幼教思想家，她倡导一种给予儿童更多尊重和自由，启发他们自主学习意愿的教育方式），这是一所具有革新意识、实践蒙台梭利教学法的天主教女校。叶芝视察后似乎感到大为满意，在随后的参议院演讲中盛赞了该校，并致信格里高利夫人称孩子们"文学作业中的散文和诗歌令人惊喜"，但他的妻子乔治却十分不喜欢这所天主教学校令人感到压抑的宗教氛围，并拒绝第二天继续陪同视察。

记录这次视察的长诗《在学童中间》被视为叶芝后期诗歌的代表作之一，诗分八节，为八行体，按 ABABABCC 押尾韵。诗的第一节是整首诗的空间起点。作为视察典仪上的官方代表，叶芝在一位嬷嬷的陪同下穿过长长的教室，巡视、提问并得到回答，最后在孩子们的瞪视中，诗的视角切换到诗人本身，切换到从恍然出神的瞬间进入的时间旅程：在接下来的诗节里，一个微笑的老稻草人巡视自己六十余年的漫长人生记忆，它的激情所在，它的老境悲哀，叩问存在的意义并给出终极之答。

很多国外诗歌评论者认为第一节对学校场景的描述中透露出明显

的讽刺意味，我认为这是过度阐释。无论从描述本身还是叶芝事后对之屡加赞扬的事实来看，他都是将视察所见视为现代学校教育的理想范本的。孩子们学习的科目内容也是互补和完备的，算术是探索世界的物质层面的必备知识，而歌唱则关乎人的心灵和精神层面。语文阅读可以拓展知识面，增加对世界了解的广博度，而学习历史则可以打通时间线上的知识纵深度，所谓渊与博。裁与缝则指代全部的动手能力。嬷嬷是慈祥的，孩子们整洁利落，视察的过程令人愉快，并且是有节律的：一问一答。正是在这样有节律的仪式性行走中，叶芝与孩子们交换了瞪视：一个处在人生收梢的老人面对着一群处在人生发端的孩子，强烈的对照引发百感交集，诗人被勾起了记忆，滑入出神瞬间。

叶芝在第二节里的回忆正是由眼前孩子们安宁自在的状态触发的反向联想。丽达般的身形指向茅德·岗。我们知道，在叶芝的诗里岗与海伦固定相关，海伦是丽达与宙斯的女儿，而随后的诗节中也再次提到"天鹅的女儿"。在他们一度非常亲密的年轻岁月里，岗或许曾向叶芝讲起过小时候因为一件小事遭受大人的严厉苛责。这个童稚时代的悲剧也引发了叶芝的情绪共鸣，就像古希腊人在观看悲剧时心灵得到宣泄和净化一样，这种共通的情绪让两人的灵魂紧密相融，成为叶芝毕生难忘时常回溯的激情瞬间。柏拉图在《会饮篇》中曾提到宙斯为了解除人类成神的威胁，将人劈成两半，就如同用头发切开鸡蛋一样，从此人类就执着于寻找自己的另一半。叶芝对这个比喻进行了微调以适应他自己的观点：男子的灵魂和女子的灵魂融合态像蛋清与蛋黄组成鸡蛋那样，是在融合中仍然保持着各自特性的整体。

第三节，叶芝又开始在眼前的孩子身上寻找岗当年的影子，因为就像天鹅的女儿也会分享普通禽鸟的特征一样，幼年的岗想来也有着和寻常孩子一般色泽的脸颊和头发。渐渐地，一个鲜活的形影出现在他的心目之前，他感到狂喜，但随即又想起了她现在双颊凹陷的样子，而他自己也一样，曾经拥有过饱满稚嫩的青春容颜，如今空余稻草人般的破败皮囊。

写下这些诗行的时候，叶芝的心中并非全然是悲伤。在叶芝的诗里，"双颊凹陷""凹陷的脸"曾被用于描绘过德鲁伊和但丁的样貌，这是智者和先知的特征。风是模糊欲念和希冀的象征，幽影是思想之灵的象征，餐影饮风也正是智者和先知所为。在《我是你的主人》一诗中，叶芝曾言及但丁凹陷的脸是一种精神性的饥渴所致，饥渴于摘下生命之树上的金苹果。"十五世纪的手指"在手稿中曾为"达·芬奇的手指"，指向文艺复兴时期的艺术大师。在《本布尔宾山下》一诗中，叶芝也曾赞美十五世纪的绘画艺术对神与圣人的样貌刻画正如人们半梦半醒恍惚态中所见的形影。所以叶芝在这里将自己称作和善的老稻草人时，也设下一问：衰朽皮囊是否正也意味着灵魂臻于智者之境？

第五节，叶芝再度折返设问。膝上的形体指腹中胎儿，繁衍蜜的概念在《雪莱诗歌中的哲学》一文中曾被提及，是来自古希腊新柏拉图主义哲学家波菲利的概念，是繁衍过程中感官快乐和理性之爱的融合物。如果年轻的母亲憧憬到的不是天使般可爱的婴儿，而是一个头上刻着六十余年风霜痕迹的老稻草人，她还会觉得分娩的痛苦和怀胎的不安是值得的吗？

第六节，叶芝列举了几个著名的古希腊哲学家和他们的伟大成就。西方唯心主义哲学奠基人柏拉图认为世界可分为永恒的理念界和变幻的现象界，而我们通过感官所知的现实世界不过是绝对理念的投影。他的学生亚里士多德的哲学思想相对而言则更为唯物向。亚里士多德也是一代雄主亚历山大大帝的老师，亚历山大从 13 岁起便接受他的教育和指导，习得文韬武略，后来征服广袤地域建立起庞大的帝国，是名副其实的众王之王的发端。早期耶稣的雕像也曾以亚历山大像为原型，而耶稣又被称为"万王之王"。毕达哥拉斯是生活在公元前六世纪的古希腊哲学家和数学家，因其惊人的博学和智慧被当时的人目为神，传说他是阿波罗的化身，长着黄金大腿，弹奏里拉琴的技艺高超。主张万物皆数的他用数来分析音阶，认为音乐的均衡美来自数比例的和谐，而宇宙天体的运动和距离变化也在形成着和谐的天体音乐。他曾说过："琴弦的嗡鸣中包含着几何学，而天体的排布运动生成着音乐。"

在 1926 年 9 月给奥利维亚·莎士比亚的信中，叶芝曾引用了这一诗节的初稿，并给出了说明："这里是我最近一次对老年的诅咒中的一个片段，它想表达的是，即便最伟大的人，当名满天下之时，也都成了夜枭（象征智慧的眼睛和头颅大过身体），或稻草人（坚硬的灵魂披着破败的皮囊）。亚里士多德，记得吧，是亚历山大的老师，因此有了 Taw【教鞭（birch）之一种】……"是的，叶芝援引这些人类思想史上的巨人为例，继续发出强烈感叹：智慧与声名的累积与青春蓬勃的肉身似乎从来不可得兼。另外值得一提的是，Taw 在英文中是一个多义词，一种含义指向皮革的鞣制工艺，因此 taw 有皮鞭之义；另一种含义与大理石弹游戏相关。这种游戏的玩法是投掷一个石弹去将圈内的石弹触动出圈。叶芝在这里没有直接使用 birch 而是 taw，似乎也意在一词双关，用 taw 暗示着亚里士多德的"第一推动者"概念。而

bottom 既指向被鞭子抽打的身体部位，也指向某种运动过程的发端。

第七节中叶芝列举了三种主宰人类的强烈情感：恋人的痴情、母亲的慈爱和修女的虔信。情人在忘我交融、母亲在遐思，修女在静默祈祷的片刻里，心目所见的完美形影，来自永恒之境，为天界辉荣所象征着，其实也是人心深处共通之地的自我生成的永生之物的投影，模仿者。永恒之境自我生成的模仿者也包含着"道法自然"之意。但修女崇拜的神像和母亲遐思中的幻影略有不同，神像静定，幻影富于生机。若对三种不朽激情加以分辨的话，它们分别指向连接天体三位一体（或生命之树顶层大三角）的三条直线，是天体之光。修女的静默祈祷指向幽魂被幽灵收摄归一的过程，其虔信对应暗夜星辰的寒辉（幽灵）；恋人的痴情指向愚人的一跃，永恒瞬间的理智与激情的融合态，完满之爱对应于满月之光（天体），是"一个吻"。母亲的遐思指向永恒瞬间之后幽灵的随心漫游旅程，三生万物的过程，母爱对应太阳（幽魂）之光，是"覆羽的辉荣"。"它们也可以令人心碎"意指这些完美的幻影唤起的巨大激情为凡人之心所不能承受，人总是处在思想和欲望的两极之撕扯中。

第八节便是对这些幻影所来的永恒之境的描绘。在那里，人类摆脱了亚当的诅咒，劳作本身即是美，是舞蹈；思想和欲望，灵魂和肉身不再是对立的两极；那里的智慧也不是源自令人老眼昏花的深夜苦读和钻研，而是直悟得来的真知。叶芝所信仰的灵魂溯归的终极形态，超脱于时间之外的不朽存在幻化为一棵根系深广的栗子树形象，是花叶枝干根系构成的不可分割的整体。随感官音乐摇摆的身体（舞者），如火焰般明亮的思想（舞蹈），也是令人欲辨已忘言的难分彼此之态。

一个既老又年轻的男人

I

初恋

虽如游弋的月亮被养护
于一群美的凶残幼雏中，
她散一会儿步便会脸红，
然后在我的小路上站住，
直到我以为她的身体里
将一颗血与肉之心载负。

但自从我伸一只手过去
发现那颗心是石头做的，
我已做过许多尝试，
但没有一次完成了，
因为每一只在月亮上游走的手
都是癫狂的。

她微笑，那笑让我变样，
变得像个冒失鬼般鲁莽，
东游游，西荡荡，
脑中空无所想，
比那月亮游走后
只有星星环游的天空还要空茫。

II
人的尊严

她的好心就像月亮，
若我可以称其为好心，
其中没有理解力，
且是同样的，对所有人，
就仿佛我的悲伤只是一种
画在墙上的见闻。

因此我像一块石头躺卧
在一棵折断的树下面。

我也许能恢复，若我
啸出心中的郁烦，
对着飞过的鸟，但我
因人类的尊严而哑然。

III
美人鱼

美人鱼发现一个泅水的少年，
选中他归于她自己，
将她的身体贴上他的身体，
大笑；又扎入水里
在残酷的幸福中忘了
即便情人们也会溺死。

IV
野兔之死

我已指出了那叫唤的一团，
那野兔纵向树林，

当我送去一句夸赞，

并像情人应当的那样欢欣，

为一只眼的垂合，

一摊血的漫浸。

但突然我感到揪心，

为她冷淡的神气，

我记起失落的荒境，

而后，又被从中扫离，

停下来伫立林中

沉思野兔之死。

V

空杯

一个疯狂的人找到一个杯子，

在几乎渴死的时候，

差点没敢将嘴唇沾湿，

想象着，被月亮下过咒，

再来一口，

他跳动的心就会爆掉。
去年十月我也找到了它
可发现它干得像块骨头，
为这原因我疯了，
我的睡眠已溜走。

VI

他的记忆

我们应该被掩藏，避开他们的眼睛，
只是一场神圣的演出，
一些如同棘木般被折断的身体，
受寒冷北风吹袭的棘木，
去想想被埋葬的赫克托耳
和没有活人知晓的事物。

女人很少思量
我的所行所言，
她们迟早要离了宠溺
去听愚蠢男人的嘶喊；

我的胳膊像扭曲的棘木，

可美人仍倚躺此处；

全部族第一的美人倚躺此处，

这样的快乐可曾使——

使得伟大的赫克托耳倒下，

整座特洛伊城被毁弃的——

她冲着这只耳朵喊：

"抽我，在我尖叫时。"

VII

他年轻时的朋友们

是笑声而非时间毁了我的嗓音

在其中掺入碎裂之调，

当月亮成了圆肚皮，

我得了好一通大笑，

因为老梅吉从巷子那头走来，

胸口捧着一块石头，

那石头上裹着一袭斗篷，

而她无止无休

唱着睡吧乖乖睡；

向来狂放又

贫瘠如一片碎浪的她

把那石头当成了小毛头。

而情史非凡的彼得

作为男人很主动，

他尖叫："我是孔雀之王"，

然后便在一块石头上坐定；

然后我笑得眼泪流下来

心在我身体的一侧狂跳，

记起她的尖叫是爱，

而他的尖叫出于骄傲。

VIII

夏和春

我们坐在一棵老山楂树下

聊天聊过一整夜

聊着那已被说过或做过的一切

从我们第一次看见光以来的，

后来当我们聊起成长，

得知我们是自一个灵魂劈出的两半，

一个便投入另一个的怀抱，

以便我们可以相合成整全；

于是彼得显出一种凶恶的表情，

因为看样子他和她

已谈起过他们的童年时日

也是在这棵树下。

哦当时那里是一场怎样的迸发，

怎样的放绽，

当我们拥有全部夏日时光，

而她拥有整个春天。

IX

老人的秘密

现在我拥有了老妇人们的秘密

其中包含了那些年轻人的秘密；
梅吉讲述那些当我血气方刚时
我也不敢想的事，
还有那曾经让一个情人溺死的，
听起来像老歌一支。

虽然玛格芮被惊得哑口无言，
倘若被丢到梅吉的路中间，
我们三人便组成一种孤寂；
因为如今活着的人里面，
无人知晓我们知晓的故事，
或是把我讲过的事情交谈：

那个最会讨女人欢喜的男人
如何消失，
那一对如何相爱多年，
这样的一对乃是唯一，
干草床的故事，
或鹅绒床的故事。

X

他的荒境

哦吩咐我登船并扬帆驶往
那枯藻如云的所在，
因为佩吉和梅吉和帕里斯的爱人
有着腰背那样挺拔的仪态，
都逝去了，一些留下来的
将她们的丝绸换了麻布袋。

若只我在那里，无人旁听
我会让一只孔雀呼啼，
因为那是自然，对于一个男人，
当他生活里只有回忆，
若只身一人，我会将一块石头养育，
并为它唱催眠曲。

XI

来自"俄底浦斯在克洛纳斯"

忍受神赐的生命，不再祈求更长的时段；
停止回想年轻的幸福，年迈之人已将游历厌倦；
幸福变成对死的渴望，若所有别的渴望都是虚幻。

即便是记忆如此珍视的幸福，
死亡，绝望，家人离分，人类的一切牵连也从中生出，
一如浪游的老乞丐与神厌的孩子们所悟。

在回声荡漾的空寂长街，群集着欢笑的舞者，
新娘被送往新郎的房间，穿越火炬之光和喧腾跌宕的歌；
我将那终结或长或短生命的沉默一吻庆贺。

不再活着就是最好，古代的作者如此表述；
不再吸入生命的气息，不再向白日之眼注目；
第二好的是，道一声欢快的晚安并飞快地转身离去。

A Man Young and Old (1927)

I

First Love

Though nurtured like the sailing moon
In beauty's murderous brood,
She walked awhile and blushed awhile
And on my pathway stood
Until I thought her body bore
A heart of flesh and blood.

But since I laid a hand thereon
And found a heart of stone
I have attempted many things
And not a thing is done,
For every hand is lunatic
That travels on the moon.

She smiled and that transfigured me

And left me but a lout,

Maundering here, and maundering there,

Emptier of thought

Than the heavenly circuit of its stars

When the moon sails out.

II

Human Dignity

Like the moon her kindness is,

If kindness I may call

What has no comprehension in't,

But is the same for all

As though my sorrow were a scene

Upon a painted wall.

So like a bit of stone I lie

Under a broken tree.

I could recover if I shrieked

My heart's agony

To passing bird, but I am dumb

From human dignity.

III

The Mermaid

A mermaid found a swimming lad,

Picked him for her own,

Pressed her body to his body,

Laughed; and plunging down

Forgot in cruel happiness

That even lovers drown.

IV

The Death of the Hare

I have pointed out the yelling pack,

The hare leap to the wood,

And when I pass a compliment

Rejoice as lover should

At the drooping of an eye,

At the mantling of the blood.

Then suddenly my heart is wrung

By her distracted air

And I remember wilderness lost

And after, swept from there,

Am set down standing in the wood

At the death of the hare.

V

The Empty Cup

A crazy man that found a cup,

When all but dead of thirst,

Hardly dared to wet his mouth

Imagining, moon-accursed ,

That another mouthful

And his beating heart would burst.

October last I found it too

But found it dry as bone,

And for that reason am I crazed

And my sleep is gone.

VI

His Memories

We should be hidden from their eyes,

Being but holy shows

And bodies broken like a thorn

Whereon the bleak north blows,

To think of buried Hector

And that none living knows.

The women take so little stock

In what I do or say

They'd sooner leave their cosseting

To hear a jackass bray;

My arms are like the twisted thorn

And yet there beauty lay;

The first of all the tribe lay there

And did such pleasure take—

She who had brought great Hector down

And put all Troy to wreck—

That she cried into this ear,

'Strike me if I shriek.'

VII

The Friends of his Youth

Laughter not time destroyed my voice

And put that crack in it,

And when the moon's pot-bellied

I get a laughing fit,

For that old Madge comes down the lane,

A stone upon her breast,

And a cloak wrapped about the stone,

And she can get no rest

With singing hush and hush-a-bye;

She that has been wild

And barren as a breaking wave

Thinks that the stone's a child.

And Peter that had great affairs
And was a pushing man
Shrieks, 'I am King of the Peacocks,'
And perches on a stone;
And then I laugh till tears run down
And the heart thumps at my side,
Remembering that her shriek was love
And that he shrieks from pride.

VIII

Summer and Spring

We sat under an old thorn-tree
And talked away the night,
Told all that had been said or done
Since first we saw the light,
And when we talked of growing up
Knew that we'd halved a soul

And fell the one in t'other's arms

That we might make it whole;

Then peter had a murdering look,

For it seemed that he and she

Had spoken of their childish days

Under that very tree.

O what a bursting out there was,

And what a blossoming,

When we had all the summer-time

And she has all the spring!

IX

The Secrets of the Old

I have old women's secrets now

That had those of the young;

Madge tells me what I dared not think

When my blood was strong,

And what had drowned a lover once

Sounds like an old song.

Though Margery is stricken dumb

If thrown in Madge's way,

We three make up a solitude;

For none alive to-day

Can know the stories that we know

Or say the things we say:

How such a man pleased women most

Of all that are gone,

How such a pair loved many years

And such a pair but one,

Stories of the bed of straw

Or the bed of down.

X

His Wilderness

O bid me mount and sail up there

Amid the cloudy wrack,

For peg and Meg and Paris' love

That had so straight a back,

Are gone away, and some that stay
Have changed their silk for sack.

Were I but there and none to hear
I'd have a peacock cry,
For that is natural to a man
That lives in memory,
Being all alone I'd nurse a stone
And sing it lullaby.

XI
From 'Oedipus at Colonus'

Endure what life God gives and ask no longer span;
Cease to remember the delights of youth, travel-wearied aged man;
Delight becomes death-longing if all longing else be vain.

Even from that delight memory treasures so,
Death, despair, division of families, all entanglements of mankind grow,
As that old wandering beggar and these God-hated children know.

In the long echoing street the laughing dancers throng,

The bride is carried to the bridegroom's chamber through torchlight and tumultuous song;

I celebrate the silent kiss that ends short life or long.

Never to have lived is best, ancient writers say;

Never to have drawn the breath of life, never to have looked into the eye of day;

The second best's a gay goodnight and quickly turn away.

PROLOGUE

My Dear "Maurice"—You will remember
that afternoon in Calvados last summer when
your black Persian "Minoulooshe," who had
walked behind us for a good mile, heard a
wing flutter in a bramble-bush? For a long
time we called her endearing names in vain.
She seemed resolute to spend her night among
the brambles. She had interrupted a conver-
sation, often interrupted before, upon certain
thoughts so long habitual that I may be per-
mitted to call them my convictions. When I
came back to London my mind ran again and
again to those conversations and I could not
rest till I had written out in this little book
all that I had said or would have said. Read
it some day when "Minoulooshe" is asleep.

W. B. YEATS.

May 11, 1917.

7

· 1918 年纽约麦克米伦出版公司出版的《穿越月色宁谧》单行本中的前言页。前言是一封短信：我亲爱的"莫里斯"——你还记得去年夏天在卡尔瓦多的那个下午么？你的黑色波斯猫"闵纳诺什"跟在我们后面走了整一里路，却因为听到一下翅膀的忽闪便钻进了黑莓灌木丛。我们用各种亲昵的名字徒劳地唤了她好久。但她似乎决意要在黑莓丛里过上一夜。她打断了一次谈话，那种谈话此前也常常被打断，是关于长久以来盘踞我心里的一些想法，请允许我称其为我的笃信。回伦敦后，我在心里把这些谈话回顾了一遍又一遍，若是不把那些我已经说过或想要说的在这本小书里写出来，我无法安心。趁小猫"闵纳诺什"睡着的时候读吧。叶芝。1917 年 5 月 11 月。

《旋梯集》

The Winding Stairs and Other Poems （1933）

·叶芝在1933年

纪念伊娃·戈尔-布斯与康·马尔凯维奇

I

黄昏的光，梨萨黛尔邸，

高窗向南开，

穿丝绸和服的两个女孩

都美丽，一个与瞪羚神似。

但一个肃杀的秋天修剪掉

夏之花环上的花朵；

大的那个，死罪判过

又被赦免，将孤独年岁拖熬，

于无知者中进行着密谋。

小的那个，我不了解她的梦想——

某种朦胧的乌托邦——她的貌样，

当老迈枯干，瘦成骷髅，

恰似那政治的一个幻影。

许多次我想去寻找

一个或另一个来聊聊

乔治时代的旧宅邸，混成

心中的画面，忆起那张桌子，

那些谈话，关于青年时代，

穿丝绸和服的两个女孩

都美丽，一个与瞪羚神似。

Ⅱ

亲爱的幽影们，现在你们都明白了，

一种斗争的全部愚行，

与那共同的正义或谬误的斗争。

天真的与美丽的

除却时间没有敌人；

现身吧，吩咐我把一根火柴划燃，

再划一根直至时间点燃；

假使这烈火会攀升，

奔腾，直至所有先知了解之时。

我们将高耸的亭台建起，

他们宣判我们有罪；

吩咐我划燃一根火柴，并吹一口气。

In Memory of Eva Gore-Booth and Con Markiewicz (1927)

I

The light of evening, Lissadell,
Great windows open to the south,
Two girls in silk kimonos, both
Beautiful, one a gazelle.
But a raving autumn shears
Blossom from the summer's wreath;
The older is condemned to death,
Pardoned, drags out lonely years
Conspiring among the ignorant.
I know not what the younger dreams—
Some vague Utopia—and she seems,
When withered old and skeleton-gaunt,
An image of such politics.
Many a time I think to seek

One or the other out and speak

Of that old Georgian mansion, mix

Pictures of the mind, recall

That table and the talk of youth,

Two girls in silk kimonos, both

Beautiful, one a gazelle.

II

Dear shadows, now you know it all,

All the folly of a fight

With a common wrong or right.

The innocent and the beautiful

Have no enemy but time;

Arise and bid me strike a match

And strike another till time catch;

Should the conflagration climb,

Run till all the sages know.

We the great gazebo built,

They convicted us of guilt;

Bid me strike a match and blow.

【注】

此诗作于 1927 年，是《旋梯集》的开篇诗。诗的手稿标注日期是 9 月，但叶芝妻子记得他是 11 月在塞维利亚时写下的这首诗。诗的纪念对象，是叶芝青年时代的朋友戈尔-布斯姐妹，其中康·马尔凯维奇于这一年 8 月离世，而伊娃·戈尔-布斯则在前一年告别人间。

梨萨黛尔邸是戈尔-布斯家族的宅邸，建成于 1830 年代，如今是叶芝故乡斯莱戈郡的著名景点。叶芝 1894 年到 1895 年在斯莱戈郡舅舅家居住时曾两次拜访亨利·戈尔-布斯爵士一家，那座优雅冷峻的灰石建筑给他留下了深刻印象，而戈尔-布斯家的两个美丽女儿也与他相处融洽，令他的短暂居留变得尤为愉快。除了对爵士一家讲述民间故事外，叶芝还对伊娃倾吐恋情中的失意，收获了她的同情，叶芝因此对她也有些动心，但考虑到自己实在太过贫穷，并且仍然心系茅德，求助于塔罗牌之后便放弃了求婚的打算。"我立刻对伊娃产生了更为亲密的'心有戚戚'感，她那纤雅的、羚羊似的美是更为细致敏锐的心智的映现。"[i] 与瞪羚神似的女孩指的便是伊娃，而她的姐姐康斯坦丝因其后来参与的政治活动则更为频繁地出现在他的诸多诗篇中，比如《复活节，1916》和《一个政治犯》。在叶芝看来，她是和岗一样被"理性的怨恨"占据了头脑的激进爱国者。

全诗分两节，节内又按 ABBA 韵脚分出八个四行，译诗按原诗韵脚走韵。第一节是回忆，线描两姐妹的生平。第一个四行是初相识场

---

i　W. B. Yeats, Memoirs. Macmillan Company, 1973, 78-79.

景的再现：黄昏的光中高窗耸立的新古典主义大宅，窗下身着丝绸和服的女孩，构成记忆中梦幻而极致的美，属于并标示着一个叶芝向往和每每称颂的过去时代：乔治王时代。在叶芝看来，那是一个智者频出的群星闪耀之世，诞生了"七贤哲"这样的伟大思想家。进入1920年代以后，叶芝在政治上更加认同于爱尔兰社会中的英裔贵族阶层，"大街上的大宅"于他而言代表着一个坚固而悠远的思想文化传统，而令他备感沮丧的是，在过去十年的革命发展态势中，新兴的天主教中产阶层全面取代新教贵族阶层成为主导力量。《旋梯集》中回荡着对那个时代的缅怀之声。

第2-3个四行姐妹俩的人生发生急剧转折，就如同秋天肃杀的风吹去夏之繁花。在《轮子》一诗中，叶芝认为夏天象征客观事物臻于圆满，如同树木繁茂长成合围之势，而秋天是倦怠和衰败的开始。出身贵族之家，天真美丽的两姐妹抛弃她们生来拥有的美好，投身新时代的革命运动。姐姐康丝坦斯追随国民军领袖康诺利参与了复活节起义，后被判死刑，因性别而侥幸逃脱。作为共和党妇女组织的领袖，在后来的爱尔兰内战中她继续参与共和军的活动。妹妹伊娃是一个诗人和为妇女平权而奔走的活动家，年老枯槁只剩骨架的她仿佛她所向往的乌托邦的幻影。第4-5个四行记忆又回到原点，重叠的部分仿佛卷轴被合拢，也表达了叶芝对于姐妹俩代表着的逝去的时代和美的怀恋与怅惘心绪。

第二节是招魂。静思怀故人的诗人呼唤逝者的幽灵现身于他的心目之前，启迪他，指导他。生前他也曾想着去找她们叙旧，重现往日美好画面。如今逝者之灵回归永恒之界，想来已涤尽尘世怨执，明了世间普遍的纷争与对立的愚妄，正确与谬误都会随着时空的变迁而变换位置。天真的和美丽的事物永存于时间之外。诗人在心中呼喊：已在永恒之地的你们，现身吧，吩咐我点燃时间，愿大火蔓延去时间的尽头，所有先知洞见之处，燃尽我们之间的阻隔，让我一窥永恒，重温那个时代的收梢，重温如梦之美（Gazebo 意指高处可以四眺风光的楼台，是与塔楼相类的意象，也不免令人想到道教的郁罗箫台）。作为思想的攀登者我们已经来到高处，可我仍然身处负有原罪的人间，受时间宰制之地，所以，现身吧，吩咐我划燃焚毁时间的火柴。

自我与灵魂的一次对话

I

我的灵魂：我召唤，请去那古老的旋梯；

凝神于笔陡攀升的墙廓，

于其上破碎坍塌的雉堞，

于星光点亮的阒寂空气，

于标示隐匿之极的星辰；

将每缕游荡的思绪固定于

那一切思绪都完结的区域：

谁能从黑暗中辨别出灵魂？

我的自我：被奉为圣物的刀器在我膝头横陈，

是佐藤家的古物，一如从前，

依然剃刀般锋利，依然像镜面，

历经数百年不曾点染斑痕；

那开花的，丝绸的，古老绣品，撕自

某位宫中仕女的裙裾，

将木剑鞘缠绕又裹束，

破了，仍可保护，褪色，仍可装饰。

我的灵魂。为什么一个人的想象

早过了盛年却仍要记起

那些标示战争与爱情的物事？

请将那古老的夜晚思量，

只要以想象嘲讽尘凡，

而理智正游荡

到了这里那里，又去往下一个地方，

那夜晚便能解脱生与死的罪愆。

我的自我。长船元重，家族的第三代，将之铸成

于五百年前，环绕以

花朵，出自我不了解的丝绣技艺——

心之紫——这些全部被我设定

为白日的标志物，对应着

高塔那夜晚的标志物，

并以一个士兵的权利宣布

其乃再度犯下罪愆的许可。

我的灵魂。如许完满从那区域里漫溢

并落入头脑的凹洼

人被冲击得耳聋目盲口哑，

因为理智不再能辨识

实然与应然，或知者与已知——

换言之，升去了天堂；

只有死者可以被原谅；

当我一念及此，舌却已成石。

II

我的自我。人活着而心目盲，但饮杯中物。

若那些沟渠不洁又有何妨？

若我从头再活一遍又何妨？

且受那成长之辛苦；

童年的耻辱；少年的凄楚，

少年向着男人过渡；

不完整的男人和他的痛苦

被迫与自己的笨拙直面相觑；

完整的人在于他的敌人中间？——

他究竟如何能逃避

那扭曲的亵渎的形体，

由恶意的眼睛组成的镜面

对着他的眼睛投射，直到

他终于认为那就是他的形体？

逃避又有何益，

若冬日疾风中他邂逅了荣耀？

我甘愿从头再活一次，

又一次，若那人生是被抛入

蛙卵，在一个目盲者的沟渠，

那目盲者将盲众不断打击；

或被抛入最丰饶的沟渠，

那种人会做出的谬事，

或必定承受的谬事，若他追求的是

一个骄傲女人，灵魂却与他不同族。

我甘愿追溯每一事件至缘起，

无论它存在于行动还是思绪；

衡量全部；原谅自己的全部！

如此，当我抛却了悔意，
胸中便有浓烈的甜蜜漫流。
我们定要欢笑定要放歌，
我们受到的福佑来自一切，
触目所及的一切都被福佑。

A Dialogue of Self and Soul (1929)

I

My Soul. I summon to the winding ancient stair;
Set all your mind upon the steep ascent,
Upon the broken, crumbling battlement,
Upon the breathless starlit air,
Upon the star that marks the hidden pole;
Fix every wandering thought upon
That quarter where all thought is done:
Who can distinguish darkness from the soul

My Self. The consecrated blade upon my knees
Is Sato's ancient blade, still as it was,
Still razor-keen, still like a looking-glass
Unspotted by the centuries;
That flowering, silken, old embroidery, torn
From some court-lady's dress and round

The wooden scabbard bound and wound

Can, tattered, still protect, faded adorn.

My Soul. Why should the imagination of a man

Long past his prime remember things that are

Emblematical of love and war?

Think of ancestral night that can,

If but imagination scorn the earth

And intellect is wandering

To this and that and t'other thing,

Deliver from the crime of death and birth.

My self. Montashigi, third of his family, fashioned it

Five hundred years ago, about it lie

Flowers from I know not what embroidery—

Heart's purple—and all these I set

For emblems of the day against the tower

Emblematical of the night,

And claim as by a soldier's right

A charter to commit the crime once more.

My Soul. Such fullness in that quarter overflows

And falls into the basin of the mind

That man is stricken deaf and dumb and blind,

For intellect no longer knows

Is from the Ought, or Knower from the Known—

That is to say, ascends to Heaven;

Only the dead can be forgiven;

But when I think of that my tongue's a stone.

II

My Self. A living man is blind and drinks his drop.

What matter if the ditches are impure?

What matter if I live it all once more?

Endure that toil of growing up;

The ignominy of boyhood; the distress

Of boyhood changing into man;

The unfinished man and his pain

Brought face to face with his own clumsiness;

The finished man among his enemies? —

How in the name of Heaven can he escape

That defiling and disfigured shape

The mirror of malicious eyes

Casts upon his eyes until at last

He thinks that shape must be his shape?

And what's the good of an escape

If honour find him in the wintry blast?

I am content to live it all again

And yet again, if it be life to pitch

Into the frog-spawn of a blind man's ditch,

A blind man battering blind men;

Or into that most fecund ditch of all,

The folly that man does

Or must suffer, if he woos

A proud woman not kindred of his soul.

I am content to follow to its source

Every event in action or in thought;

Measure the lot; forgive myself the lot!

When such as I cast out remorse

So great a sweetness flows into the breast

We must laugh and we must sing,

We are blest by everything,

Everything we look upon is blest.

【注】

1920 年 3 月叶芝在给友人爱德蒙·杜拉的信中提到他在美国巡回演讲之旅中遇到的一件轶事：

> 昨天有一件奇妙的事发生。一个样貌出众的日本人来看我们。他在日本时读了我的诗，现在听说了我在此地演讲。他手里拿了一样绣花丝帛包裹着的东西，说那是给我的礼物。他解开绑缚的丝绳拿出了一把古剑。这剑铸成于 550 年前，在他们家族中传承了五百年。他指给我看剑柄上的铸剑者名字。这样一件礼物让我感到大为不安，于是把乔治叫来，想要找个理由拒绝。她来后我说："但这剑想必应该一直保留在你们家族之内的吧？"他答曰："我们家有很多把剑。"但后来他提到送给我"他的剑"时，我再次感到了不安。我不得不接受它，但我也已致信他，要他发誓等他的长子出生时——他还没结婚—— 一定告知我，这样我可以在遗嘱中注明将剑还给他的家族。[i]

这位日本读者想必也了解叶芝有让诗中的象征在现实中道成肉身的癖好，比如他曾在 1916 年购下巴利里塔（Thoor Ballylee）作为别业。叶芝虽然声称"不安"，但无疑十分喜爱这一礼物，在后来的诗篇里一再将之吟咏。1927 年 10 月他在给奥利维亚·莎士比亚的信中提到他正在写"一首新的塔之诗，《剑与塔》，主题是选择再生而非脱出轮

---

i *The Letters of W. B. Yeats*, Macmillan, 1955, 662.

回。我把我的日本古剑和它的丝囊用作人生的象征"[ii]。这首原名"剑与塔"的长诗便是"剑与塔"系列中的大成之作《自我与灵魂的一次对话》，哈罗德·布鲁姆将之称为"英语语言的荣耀"[iii]。

诗分两部分，共九节，每节均为工整的抱韵八行体。主宰双旋锥运动的两极在此诗中变更为我的灵魂与我的自我，但依然是人格化的，诗以它们之间对话的形式展开。第一部分五节是二者之间一来一去的对话，第二部分四节为自我的独白，因为灵魂此时"舌却已成石"，退出了对话。

第一节，灵魂首先道出它的吁求，并选用包裹旋梯的塔楼作为这吁求的象征。灵魂追求的是归真。古老的旋梯指向从前的先知们向内探索回溯永恒的路径。塔身如直线，塔顶却可以眺望浩瀚，因此塔顶是超越了线与面的对立、接通永恒之境。笔陡攀升指向直悟真知的直，破碎坍塌的雉堞指向顿悟之时心障的破除。星光是先知的指引，隐匿之极是宇宙的本原，万念归一的虚空，众灵汇融的无我混沌，如炭（以赛亚的火炭）之黑。

第二节，自我选用古剑为标志来阐述它的吁求。自我追求的是投生轮回。在日本世家中代代传承的武士刀虽为凡尘有形之物，却也不朽不败，超越了时间。其锋刃如剃刀有一线之直，剑身却又平展如镜面，也超越了线与面的对立，它指向和映照的是另一种永恒，种族中的恒我，所以剑乃人类集群的恒我之执。长船元重（Montashigi）即Osafune Montashigi，是生活在十四世纪的日本长船刀派著名锻刀师。

撕自宫中仕女裙裾的丝帛是爱情的象征物，包裹着这为种族繁衍

ii   A. Norman Jeffares, *A Commentary on the Collected Poems of W. B. Yeats*, 324.

iii   Harold Bloom, *Yeats*, Oxford University Press, 1972, 372.

发展而铸就的征服和终结世界的利器，两者一起构成了人生，通俗地说，即爱情与事业是自我的两种基本追求。爱情指向女人，事业是为了后代与种族，所以在后来的长诗《摇摆》中，出现过一句"世上没有人能享足女人的宠溺和儿子的感激"，也是在表达同样的意思。丝绳缠绕着剑体时也呈现出盘旋的路径，但旋梯在于塔楼的内部，丝帛却在于剑的外部，这说明，灵魂追求的线之运动中也包含着面之运动，自我追求的面之运动中也包含着线之运动，人的意识始终处在两极作用之下。

第三节，灵魂回应自我的阐述。叶芝此时早已盛年不再，这灵魂对自我的发问似乎带着一丝自嘲的意味。不再年轻的你为什么还要对这些战争和爱情的标志物念念不忘？夜晚在叶芝的象征系统中是精神宇宙的象征。在那万灵汇融的亘古长夜，在那自由之境中，凭借想象你就能思接千载，梦尽尘缘，有什么必要堕入那负有原罪的生死轮回呢？在叶芝的理解里，死者的灵魂（或净灵）虽然拥有智慧，但没有力量，堕入尘界后，灵魂失去了智慧，拥有了力量，行动会带来后果，因而世间便有善恶因果之分，此为"犯下生与死的罪愆"之一层含义。

第四节，自我再度确认和进一步阐释了他再入轮回的选择。丝帛上的刺绣花朵，被称为心之紫，指向自然欲望中升华出的美。心是感官激情的汇集之所，紫色是酿酒的果实之色，是酒神之色。美丽的丝帛包裹着剑刃，如同凡人肉身包裹负有前定使命（恒我之执）的灵魂，丝帛与剑，构成人生的象征，是白日和自然宇宙的象征，对应着的高塔是夜晚和精神宇宙的象征。美与愚人同在，我选择再入轮回。

第五节，灵魂此时来到了思想的尽头，此处流淌的是完满的激情。这激情落入头脑的凹洼，如同露珠滴落。在这意识完结，自我消融的状态里，灵魂再也无法发声。舌已成石，意指灵魂已经成为不可言说的永恒的一部分。

第二部分灵魂已石化，自我选择投生，饮下杯中物，杯为酒神之杯，感官快乐之杯，忘川之杯。灵魂关联心目，此时心目已盲，活着的人为自然本能和感官欲望所驱动。沟渠是意识的沟渠，处在对峙的两壁之间。在成长的初始，人类无法驾驭肉身和欲念，不得不与自己的笨拙面面相觑。到后来，心智渐开，人成为完整的人，心智能够掌控肉身，但此时肉身却已衰朽不堪。完整的人在于敌人之间，意即接受了反自我的补全的人才是完整的人。恶意之眼投射的扭曲的亵渎的形体即为反自我，而对于天使般的幼儿形体而言，行将就木的躯体也是扭曲的亵渎性的。冬日指向老年，"冬日的疾风中邂逅了荣耀"一句意指心智坚定肉身残破的老稻草人在晚年收获了名望。

尽管人生如此悲催，但自我仍愿永续轮回。叶芝将爱上灵魂不相类的人而不得的命运比喻为最丰饶的沟渠，因为这样的命运中包含着强烈的痛苦意识，如同丰饶的沟渠会孳生许多虫蛙。蛙卵即是包含此种痛楚谬事的种子。人生被投入蛙卵，亦即堕入一种注定会遭遇困厄难堪的人生。"目盲者将盲众不断打击"是一种肉眼盲的圣人敲打心目盲的凡众，不断开启新轮回的意象。目盲者的沟渠如同圣人的鞭痕。介于两极的尘世充满矛盾纷争，但是正如前文引用叶芝的话中所述，人在物质和客观生活层面上感受的痛苦越强烈，剑锋愈利，战胜的对手愈强大，意味着在精神和主观生活层面上的认知越深刻。灵魂在一遍遍反刍痛苦的过程中了然了因果，破除了心障，到达了顿悟和释脱的瞬间，诗的最后一节便是对这狂喜至极的永恒一瞬的描述。灵魂在宇宙之中生死之际轮回，永恒只是一点一瞬，只此是至福，只此为完满。剑锋所指的永恒即是高塔瞭望的无极。生人在狂喜的恍惚中也曾探见死者归去的虚空。

血与月

I

我当颂扬此地，

此塔更当被颂扬；

一种血腥的傲慢的力量

从族群中升起，

为其发声，将其宰制，

似这些高墙

从风暴席卷的村庄里升扬——

在笨拙的模仿中我已树立

一个强大的标志，

以一首又一首诗篇将其吟唱，

把一个时代模仿，

那时代的尖端半为死。

II

亚历山大的塔是一座火炬塔，而巴比伦的

是移动天堂的幻影，一册日志簿，记载着日与月运行的轨辙；
雪莱也有塔，曾经将其称作思想之王者，

我宣布这塔是我的象征；我宣布
我祖先的阶梯就是这弯曲、回旋、盘升的梯步；
哥尔斯密、主教、柏克莱和柏克都曾游历此处。

斯威夫特捶打着胸口，以预言者昏盲的怒怨，
因那饱含热血的胸腔里的心拽他入尘缘，
哥尔斯密审慎地吸吮思想之蜜罐，

头颅更倨傲的柏克证明，国族是一棵树，
不可征服的鸟影之迷宫，一世纪又一世纪
只将败叶洒向数学等式；

天命神授的柏克莱证明，一切皆是梦幻
世界这头古怪又实际的猪，它的子息看似牢坚，
当思想的主题变换，却会消失于瞬间；

那些狂野之怒和苦力的赁雇，

那些力量以自身的宏愿赋予我们的热血和境态以大度；

那未被神以理智之火销熔的全部。

Ⅲ

没有云遮的月之皎然

向地面掷出光簇如箭，

七个世纪已过去，它依旧皎然，

天真的血没有留下斑点。

那儿，浸透鲜血的地面上

站立着士兵、刺客与行刑者，

不管是为了一点薪饷，还是被盲目的恐惧收摄，

或出于抽象的怨恨，让血液流淌，

却不能喷溅半点于其上。

祖先旋梯上血的气息！

没有抛洒热血的我们必须在那里汇集

向着月亮发出醉狂之喧嚷。

Ⅳ

依贴着那蒙灰的、微明的窗户，

仿佛于月色苍穹依贴，

是龟甲蝶、孔雀蝶，

而一对夜蛾正翩舞。

每个现代国家都如那塔一样，

尖端半已死？不管我如何讲述，

因为智慧是死者的财富，

与生命不兼容的事物；而力量

如所有染血的事物

是生者的财富；但没有斑点

可以沾染月之容颜，

当它在一团云中绽放光熠。

Blood and the Moon

I

Blessed be this place,

More blessed still this tower;

A bloody, arrogant power

Rose out of the race

Uttering, mastering it,

Rose like these walls from these

Storm-beaten cottages—

In mockery I have set

A powerful emblem up,

And sing it rhyme upon rhyme

In mockery of a time

Half dead at the top.

II

Alexandria's was a beacon tower, and Babylon's

An image of the moving heavens, a log-book of the sun's journey and the moon's

And Shelley had his towers, thought's crowned powers he called them once.

I declare this tower is my symbol; I declare

This winding, gyring, spiring treadmill of a stair is my ancestral stair;

That Goldsmith and the Dean, Berkeley and Burke have travelled there.

Swift beating on his breast in sibylline frenzy blind

Because the heart in his blood-sodden breast had dragged him down into mankind

Goldsmith deliberately sipping at the honey-pot of his mind,

And haughtier-headed Burke that proved the State a tree,

That this unconquerable labyrinth of the birds, century after century,

Cast but dead leaves to mathematical equality;

And God-appointed Berkeley that proved all things a dream,

That this pragmatical, preposterous pig of a world, its farrow that so solid seem,

Must vanish on the instant if the mind but change its theme;

Saeva Indignatio and the labourer's hire,

The strength that gives our blood and state magnanimity of its own desire;

Everything that is not God consumed with intellectual fire.

III

The purity of the unclouded moon

Has flung its atrowy shaft upon the floor.

Seven centuries have passed and it is pure,

The blood of innocence has left no stain.

There, on blood-saturated ground, have stood

Soldier, assassin, executioner,

Whether for daily pittance or in blind fear

Or out of abstract hatred, and shed blood,

But could not cast a single jet thereon.

Odour of blood on the ancestral stair!

And we that have shed none must gather there

And clamour in drunken frenzy for the moon.

IV

Upon the dusty, glittering windows cling,

And seem to cling upon the moonlit skies,

Tortoiseshell butterflies, peacock butterflies,
A couple of night-moths are on the wing.
Is every modern nation like the tower,
Half dead at the top? No matter what I said,
For wisdom is the property of the dead,
A something incompatible with life; and power,
Like everything that has the stain of blood,
A property of the living; but no stain
Can come upon the visage of the moon
When it has looked in glory from a cloud.

【注】

1927年7月，叶芝的友人，爱尔兰自由邦副总统和司法部部长凯文·奥希金斯（Kevin O'Higgins，1892-1927）遇刺身亡，叶芝受此事触动写下了一系列诗篇，此诗为其中之一，悼亡主题与他彼时正沉浸的"剑与塔"主题相互糅合作金石之音。诗分四部分，第1、3、4部分为抱韵十二行体，第2部分为随韵三行体，叶芝或许对诗行的长短也进行了设计，使得诗在视觉效果上（若居中排布）形似一座东方古塔，确切地说，是舍利塔。

在《自我与灵魂的一次对话》中，叶芝以塔与剑的意象来呈现个体意识运动中的两极作用，而在这首诗中，他征用了更为宏大和基本的"血与月"来为牵制集体意识运动的两极造像。血象征原始极的，肉身和感官的存在中包裹的激情；月象征对应极的，纯粹精神的存在，理智之美；而高塔，是人类想要借助思想之力将存在拔离地面，朝向理智之美的追寻，旋梯是他们走过的路程。

第一部分呈现的是塔的远景和概貌。一、二两句里叶芝或许是在静思祝祷。此地和此塔在表层指向库尔庄园和巴利里塔，在深层指向爱尔兰之家国和民族思想之塔。叶芝将民族思想界定为感应时代风云而生的力量，像高塔之墙从村庄之中拔地而起。村庄是茅屋的聚集，而茅屋在象征层面上指向个体灵魂的寓所（参见《茵尼斯弗里湖岛》）。风暴席卷茅屋，也抽打着高塔，意味着时代风云冲击着个体与集体的精神世界。民族思想能唤醒民众的热血，裹挟着个体前进与上升，无畏牺牲，是一种无可抗拒的力量，塔身之直如剑锋之利，这思想的权力是血腥而傲慢的。塔身同时也是时间线上的运动，民族思想的高塔同时也是时代的高塔，叶芝在诗篇里反复吟唱的，是包含着现代爱尔兰民族国家形成历程的七个世纪（从十二世纪英王亨利二世占领爱尔兰算起）。"时代的尖端一半已衰亡"意指这时代已发展到极点，在这生死交界之地，爱尔兰民族意识已成永恒，现代国家也已建立。

第二部分中叶芝开始历数人类文明中的高塔。亚历山大大帝的征服曾将希腊文明传播到环地中海的广阔地域，像灯塔一样照亮了世界，而亚历山大城的法洛斯灯塔也曾是古代世界七大奇迹之一，夜晚会点燃火炬照引航船；巴比伦文明在数学、天文历法方面达到了非常先进的程度，所以其文明影像呈现为天体运行图或历法簿；雪莱的诗歌中体现了他深刻的形而上学观，成为叶芝在文学和哲学上的师承。高塔也被雪莱称为"思想的王者"，在《雪莱诗歌中的哲学》一文里，叶芝称高塔象征的是"人类高瞻远瞩的思想"。

那么叶芝归属的又是怎样一座高塔呢？随后的一节里他宣告第一节中的塔是爱尔兰民族思想之塔，而哥尔斯密[i]、斯威夫特[ii]、柏克莱[iii]、柏克[iv]等人是现代爱尔兰思想的奠基者。斯威夫特曾任都柏林圣帕特里克天主教堂主教，所以在这里被称为主教。叶芝在《幻象》一书完成后，沉浸于阅读这些乔治王时代杰出思想家的作品，视之为自己的灵魂可以归附的思想传统，视这些先贤为爱尔兰的骄傲，叶芝另有一首

---

i 哥尔斯密（Oliver Goldsmith, 1730-1774），爱尔兰小说家、诗人、散文家，生于爱尔兰牧师家庭，毕业于都柏林大学三一学院，代表作为长篇小说《威克菲牧师传》。

ii 斯威夫特（Johnathan Swift, 1667-1745），爱尔兰作家，诗人政治家，代表作为《格列佛游记》。他同时写有大量讽刺英国殖民统治的政论和讽刺诗。

iii 柏克莱（George Berkeley, 1685-1753），爱尔兰哲学家，著有《人类知识原理》《视觉新论》，经验主义哲学的代表人物，现代主观唯心主义的创始人。

iv 柏克（Edmund Burke, 1729-1797），爱尔兰著名思想家和政治家。

为他们而作的长诗《七贤哲》也收录在《旋梯集》中。在1923年11月在一篇题为"孩子与国家"的演讲中，他呼吁以他们的思想去教育爱尔兰的孩子和民众：

> 在盖尔语文学里我们拥有那些英语国家所不具备的东西——伟大的民间文学。而在柏克莱和柏克的思想中我们拥有能令整个民族得以存续的哲学根基。这，也是英国所不具备的，无论在现代科学思想和文学艺术层面上她是多么伟大，我想。当两三百年前，柏克莱三言两语地界定他那个时代英国的哲学观，牛顿、洛克和霍布斯的机械哲学观时，现代爱尔兰智识就诞生了，而当我想到今天的英国时，也每每会写下"我们爱尔兰人不这么认为"或类似的句子。

> 以古老的民间传奇去喂养淳朴想象力，以柏克莱及其以影响力开创的现代理想主义者的伟大哲学，以将历史感重新带入政治思想的柏克，去喂养复杂心智，爱尔兰将重生，充满潜能，获得装备，变得明智。柏克莱证明了世界是一个幻象，柏克阐释了国族是一棵树，而非由部件组装起来的机械，是一棵历经千百年长成的大树。[v]

接下来的诗节里叶芝开始数点和致意这些思想塔基的构筑者。斯威夫特的墓志铭上写有"狂野之怒不能撕裂他的胸膛"的句子。在叶芝的象征体系里，狂野之心与胸、剑与鞘是同构的一类意象，而包含

---

v "The Child and the State", *Later Articles and Reviews: Uncollected Articles, Reviews, and Radio Broadcasts Written after 1900. The Collected Works of W. B. Yeats, vol. 10.*

在斯威夫特胸膛内的狂野之怒其实就是一把剑，是令他投生尘缘的恒我之执。哥尔斯密审慎地啜吸头脑之蜜罐或许可以理解为他天性快乐。叶芝在《沁孤和他那个时代的爱尔兰》里曾写道：

> 爱尔兰有两种截然相反的普遍人格类型。一种是温良无害的——你或许可以称其为圣人型，他们不了解错枉之事，快乐而顺利地度过一生，没有一丝罪孽和悲哀。哥尔斯密就是属于这个类型的爱尔兰人，一个明显对邪恶和悲哀没有真正了解的人。这类人在爱尔兰非常普遍，主要存在于生活优渥的人群中，但你在乡间也会遇到这样的人。天性快乐的人在爱尔兰是一个数量惊人的类别。另一个类型也很爱尔兰，由斯威夫特代表着，虽然他只有少量的爱尔兰血统，但他在爱尔兰长大成人，是爱尔兰教养的产物。这个类型非常愤怒，饱含敌意，颇具讽刺锋芒。[vi]

柏克在文章中曾将现代国家比喻为一棵高大的橡树，民族意识是从文化传统中缓慢长成的有机体，不是殖民者组装和强加的国家机器，数学等式能计算和分析的只是没有生机的落叶。民族意识的大树上栖息着无数先人的灵魂（鸟影），它们构筑了玄奥而不可征服的集体无意识迷宫。

野猪在凯尔特神话和世界各地的神话传说中频繁出现，叶芝洞悉了其背后所指并频繁地在作品中征用。他早期的剧作《心愿之乡》（*Land of Heart's Desire*）便采用了一枚野猪纹徽章作为装饰。野猪指

---

vi   "J. M. Synge and the Ireland of His Time", *Early Essays. The Collected Works of W.B. Yeats. vol. 4.*

向欲望和力量的混沌，与波菲利的"昏蒙的洞穴"是同类意象，是世界当中玄秘而不可见的力量的总和，昏蒙的洞穴即为心乡，正是从这团昏蒙中诞生了我们的客观世界，当思想的主题变换，客观世界的意识旋环便会毁塌于一旦。从叶芝对柏克莱思想三言两语的界定中，我们可以看出他们的思想确为同源同构。

　　第二部分的最后三行是总结和点题。狂野是叶芝固定修饰思想的形容词，怒是心之欲怒，因此狂野之怒是思想之火煅烧过的欲望，是恒我之执，不朽的激情，斯威夫特的墓志铭上的核心字眼与叶芝的习惯用语恰好嵌套。在一篇名为《情绪》的文章中，有这么一段话：

　　　　在我看来，情绪是苦力和信使，服务于一切之主宰，那些仍旧安居于那座隐秘的奥林匹斯山的远古众神；闪亮的梯子上，离我们时代更近的天使们上下穿梭。[vii]

vii　"The Moods", *Early Essays. The Collected Works of W.B. Yeats. vol. 4.*

因此，苦力指来自永恒之境传递神意的情绪，而凡人肉身不过是这些狂怒和深沉情绪的宿体，佩剑的愚人其实也是剑的宿体。未被神火（思想之火）销熔的激情才是永恒的激情，恒我之执，这些宏大事物在我们的血管中涌动时，我们便被赋予了恢弘的力量。

三、四部分是对自身所处位置的审视，对进阶之道的思考和对塔顶的瞻望。对于爱尔兰民族思想之塔而言，普照的月光是家国独立强盛的光明愿景。正是这纯洁的愿景（理智之美）向地面射出了启示之箭，也是欲望之箭，这箭在灵魂深处驱动着个体前进，甘洒热血写春秋。箭与剑是同类意象，代表着恒我的冀求。剑锋的寒光与喷洒的热血本为一体两面的存在，是激情的映现和表达。所以再多的鲜血也不会污损那光明愿景，而是点缀了上升的梯步。没有抛洒热血的我们，能做的只有汇入这集体冀求的洪流，朝着月亮发出我们的呼喊，为之醉狂，为之发声，笔乃手中剑。

在叶芝的玄学里，处在精神宇宙（梦态）的灵魂（如德鲁伊）没有力量只有智慧，心目明而手无力，而自然宇宙（醒态）中的生者有力量却没有智慧，心目盲而手可执剑。像希金斯那样为民族独立事业而献身的政治家，他们的灵魂如同逐光的飞蛾，蝴蝶，在于民族思想的塔顶；那些逐光的死者灵魂已在福地，虽然没有了力量，却融入和拥有了集体智慧，像点缀月色苍穹的星星一样成为照引之光。云翳为水之蒸发物，是感官之海上升腾的民族意识，民族理想之月从中绽放不败不垢的光芒。诗以对月的瞻望作为结尾，这首愤怒、激昂和乐观之诗正是一次朝向月亮发出的醉狂呼喊。

象征

风暴毁损的古瞭望塔里，
盲眼的隐士敲钟以报时。

无坚不摧的剑刃，
浪游的愚人依然携带随身。

绣金丝帛裹于剑刃之上，
美与愚人一并安放。

Symbols

A Storm-beaten old watch-tower,
A blind hermit rings the hour.

All-destroying sword-blade still
Carried by the wandering fool.

Gold-sewn silk on the sword-blade,
Beauty and fool together laid.

【注】

这是叶芝以"剑与塔"为中心意象的系列诗篇之一。要理解这首诗，首先让我们再次引用叶芝的这段话："人的灵魂也总是在向外部世界扩展或向内心回溯；这样的运动是双重的，因为灵魂若非悬于两极之间就不会有意识，两极对比越强，意识愈激烈……"（参见《二度降临》注文）个体或集体的意识在两个极点的同时作用下依着时间之线和空间之面做着双旋锥运动，叶芝以缘塔而上的隐士来象征时间和主观线上的运动，又以仗剑浪游的愚人来象征空间和客观面上的运动。

塔楼是精神宇宙的塔楼，隐士静定冥思的塔楼，塔楼内的旋梯是人类向内心深处共通的永恒之地登攀的路径，是通向时间终点的旅程。风暴来自天上，雷为神启，风乃神使，毁损的塔顶意味着人神之隔，朽与不朽之隔的打破。灵魂的进阶燃耗了肉身，隐士肉眼盲而心目明，看见了幻象，领悟了神意，作为先知的他敲的是尘世转变节点之钟。

愚人与隐士相对，是心目未开、受本能和欲望驱动的环路行者。隐士是头脑之灵，愚人则是赤子之心。剑是征服世界的武器，是人们向空间中的远方进发时的随身之物，烈火炼其体，冰泉淬其锋，坚石来磨砺；我们在《复活节，1916》中分析过坚石，它是在传统中凝聚起来的集体信念的象征；因此，剑是进退有度的欲望，理性掌控的激情，虽为我执，却是在一个集体中恒存的我执，是代代相传的冀求，剑为天命，剑身如镜面，映照出一个融入集体意识、冷静而有力的自我，反自我，恒我，是以卡巴拉生命之树上的路径又被称为火剑之路。叶芝在诸多包含剑的意象的诗篇里，将剑刃的寒光与月之清辉相比。"此心纯乎天理之极"，叶芝对剑之为象征的运用似与王阳明的心学观点不谋而合。

叶芝曾在散文中引用威廉·布莱克的话:"熊熊烈火与无坚不摧的利剑是永恒的一部分,强烈到人眼无法直视的事物。"[i] 烈火摧毁塔顶的阻隔,利剑带你来到世界的尽头,这两样,都是人类藉之通向永恒的事物。叶芝又说:"剑刃可与熊熊燃烧的高塔交相辉映"[ii]。

绣金丝帛,是美的象征。绣金丝帛包裹的剑刃,恰似魂包裹着灵、美包裹着爱的天体。美与愚人一并安放,是"永恒的美栖宿于尘世速朽,玫瑰与受难的众生同在"的另一种表达法。

如果将叶芝后来的长诗《自我与灵魂的一次对话》比作巨幅画作的话,那么这首简短小诗便可被视为它的素描线稿。

i   "William Blake and his Illustrations to The Divine Comedy", *Early Essays. The Collected Works of W.B. Yeats. vol. 4.*

ii   "The Symbolism of Poetry", *Early Essays. The Collected Works of W.B. Yeats. vol. 4.*

洒泼的牛奶

我们，已然做过又想过，
想过又做过，
我们必定漫开，变得稀薄，
如牛奶，于一块石上洒泼。

Spilt Milk (1930)

We that have done and thought,
That have thought and done,
Must ramble, and thin out
Like milk spilt on a stone.

十九世纪及其后

尽管伟大的歌谣，逝去就不再回头。
我们眼前的拥有，也使人深觉欢畅：
落潮的水波退走，
卵石在滩头颤响。

The Nineteenth Century and After

Though the great song return no more

There's keen delight in what we have:

The rattle of pebbles on the shore

Under the receding wave.

斯威夫特的墓志铭

斯威夫特已驶入安息之港；

彼处狂野之怒

不能撕裂他的胸膛。

效法他吧若你敢于，

志在四方的旅人；他曾

为人类的自由效命。

Swift's Epitaph

Swift has sailed into his rest;

Savage indignation there

Cannot lacerate his breast.

Imitate him if you dare,

World-besotted traveller; he

Served human liberty.

拜占庭

白日未净化的影像消退；

皇帝醉酒的卫队在沉睡；

夜晚的共响消退，夜行人的歌声

随那大教堂的钟鸣；

星光抑或月光照射的穹顶睥睨

人之所是，

那些个混掺的凡躯，

人类血管内外的愤怒和泥涂。

我的前方飘浮着一个幻影，人或是鬼魂，

更似鬼魂而非人，又更似幻影而非鬼魂；

因为冥王的线轴缠绕着干尸布，

可以展开弯曲的路途；

一张既无水汽也无呼吸的嘴，

那些屏息的嘴可以将之唤回；

我呼喊那超人的幻影；

我叫它死中生魂或生中幽灵。

奇迹，鸟儿或手作金艺，

比鸟儿和手作金艺更神奇，

嵌植于星光照射的金枝，

可如冥王的雄鸡般鸣啼

或是，在黯然的月边，大声讥嘲，

以恒定无改的金属光耀，

尘俗的鸟儿或花瓣，

以及所有泥或血的凡躯混掺。

在午夜里皇帝的石铺地面，

火焰飞掠，没有烧去木柴，也非钢镰引燃，

风暴于其无扰，火焰生出火焰，

热血生出的幽灵到来此间，

解脱所有愤怒的混掺，

于一种舞动中将之衍散，

一种痛苦的恍然，

一种痛苦的火焰，烤不焦衣袖一片。

骑跨于海豚那泥与血的凡躯混掺，

幽灵挨着幽灵！金器坊分开了洪泛。

皇帝的金器坊！

舞步之下的大理石板

分开苦涩的怒涛混掺，

那些幻影仍将

生成新鲜的影像，

那海豚破浪，那钟声播扰的海洋。

Byzantium (1930)

The unpurged images of day recede;

The Emperor's drunken soldiery are abed;

Night resonance recedes, night walkers' song

After great cathedral gong;

A starlit or a moonlit dome disdains

All that man is,

All mere complexities,

The fury and the mire of human veins.

Before me floats an image, man or shade,

Shade more than man, more image than a shade;

For Hades' bobbin bound in mummy-cloth

May unwind the winding path;

A mouth that has no moisture and no breath

Breathless mouths may summon;

I hail the superhuman;

I call it death-in-life and life-in-death.

Miracle, bird or golden handiwork,

More miracle than bird or handiwork,

Planted on the star-lit golden bough,

Can like the cocks of Hades crow,

Or, by the moon embittered, scorn aloud

In glory of changeless metal

Common bird or petal

And all complexities of mire or blood.

At midnight on the Emperor's pavement flit

Flames that no faggot feeds, nor steel has lit,

Nor storm disturbs, flames begotten of flame,

Where blood-begotten spirits come

And all complexities of fury leave,

Dying into a dance,

An agony of trance,

An agony of flame that cannot singe a sleeve.

Astraddle on the dolphin's mire and blood,

Spirit after Spirit! The smithies break the flood.

The golden smithies of the Emperor!

Marbles of the dancing floor

Break bitter furies of complexity,

Those images that yet

Fresh images beget,

That dolphin-torn, that gong-tormented sea.

注文请见书中附录《叶芝和他的拜占庭诗篇》

选择

人的心智被迫选择一样，

生活的完满，或作品的完满，

若选择后者就必当

拒绝一座天国华邸，黑暗中光芒怒绽。

当所有故事都完结，什么是最后的收场？

走运与否，苦役都会留下痕斑：

那古老的迷惘是一个空钱囊，

或白日的虚荣，夜晚的懊丧。

The Choice (1931)

The intellect of man is forced to choose

Perfection of the life, or of the work,

And if it take the second must refuse

A heavenly mansion, raging in the dark.

When all that story's finished, what's the news?

In luck or out the toil has left its mark:

That old perplexity an empty purse,

Or the day's vanity, the night's remorse.

上帝的母亲

爱的三重恐惧；一团堕落辉火
在耳朵的中空穿过；
房间里有一些羽翼振响；
一切恐惧之恐惧，是我在子宫中
孕育着天堂。

我不曾在那些演出中发现愉悦么？
那每个平凡女人都了解的，
烟囱的角落，花园的走道，
以及岩石水池，我们在那里踩衣裳，
汇集所有的闲聊？

我以痛苦换得的这肉身，
我以乳汁供养的这堕落星辰，
这令我心中的血液凝固，
将突如的寒意刺入我骨，
又让我头发竖起的，爱，是何物？

The Mother of God (1931)

The threefold terror of love; a fallen flare

Through the hollow of an ear;

Wings beating about the room;

The terror of all terrors that I bore

The Heavens in my womb.

Had I not found content among the shows

Every common woman knows,

Chimney corner, garden walk,

Or rocky cistern where we tread the clothes

And gather all the talk?

What is this flesh I purchased with my pains,

This fallen star my milk sustains,

This love that makes my heart's blood stop

Or strikes a Sudden chill into my bones

And bids my hair stand up?

摇摆

I

介于两极

人奔跑于他的途中；

一枚烙印，或一口火焰的呼吸，

到来销熔

那昼与夜里

一切的对峙；

肉体称其为死

心称其为悔。

若此系确然，

生又何欢？

II

有一棵树，从树的最高枝始

一半全为跳动的火焰，一半全为绿，

葱茏茂叶披着露珠；

一半既是一半，亦是全体；

一半熔去另一半的更新，

那将阿提斯的幻影悬挂在

火焰怒目和蔽目茂叶之间的人

或许不知其所知，唯知死又何哀。

III

获取所有你能获取的金与银，

满足野心，激扬

那些琐碎的时日，以阳光充塞它们，

并将这些箴言细想：

所有的女人都宠溺懒汉

虽然他们的孩子需要富足家产；

世上没有男人享足

孩子的感激或女人的爱慕。

不再于忘川的树叶间迷沉，

开始准备着死亡，

从第四十个冬天起，以那思想

检验智识或信仰的每一件作品，

以及你亲手打造的每一样物事

将那些称作呼吸的奢侈

它们不适合那些骄傲的，睁眼的，欢笑着来到坟墓的人。

IV

我的第五十个年头来了又去，

我坐着，一位孤单的男子，

在拥挤的伦敦店铺，

一本打开的书和空的杯子

放在大理石桌面。

当我向着店铺和街道凝视，

我的身体忽然被点燃；

似乎有

二十分钟左右，

我感到如此强烈的幸福，

我感到自己有福且可以祝福。

V

虽然夏之骄阳镀金于

天空的云叶，

而冬之冷月似风暴吹乱的箭镞

没入田野，

我却不能观看，

责任将我压弯。

多年前说过和做过的，

或者我没说和没做的，

但以为我会说和做的，

将我压弯，没有一天

一些事情不被记起，

而我的良心和虚荣感到惊悸。

VI

下临一片河川之地，

新刈干草的气息

在他的鼻孔里，周公旦

呼喊，山头的雪随声松坍，

"让一切逝去。"

奶白驴子牵拉的轮子

是巴比伦和尼尼微崛起之地；

某位征服者将缰绳勒住

向着厌战的人们呼喊：

"让一切逝去。"

从人类浸血的心脏里萌发

那些夜与昼的繁枝

浮华的月在此悬挂。

什么是一切歌吟的意义？

"让一切逝去。"

VII

灵魂：寻求真实，抛却貌似。

心：什么，是一个天生的歌者，却缺乏主题？

灵魂：以赛亚的火炭，此外人类夫复何求？

心：在火的纯粹中结舌哑口！

灵魂：看那火，拯救漫步其里。

心：除却原罪荷马还有什么主题？

VIII

我们必须分别吗？冯·许戈尔，尽管我们如此相同，

因为我们都接受圣人的奇迹，并将神道尊崇？

圣特蕾莎的身体不朽地躺在坟墓里，

浸润着奇迹之油，散发出甜美的气息，

从刻着字母的厚石板下传达疗愈之功。可能

那些共一恒我的手，使一个现代圣徒的身体不朽，也曾

掘挖法老的干尸。我——虽然心可能寻得松解，

假使我成为一个基督徒，并选择

那看似在坟墓中最受欢迎的为我的信仰——将一个前定的角色扮演。

荷马是我的榜样，他未受洗礼的心亦然。

狮子和蜂窝，那经文有何解诠？

所以你走吧。冯·许戈尔，虽然你的头上顶着福环。

Vacillation (1932)

I

Between extremities

Man runs his course;

A brand, or flaming breath.

Comes to destroy

All those antinomies

Of day and night;

The body calls it death,

The heart remorse.

But if these be right

What is joy?

II

A tree there is that from its topmost bough

Is half all glittering flame and half all green

Abounding foliage moistened with the dew;

And half is half and yet is all the scene;

And half and half consume what they renew,

And he that Attis' image hangs between

That staring fury and the blind lush leaf

May know not what he knows, but knows not grief

III

Get all the gold and silver that you can,

Satisfy ambition, animate

The trivial days and ram them with the sun,

And yet upon these maxims meditate:

All women dote upon an idle man

Although their children need a rich estate;

No man has ever lived that had enough

Of children's gratitude or woman's love.

No longer in Lethean foliage caught

Begin the preparation for your death

And from the fortieth winter by that thought

Test every work of intellect or faith,

And everything that your own hands have wrought

And call those works extravagance of breath

That are not suited for such men as come

Proud, open-eyed and laughing to the tomb.

IV

My fiftieth year had come and gone,

I sat, a solitary man,

In a crowded London shop,

An open book and empty cup

On the marble table-top.

While on the shop and street I gazed

My body of a sudden blazed;

And twenty minutes more or less

It seemed, so great my happiness,

That I was blessed and could bless.

V

Although the summer Sunlight gild

Cloudy leafage of the sky,

Or wintry moonlight sink the field

In storm-scattered intricacy,

I cannot look thereon,

Responsibility so weighs me down.

Things said or done long years ago,

Or things I did not do or say

But thought that I might say or do,

Weigh me down, and not a day

But something is recalled,

My conscience or my vanity appalled.

VI

A rivery field spread out below,

An odour of the new-mown hay

In his nostrils, the great lord of Chou

Cried, casting off the mountain snow,

'Let all things pass away.'

Wheels by milk-white asses drawn

Where Babylon or Nineveh

Rose; some conquer drew rein

And cried to battle-weary men,

'Let all things pass away.'

From man's blood-sodden heart are sprung

Those branches of the night and day

Where the gaudy moon is hung.

What's the meaning of all song?

'Let all things pass away.'

VII

The Soul. Seek out reality, leave things that seem.

The Heart. What, be a singer born and lack a theme?

The Soul. Isaiah's coal, what more can man desire?

The Heart. Struck dumb in the simplicity of fire!

The Soul. Look on that fire, salvation walks within.

The Heart. What theme had Homer but original sin?

VIII

Must we part, von Hügel, though much alike, for we

Accept the miracles of the saints and honour sanctity?

The body of Saint Teresa lies undecayed in tomb,

Bathed in miraculous oil, sweet odours from it come,

Healing from its lettered slab. Those self-same hands perchance

Eternalised the body of a modern saint that once

Had scooped out pharaoh's mummy. I—though heart might find relief

Did I become a Christian man and choose for my belief

What seems most welcome in the tomb—play a predestined part.

Homer is my example and his unchristened heart.

The lion and the honeycomb, what has Scripture said?

So get you gone, von Hügel, though with blessings on your head.

【注】

1931 年到 1932 年间，叶芝常常在库尔庄园居留，陪伴重病的格里高利夫人走过生命最后一程。回顾同行路，深沉哀痛想必也触发了叶芝对自己人生历程的复盘。写于这一时期的长诗《摇摆》笔力简劲，奥义深宏，八个形式各异却又牵连紧密的诗节囊括了他对于长久萦绕的生死悲欢、道路与选择、使命与责任等基本主题的再度叩问与确认。

此诗最初的名字叫"智慧（Wisdom）"，这在 1931 年 12 月叶芝写给奥利维亚·莎士比亚的信中有提及；最初收入诗集《或为歌词》时分为七节，各有小标题，分别是："何为至乐？""火树（含 2-3 节）""幸福""良心""征服者""一次对话""冯·许戈尔"；收入《旋梯集》时改为现在的分法。

以原本的诗题、意象和诗句而言，这首诗很难不令人想到《庄子·至乐》。叶芝的哲学观本来就与东方玄学思想有着共通的底层架构，而与众多儒家典籍的译者庞德的友谊无疑更加增进了叶芝对于中国古代哲学的关注和了解。叶芝显然也读过卫礼贤的《金花的秘密》一书。虽然尚难确定叶芝是否在此诗中有意向庄子进行模糊的致意，但道家典籍给叶芝留下的深刻印象不言而喻。诗中虽未提及庄子，却提及了周公旦[i]。传说中周公旦从鹓熊处习得做梦解梦的智慧，而鹓熊又是早于老庄

---

i 国外学者通常将此诗中的 the great lord of Chou 理解为周公旦，但也有可能是文王姬昌。周文王和周公旦都是 lord of Chou，外国人常常分不清他们父子，但加上 great 一词，指周文王的可能性似乎更大。叶芝在诗集《责任》扉页上引有孔子的话"久矣吾不复梦周公"，周公的英文是"Prince of Chang"，即"昌的王子"。叶芝这样称呼周公亦有可能是想区分文王与周公。不过仅此两点似乎仍然无法确证此诗中提及的是文王还是周公，因为周文王更多地被译为 King Wen of Chou。但无论诗中所指是文王还是周公，都不太会影响我们对诗意的理解，因父子二人皆是圣人，皆参与了翦商之武功，共同开创了德治和礼治的时代，甚至接续创作了《易经》，是中国古代思想史上"内圣外王"的典范人物。

的道教先驱，著有《鹖冠子》一书（也有说此乃后人假托之作）。在诗集《责任》的扉页上，叶芝也征用了孔子的话"甚矣吾衰也！久矣吾不复梦周公"。

诗的第一节，叶芝开篇点题，以极短的句式和鲜明的意象贡献了一种生死观的最为简洁的表达。生者的意识始终处于两极作用之下，摇摆是这世间最根本的运动形态。生命如同在两壁对峙的河道或沟渠中回旋奔流的水，而死亡是火，死者魂归一团火焰的虚空，永恒的一点一瞬被具象化为"一枚烙印，或一口火焰的呼吸"。不仅世间的种种矛盾可以归结为"昼与夜里／一切的对峙"，灵魂的生死流转亦是水火对峙间的摇摆，所谓"死生如昼夜"（《庄子·至乐》）。充满矛盾和压力的生之旅程以肉身的消亡和心的忏悔为结束，灵魂根本的快乐在哪里呢？

第二节，灵魂在永恒之界的意象呈现为一棵半是火焰半是露叶的树。生命之树的这一版造像大概是取材于威尔士民间故事集《玛吉诺比昂》，叶芝曾在《文学中的凯尔特元素》中引用过其中的火树形象。阿提斯是希腊神话中的一位植物神。叶芝对这位神祇的了解可能来自《金枝》的作者詹姆斯·弗雷泽爵士的《阿提斯，阿都尼斯和欧西里斯》。阿提斯是弗里吉亚一位俊美的牧羊少年，大地女神（Cybele）爱上了他。阿提斯即将迎娶一位凡间女子，大地女神便令其神智失常，在狂喜中实施了自我阉割，并流血而死，血中绽放出紫罗兰花朵。翻悔的女神请求宙斯令其复活，宙斯将阿提斯的灵魂注入一棵松树。后来阿提斯信仰流传开来，在祭祀时，信徒们会将阿提斯形象的面具悬挂在松树之上，并开始随着鼓乐跳舞，披散长发，挥舞手臂，舞至酣热便用瓷片或刀划开自己的皮肉，让血喷洒到祭坛之上。频频在叶芝诗中出现的"古老的夜晚"指的便是举行类似祭祀的夜晚，人们在舞乐中进入狂喜之态，感觉自己的灵魂似乎融入了头顶的明月。喷洒的热血对应着灵魂的至乐，无挂碍的灵魂是至乐的灵魂，正是这溢出肉身（或时间）之外的快乐填满了一轮象征之月（理智之美）的古老号角。

所以悬挂在火焰怒目（幽灵之智思）和蔽目茂叶（幽魂之识障欲障）间的阿提斯正是处于水火交融至乐一瞬的灵魂的象征，将他的幻影悬挂于松树间的是信徒，他们或许不知道他们感受到的便是至乐，但他们知道那一定不是悲伤。

在提出和回答了什么是至乐并阐述了自己的生死观之后，第三部分叶芝表达了他的生活态度：顺应天性，求其所欲。金是阳光之色，指向爱欲激情和感官快乐，具体地指向与女人的关系；银是月光之色，指向理性的冀求，野心的满足，具体地表现为替孩子积攒家业，为后代开疆拓土等需求。俗世的欲求之中也存在金与银的对峙，因此，人在追求野心的实现时，也要追求快乐，以阳光充塞琐碎的时日。始终摇摆于女人的爱慕和孩子的感激之间的人也总是在思索和企盼一种平衡。

第三节下半部分中，叶芝以"第四十个冬天"指代人生的下半场。孔子云"四十不惑"，叶芝应是据此而选择四十为分界线，而冬天指代死亡和坟墓。人过四十后终点便在瞻望之中，向死而生的人不再沉迷于感官之乐，死亡意识成为检验思考和行动的参数或坐标系，这是叶芝理解的"不惑"，即不再为感官欲障遮眼。不具肉身的灵魂不受善恶因果之累，而具身的灵魂的思考和行动都会产生后果，有善恶之分，要以心目去辨别之。呼吸指代生命和存在，呼吸的奢侈指溢出于你存在之外的部分，也就是说，你的作品是你死后继续存留的部分。大笑着去到坟墓的人指的是有着透辟生死观，看淡和摒弃物质世界的一切的智者，比如庄子。但叶芝显然有别于这样的智者，他仍旧执着于自己前定的使命，要"游于艺"，将智识或技艺的作品视为一种超越性的存在，理智之美的载体。

第四节叶芝的人生巡礼来到了五十岁。在原名"幸福"的这一节里，此前他曾在《穿越月色宁谧》中仔细描绘的那种"瞬间"被再次呈现：

> 在那些通常是不期而至的瞬间，我感到快乐，总是当我随手翻开一本诗集时，有时那是我自己的诗集，我没有发现新的技术瑕疵，而是边读边感到当初写下时同样的兴奋。可能我是坐在某个喧闹的餐馆中，旁边有本翻开的书，或者是合上的，我的兴奋从书页间漫溢出来。我望着周围的陌生人，仿佛他们是我此生故交，奇怪的是我无法对他们说话：一切都令我感觉充满爱意，我再没有任何恐惧和企求；我甚至不记得这快乐的感觉是如何收尾的。那种情形好似魄壳忽然变得纯净，延展，明亮，来自世界灵魂中的影像在其中示现，沉醉于一种甜蜜感，像一个将烟头扔到茅草屋顶上的乡间醉鬼，燃尽了时间。
>
> 那种情形或许持续了一个小时才过去，后来我似乎明白了我进入了一个无厌憎的瞬间。我想我们生活的普遍状态是厌憎——我知道我是这样——总是被公共或私下的人事所激怒……书上说，幸福来自厌憎的反面。[ii]

让我们回到诗行中来。翻开的书指向打开的心智，空杯指向被

---

ii   "Per Amica Silentia Lunae", *Later Essays. The Collected Works of W. B. Yeats, vol. 5.*

饮尽的感官之乐。灰色大理石是融合态的象征。孔子云"五十而知天命",此时心智成熟的叶芝已能掌控自己的欲望,并明了自己前定的使命,虽然身在餐馆中,却像是隐士来到了塔顶,在他的肉身望向外面的街道时,灵魂也在瞭望浩瀚,脱出了肉身束缚和俗世纷扰,无欲无求,至乐无乐,心中只有宁谧与爱意,然而此境令人得意而忘言,舌已成石。

第五节叶芝又推出了新的"摇摆"子集:圣徒和剑客构成了人生道路选择的两壁。这也是位于全诗中心的一组对立。在1932年6月写给奥利维亚·莎士比亚的信中,叶芝这样总结贯穿他一生创作的主题:"剑客一直在拒斥着圣徒,虽不无摇摆……或许这是唯一的主题——莪相和帕特里克——所以你走吧冯·许戈尔,虽然你的头上顶着福环。"[iii]他对乔治·叶芝也说过类似的话:"我一生都在以不同的方式述说同一件事。二十岁我就在斥责暮年,剑客一直在拒斥圣徒——虽然不无摇摆。"[iv]

《莪相漫游记》中的莪相随其仙灵爱人尼芙在海上仙山游历了三百年仍执意回到人间,令人联想到《自我与灵魂的一次对话》中选择重入轮回的自我。帕特里克是使基督教在爱尔兰传播开来的圣徒,关联着置身思想塔顶的隐士,灵魂的化身。或许我们可以将这些意象和称谓归纳一下:剑 / 剑客 / 青年 / 自我同属一极,对应着塔 / 圣人(先知或智者或隐士)/ 暮年 / 灵魂的一极。被夏之骄阳如金衣包裹的云叶,是完满激情的象征,是隐士在塔顶瞭望所见。冬之冷月散射没入的田野,是愚人浪游之地。不能观看指不能憧憬。叶芝无法选择圣人或愚

---

iii　Allan Wade. ed., *The Letters of W. B. Yeats.*, 798.

iv　Ann Saddlemyer, *Becoming George: The Life of Mrs W. B. Yeats*, 620.

人之两极中的哪一极。他选择的是剑客的道路，不同于携剑浪游的愚人，他也有着圣徒般的觉知，心目也曾开启。愚人不会分辨行为的后果，但剑客始终在分辨善恶，处在虚荣和良心的对峙中。叶芝曾写有《圣人与驼子》一诗，其中的驼子指的就是被自己思想和行为的果（言与行，即说过的和做过的）压弯了腰的剑客，"一个罗马的恺撒／压在这驼峰下面"。驼背的剑客是介于圣人与愚人之间的一种形象，也是叶芝为自己选择的形象。

原名"征服者"的第六节分为三小节，叶芝列举了三种类型的征服者，即剑客。第一种以周公旦为代表。周公与孔子、夏禹并称三圣，但他同时也是剑客，协助姬发翦商，又兴礼乐以化成天下。叶芝在作品中频繁致意的周公，是有着圣人之觉知的剑客的代表。关于周公出场之场景的描写的解读，我们或许可以再次参照《雪莱诗歌中的哲学》里的这段话：

> 月亮，这荒寂天空中一团冰冷而多变的火……只有在时间被带入他在永恒之中的坟墓时，才会变成一样令人愉悦的事物，因为那时，地球上的灵，人类那富于创造性的头脑，会以自己的快乐将其填满。他描述地之灵和月之灵，在他们的生命河溪之上浮动，像一段令人恍惚的幻象。人成为"汇融众灵的和谐之灵"，"所有的事物流向彼此""熟悉的场景因爱而美丽""一种富于生机的快乐"当此变化之际在灵与灵之间流淌，直至白雪"从月亮毫无生机的山峦上松坍。"

雪莱的长诗《被解放的普罗米修斯》中有一段地球与月亮的对话，描绘的正是人们在醉狂的瞬间获得的融合与超越性的体验。同样的意象组合在此被用以造境周公的悟道瞬间。置身群山耸峙的高处，下临一片河川之地，周公是来到思想之巅的智者，其醉狂的呼喊震塌了理智之月上的冰山之雪，雪水融化哺育河川，正是一段礼乐之美化成天下的治世幻象。河川是生命的河川，众生之川，河川之地平整而密集的草丛指向融合态的众我，干草堆指向这众我的向上收束堆集态。气息、香烟是这存在的蒸腾物，是水火交迭态的存在，叶芝曾形容伊德（想象之火的化身）是想象力的没药和乳香，而在《时光十字架上的玫瑰》里，玫瑰的气息也是行吟歌者开唱的必要条件，在《我记起被遗忘的美》中神的处所也被描绘为"香烟起阴云涌"。青草的气息在于周公的鼻孔，意指周公心怀天下，在他的觉知中，众生冀求散发着草的清新香气，这气息令他看见幻象，发出呼喊，了悟成圣。"让一切逝去"是觉知之心发出的呼喊，它脱出了肉身，脱出了尘界，汇入永恒，窥得大道与智慧，其中无我亦无物，无情亦无言。

第二小节里的征服者是古巴比伦文明时期的某位军队统帅。巴比伦文明属于原始极文明螺旋，与基督文明螺旋方向一致，因此螺旋（轮子）的动力也是相类的事物：奶白驴子与洁白羔羊。奶白是月光之色，纯粹理性之色，驴和羔羊是自然之造物，兽性和本能的化身，因此白驴和白羊均指向一种集体灵魂中的野性被理智漂白、阉割或驯服的状态；而"驴"在希腊神话中也是经常被与小亚细亚人关联的一种形象，比如被阿波罗惩罚长出了一双驴耳的弗里吉亚国王弥达斯，弗里吉亚帽据说也是用来遮掩驴耳的饰物。原始极文明螺旋注定要在大地上扩张，向外部世界探索。"让一切逝去"是征服者的铁蹄踏向大地尽头天之边缘的呼喊。

第三小节里的征服者是行吟的歌者，叶芝以此来指代所有的艺术家。从人类饱含热血的心脏里萌发的繁枝是激情，是爱与恨的繁枝，而月是超越爱恨、悬挂于繁枝之上的理智之美，艺术家们在创作中追求以灵魂脱出肉身束缚，向理性的思考和动作中注入激情，产生足以与月同辉的艺术品。但这轮象征之月，不同于天上那轮空寂之月，它是浮华（gaudy）的，浮华乃由地之灵漫溢而成。对于崇尚礼仪崇尚美的"闲人"叶芝来说，浮华实非贬义词。叶芝推崇的艺术家撒缪尔·帕尔默曾用浮华形容白昼之光，叶芝在散文中引用过他的话。浮华与冷清相对，正如日之金与月之银相对。浮华之月是融合了理智与激情的艺术品的独有光辉。"让一切逝去"是艺术家们进入物我两忘出神入化之境的呼喊。

第七节是一段对话，此前衍生的种种对立意象此刻又回归到灵魂与心（自我）的对峙。1932年1月，叶芝从库尔庄园给奥利维亚·莎士比亚去信，告诉她诗已写完，并抄录了此节，解释道：

> 我感觉这是圣人的选择（圣特蕾莎的狂喜，甘地的笑容）：喜剧；和英雄的选择：悲剧（但丁，堂吉诃德）。悲壮地生活但不被欺瞒（非愚人的悲剧）。但我接受全部的神迹。为什么古代香膏师不会化作鬼魂回来给现代圣徒进行那曾经给予过拉美西斯的全套防腐护理呢？为什么我要怀疑那关于圣特雷莎之墓的传说呢，传说那墓在十九世纪中期被开启时，里面尸身不败并滴落芳油。我到死都会是一个满身罪孽的人，在临终之榻上想起年轻时虚掷的所有夜晚。[v]

---

v　Allan Wade. ed, *The Letters of W. B. Yeats*, 790.

对于叶芝这样的玄学家而言，时空之外的一点一瞬才是包容万有的不变实在，时空之内的客观和物质世界只是其摹本和投影。灵魂所求是回溯真实，弃绝物质形态的存在。《旧约·以赛亚书》记载，天使撒拉弗从祭坛上取了火炭去沾以赛亚的唇，涤净了以赛亚的罪孽。灵魂视炭火为救赎，是"未被神以理智之火销熔的全部"。而心是天生的歌者，追求喊出心底的激越之音，荷马这古代的行吟歌者是艺术家群体的代表。整部《伊利亚特》都围绕阿喀琉斯的狂野之怒展开，讲述英雄之死成就不朽之美；而《奥德赛》在象征层面上是经历过永恒瞬间的灵魂选择再入轮回的归家航程，讲述灵魂之再生。荷马史诗全部歌唱的主题都可以归结为生与死的原罪。

冯·许戈尔（Friedrich von Hugel，1852-1925）是叶芝同时代著名的宗教作家，奥地利人，天主教修士，护教者，著述颇丰影响巨大。叶芝的玄学信仰与基督信仰同属唯心主义，以宇宙观和生死观的底层构架而言是共通的，所以叶芝也承认并相信基督教的神迹，但叶芝的十字架上浮现的是一朵与众生同在的玫瑰，而非受人跪拜的苍白基督：

> 我的基督，我以为是圣帕特里克信条的合法衍生体，是但丁比拟为比例完美的人体的"和谐存在"，是布莱克的"想象界"，是《奥义书》所称的"梵我"：这和谐之体并不遥远，亦非智识所能解析，而是近在眼前，依人依时而各异，它加诸自我痛苦和丑陋，"蟪蛄的眼与青蛙的腿"。[vi]

vi "Introduction For the never-published Charles Scribner's Sons 'Dublin Edition' of W. B. Yeats", *Later Essays. The Collected Works of W. B. Yeats, vol. 5.*

许戈尔推崇的自然是基督圣徒的道路，圣特雷莎是其榜样。圣人遵循纯粹的理性，割裂感性和心之冀求；叶芝作为艺术家选择的是剑客之路，吟唱心之冀求，荷马是其榜样。虽然皈依基督教或许可以为心免除激情的磨难，但他仍然选择履行前定的使命，亦即令他再入轮回的恒我之执，心胸甘受狂野之怒的摩擦，如剑鞘因剑刃而损耗。这恒我之执便是《血与月》吟唱的主题。狮子和蜂窝的意象来源于《旧约·士师记》，力士参孙徒手撕裂一头狮子，后来发现有蜜蜂筑巢于狮身之中，于是便得食蜂蜜。狮子是肉身力量的象征，蜜蜂是灵魂的象征，蜂巢为灵魂溯归汇融之所，是指向精神宇宙第十三螺旋的又一意象。食蜜亦指向那个释脱、融合与超越的永恒瞬间，蜜指向甜蜜漫流的至乐态。蜜蜂筑巢于狮尸之上，意味着灵魂与肉体的互相依存，在至乐态里，两者不能单取其一，不能被割裂，就像前面引文描述的，幸福来自厌憎的反面，美生发于丑的对立面，灵魂的至乐态在于肉身被战胜或陨灭之际。这样的理念于基督教而言当然是颠覆性的。

是以，从诗歌生涯之初就立志要以歌吟汇集这世界的心之冀求的诗人/剑客叶芝只能与修士/护教者许戈尔分道扬镳。

《或为歌词》

Words for Music Perhaps （1932）

· 叶芝

简疯子与主教的交谈

我在路上碰见主教，
他和我说了许多。
"那些乳房如今下垂瘪掉，
那些血管必然很快萎缩；
去天国的华邸里活，
别去那猪圈污浊。"

"美好和污浊是近亲，
美好需要污浊，"我喊道。
"我的朋友们走了，但此中之真理
坟墓和床都不会驳拗。
它可习知于肉身之卑微
与心之高傲。

"一个女人可以骄傲且冷感
当她对爱专注；

但爱已将他的华邸设于

排泄之处；

因为没有什么可以是完整而专享的

若尚未被破突。"

Crazy Jane Talks with the Bishop

I met the Bishop on the road
And much said he and I.
'Those breasts are flat and fallen now,
Those veins must soon be dry;
Live in a heavenly mansion,
Not in some foul sty.'

'Fair and foul are near of kin,
And fair needs foul,' I cried.
'My friends are gone, but that's a truth
Nor grave nor bed denied,
Learned in bodily lowliness
And in the heart's pride.

'A woman can be proud and stiff
When on love intent;

But Love has pitched his mansion in

The place of excrement;

For nothing can be sole or whole

That has not been rent.'

关于普罗提诺的德尔斐神谕

看哪，伟大的普罗提诺在泅渡，
被海水推搡；
温和的拉达曼提斯向他招呼，
可金色家族看上去不太清楚，
盐渍的血丝将他的视线阻挡。

散布于平坦草地，
或在小树林中迂回，
那边是柏拉图，走过的是米诺斯，
那边是庄严的毕达哥拉斯
和整支爱的歌队。

The Delphic Oracle upon Plotinus (1931)

Behold that great Plotinus swim,

Buffeted by such seas;

Bland Rhadamanthus beckons him,

But the Golden Race looks dim,

Salt blood blocks his eyes.

Scattered on the level grass

Or winding through the grove

Plato there and Minos pass,

There stately Pythagoras

And all the choir of Love.

《最后的诗》

Last Poems （1937-1939）

·叶芝

仿日本诗

最令人惊讶的事一桩——
我已经活过了七十年；
（欢呼只为春花之绽放，
因为此间春天又到来。）
我已经活过了七十年，
没做衣衫褴褛一乞丐，
我已经活过了七十年，
七十年的男人与男孩，
从未因欢快而舞起来。

Imitated from the Japanese (1937)

A most astonishing thing—

Seventy years have I lived;

(Hurrah for the flowers of Spring,

For Spring is here again.)

Seventy years have I lived

No ragged beggar-man,

Seventy years have I lived,

Seventy years man and boy,

And never have I danced for joy.

一英亩草地

照片与书卷留存，
一英亩青草地
犹待透气和锻炼，
如今体力已衰失；
午夜，一栋老屋
唯余一小鼠窸窣。

我的诱惑寂然。
在这生命的末端，
无论松散的想象
还是思想的磨盘，
消磨着那破布残骨的磨盘，
都不能令真理示现。

请赐予我一个老人的狂怒，
我必须再造自身，

直至我是泰门与李尔，

或是威廉·布莱克那人，

他击打墙垣

直至真理听从他的召唤；

米开朗琪罗知晓的那思想

能将层云洞彻，

若不由狂怒激发，

摇动尸布中的死者；

便会被人类遗忘，

那一个老人的鹰之思想。

An Acre of Grass (1938)

Picture and book remain,

An acre of green grass

For air and exercise,

Now strength of body goes;

Midnight, an old house

Where nothing stirs but a mouse.

My temptation is quiet.

Here at life's end

Neither loose imagination,

Nor the mill of the mind

Consuming its rag and bone,

Can make the truth known.

Grant me an old man's frenzy,

Myself must I remake

Till I am Timon and Lear

Or that William Blake

Who beat upon the wall

Till Truth obeyed his call;

A mind Michael Angelo knew

That can pierce the clouds,

Or inspired by frenzy

Shake the dead in their shrouds;

Forgotten else by mankind,

An old man's eagle mind.

·《创造亚当》，米开朗琪罗作

德尔斐神谕之后文

I

彼处躺着的所有金色老者，

彼处的银光露滴，

以及浩瀚之水，都为爱叹息，

风也叹息。

爱上凡人男子的尼芙也倚躺叹息，

在草地上，莪相之侧；

彼处在爱的歌队中叹息的

还有高个子毕达哥拉斯。

普罗提诺来了，四下打量着，

胸口凝结着盐的晶体，

伸展手脚打着呵欠，过了片刻，

也和别人一样躺着叹息。

II

每人骑跨一条海豚背脊，

平衡靠着一片鳍，

那些天真者将他们的生死重历，

他们的伤口再次绽裂。

狂喜的水大笑，为着

他们的哭声甜蜜又古怪，

以古老的舞步样态，

蛮力的海豚于水中梭穿，

直到某处崖岸庇护的海湾

那儿爱的歌队涉水而来

递上神圣的桂冠，

他们抛却了负担。

III

被仙子剥光的纤长少年，

珀琉斯向着忒提斯凝望，

她的肢体娇嫩如眼帘，

爱以泪水使他目盲；

但忒提斯的肚皮在谛听。

从群山之崖壁上，

潘神的洞穴中，

不可忍受的音乐轰落。

秽气的羊头，蛮力的胳膊显现，

肚皮，肩膀和屁股

鱼一样闪跳；仙子和萨提尔

在泡沫中交媾。

News for the Delphic Oracle (1938)

I

There all the golden codgers lay,

There the silver dew,

And the great water sighed for love,

And the wind sighed too.

Man-picker Niamh leant and sighed

By Oisin on the grass;

There sighed amid his choir of love

Tall pythagoras.

Plotinus came and looked about,

The salt-flakes on his breast,

And having stretched and yawned awhile

Lay sighing like the rest.

II

Straddling each a dolphin's back

And steadied by a fin,

Those Innocents re-live their death,

Their wounds open again.

The ecstatic waters laugh because

Their cries are sweet and strange,

Through their ancestral patterns dance,

And the brute dolphins plunge

Until, in some cliff-sheltered bay

Where wades the choir of love

Proffering its sacred laurel crowns,

They pitch their burdens off.

III

Slim adolescence that a nymph has stripped,

Peleus on Thetis stares.

Her limbs are delicate as an eyelid,

Love has blinded him with tears;

But Thetis' belly listens.

Down the mountain walls

From where pan's cavern is

Intolerable music falls.

Foul goat-head, brutal arm appear,

Belly, shoulder, bum,

Flash fishlike; nymphs and satyrs

Copulate in the foam.

长足虻

为使文明不致沦丧，
它已输掉伟大战役，
让狗安静，把小马拴往
远处的一根柱子；
我们的首领恺撒在帐中，
地图已摊开在那里，
他的眼睛凝视着空无，
一手支颐。
像一只长足虻飞临溪流
他的思想在静寂上漂移。

为使那无顶塔被焚烧，
而人们忆起那张脸庞，
若你必须走动，请以最为轻悄的手脚，
在这孤寂的地方。
她，一分女人，三分孩童，以为

没有人看；她的双足
练习着从街上学来的
浪游者的曳步舞。
像一只长足虻飞临溪流
她的思想在静寂上漂移。

为使那些青春少女能将
她们头脑中最初的亚当寻见，
把教皇礼拜堂的门关上，
将那些孩子挡在门外边。
此处的脚手架上仰靠着
米开朗琪罗。
以不比老鼠窸窣大的响动
他的手来回划过。
像一只长足虻飞临溪流
他的思想在静寂上漂移。

Long-legged Fly (1938)

That civilisation may not sink,

Its great battle lost,

Quiet the dog, tether the pony

To a distant post;

Our master Caesar is in the tent

Where the maps are spread,

His eyes fixed upon nothing,

A hand under his head.

Like a long-legged fly upon the stream

His mind moves upon silence.

That the topless towers be burnt

And men recall that face,

Move most gently if move you must

In this lonely place.

She thinks, part woman, three parts a child,

That nobody looks; her feet

Practise a tinker shuffle

Picked up on a street.

Like a long-legged fly upon the stream

Her mind moves upon silence.

That girls at puberty may find

The first Adam in their thought,

Shut the door of the Pope's chapel,

Keep those children out.

There on that scaffolding reclines

Michael Angelo.

With no more sound than the mice make

His hand moves to and fro.

Like a long-legged fly upon the stream

His mind moves upon silence.

马戏团动物的逃散

我搜寻一个主题，徒劳地搜寻，

日日搜寻，过去了六周左右的时间。

也许最后，当成为一个破败的人

我才必然满足于我的心，虽然

历经冬夏直至老境来临

我的马戏团动物们悉数出演，

那些踩高跷的男孩，那锃亮的战车，

狮子，女人，还有天知道是什么的。

II

除去古老的主题，我还能将什么数点？

先是乘海者莪相，被一路引领

穿越三座海上仙山，是梦也是寓言，

虚空的欢悦，虚空的战斗，虚空的宁静，

这些属于苦涩之心的主题，可能或看似

装饰了古老的歌谣和典雅的爱情剧演；

而何物令他踏上航程，却是我所用心，

我，渴望着他仙灵新娘的胸襟？

后来，一种相反的真实填充了它的剧情，

凯瑟琳女伯爵是我为这出剧取的名讳；

她，被怜悯冲昏了头，将自己的灵魂献呈，

但掌握一切的天界介入将其救回。

我想我亲爱的定是将自己的灵魂扭拧，

一如狂热和憎恨将其奴役，

而这催生出一个梦，随即

这梦本身便据有了我全部的思绪与爱意。

当愚人和目盲者将面包窃走，

库乎林搏击着动荡难平的海水；

此中有心之秘奥，可说到头

是梦本身令我沉醉：

人物被隔绝于一桩功绩

笼罩了现在，主宰着记忆。

演员和粉刷过的舞台拥有我全部的爱意，

而非他们化为符号代表着的那些东西。

III

那些精妙的形象，精妙因其完备

丰满于纯粹的头脑，但发源于何？

一座废弃物的丘山，街边清扫出的垃圾堆，

旧水壶，旧酒瓶，破罐头盒，

旧铁，旧骨头，旧衣服，那个咆哮的荡妇保管着钱柜，

现在梯子已然失却，

我必须躺倒在所有梯子架起之处

在心那臭浊的碎布与残骨的店铺。

The Circus Animals' Desertion (1939)

I

I sought a theme and sought for it in vain,

I sought it daily for six weeks or so.

Maybe at last, being but a broken man,

I must be satisfied with my heart, although

Winter and summer till old age began

My circus animals were all on show,

Those stilted boys, that burnished chariot,

Lion and woman and the Lord knows what.

II

What can I but enumerate old themes?

First that sea-rider Oisin led by the nose

Through three enchanted islands, allegorical dreams,

Vain gaiety, vain battle, vain repose,

Themes of the embittered heart, or so it seems,

That might adorn old songs or courtly shows;

But what cared I that set him on to ride,

I, starved for the bosom of his faery bride?

And then a counter-truth filled out its play,

The Countess Cathleen was the name I gave it;

She, pity-crazed, had given her soul away,

But masterful Heaven had intetvened to save it.

I thought my dear must her own soul destroy,

So did fanaticism and hate enslave it,

And this brought forth a dream and soon enough

This dream itself had all my thought and love.

And when the Fool and Blind Man stole the bread

Cuchulain fought the ungovernable sea;

Heart-mysteries there, and yet when all is said

It was the dream itself enchanted me:

Character isolated by a deed

To engross the present and dominate memory.

Players and painted stage took all my love,

And not those things that they were emblems of.

III

Those masterful images because complete
Grew in pure mind, but out of what began?
A mound of refuse or the sweepings of a street,
Old kettles, old bottles, and a broken can,
Old iron, old bones, old rags, that raving slut
Who keeps the till. Now that my ladder's gone,
I must lie down where all the ladders start
In the foul rag-and-bone shop of the heart.

获得安慰的库乎林

一个身负六处伤的男人，一个
凶暴且著名的男子，大步走在死者中；
一些眼睛从枝叶间向外瞪视，又隐去了。

继而一些裹尸布交头接耳地低声咕哝，
走来又不见了。他在一棵树边斜倚着，
像是陷入了关于伤口与血的冥思中。

一具看样子有些权威的裹尸布，
从那群鸟状形体中走上来，手一松，
掉落一卷亚麻布。三三两两的裹尸布

缓慢走近来，因男人一派静寂。
此时那个麻布携带者说：
　"你的生命可以变得甜美，如果你愿意

遵从我们古老的律条，将一具裹尸布制作；
大约是因为我们只知
武器的碰撞声令我们畏缩。

"我们会穿针引线，而我们做所有事情时
都必须一起做.'线已穿过，
此人拿起最近的麻布开始缝制。

"现在我们必须歌唱，尽我们所能唱好
但首先你必须被告知我们的性情：
全都被判定为懦夫，被亲族杀掉，

"或是被赶出家门，任我们在恐惧中丧命。"
他们唱了起来，却不是人类的语词和调音，
虽然所有事情都如同先前是一起完成；

他们已经变换了嗓音，拥有了鸟类的嗓音。

Cuchulain Comforted (1939)

A man that had six mortal wounds, a man

Violent and famous, strode among the dead;

Eyes stared out of the branches and were gone.

Then certain Shrouds that muttered head to head

Came and were gone. He leant upon a tree

As though to meditate on wounds and blood.

A Shroud that seemed to have authority

Among those bird-like things came, and let fall

A bundle of linen. Shrouds by two and three

Came creeping up because the man was still.

And thereupon that linen-carrier said:

'Your life can grow much sweeter if you will

'Obey our ancient rule and make a shroud;

Mainly because of what we only know

The rattle of those arms makes us afraid.

'We thread the needles' eyes, and all we do

All must together do.' That done, the man

Took up the nearest and began to sew.

'Now must we sing and sing the best we can,

But first you must be told our character:

Convicted cowards all, by kindred slain

'Or driven from home and left to dic in fear.'

They sang, but had nor human tunes nor words,

Though all was done in common as before;

They had changed their thtoats and had the throats of birds.

【注】

在 1937 版《幻象》一书的"受审的灵魂"一章中，叶芝详细解析了灵魂在人死后到出生的轮回区间所经历的六个阶段。

脱离了肉身后的灵魂，不再具有行动力，而构成人的精神存在的四种机能：面具（mask）、创造性心灵（creative mind），意志（will）、命运的躯体（body of fate）转化为四种原则：天体（celestial body）、幽灵（spirit）、热情的躯体（passionate body）和魄壳（husk）。

天体对应于斗篷、裹尸布、完美的艺术品等等（forms of perfection）幽灵对应于头脑、思想、认知、智慧（spirit, mind）。

热情的躯体对应于人的各种激情和情绪（passions and emotions）外壳对应于身体的感官（sense）。

魄壳的目的是热情的躯体，而幽灵的目的是天体。热情的躯体和幽灵在天体中结合就是永恒瞬间的三位一体。

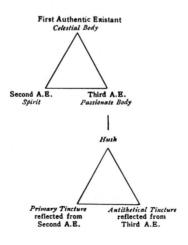

六个阶段的第一个阶段叫做血亲的幻象（Vision of the blood kindred），人死后，幽灵会看见外壳和热情的躯体浮现，看见所有与我们的肉身感官相关的记忆和冲动的影像，随即又消失。比如死者会感觉像是看见了许多亲人的幻影等等。

第二个阶段的情况比较复杂，被称为冥思（Meditation）。在冥思中，幽灵第一次看见天体浮现。冥思包括三种状态。第一种是梦回（Dreaming back），在这种状态里，幽灵被拘限于生前包含情感强度最大的事件的记忆里，一遍遍地重复这一梦境，直至消磨和忘却了其中痛苦和快乐，将事件的结果化为知识。第二种状态是复归（Return），幽灵将生前的事件按照时间顺序进行重历，因为天体要求幽灵考察事件的起因，将其化为知识。梦回和复归的状态交替，直至幽灵完全掌握了生前的全部事件。其后第三种状态是幻戏（Phantasmagoria），在教导幽灵的帮助下，幽灵在这个状态里会将生前的想象生活补充完整。

第三个阶段是转化（Shiftings）。在第二个阶段的末尾，幽灵生前经历的事件都变成了一个整体，可以被打发了，幽灵从痛苦和快乐，从各种情绪和希望中解脱出来。但幽灵仍不满足，第三个阶段要解决的是价值观，善恶区分的问题。幽灵将被置于与其生前性情完全相反的环境中，去思索善与恶，直至和自己的对立面融为一体，内心获得了绝对的平衡和宁静。

第四个阶段是至福（Beatitude），善恶对立消失，绝对平衡和一切融合的瞬间，幽灵完全掌握外壳和热情的躯体，相融于永恒的天体之三位一体中，感到了满足。

第五个阶段是净灵（Purification），幽灵如今完全忘记了前生，变成了真正意义上被净化的幽灵。这个阶段的幽灵可以变幻成累世经历过的各种形体，并且作为守护宗庙的幽灵，或是作为接引新的死者的教导幽灵而存在。这个阶段的任务是净化目的，要将混融态的天体替代以单一的目的。这些幽灵为着一个单一的目的一致行动。

第六个阶段是预知（Foreknowledge），此时幽灵差不多又和新的外壳和热情的躯体结合了，它了解了最强烈的爱恨，能够预见事件的后果，并且成为现代心理学中称为"审查者"的部分。成群结队地游动，等待降生。

六个阶段中，1–4 阶段中，幽灵没有完全摆脱和涤净外壳和热情的躯体这些肉身感官的残留，只能被称为死者。5–6，也就是至福阶段之后，幽灵完全摆脱了生前记忆和冲动，喝下忘川之水，变成了被净化的幽灵。

了解了人的去肉身化存在，也就是从死到生的这一半轮回的六个阶段之后，我们可以来分析《获得安慰的库乎林》一诗。

第一节，一些眼睛从枝叶间向外瞪视，写的是第一阶段的情形。死者看见那些从象征肉身和感官存在的生命之树枝叶间瞪视而出的眼睛，亲族的幽灵们，随即又消逝了。

第二节，裹尸布指的是来自第五阶段 purification 的教导幽灵，他们交头接耳的议论是为了帮助在第二阶段 dreaming back 状态中的死者。《幻象》中有提到教导幽灵们发起议论以帮助死者更充分地梦回。第二节写的是包括 meditation，dreaming back 等状态的第二阶段。

第三节，处在 purification 阶段的教导幽灵们到来帮助这个新来的死者。裹尸布与天体的斗篷是同一类意象，经过了至福瞬间的幽灵获得了斗篷，被称为裹尸布。而亚麻布经过缝制可以变成斗篷或裹尸布。这些教导幽灵们将引导死者经历 shiftings 状态。

第四节，男人寂然不动，说明他的冥思阶段（一种纯精神的旋转之舞）已经完成，可以进入第三阶段 shiftings 了，第三阶段将死者置于与其生前典型人格完全相反和对立的环境中，令其从善恶区分中解放出来，获得完全的平静和满足。

第五节，处在 purification 的教导幽灵们只有单一的目标，并且一致行动。而前来接引库乎林的这些教导幽灵只知道对武器的恐惧，只具备这一知识。

第六节，这些教导幽灵将一起引领死者穿越针眼，针眼即至福瞬间，而由自己的对立面牵引，穿越针眼，也就是与自己的对立面相融合，进入完满和至福瞬间，幽灵与天体结合，把一生的记忆和冲动作为整体掌控，亚麻布被缝成裹尸布，死者获得了天体的斗篷。

第七节，死者被告知这些教导幽灵的特点：性格与死者生前性格完全相反并互补；一致为单一目标行动。

第八节，最后一句，鸟类一直是叶芝用来指代灵（净化后的幽灵）的象征。库乎林进入了这个只有音乐和歌唱的至福瞬间，获得了平静和满足，被安慰了。

本布尔宾山下

以先知的言说为誓，

他们在马里奥提克湖区，

阿特拉斯女巫曾历之地，

言说，并令雄鸡鸣啼。

以那些骑者和女人为誓，

他们是超人类，由肤色和身形证实，

那苍白、颀长的一族

于永生之中流拂，

由他们的完满激情所赢得的永生；

现在他们于冬日的黎明骑行，

在本布尔宾山作为背景耸立之地。

以下是他们所示之要义。

Ⅱ

许多回人死死生生

来去于他的两种永恒，

一种属于灵魂，一种属于种族，

而古老的爱尔兰知晓全部。

无论他死于床榻

或倒在步枪之下，

与所珍爱者短暂分离

才是人最应惧怕之事。

掘墓者的苦役虽然漫长，

可铁锹锋利，肌肉健壮。

他们不过是将被埋者推搡

而再度返回人类的思想。

Ⅲ

你已经听见米切尔的祷告声，

"主啊，给我们的时代送来战争！"

你知道当所有话已说完，

一个人搏击得正当狂乱，

有什么滴落，从那昏盲已久的眼，

他有限的心灵变得完满，

一瞬间驻足松懈，

放声大笑，内心平和。

即便最明智的人也会焦虑，

充盈某种暴力，

在他能够将天命实现，

了解自己的事业或选择自己的伙伴之前。

Ⅳ

诗人和雕塑家，展现你们的技艺，

别让赶潮流的画家逃避

他伟大先祖们所做的事情。

将人类的灵魂带向神灵，

让他恰好地填进摇篮。

我们的力量始于我们的量度：

粗朴的埃及人想象中的形式，

更温和的菲迪亚斯手制的形式。

米开朗琪罗留下了证明，

在西斯廷教堂的天顶,

在那里只有半梦半醒的亚当

能将那环球游走的女士扰攘,

直到她内里变得火热,

证明有一个目标已被预设,

在那秘密运作的思想面前:

是人类渎神的完满。

十五世纪将上帝或圣人的背景

涂绘成花园,灵魂在那里享着安宁;

在那里一切眼之所见,

花儿草儿和无云的天,

都形似或者看似

睡去的人醒来时仍梦着的那些形体。

而当它已消逝,仍然宣示,

凭着那里的眠床与床架子,

天堂曾经开启。

    锥体回旋不已;

当更大的梦消逝,

卡尔佛特和威尔逊,布莱克和克劳德,

为神的选民安排了休歇，

用帕尔默的话说。但自那以降，

混乱覆盖了我们的思想。

V

爱尔兰的诗人们，修习你们的技艺，

歌唱一切优美的创制，

嘲弄如今成长起来的那一帮

从头顶到脚趾都走了形状，

他们健忘的头脑和心，

是卑微苗床上的卑微产品。

歌唱农夫，然后是

策马奔走的乡村绅士，

歌唱僧侣的神圣，然后是

黑啤饮者的浪笑声；

歌唱欢快的王公贵妇，

流转入肉身凡躯，

穿越七个英雄的世纪；

将心目转向往昔，

来日我们或许

仍是不屈的爱尔兰风气。

VI

在光秃秃的本布尔宾山头下方，
叶芝在鼓崖教堂的墓园中安葬。
他有位先祖曾担任此地教区长，
多年前，附近伫立着一座教堂，
路边有个古老的十字架。
没有大理石，没有套话；
在就近开采的石灰岩上
依他吩咐刻着如下字行：

　　冷冷一瞥

　　向生，向死。

　　去吧，骑者！

Under Ben Bulben

I

Swear by what the sages spoke
Round the Mareotic Lake
That the Witch of Atlas knew,
Spoke and set the cocks a-crow.

Swear by those horsemen, by those women
Complexion and form prove superhuman,
That pale, long-visaged company
That air in immortality
Completeness of their passions won;
Now they ride the wintry dawn
Where Ben Bulben sets the scene.

Here's the gist of what they mean.

II

Many times man lives and dies

Between his two eternities,

That of race and that of soul,

And ancient Ireland knew it all.

Whether man die in his bed

Or the rifle knocks him dead,

A brief parting from those dear

Is the worst man has to fear.

Though grave-diggers' toil is long,

Sharp their spades, their muscles strong.

They but thrust their buried men

Back in the human mind again.

III

You that Mitchel's prayer have heard,

'Send war in our time, O Lord!'

Know that when all words are said

And a man is fighting mad,

Something drops from eyes long blind,

He completes his partial mind,

For an instant stands at ease,

Laughs aloud, his heart at peace.

Even the wisest man grows tense

With some sort of violence

Before he can accomplish fate,

Know his work or choose his mate.

IV

Poet and sculptor, do the work,

Nor let the modish painter shirk

What his great forefathers did.

Bring the soul of man to God,

Make him fill the cradles right.

Measurement began our might:

Forms a stark Egyptian thought,

Forms that gentler Phidias wrought.

Michael Angelo left a proof

On the Sistine Chapel roof,

Where but half-awakened Adam

Can disturb globe-trotting Madam

Till her bowels are in heat,

Proof that there's a purpose set

Before the secret working mind:

Profane perfection of mankind.

Quattrocento put in paint

On backgrounds for a God or Saint

Gardens where a soul's at ease;

Where everything that meets the eye,

Flowers and grass and cloudless sky,

Resemble forms that are or seem

When sleepers wake and yet still dream.

And when it's vanished still declare,

With only bed and bedstead there,

That heavens had opened.

                        Gyres run on;

When that greater dream had gone

Calvert and Wilson, Blake and Claude,
Prepared a rest for the people of God,
Palmer's phrase, but after that
Confusion fell upon our thought.

V

Irish poets, learn your trade,
Sing whatever is well made,
Scorn the sort now growing up
All out of shape from toe to top,
Their unremembering hearts and heads
Base-born products of base beds.
Sing the peasantry, and then
Hard-riding country gentlemen,
The holiness of monks, and after
Porter-drinkers' randy laughter;
Sing the lords and ladies gay
That were beaten into the clay
Through seven heroic centuries;
Cast your mind on other days

That we in coming days may be

Still the indomitable Irishry.

VI

Under bare Ben Bulben's head

In Drumcliff churchyard Yeats is laid.

An ancestor was rector there

Long years ago, a church stands near,

By the road an ancient cross.

No marble, no conventional phrase;

On limestone quarried near the spot

By his command these words are cut:

> *Cast a cold eye*
> *On life, on death.*
> *Horseman, pass by!*

· 本布尔宾山下

【注】

1938 年 8 月叶芝写给友人多萝西·威勒斯利夫人的信中显示了这首诗的缘起。当时他正在阅读一本关于里尔克的评论集《里尔克：思想与诗歌面面观》（*Rainer Maria Rilke: Aspects of His Mind and Poetry*），其中一篇标题为"里尔克与死亡观念（Rilke and the Conception of Death）"的文章触怒了他。据他所述，他在书页的空白处写下了以下句子：收住缰绳，收住呼吸。/ 冷冷一瞥 / 向生，向死。/ 骑者，去吧。在 8 月底写给另一位女友伊瑟尔·曼宁的信中他又提到："我在安排自己下葬的地方，那将会是斯莱戈郡一座偏远的乡村小教堂，一百年前我的曾祖（John Yeats, 1774-1846）是那里的牧师。墓碑上只有我的名字、生卒年月和如下字句：冷冷一瞥 / 向生，向死 / 骑者，去吧。"[i] 9 月他将此诗的初稿给了威勒斯利夫人，当时的标题为"他的笃信（His Convictions）"。1939 年 1 月，他在临终之榻上将诗题改为"本布尔宾山下"。因此，这首诗或可称为叶芝的"治命"之诗，在诗中他再度以象征手法阐述了自己的生死观和终极追求，对后辈艺术家提出了建议和期许，并安排了自己的身后事。

诗分六部分。第一部分以"誓言"的形式赋予其后的内容以庄严感和训诫意味。马里奥提克湖位于埃及亚历山大城南面，属尼罗河水系。公元四世纪上半叶，基督教圣徒安东尼（St. Anthony the Great, ca.251-356）与他的追随者聚集此地隐修。雪莱长诗《阿特拉斯女巫》中也有描述阿特拉斯女巫游历此湖的段落，叶芝在《雪莱诗歌中的哲学》中进行了转述：

> 当女巫乘舟从发源于泉穴的河上经过时，那河无疑是她自己的命运，她沿尼罗河顺流来到"莫阿里斯湖和马里奥提克湖"，目睹全人类的生活倒影在它们的水域中，那些幽影永不磨灭，无休摇缠。

安东尼是指向头脑 / 灵魂一极的圣人 / 先知 / 隐士的代表，而阿特拉斯女巫是指向心 / 自我一极的水中仙的代表。出于永恒之泉穴的女巫顺生命之流而下堕繁衍界，经过此湖，出于繁衍界的圣徒们则泊于湖滨平沙之岸（彼岸或理智之融合态的象征）隐修，以期灵魂经由冥思溯归永恒；如同波菲利对伊萨卡岛之洞穴的分析，这里的尼罗河源头

---

i Allan Wade ed., *The Letters of W. B. Yeats*, 913-914.

泉穴和马里奥提克湖滨也象征着灵魂的两种方向和通道。人类灵魂在宇宙和生死之间的流转历程被叶芝缩影在短短四行诗中。雄鸡晨啼是从夜晚 / 死 / 思想向白天 / 生 / 感官转变之际的混沌与激越之音，是隐士们在顿悟的瞬间触发或听到的启示之音，正如《自我与灵魂的一次对话》中所描述，灵魂溯归至思想的尽头，头脑的凹洼遭到完满激情的冲击，但它舌已成石，一切言说化为一声激情的呼喊。因此，雄鸡的啼鸣也响应着周公声震山雪的一呼，响应着行走在祖先旋梯上的叶芝发出的醉狂一呼。

第二小节中骑者和女人指的是凯尔特神话中的勇士和仙灵，他们的英雄事迹和爱情故事代代流传，而他们不朽的名讳也已成为一个大词，指向那些"完满的激情"。叶芝的家乡斯莱戈郡附近有两座山，南方的诺克纳垒山和北方的本布尔宾山，诺克纳垒山顶盘踞着梅芙女王的石冢，而本布尔宾山则是一座平顶石山，是"以鹰闻名之地"，传说鹰的眼睛没有眼皮，可以直视太阳，因此鹰象征可以觉知激情的思想，可以把握心的灵魂。本布尔宾山在传说中也是费奥纳勇士团中的勇士们出没之地。叶芝曾在一条脚注中曾提到："我查阅了很多爱尔兰和别的地方的神话传统，其中都将北方与夜与睡眠相关联，东方，日出之地，与希望相关，南方，日上中天之地，与欲望和激情相关……"相应地，诺克纳垒与本布尔宾一南一北两座山在叶芝的象征系统中虽然都指向爱尔兰神话，历史和想象传统，同属一个爱尔兰的火态子集，但仍存在细微的区分。诺克纳垒固定与梅芙女王、众神之母克鲁纳斯贝尔等女神形象关联，指向天体一极，诺克纳垒是圣母之山；诺克纳垒山下的吉尔湖是众神之母投湖之地，克鲁纳斯贝尔正是凯尔特版的阿特拉斯女巫。而本布尔宾山则是骑者、飞鹰出没之地，是神之圣殿所在，指向灵魂／精神宇宙／幽灵／思想传统的一极。叶芝属意自己归葬于本布尔宾山下，想来应当是取其象征之义，期盼自己的灵魂回归并融于爱尔兰思想传统之中。

叶芝在第一节请出先知和祖灵为自己背书，同时也显示了对于魔法传统和爱尔兰思想传统的皈依和尊重。接下来在诗的第二部分他开始了最后的布道。首先是生死观。生死不过是灵魂之永恒轮回中的短暂片段。属于种族的永恒指的是种族或家族中的恒我之执，由愚人的佩剑象征着，闪耀着月之寒光，是凡人身负的前定使命，一种激情化的理性（狂野之怒）。属于灵魂的永恒指的是化作天理的激情，是神火不能销熔（理智无法分析）的存在，不朽的激情散发着日色金光，赋予一切生灵自然本能和直觉。死于战场的士兵是为恒我之执而死，而恋人们也曾于刹那间体验床榻上的爱之小死。死于床榻的人也更多地享受到爱情和感官快乐。无论何种死法，人死后肉身朽灭，灵魂都要归于纯粹的精神态，归于"人类思想"这一融合态的不朽存在。如此生死观也在于爱尔兰的神话和民间传说所承载的古老思想传统中。

其次是完满观。第三诗节中的约翰·米切尔（John Mitchel，1815-1875）是爱尔兰民族主义活动家，曾于1843年创立《联合爱尔兰人》，一份著名的民族主义者报纸；1848年因叛国罪被流放至塔斯马尼亚，1853年逃至美国，在那儿继续为爱尔兰独立事业活动了二十年，1875年回到爱尔兰担任政府要职。叶芝曾称"其影响力即便不是全部，也主要是来自他的文体，那也是一种力量，一种生命的能量。"[ii]

---

ii *Autobiographies. The Collected Works of W. B. Yeats, vol.* 3, 381.

显然，约翰·米切尔也像奥利尔瑞一样，是叶芝推崇和效仿的以笔为剑的前辈。

"主啊，给我们的时代送来战争！"引自米切尔名作《狱中日记》（叶芝1895年曾将其列入"爱尔兰最好的书"之书单）。有国外学者指出米切尔祈求的是一场牵制英国的战争，以便爱尔兰人举事，所谓"英国的难题，爱尔兰的契机"；但显然，叶芝引用时突出的是"举事"，一次类似1798年起义的战争。战争意味着国族的恒我之执利剑出鞘的一刻，意味着对峙到达最大强度后的突破和转变。叶芝反对针对个体的暗杀、残杀等暴力活动，将之视为不可取的"理性的怨恨"的表达，却似乎并不反对战争。他曾说："一切高贵事物都是战争的结果。"[iii]从集体层面而言，战争带来为"恒我之执"的伟大胜利或高贵之死，亦即《庄子·至乐》里的"烈士为天下见善矣，未足以活身"。从个体层面而言，灵魂的进阶之路也伴随着自我与反自我的天人之战，卡巴拉生命之树上的路径因此被称为火剑之路；而靠近伊甸园中生命之树的树干，《魔法》一文中的女士听见的是剑刃的撞击声；在《致与我拥火夜谈的》中，剑刃的撞击声汇成天堂令人沉醉的音乐。

第三节接下来的诗行描写的便是天人之战中顿悟到来的时刻。话为思想之果，"当所有的话已说完"亦即灵魂来到了思想的尽头，而自我与反自我的搏击也到达了狂野的极点。昏盲已久的眼指心目，心目此时开启，灵魂之蜜或智慧之露从中滴落。自我与反自我相互补全为完整的灵魂。或许叶芝在《诗歌与传统》中这一段描写能帮助我们

---

iii "J. M. Synge and the Ireland of His Time", *Early Essays. The Collected Works of W. B. Yeats. vol. 4.*

更好地理解这自我顺从并接纳反自我的时刻：

> 那样我们就能解脱其余一切：沉郁的怒气、踌躇的美德、焦灼的计算、阴沉的怀疑和闪烁其词的希冀，我们将重生于欢乐。因为纯粹的悲伤含有一种顺服，我们只应在比我们自身强大的存在面前感到悲伤，我们不能太快承认它的强大，而要等弱于我们的一切足够推动我们进入欢乐态，因为纯粹的欢乐能够掌控和孕育，因此在世界的尽头，力量将欢笑，而智慧将哀伤。

在这样的时刻，反自我接管了我们的身体，智慧与力量相融，交换了悲喜，让我们得以进入平常无法进入的神妙之境，完成神奇之事——明了并实现天命。在来到世界尽头的这一刻之前，人的意识处在两极对峙之中跳着旋转之舞，舞愈狂，对峙愈强，暴力愈充盈，战争便呼之欲出。在这个意义上，无论个人与家国，无论事业与爱情，天命的实现都是一场战争。

在阐述完自己所悟所信的最基本的"道"，也就是他的生死观和圆满观之后，第四部分叶芝开始对爱尔兰艺术家们表达期许发出呼吁。第一小节叶芝仍在强调传统的重要性。艺术家的天命是"将人类的灵魂带向神灵，／让他恰好地填进摇篮"，意即创造出能够净化人的灵魂的和谐之美，令灵魂复归天真赤子之态。在这方面，年轻世代的艺术家应以伟大的先辈为榜样。接下来的两小节叶芝回顾了从古埃及直到他的时代的人类艺术史的螺旋，并数点其中风流人物。

菲迪亚斯（Phidias, c.480-430BC）是公元前五世纪古希腊著名雕塑家、画家和建筑师，他雕刻的奥林匹亚宙斯神像位列古代世界七大奇迹之一，帕特农神庙的雅典娜神像也是其代表作。叶芝曾在长诗

《一九一九》《雕像》中也提及他，足见他对菲迪亚斯的推崇。米开朗琪罗（Michel angelo Buonarroti,1475-1564）是十五世纪文艺复兴时期意大利画家、雕塑家、建筑师和诗人，也是叶芝诗作中频繁出现的形影。除去此诗外，《迈克尔·罗巴尔茨与舞者》中也有赞美米开朗琪罗的西斯廷天顶画的诗行：

> 而米开朗琪罗的西斯廷天顶绘，
>
> 他的"晨"与他的"昼"剖示，
>
> 那被绷紧的肌肉如何被，
>
> 那肌肉也可能于平静中松弛，
>
> 超自然的正义所支配，
>
> 却仍只是肌肉。

米开朗琪罗受教皇邀请在西斯廷天顶绘制"创世记"图景。其中央第一画格为"神分光暗"，描述的是上帝创世第一天从混沌中分出光暗，世间从此有了白昼与黑夜之分的场景。一天中的四时被呈现以四个姿态次第翻转的人之形体。以人格化形象来传达抽象概念，也意味着米开朗琪罗领悟了白昼和黑夜不过是人的灵魂不同状态的象征，而神是不具身的幽灵的象征。晨昏是灵魂的平静松弛态，而白昼与黑夜是其紧张对峙态；超自然的正义指神，在肌肉的松弛态里，神掌控了手，进而创造出神迹般的作品。此外，在天顶画中央位置的上帝造亚当场景中，米开朗琪罗将代表头脑 / 幽灵 / 精神宇宙的神呈现为一个老者，与代表身体 / 心 / 自然宇宙的亚当呈现为年轻人，而神所在之地呈现为一块火红色的大脑状帷幔（精神 / 头脑 / 思想之融合态），亚当的所在地则为一片茸茸青草地（自然 / 肉身 / 感官之融合态）。上帝向亚当伸出手，两个手指眼看要连接，其间或许存在看不见的永恒虚空之一点一瞬。种种细节都与叶芝的象征系统的理念与设置相契合。叶芝也曾在散文中称赞米开朗琪罗的摩西雕像头上的双角"其中的象征主义促进了现代想象力的苏醒"[iv]，关于角的象征意义我们在前文已经分析过。叶芝想必曾经仔细揣摩过米开朗琪罗的画作，在其中发现了与自己的玄学和诗学理念相通的观念和表达手法，因而将其视为一个伟大想象传统和艺术传统中的杰出先辈。

我们来看叶芝在此诗中如何表达他对米开朗琪罗无以复加的崇拜和赞美。"环球游走的女士"是环绕地球运行并投下光镞的月亮，而月亮是象征理智之美的天体。"半梦半醒的亚当"表面上或许指向天顶画中上帝刚刚造出来的亚当，在深层则指向艺术家本人，半梦半醒是一种超越与融合态，艺术家唯有让灵魂抵于智慧与力量交融之境才能创造出完美到渎神的艺术品。亚当让女士的内里变得火热，是"地球上的灵，人类那富于创造性的头脑，会以自己的快乐将其填满"的重新造句。亚当的作品是一轮汇融理智与激情的浮华之月，"秘密运作的思想"即神界的反自我，其目标即为承载着和谐之美的艺术品，天体。

第三小节叶芝又扩大了赞美的范围。拉斐尔、达·芬奇与米开朗琪罗都诞生于十五世纪，叶芝便以十五世纪来代称文艺复兴时期伟大的艺术。艺术家们在半梦半醒的醉狂态里创作出不朽艺术品。激情时分虽然过去了，这些作品却犹如神迹，是天堂之门曾经开启的证明。

---

iv   "Symbolism in Painting", *Early Essays.The Collected Works of W.B. Yeats. vol. 4.*

文艺复兴这艺术的梦幻大时代过去后，艺术史的螺旋继续转动，后来仍然有杰出的艺术家涌现，延续着传统，造神妙之境，为有着灵魂维度信仰的人提供休憩和做梦的眠床。卡尔佛特（Edward Calvert，1799-1883）与帕尔默（Samuel Palmer，1805-1881）都是威廉·布莱克的学徒，艺术理念和绘画主题深受其影响，作品神秘主义色彩深浓。卡尔佛特以其木刻版画及蚀刻画闻名；帕尔默除了创作蚀刻画、风景画和版画之外，还是一个多产的作者，在英国浪漫主义运动中扮演重要角色。帕尔默有一幅名为《孤塔》的画原是为弥尔顿《冥思者》所作的插图，后来成为叶芝的《我是你的主人》《月相》等长诗的意象来源。威尔逊（Richard Wilson，1714-1782）是一位重要的威尔士风景画家，擅长描绘乡间和寺庙的幽静景致。克劳德·洛兰（Claude Lorrain，ca. 1600-1682）是法国风景画家，他的风景画多与宗教和神话故事相关。威尔逊曾师法于他。

根据《幻象》一书，叶芝在这一部分提及的古埃及人、菲迪亚斯和以米开朗琪罗为代表的十五世纪艺术家都属于人类文明螺旋的第十五月相，在这样的历史时期，对应极的能量到达顶峰，一种表达灵性和展现和谐之美的艺术会抵达繁荣和鼎盛期，如同《驶向拜占庭》一诗中论及的公元五世纪时的拜占庭艺术。文艺复兴之后的浪漫主义艺术家们仍维持着这种对应极的精神能量，但到了叶芝晚年，人类文明的螺旋来到新的相位，现代艺术家们抛弃和背离了伟大的艺术传统，此时的艺术思想在他看来呈现出混乱和崩塌的状态。

第五部分叶芝将寄语的目标范围缩小至爱尔兰的诗人们，对于现代艺术背离传统的行为发出了更严厉的批评（他们健忘的头脑和心，/是卑微苗床上的卑微产品），并更为热切地呼吁对于想象传统的回归。

他甚至为他们开具了创作的主题清单：农夫、乡绅、僧侣是身处自然并信仰灵性的人群，"黑啤饮者的浪笑"指向一种醉狂态，指向快乐的喷发。此诗节唯一的理解难点是"欢快的王公贵妇"。叶芝固定用"欢快"一词来形容神族或仙灵。"欢快的王公贵妇"指向神话传说中的国王、女王和勇士群体，如莪丹、菲古斯、库乎林、梅芙女王等，他们是国族之恒我的象征。Beat 一词指天体（或太一）的搏动，从精神到物质的流溢如同心跳（heartbeat）一般。这些恒我一代代投生轮回，流转入肉身凡躯，所以反抗英国殖民的七个世纪里，爱尔兰人英雄辈出。打开心目回望爱尔兰古老神话中蕴含的文化与思想传统，我们可以从中汲取智慧和力量，养成不屈不挠的民族气节，爱尔兰便来日可待。年轻时的他曾在散文《诗歌与传统》中写道："我们准备在爱尔兰，以我们的古老传统之砥，为那场伟大战斗磨砺一把新剑，那战斗终将重建一个古老、自信、欢乐的世界。"老年叶芝写下的这些诗行如同那些字句穿越时空而来的回响。

最后一部分，叶芝以一个清晰的幻象交代了自己的身后事。举世皆知，这幻象已落地成为他家乡的一个著名人文景点。本布尔宾山是一座岩石山，没有植被覆盖的光秃山头是实景，在象征层面上亦指向头脑／纯粹的思想／精神宇宙，是火态三位一体的第二位：没有被幽魂覆盖的幽灵（相应地，山头盘踞着梅芙女王石冢的诺克纳垒则是火态三位一体的第一位，覆盖着幽魂的幽灵，天体之象征）。落葬地点的指定具体到曾祖任职的古教堂墓地，表明叶芝不仅将自己的灵魂归附于爱尔兰古老的思想传统，也归附于家族传统，承认在家族中存在一种代代相传的精神：对于神／超越性的信仰，虽然他所信仰的"神"并不完全等同于曾祖信仰的基督；以及一种家族使命：作为诗人的他也"以从牧师肩头滑落的担子为己任"。灰色为黑白混合之色，石为不朽之材，在《复活节，1916》中，十八世纪的灰石建筑被用以象征爱尔兰人谋求民族独立的思想传统，一种坚执信念构架。"冷眼"是燃尽了感官意识的死者心目，幽灵含露的智慧之眼（露冷的百合），闪烁着纯粹理性之寒辉的眼，德鲁伊"静寂的眼眸"。在这样的眼里，生死交替匆匆，灵魂流转如白驹过隙。所谓"套话"，指的是基督徒的墓碑通常以拉丁文"Siste, viator（留步，旅人）"开头。叶芝以"骑者，去吧"反其道而行之。"留步，旅人"的言说对象是后来的生者，而"骑者，去吧"的言说对象是永恒的火态幽灵。墓碑上通常也会刻有概括此人平生功业的话，但叶芝以"冷冷一瞥"略过，"骑者，去吧"指向他的下一程；今生叶芝是一个诗人、思想者，穿过生死之门，他的反自我是一个骑者、勇士，汇入国族之恒我的幻影队列，骑行在本布尔宾山的黎明，向前穿越精神宇宙。

《幽暗的水域》

The Shadowy Waters (1906)

· 《柳树》（*The Willow*），撒缪尔·帕尔默作

开场诗

我走在库尔庄园的七重林中：

古墙园，那里有个柳树环绕的池塘，

汇集着冬日黎明飞来的野鸭；

阴翳之地黑树林；亮堂些的坚果园，

那里千百只麻雀欢快栖息，

仿佛已被常青之枝藏起，

而衰老便找不上它们；犊园，

那里榛树、白蜡树和女贞树遮蔽了其中的道路；

幽暗的岩园，那里野蜂在绿色的空气中划出

一霎霎突然的芬芳；

幽暗的公牛园，那里被施过魔法的眼睛

看见过永生、温和、骄傲、漫步着的幽影；

幽暗的岛园，藏着獾、狐

和麝猫，毗邻着那座古老的树林，

被碧迪·厄利唤作邪乎的树林：

七种气息，七种低语，七重林。

我的双眼不像那些被施了魔法的眼，

却仍梦想着那些比人类快乐的存在，

在我身边的阴影中游走，夜晚

我的梦被声音和火焰缠绕；

那些我编入这个故事中的幻影

弗盖尔，德寇拉和那些虚空的水域

在声音和火焰中环绕我游走，

我没有写下的更多，因为劈开

沉睡之水域的他们发出唧啾的话音，

舌重如石，他们的智慧是半沉默。

我该如何命名你们，永生、温和、骄傲的幽影？

我只知我们所知全部来自你们，

而你们来自伊甸，以飞掠的双足。

伊甸远吗，也许你们躲避

人类思想，如同野兔和田鼠和家兔

在收割的镰刀前飞蹿，

躲进最后一垄大麦？我们的树林

和风和池塘遮掩着更多的安静树林，

更多闪耀的风，更多星光熠熠的池塘吗？

伊甸园在于时间和空间之外吗？

当苍白的光闪烁于水上，堕落于树叶中，

而花朵中吹出的风，羽翼忽闪声

和绿色的静默已将心擢升时，

你们，就聚拢在我们身边么？

我此诗为你们而作，人们可以在

读弗盖尔和德寇拉之前读它，

如同从前的人们，在竖琴奏响之前，

斟好葡萄酒，献给高空中看不见的一众。

Introductory Lines (1906)

I walked among the seven woods of Coole:

Shan-walla, where a willow-hordered pond

Gathers the wild duck from the winter dawn;

Shady Kyle-dortha; sunnier Kyle-na-no,

Where many hundred squirrels are as happy

As though they had been hidden hy green houghs

Where old age cannot find them; Paire-na-lee,

Where hazel and ash and privet hlind the paths;

Dim Pairc-na-carraig, where the wild bees fling

Their sudden fragrances on the green air;

Dim Pairc-na-tarav, where enchanted eyes

Have seen immortal, mild, proud shadows walk;

Dim Inchy wood, that hides badger and fox

And marten-cat, and borders that old wood

Wise Buddy Early called the wicked wood:

Seven odours, seven murmurs, seven woods.

I had not eyes like those enchanted eyes,

Yet dreamed that beings happier than men

Moved round me in the shadows, and at night

My dreams were cloven by voices and by fires;

And the images I have woven in this story

Of Forgael and Dectora and the empty waters

Moved round me in the voices and the fires,

And more I may not write of, for they that cleave

The waters of sleep can make a chattering tongue

Heavy like stone, their wisdom being half silence.

How shall I name you, immortal, mild, proud shadows?

I only know that all we know comes from you,

And that you come from Eden on flying feet.

Is Eden far away, or do you hide

From human thought, as hares and mice and coneys

That run before the reaping-hook and lie

In the last ridge of the barley? Do our woods

And winds and ponds cover more quiet woods,

More shining winds, more star-glimmering ponds?

Is Eden out of time and out of space?

And do you gather about us when pale light
Shining on water and fallen among leaves,
And winds blowing from flowers, and whirr of feathers
And the green quiet, have uplifted the heart?

I have made this poem for you, that men may read it
Before they read of Forgael and Dectora,
As men in the old times, before the harps began,
Poured out wine for the high invisible ones.

《月下：未出版早期诗》

Under the Moon: The Unpublished Early Poems

· 有酒神和阿里阿德涅的海景（Seascape with Bacchus and Ariadne），克劳德·洛兰作

一朵花开了

一朵花开了，在世界的心之核：
花瓣与花叶是月光白的火焰；
啊，采下那朵花，那灵知无色，
那丰茂的草地以命运与声名铺展。
许多人采摘，会用的人却是少数，
那秘密的油与秘密的壶。

A Flower has Blossomed (1882)

A flower has blossomed, the world heart core:

The petals and the leaves were a moon-white flame;

Ah, gathered the flower, the colourless lore,

The abundant meadow of fate and fame.

Many men gather, but few may use

The secret oil and the secret cruse.

【注】

《一朵花开了》是目前已知的叶芝最早的诗作，在乔治·伯恩斯坦（George Bornstein）编的《月下：早期未发表诗作》（*Under the Moon: The Unpublished Early Poetry*）与皮特·麦克唐纳（Peter McDonald）编的《叶芝的诗》（*The Poems of W. B. Yeats*）第一卷中有收录。原稿存在于一个笔记本上一封信的草稿背面，由于字迹潦草一些细节难以辨认，所以目前此诗存在几个异文版本。这里采用的是我将原稿照片与几个异文版本进行比对之后，根据叶芝的 象征体系和择词风格整理出来的版本。

寄信人的地址是都柏林豪思镇，那是叶芝全家从伦敦迁回都柏林后，从 1882 年春到 1884 年春所居住的地址。由此可以判断此诗的写作年代不会晚于 1884 年春。信的草稿是这样写的：

> 亲爱的玛丽·克洛南，这里是你要的诗，我数百行以下的诗作很少，这是其中最短也最易懂的。诗的主题是我前两次去拜访基尔若克时想到的。恐怕你不会太喜欢它——适应不了我奇特的风格，在成为经典供人们考证前，这些奇特之处不会得到公正的对待。
>
> PS 你想必能看出，我首要的目标是做到直接和极简。[i]

叶芝有给朋友取化名的习惯，也经常写别字，玛丽·克洛南是谁我们无法确定。这首押韵工整（韵脚为 ABABCC）的六行短诗的确给

---

i *The Collected Letters of W. B. Yeats, vol. I*, ed. John S. Kelly and Eric Domville, 6-7.

人直接和极简的观感。花、草地、油和油壶也都是常见事物，但加上不太常见的限定后，"世界心核里的火焰之花""以命运和声名铺展的草地""秘密的油与壶"就成为一组玄奥难解的意象，交迭互映成一个灵知之花在心目之前绽放的幻象，我们需要仔细分辨才能领略其中重重幽影与回声。

以"月光白的火焰之花"为例，这一意象至少是三重想象的套迭：其一是叶芝自己的"火态"（后来他将之命名为天体三位一体），火焰恒定地象征着真理和不朽灵魂所在的超越之境，时空之外的那个宇宙原点，人类共通且同归的地界，在于每个人内心最深处；其二是叶芝的文学先辈浪漫主义诗人们诗中象征理智之美的冷白之月；其三是印度教关于智慧与创造之神梵天诞自一朵白莲的传说。叶芝的文章中曾提到，开在生命之树上的花朵，在西方人那里由玫瑰象征着，而在东方人那里莲花才是生命之花。

草地也是叶芝诗中今后常常出现的象征，以其茸茸的群集状被用来指向融合态，与灯芯草丛、青草路、苇原（Field of Reeds，古埃及神话中亡灵之旅的终点）、麦垄属于同一个象征集合。丰茂的草地在这里指的就是每个人内心最深处连通着的融合之境，其中承载着人类集体智慧，当然是以无数祖先的命运和声名铺就。很多人在睡梦中或者身心静定的状态下都能进入那个境界，变得心如明镜，映照出火态幻影，亦即摘下那朵花。可乡野村妇虽然也通灵，却不懂得如何使用。大部分人也不会对睡梦或冥想中接收到的信息加以利用，只有极少的人，能够捕捉住闪现的灵光，比如苦苦求索终于一朝顿悟的艺术家、思想家和科学家们。

末句草地和花又变换成了取之不尽的油壶和油的意象，不过仔细一想这倒也不突兀，因为火焰之花也可以理解为燃油而生，而草地也仿佛覆盖着土壤之精华的外壳。油壶与草地是同类意象。"壶（cruse）"是整首诗中唯一的古雅生僻用词，曾在《圣经》中出现。这里用到的是基督信仰体系中"用不尽的面粉与油"的典故。《旧约·列王记》中记载着先知以利亚（Elijah）和拿撒勒的寡妇的故事。拿撒勒的寡妇壶中只余一点油，袋中只余一小把面粉，却应以利亚的要求取来做了饼给他吃，自此那壶中油和面粉便取之不竭，供先知和寡妇一家吃了许多时日。面粉、面团、面包和油这一组围绕"吃"的象征符号也将频繁地出现在叶芝后来的诗作中。因为吃也是包裹、吸纳和融合的过程，可以用来类比三位一体结构中天体对于幽灵的包裹，幽灵对于幽魂的整理过程。

就像丰茂的草地上有采不尽的花，神的油壶中也有倒不尽的油。油是液态可燃物，也是灵知之花的燃料；而在先知以利亚的故事中，这油被用来和面，最后制成了面饼。面粉如同青草地，也指向一种融合态，如果说青草指向感官意识的融合态的话，那么面粉指向认知的融合态。面粉与油的融合，是理智与激情的融合；无定型的湿面团对应无定型的火焰之花，但面团在没有被揉捏和烤制定型之前是不能吃的，火焰之花也并非对每个采撷者都有用处。正如梵天诞自一朵白莲，是真智之果，而由面团所化的白面包也是真理之果，是成型的思想体系。基督教圣餐仪式中，白面包被用以指代耶稣的身体，而酒被用以指代耶稣的血。基督之圣体正是道成肉身的理念。

草地、油壶与圣杯作为外壳和容器属同类象征，指向三位一体中的幽魂，融合态的自然。开花指向幽魂升华为天体的过程，是精神宇宙的第十三螺旋，对应丰饶之角；在至福瞬间，幽魂之花经由蜜蜂授粉的过程化为果实，因此蜜蜂和种子一样被视作幽灵的象征。若以果实象征天体，果肉和果核分别指向融合态的感官（幽魂）与融合态的理智（幽灵）。若以王冠象征天体，精金的王冠象征不灭的幽灵化为的魄壳（幽魂），而闪着火彩的宝石指向化为天理（幽灵）的幽魂。以油壶中的油（种子的精华，如同热血是肉身的精华）与面粉（化为齑粉的种子，亦即认知的融合态）制作面坯的过程，对应幽灵从天体返回幽魂的过程，对应饥馑之角。因此，开花的草地，装着基督之血的圣杯，酒神之杯，取之不尽的油壶，这些象征之间存在一种流动与融合的态势，表达或指示着同一境态，融合之境与其中流动或变易的形态，它被冠以无数称谓，天体之三位一体，火态，伊甸园，极乐，太极……或许还有集体无意识，是包含了世间一切事物之本质和运行法则的宇宙的永恒原点。

叶芝在《雪莱诗歌中的哲学》一文中曾指出雪莱以诗歌来承载自己的哲学理念，又通过平白的散文来对晦涩的诗篇加以解释。叶芝自己也是这样。通读叶芝早期的散文，我们会发现，叶芝的玄学思想汇融驳杂，从中学时代就开始广泛阅读浪漫主义诗歌和东方哲学著作的他，既从雪莱、济慈、布莱克等文学先辈那里继承了源自古埃及和古希腊的哲学思想（例如赫尔墨斯主义、新柏拉图主义），又对印度教、佛教、道教等东方玄学思想大加吸纳，同时出身于牧师世家的他对于基督神学里的象征体系也有非常深刻的了解。作为象征主义大诗人，他对于承载在古代东西方形而上学、宗教、神话和民间传说中的想象传统及其符号体系有着细致而深入的研究。

从这首诗可以看出叶芝从十几岁起便确立了他的玄学信仰与诗歌主题，诗风也已是一派老成的简单凝练。在上文的信里他似乎已冷静地预见到了自己日后的声名和影响力。

主要参考书目
Bibliography

Yeats, W. B. *The Poems*. Edited by Richard J. Finneran. The Collected Works of W. B. Yeats, vol. 1. Basingstoke, England: Macmillan, 1991.

——. *The Poems of W.B. Yeats: Volume One: 1882-1889.* Edited by Peter McDonald. Routledge, 2020.

——.*The Poems of W. B. Yeats: Volume Two*: 1890-1898. Edited by Peter McDonald. Routledge, 2020.

——. *The Plays*. Edited by David R. Clark and Rosalind E. Clark. The Collected Works of W. B. Yeats, vol. 2. New York: Scribner, 2001.

——.*Autobiographies*. Edited by William H.O'Donnell and Douglas N. Archibald. The Collected Works of W. B. Yeats, vol. 3. New York: Scribner, 1999.

——. *Early Essays*. Edited by Richard J. Finneran and George Bornstein. The Collected Works of W.B. Yeats. vol. 4. New York: Scribner, 2007.

——. *Later Essays*. Edited by William H. O'Donnell.The Collected Works of W. B. Yeats, vol. 5. New York: Charles Scribner's Sons, 1994.

——. *Prefaces and Introductions: Uncollected Prefaces and Introductions by Yeats to Works by Other Authors and to Anthologies Edited by Yeats*. Edited by William H. O'Donnell. The Collected Works of W. B. Yeats, vol. 6. New York: Macmillan Publishing Company, 1989.

——. *Letters to the New Island*. Edited by GeorgeBornstein and Hugh Witemeyer. The Collected Works of W. B. Yeats, vol. 7. N.Y.: Macmillan Publishing Company, 1989.

——. *The Irish Dramatic Movement*. Edited by Mary FitzGerald and Richard J. Finneran. The Collected Works of W. B. Yeats, vol. 8. New York: Scribner, 2003.

———. *Early Articles and Reviews: Uncollected Articles and Reviews Written between 1886 and 1900.* Edited by John P. Frayne and Madeleine Marchaterre. The Collected Works of W. B. Yeats, vol. 9. New York: Scribner, 2004.

———. *Later Articles and Reviews: Uncollected Articles, Reviews, and Radio Broadcasts Written after 1900.* Edited by Colton Johnson. The Collected Works of W. B. Yeats, vol. 10. New York: Scribner, 2000.

———. *John Sherman and Dhoya.* Edited by Richard J. Finneran. The Collected Works of W. B. Yeats, vol. 12. New York: Macmillan Publishing Company, 1991.

———.*The Variorum Edition of the Poems of W. B. Yeats.* Edited by Russell K. Alspach. New York: Macmillan Company, 1966.

———. *A Vision.* London: T. Werner Laurie, Ltd., 1925.

———.*A Vision.* New York: Macmillan Company, 1962.

———.*The Collected Letters of W. B. Yeats. vol. 3.* Edited by John Kelly and Ronald Schuchard. Oxford: Clarendon Press, 1994.Alspach. New York: Macmillan Company, 1968.

———. *The Letters of W. B. Yeats.* Edited by Allan Wade. New York: Macmillan Company, 1955.

———. *The Collected Letters of W. B. Yeats,* vol. I, ed. John S. Kelly and Eric Domville. Oxford University Press, 1986.

———.*Mythologies.* New York: Macmillan Company, 1959.

———.*Explorations.* London: Macmillan & Co., 1962.

———.*The Variorum Edition of the Plays of W. B. Yeats.* Edited by Russell K. Alspach. New York: Macmillan Company, 1966.

———.*Under the Moon:The Unpublished Early Poetry.* Edited by George Bornstein. Scribner, 1995.

———.Memoirs. Edited by Denis Donoghue. New York: Macmillan Company, 1973.

Yeats, W. B., and Maud Gonne. The Gonne-Yeats Letters 1893–1938. Edited by Anna MacBride White and A. Norman Jeffares. Syracuse University Press, 1994.

Yeats, W. B., and T. Sturge Moore. *W.B. Yeats and T. Sturge Moore: Their Correspondence 1901–1937*. Edited by Ursula Bridge. New York: Oxford University Press, 1953.

Bloom, Harold. *Yeats*. Oxford University Press, 1972.

Eliot, T. S. *On Poetry and Poets*. Farrar, Straus and Cudahy, 1957.

Ellmann, Richard. *Yeats: The Man and the Masks*. E.P. Dutton & Co., 1973.

———. *The Identity of Yeats*. London: Faber and Faber, 1983.

Frazer, James George. *The Golden Bough: The Roots of Religion and Folklore*. Avenel Books, 1981.

Homer. *The Iliad.* Penguin Classics, 1998.

———. *The Odyssey*. W. W. Norton & Company, 2017.

Jeffares, A. Norman. *A New Commentary on the Poems of W. B. Yeats*. Palgrave Macmillan, 1968.

Kelly, John S. *A W. B. Yeats Chronology*. Palgrave Macmillan, 2003.

Pound, Ezra. *Literary Essays of Ezra Pound*. Edited by T. S. Eliot. Faber and Faber, 1985.

Ross, David A. *Critical Companion to William Butler Yeats: A Literary Reference to his Life and Work.* Facts on File, 2009.

Saddlemyer, Ann. *Becoming George: The Life of Mrs. W. B. Yeats*. Oxford University Press, 2002.

Vendler, Helen. *Our Secret Discipline: Yeats and Lyric Form.* Belknap Press , 2007.

Virgil. *The Aeneid*. Penguin Classics, 2010.

《金花的秘密》，卫礼贤、荣格编，邓小松译。黄山书社，2011。

《王阳明全集》，王守仁著，吴光、钱明、董平、姚延福编校。上海古籍出版社，2011。

《悲剧的诞生》，尼采著，孙周兴译。商务印书馆，2012。

《查拉图斯特拉如是说》，尼采著，钱春绮译，三联书店，2007。

《黄帝内经》，影印本，人民卫生出版社，2013。

《柏拉图全集》，柏拉图著，刘小枫主编，华夏出版社，2023。

图书在版编目（CIP）数据

穿越月色宁谧：叶芝诗歌新译与精注 / （爱尔兰）
威廉·巴特勒·叶芝著；周丽华译、注释. -- 北京：
中信出版社，2024.5
ISBN 978-7-5217-6178-8

I. ①穿… II. ①威… ②周… III. ①诗集－爱尔兰
－现代 IV. ① I562.25

中国国家版本馆 CIP 数据核字（2023）第 228321 号

穿越月色宁谧：叶芝诗歌新译与精注
著者： 　 [爱尔兰] 威廉·巴特勒·叶芝
译者、注者：周丽华
出版发行： 中信出版集团股份有限公司
　　　　　（北京市朝阳区东三环北路 27 号嘉铭中心　邮编　100020）
承印者： 　 北京盛通印刷股份有限公司

开本：880mm×1230mm　1/32　　印张：23.13　字数：410 千字
版次：2024 年 5 月第 1 版　　　 印次：2024 年 5 月第 1 次印刷
书号：ISBN 978-7-5217-6178-8
定价：149.00 元